小学館文庫

山岳捜査

笹本稜平

小学館

目次

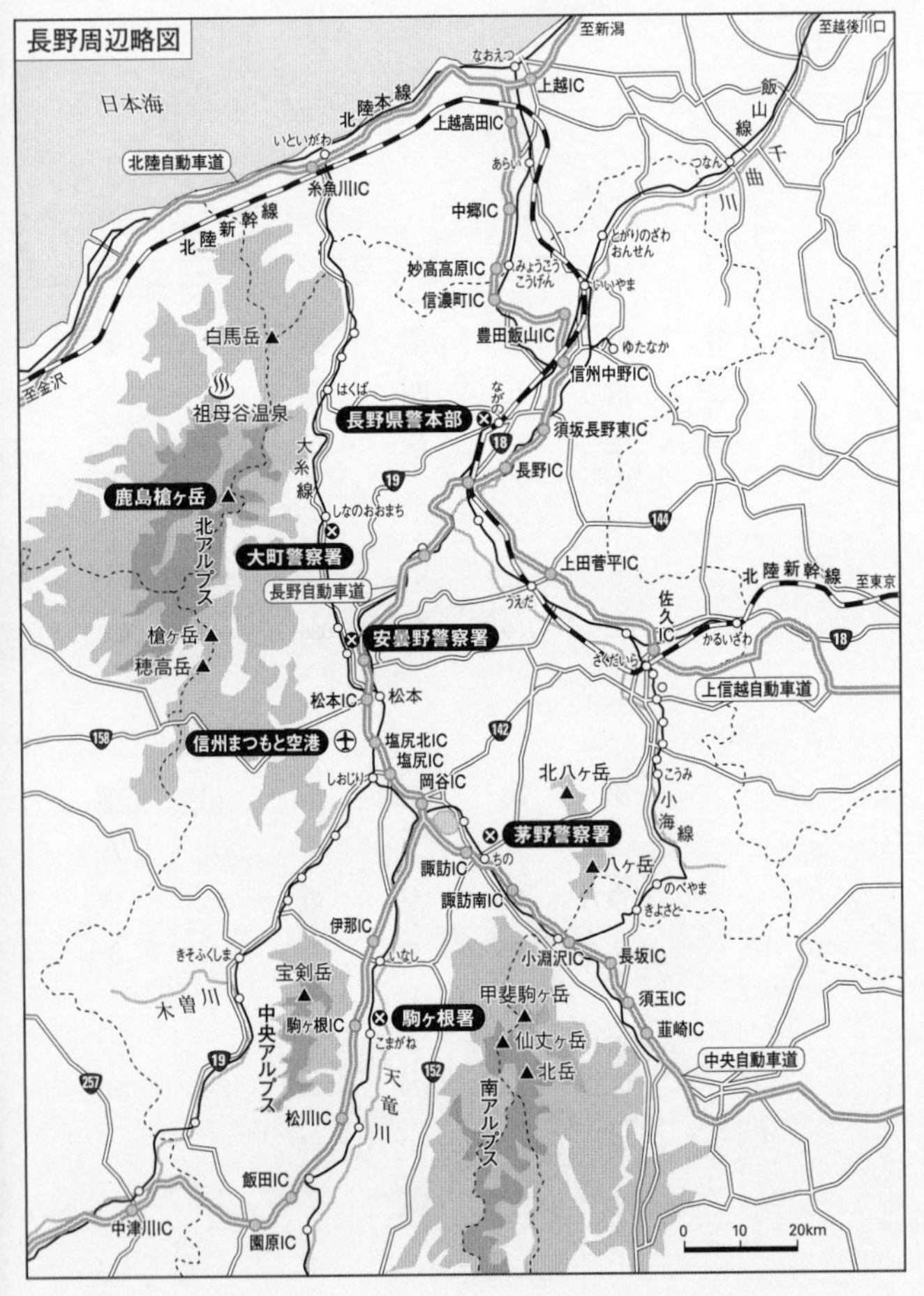
長野周辺略図
日本海
至新潟
至越後川口
なおえつ
上越IC
北陸本線
上越高田IC
いといがわ
北陸自動車道
あらい
糸魚川IC
飯山線
つなん
千曲川
中郷IC
北陸新幹線
とがりのさわおんせん
妙高高原IC
みょうこうこうげん
いいやま
信濃町IC
豊田飯山IC
白馬岳
ゆたなか
信州中野IC
至金沢
祖母谷温泉
はくば
ながの
長野県警本部
須坂長野東IC
18
大糸線
19
長野IC
鹿島槍ヶ岳
しなのおおまち
北アルプス
144
大町警察署
上田菅平IC
北陸新幹線
至東京
長野自動車道
うえだ
佐久IC
安曇野警察署
かるいざわ
18
槍ヶ岳
さくだいら
穂高岳
上信越自動車道
松本IC
松本
142
158
信州まつもと空港
塩尻北IC
塩尻IC
北八ヶ岳
こうみ
しおじり
岡谷IC
小海線
茅野警察署
ちの
八ヶ岳
諏訪IC
のべやま
諏訪南IC
きよさと
伊那IC
小淵沢IC
長坂IC
きそふくしま
いなし
宝剣岳
甲斐駒ヶ岳
須玉IC
木曽川
中央アルプス
駒ヶ根署
駒ヶ根IC
仙丈ヶ岳
韮崎IC
こまがね
19
152
北岳
中央自動車道
257
天竜川
南アルプス
松川IC
飯田IC
中津川IC
園原IC
0
10
20km

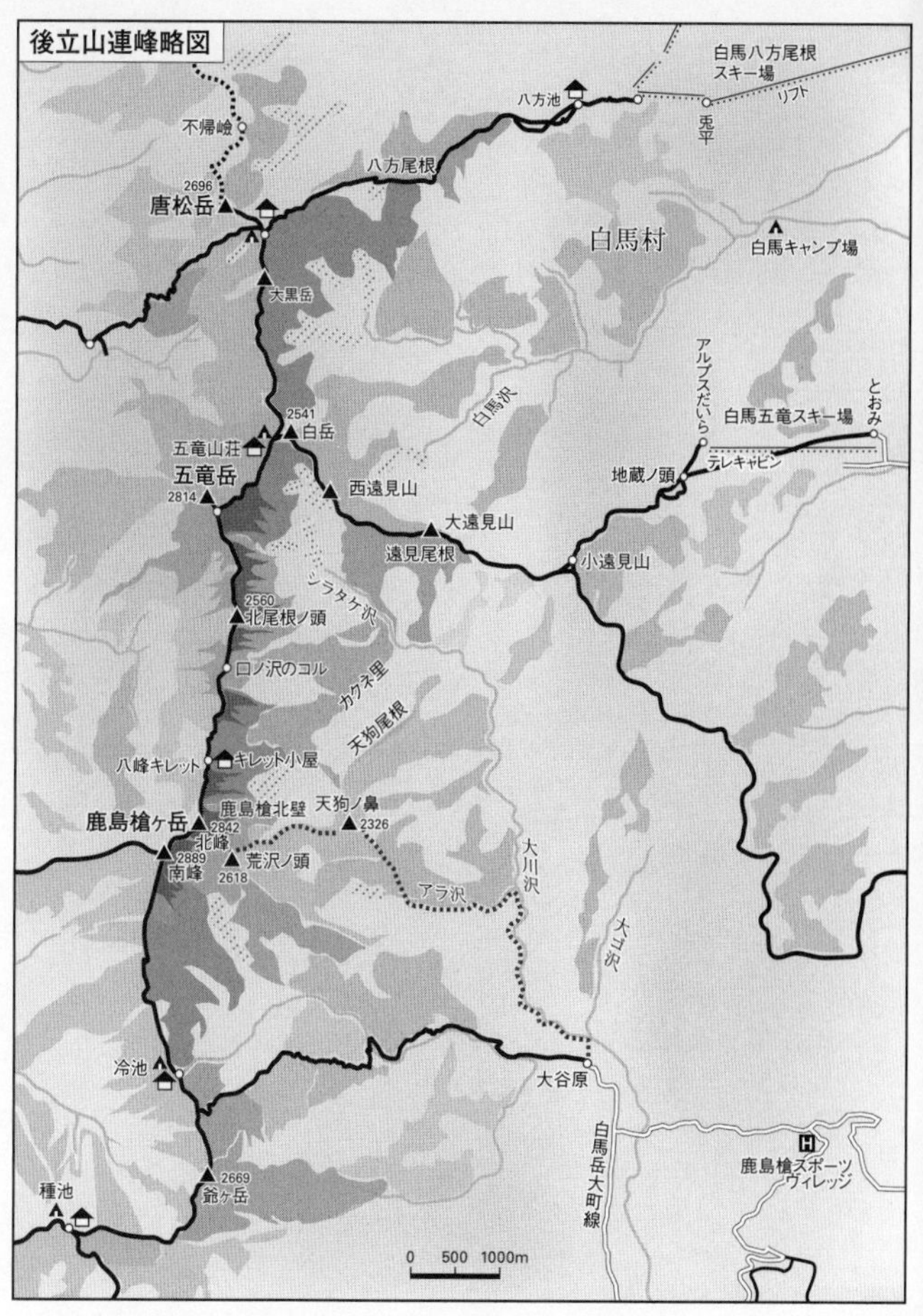
後立山連峰略図
白馬八方尾根
スキー場
リフト
八方池
兎平
不帰嶮
八方尾根
2696
唐松岳
白馬村
白馬キャンプ場
大黒岳
アルプスだいら
とおみ
白馬沢
白馬五竜スキー場
2541
白岳
五竜山荘
テレキャビン
五竜岳
地蔵ノ頭
西遠見山
2814
大遠見山
遠見尾根
小遠見山
シラタケ沢
2560
北尾根ノ頭
口ノ沢のコル
カクネ里
天狗尾根
八峰キレット
キレット小屋
鹿島槍北壁
天狗ノ鼻
鹿島槍ヶ岳
2842
2326
北峰
2889
荒沢ノ頭
大川沢
南峰
2618
アラ沢
大冷沢
冷池
大谷原
白馬岳大町線
鹿島槍スポーツヴィレッジ
2669
爺ヶ岳
種池
0
500
1000m

山岳捜査

第一章

1

天狗ノ鼻に到着したのは三月十六日の午後三時を少し回ったころだった。

金曜日のこの日は朝から快晴で、風もすこぶる穏やかだった。厳冬期には風雪に閉ざされる日がほとんどの北アルプスにも、三月半ばを過ぎるとこんな陽気が一定周期でやってくる。

桑崎祐二は息を弾ませて目の前に広がる壮麗な景観を見渡した。傍らでザックを下ろしながら、パートナーの浜村隆が声を上げる。

「すげえな。ヒマラヤに来たみたいですよ。日本にもこんな壁があったんだ」

まるでヒマラヤ経験があるような口振りだ。桑崎はすでに何度も訪れているが、浜村は初見参だ。

目の前にそそり立つのは後立山連峰を代表する雄峰、鹿島槍ヶ岳。正面やや左手には荒沢奥壁が衝立のように立ちはだかり、右手には天狗尾根を隔てて、鑿で粗彫りしたような北壁のルンゼ（岩溝）やリッジ（岩稜）が急角度で這い上る。

その頂点に位置するピークが北峰で、標高二八四二メートル。手前の稜線に隠れてここからは見えないが、最高峰はその南西にある二八八九メートルの南峰で、それぞれ北槍、南槍とも呼ばれる。

いまいる天狗ノ鼻は、鹿島槍ヶ岳北峰に突き上げる天狗尾根の中間部のピークで、平坦で広い頂上は、天狗尾根からの鹿島槍登頂や北壁の各ルートに挑むクライマーにとって、絶好のキャンプサイトとなっている。

きょうはウィークデイのせいか、いまのところほかのパーティーはいないようだが、冬でも年末年始や祝日と重なった週末などはなかなかの賑わいになる。

「こんな絶好のコンディションをおれたちだけで独り占めなんて、申し訳ないような気分だな」

頷いて桑崎は言った。やや不安げに浜村が応じる。

「でも本番はきょうじゃないですからね。いま晴天の大盤振る舞いをされても、あすになって荒れたんじゃ堪らない」

「天気図を見るかぎり、悪くてもあすの午後までは保つだろう。早出して昼ごろまでに登ってしまえば、あとは天狗尾根を下るだけだから、多少荒れても心配はない。予備日はとってあるから、ここでもう一泊してもいいだろうし」

楽観的な気分で桑崎は言った。

この日は朝八時三十分に大谷原の駐車場から歩き始めた。荒沢出合からワカン（輪かんじき）を着けての登高となったが、登山者の多いルートのせいか、雪は意外に踏み固められていて、せいぜいふくらはぎ程度までのラッセル（深雪を踏み固めて進むこと）で済んだ。難所の第一、第二クーロワール（岩溝）も難なく乗り越えた。

浜村は夏の岩場に関してはそこそこの技量を身につけているが、本格的な氷雪ルートは今回が初めてだ。桑崎は大学時代は山岳部に所属し、日本では厳冬期のアイスクライミングも数多く経験している。個人ベースでヨーロッパアルプスやアラスカにも出かけた。そのせいで大学は二年留年している。

大学を卒業して奉職したのが長野県警で、現在は県警山岳遭難救助隊に所属している。生まれも育ちも東京だが、わざわざ長野県警を志望したのは、社会人になってからも山に関わる仕事をしたいという一念からだった。

登山という行為が職業として成り立つのは、世界レベルのごく一握りのクライマーに限られた話で、登山ガイドになったところで、日本ではそれだけで生活できるほどの収入は期待できない。普通のサラリーマンになれば、学生時代のように山に時間を割くことは難しい。そんなとき山岳救助隊について書かれた本を読んで、これだとひらめいた。

給料をもらって山を仕事の場にできる。クライミングそのものが任務というわけではないが、自分が身につけてきた技量や経験を生かせる。人命救助という仕事にもやり甲斐を感じた。というより、一年の大半を山に関わって暮らせることが単純に嬉しく思えた。

警視庁を含め、山岳救助を行う組織を擁する警察本部は全国に数多いが、常設の組織があるのは長野県警、岐阜県警、富山県警くらいで、ほかでは遭難などが発生したときにだけ隊員が呼集され、普段は通常の警察業務を担当する。警察という職場そのものに魅力を感じていたわけではない桑崎にすればそれでは意味がない。

そこで受験したのが東京から比較的近い長野県警だった。面接の際には山岳救助隊にという希望を強く訴えた。県警も桑崎のクライマーとしてのキャリアに興味を持ったようだった。

採用後最初の一年は所轄の地域課に配属され、長野市内の交番勤務だったが、翌年には県警機動隊に異動した。山岳遭難救助隊は長野県警では地域部地域課と警備部機動隊に跨がる部署で、実動部隊の主力は機動隊の山岳救助チームが担っている。

山岳遭難救助隊といっても、隊員のすべてが桑崎のように高度な登攀経験を積んだ人間ではない。ごく普通の山好きが高じて他部署から志願した者もいれば、なんとなく憧れて志望したほとんど素人といっていいような隊員もいる。

奉職二年目の平巡査でも技量の点で桑崎は群を抜いていて、岩登りやロープワークの訓練では上司から指導役を任された。

五月の連休や夏場の登山シーズンのほとんどは、穂高連峰の涸沢を始め、北アルプスや中央アルプス、八ヶ岳などの警備拠点に常駐する。

遭難発生時の救難活動はもちろん、登山道を巡回して危険箇所をチェックしたり、登山者に安全指導をしたりと任務は多忙だ。しかし平地と比べれば不自由極まりない警備拠点での生活も、桑崎には遊園地で暮らす子供のような気分だった。

常駐中でも時間が空いたときは、穂高方面なら滝谷や前穂高北尾根のような岩のルートでトレーニングを行う。そんなときは経験の浅い若手はもちろん、中堅隊員に対しても指導めいたことをするようになる。

そんな立場の桑崎の階級がいつまでも巡査のままでは具合が悪いと上の人間が考えたようで、入隊二年目に巡査部長への選抜昇任のチャンスが与えられた。

巡査部長への昇任はなかなか狭き門で、一般昇任の場合、有り体に言えば仕事をする間も惜しんで試験勉強をしなければならない。

それでは現場で実力のある人材が出世する機会を閉ざしてしまう。選抜昇任はそんな考えから導入されたシステムで、所属長の推薦によって、比較的簡単な考査で昇任が認められる。桑崎はめでたく巡査部長に昇任し、入隊五年目の昨年は、涸沢常駐隊のチームリーダーを仰せつかった。

そういう立場になると、ただ登攀技術に長(た)けていればいいというものではない。現場での冷静な判断力やチームをまとめる統率力、さらには登山者の機嫌を損ねないように注意を与え、登る楽しみと安全を両立させられるような社交性も必要になってくる。

そんな職責を十分に果たせているか、必ずしも自信があるわけではないが、新しく入隊してきた後輩たちは、自分を兄貴扱いして慕ってくれている。

浜村もそんな一人で、入隊したのは一昨年。地元の松本市出身で、高校ではワンダーフォーゲル部に所属したという。

歳(とし)は二歳下だが、高卒で採用されているから警察官としてのキャリアは桑崎より長い。しかし山岳救助隊ではあくまで桑崎が先輩で、さらに大学時代の山のキャリアを加味すれば、浜村にとって桑崎は大先輩と映っているようだ。

入隊するまではロッククライミングとは縁がなかったが、救助隊でのトレーニングでその道に目覚めてしまったようで、シーズンオフで休暇がとれるときは、クライミングの手ほどきをせがむようになった。

全員がフル稼働する夏山シーズンを除けば、刑事部門などと違い休暇もとりやすい。それが隊員の実力養成に繋(つな)がるとなれば、上司も割合あっさりと許可を出す。今回はアイスクライミングに興味を示しだした浜村の要望に応じての山行で、基本的なテクニックは先月、八ヶ岳で手ほどきを済ませている。

夏には八ヶ岳方面の警備拠点となる赤岳鉱泉は通年営業の山小屋で、冬には小屋のスタッフの手で「アイスキャンディ」と名付けられた人工の氷のゲレンデがつくられる。すぐ近くには手ごろな氷瀑(ひょうばく)を連ねるジョウゴ沢もある。

アイゼンとピッケルとアイスバイル（ピッケルのヘッドの後端がハンマー状になったもの）を駆使して氷や雪の壁を登るテクニックはダブルアックスもしくはピオレ・トラクションと呼ばれ、それによって氷雪壁の登攀技術は画期的に飛躍した。

ミックスクライミングは、それを氷雪と岩が混在するルートでも積極的に使う方法で、さらに最近は、岩だけのルートでもダブルアックスの技術を応用するドライツーリングというテクニックも登場している。

学生時代にアラスカで覚えたそんな技術の話をすると、浜村は大いに関心を持った様子で、是非とも挑戦したいと言い出した。

夏の岩場では、浜村はなかなかバランスのいいところをみせていた。桑崎にしても浜村とそんな話をしているうちに、勝手に体がうずき出した。

これまでも冬には大学時代の仲間とスケジュールを調整し合い、二、三人のパーティーで一ノ倉沢や滝谷に出かけていたが、今年は一月に予定していた山行が槍ヶ岳で起きた遭難事故で流れてしまった。

かつての山仲間はみんな普通のサラリーマンで、そうそうこちらとはスケジュールを合わせられない。それならと思い立ったのが、浜村を伴っての鹿島槍北壁中央ルンゼ登攀だった。

中央ルンゼは北壁を代表するルートの一つで、かつては途中でビバーク（不時露営）を強いられる難ルートだったが、その後の道具と技術の進歩で、いまは十分な技量をもつクライマーならその日のうちに登頂して下山することも可能だ。桑崎はすでに二度登っていて、ルートの詳細は頭に入っている。

といっても冬の壁は初心者の浜村にとっては手強い(てごわ)はずだが、桑崎がトップで登り、しっかり確保してやれば十分クリアできそうで、その手応えは先月の八ヶ岳で確認している。

もっと易しいルートから徐々にという考えもあるだろうが、確保する側がしっかりしてさえいれば、最初から厳しいところに挑戦させる方が上達は早い。救助隊の訓練のやり方がまさしくそれで、まったくの初心者でも数回の登攀訓練でⅣ級くらいの壁は楽にこなせるようになる。浜村は無雪期ならⅤ級の壁を登る力がある。

「しかし、ここから見るとそそられますね。鹿島槍は高校時代に縦走で頂上を踏んだことがありますけど、上からだとただすっぱり切れ落ちていて、どう凄いのかよくわかりませんでした」

浜村はため息を吐く。べつに自分が褒められているわけではないのだが、そう言われると桑崎もなぜか嬉しくなる。

「オーバーハング（斜度九十度以上の壁）もある。高度感は素晴らしいぞ」

「それは楽しみですね。僕は安心して桑崎さんにぶら下がって行きますから」

浜村は臆するところをみせない。高度感に対する恐怖は人間にとって本能的なもののはずだが、その程度は人によるらしい。というより、その恐怖心をときめきに変えてしまう触媒のようなものを体内に持っているかどうかの違いかもしれない。

桑崎もそうだった。山岳部に入って初めて登った本格的な岩のルートが、南アルプスの北岳バットレス第四尾根だった。

ロッククライミングとしては初級と言っていいルートだが、股の下に大樺沢の雪渓を望みながらの登攀に総毛立つような思いをした。しかし登り終えてみれば、それまでの人生で味わったことのない高揚が心に湧き起こっていた。

山登りというのは、多かれ少なかれそういう特異な体質をもつ者の世界なのだろう。それまだヒマラヤの高峰に挑んだことはないが、いずれはという思いはつねにある。それも容易な一般ルートからではなく、なるべく困難な壁から登りたい。実現の可能性がさほど高いとは思えないが、そんな夢は人生に弾みをつけてくれる。

2

早めに到着したので、時間がだいぶある。テントは持参しているが、今回は雪洞を掘ることにした。

最近のテントは軽量でも断熱性に優れているが、それでも快適性の点ではしっかりとつくった雪洞に及ばない。浜村は雪洞は未経験で、それなら覚えておいて損はない技術だ。

北壁が望める稜線の北側斜面にいい場所を見つけ、まずは手本をと、桑崎が先に雪を掘り始めると、浜村が傍らで声を上げた。

「あんなところで幕営しているパーティーがいますよ。向こうも北壁狙いでしょうかね」

顔を上げて振り向くと、浜村が眼下のカクネ里を見下ろしている。

カクネ里は天狗尾根と遠見尾根に挟まれたU字形の谷で、谷底は夏でも雪に埋もれ、北壁の下部から緩い傾斜で大川沢の入り口へと下っている。その景観は、スケールこそ違え、ヨーロッパアルプスの氷河を彷彿とさせる。

浜村が指さすその先はカクネ里の下流近くで、シラタケ沢と大川沢の出合から少し登ったあたり。いまいる天狗ノ鼻からは一〇〇〇メートルほどの距離だが、北壁を目指すためのベースキャンプとしてはいくらなんでも遠すぎる。両側の尾根は切り立った斜面で、雪崩のリスクもないわけではない。

「カクネ里から天狗尾根に出る気ならあのあたりからということになるが、それならおれたち同様、荒沢出合からのほうがずっと楽だ。向こうは距離も長く、途中は谷が狭くて雪崩の巣のような場所だ。わざわざそこを通ってカクネ里に入る意味があるとは思えないな」

荒沢は天狗尾根を隔ててカクネ里の南側を走り荒沢奥壁に至る沢で、大川沢との分岐点の荒沢出合から支尾根を登るルートが天狗ノ鼻への事実上の一般路となっている。

桑崎たちが登ったのもそのルートで、いまの季節でも荒沢出合にほど近い大谷原まで車で入れる。

「三人いますね。これからどこかに向かうような様子はないですよ」

桑崎はいつも携行している双眼鏡をとり出した。救助隊にとっては遭難者を捜索する際の必需品だ。

遅い昼飯準備なのか、鮮やかなグリーンのテントの外に人がたむろして、コッヘルでなにか調理しているらしい様子が窺える。全員がゴーグルをつけているから、顔まではわからない。のんびり雪上生活を楽しんでいるように見え、浜村が言うように、この好天を利用して北壁のルートに挑むというような気配はまるでない。

風が弱く日射しが強いきょうのような日は、三月といってもかなり暖かい。とくに鍋の底のようなカクネ里の地形だと、雪面の集光効果で冬でも蒸し暑いほどになることがある。だからといってカクネ里は、好きこのんでキャンプをしにやってくるような場所とは言いがたい。ただし雪が落ち着く四月半ば以降には、カクネ里のダウンヒルを楽しもうとスキーを担いで入山するパーティーがいないこともない。

「なにか勘違いして迷い込んだとしたらまずいな」

桑崎は不安を覚えた。遠見尾根には白馬五竜スキー場があり、テレキャビン（ゴンドラ）とリフトを乗り継いで標高一七〇〇メートル近い地蔵ノ頭までほとんど歩かずに登れる。そのためコース外での滑降を試みる無謀なスキーヤーやスノーボーダーが遭難することが最近ではよくあり、桑崎たちも捜索に駆り出されることが多くなった。

遠見尾根は五竜岳に向かう登山者が使う一般ルートで、降雪直後でなければ先行者の踏み跡があり、知識の乏しいスキーヤーやスノーボーダーがその方向に迷い込んでしまうケースも考えられる。途中の大遠見山や西遠見山付近から下降すれば、ちょうどいま幕営しているあたりに達する可能性がある。

テントは二重構造の冬型で、ウェアもピッケルやアイゼンなどの装備も冬山用の本格的なもののようだから、まったくの初心者とは思えないが、彼らが北壁や天狗尾根の登攀を目指していないとしたら、そこからどこに向かうのか。

「なんだか落ち着きが悪いな。本部に連絡だけは入れておこう」

桑崎は携帯電話を取り出した。受信感度を示すバーは三本立っている。どこでも利用可能というわけではないが、携帯の普及が山での遭難救助の現場を大きく変えたのは間違いない。一刻一秒を争う怪我人（けがにん）や病人の救出が迅速化され、そのお陰で命を救えるケースも増えてきた。

一方でただの疲労や擦り傷程度でヘリによる救出を求める登山者もいる。そのせいで本来の緊急時の活動に支障が出かねないとベテランの隊員は嘆くが、功罪どちらかと問われれば功のほうが大きいとは言えるだろう。

通話はすぐに繋がり、きびきびした女性の声が応答した。

「はい、県警山岳遭難救助隊です」

救助隊の紅一点――梨本由香里巡査だ。桑崎より三つ年下で、普段は地域部地域課に所属し、日常の地域警察業務に従事しながら、隊の連絡窓口も担当している。

「ああ、由香里。桑崎だけど、ちょっと気になることがあってね――」

カクネ里の下部で幕営しているパーティーがいると伝えると、由香里も不審げに応じる。

「変わった場所ですね。なにをしようとしてるんでしょうか」

「それがわからなくて困ってるんだよ。冬山の初心者が迷い込んだとしたら、厄介なことになりかねない」

「いまのところ遭難届は出ていません。入山したのはたぶん遠見尾根からでしょう。テレキャビンのとおみ駅に問い合わせてみます」

「そうしてもらえるとありがたい。緊急事態が起きているようには見えないから、取り越し苦労かもしれないけど」

「それより桑崎さんたちは無事なんですか。浜村さんは氷の壁は初心者なんでしょう。そんなところで遭難でもされたら、山岳遭難救助隊の恥さらしですよ」

こういう口の利き方さえ直れば、嫁のもらい手に不自由しないというのが救助隊内でのもっぱらの評判だ。

「まだ遭難しそうな場所のはるか手前だよ。本格的な登攀はあすだ。きょうはこれから雪洞を掘ってかまくらごっこだ」

「楽しそうですね。次は私も連れてってください」

「ああ、考えておこう。それより登山届のチェックを頼むよ」

長話になりそうな気配なので慌てて促すと、明るい調子で由香里は応じた。

「はい。確認がとれたら折り返し電話します。雪洞掘り、がんばってください」

「ああ、ホテル並みのをつくるよ」

そう言って通話を終えると、思いついたように浜村が言う。

「ひょっとして、カクネ里の学術調査隊じゃないですか。ここの雪渓が氷河だと確認されたっていうニュースを新聞で読みましたから」

「おれも知ってるよ。じつは去年の秋にカクネ里に入る予定だったんだが、大川沢の状況が悪くて断念したそうだ。氷河の調査は雪渓の上に雪が積もっているときはできない。だから新雪が来る前の時期じゃないと具合が悪い。ところがそのころがカクネ里はいちばんアプローチしにくい。それで頭を悩ませているという話だったな」

「そうなんですか。じゃあ、やっぱり彼らがあそこにいる理由はわかりませんね」

「いまのところはそう心配することもないだろう。まずは今夜宿泊するホテルを完成させよう」

言いながらスコップをとろうとすると、浜村がそれを横から奪う。

「先輩に土木工事を任せるわけにはいきませんよ。見ていてだいたいのコツはわかりましたから。やり方がまずかったら言ってください」

さっそく浜村はスコップを振るい始める。馬力はあるが、ちょっと荒っぽい。

「入り口はなるべく小さくな。丁寧になかに掘り進んでから、大きく広げるのが基本だ」

「はい。わかりました」

そう応じながらも、浜村のやり方は掘っているというより突き崩しているという感じだ。

「そうじゃなくて――」

やむなくいったんスコップを取り上げ、もう一度手本を示していると、アノラックのポケットで携帯が鳴り出した。取り出すと、遭難救助隊本部からの着信だった。

「もしもし、由香里か。なにか情報が出てきたか」

問いかけると、由香里は残念そうに言う。

「けさ登山届を提出していたのは十五パーティーで、行き先はすべて五竜岳方面だそうです。届を出さないパーティーも多いですから、なんとも言えませんけど――」

「たしかにな。出すのはよくて半分とみていいだろう。テレキャビンの駅の職員が不審なパーティーを見かけたというようなことはないのか」

「それについても訊いてみたんですが、装備が危なっかしかったり、いかにも初心者という感じのパーティーはいなかったそうです。ただしそれは登山の装備をしている人の場合で――」

「たしかにあのあたりはスキー場だから、そっちの利用客のほうがはるかに多い。彼らが迷い込んだりするケースも考えられるが、ここから見る限り、テントもちゃんとしていて、着ているものもスキーやスノボのウェアじゃない」

「なんだか気になりますね」

「そうは言っても、まだなにか起きているわけじゃない。天候はもうしばらくは保ちそうだから、こっちとしても動く理由がない。ここからなら見通しが利くし、あす登っている最中にも目配りはできるから、そう心配することもないだろう」

自分に言い聞かせるように桑崎は言った。山の楽しみ方は人それぞれで、ピークを極めたり、難ルートに挑戦することだけがすべてではない。鹿島槍ヶ岳北壁という日本有数の壁を、ひたすら下から仰ぎ見るためにカクネ里に入るという楽しみ方もあっていい。おそらくあのテントのあるあたりは、写真好きにとっては北壁を間近に撮影できる絶好のポイントだろう。

「じゃあ、目配り、よろしくお願いします。クライミングのほうも、もちろんがんばってくださいね」

切り替えが早いのも由香里の持ち味だ。

「ああ。がんばるよ。遭難救助隊の恥さらしにならないようにな」

3

桑崎たちは翌朝三時に天狗ノ鼻の雪洞を出発した。

午後からの天候の崩れが心配なのと、暗いうちにできるだけ高度を稼ぐことが、雪崩のリスクを避ける上でも重要だからだ。

日の出までまだ三時間ほどあるが、北壁といっても比較的東向きで、朝日が射し込むのは意外に早い。この時間は半月が東の空に昇っていて、ヘッドランプなしでも不自由しないほど明るい。

頭上は満天の星で、当面は天候悪化の兆しはない。風はきのうの日中よりやや強いが、この季節としては穏やかな部類だ。

北壁への分岐点である最低のコル（鞍部）に向かう雪稜を下りながら、浜村が言う。

「下のパーティー、まだ起きている様子はないですね」

「ああ。たっぷり朝寝坊する気かもしれないな」

カクネ里の方向に目を向けながら桑崎は応じた。テントのあったあたりはいまも真っ暗だ。明るくなるのを待ってどこかへ向かうつもりだとしても、食事やらなにやらで時間がかかる。

天狗ノ鼻にはあれから三パーティーがやってきてテントを設営した。話を聞くと、うち二パーティーは天狗尾根を登って北峰に登頂し、残りの一パーティーが北壁の主稜を登る予定だという。

桑崎たちが雪洞を出たとき、どのパーティーのテントにも明かりが点(とも)っていて、すでに起き出して出発の準備に入っているのがわかった。浜村が続ける。

「僕らが寝ているうちに撤収したということはありませんか」

「ないと思うがな」

桑崎は首を捻(ひね)った。早い出発を予定していたので、昨夜は九時に就寝した。桑崎は午前零時ごろ小用のため雪洞を出たが、その時刻でもカクネ里のパーティーのテントは明るかった。

きょう早い時間から行動するつもりなら夜更かしが過ぎるし、そのあとすぐにどこかへ出発したというのも考えにくい。その時刻はまだ月が昇っておらず、それからまもなく行動したとしても、カクネ里の谷底に光が射し込むのはもっとあとだ。

いまようやく谷の半分ほどが月明かりに照らされているが、テントのある場所はまだ天狗尾根の影のなかにある。きのうあれだけのんびりしていたのに、きょうになってわざわざ闇夜を突いて行動を起こす必然性は思い当たらない。

「気にするほどのことじゃないかもしれませんね。まだ遭難もしてないのにあれこれ心配していたら、山に登る人間すべてについて気を揉まなきゃいけなくなりますから」

割り切った調子で浜村は言う。

「そうだな。向こうには向こうの考えがあって、心配されても迷惑なだけかもしれないしな」

そう桑崎は応じたが、どこか腑に落ちない気分は拭えない。登山にかくあるべしというルールはないが、あのパーティーの行動には、どこか合理性を逸脱したところがある。そこをうまく説明できないのがもどかしい。

最低のコルへの下りは、最近つけられた踏み跡がまだ残っていて、ラッセルに悩まされる箇所はほとんどなかった。

荒沢の谷にはうっすらとガスがたなびいているが、北壁と荒沢奥壁は青ざめた月の光に氷と岩の襞をくっきりと浮かび上がらせる。

天狗尾根のナイフエッジ状の雪稜にはときおり雪煙が舞うが、耳元を吹きすぎる風音は囁(ささや)きかける程度で、むしろ山が醸しだす奥深い静謐(せいひつ)を引き立たせているくらいだ。最低のコルへは二十分ほどで着いた。ここからは北壁直下の急峻(きゅうしゅん)な斜面をトラバース（横移動）する。用心のためにロープを出すことにした。

この位置からはカクネ里の全容が見渡せる。岩壁直下の雪壁が次第に傾斜を緩めて、幅の広いU字形の谷に繋がっていく。月明かりはいまほぼその全容を照らし出し、あのテントも雪原に黒い影を延ばしている。

明かりは点(つ)いていない。双眼鏡で覗(のぞ)いてもテントの周囲に人の気配はないが、雪面に突き刺したピッケルやストックが、そこにまだ人がいることを示している。

「この時間にまだ寝ているとなると、どうやらきょうは行動する予定がなさそうだな」

双眼鏡を手渡しながら桑崎が言うと、さっそくそれを覗き込み、楽観的な調子で浜村は応じた。

「北壁を目指すとしたら、いまから動かないと時間的に厳しいですからね。でも、その気はなさそうです。あそこから下山するなら、谷筋を避けて適当な支尾根を登り、遠見尾根に出れば雪崩のリスクもあまりない。そのくらいの知識があっての行動だと思いますよ」

「そのようだ。こっちはこっちで集中しないと、他人の心配をするどころじゃなくなるからな。まずは先を急ごう」

そう応じて桑崎はトラバースを開始する。意外に雪が深く、ときに腰あたりまでのラッセルを強いられる。斜度も四十五度ほどあって、思うように行程がはかどらない。

北壁のシンボルである蝶形岩壁の下を通過したのがトラバースを始めて一時間後で、さらに中央ルンゼ取りつきに達するまでに三十分かかった。それでもこの雪のコンディションなら決して遅くはない。浜村も遅れるようなことはなく、山岳遭難救助隊の意地をみせている。

日の出までまだ一時間ほどあるが、東の空はうっすらと明るんできた。明け方の寒気はしんしんと身に沁みるが、ここまでの雪との格闘でウェアの下は汗ばんでいる。

「じゃあ、行くぞ。確保を頼む」

桑崎は息を整える間もなく最初の氷瀑に取りついた。氷は硬すぎず柔らかすぎず、ピッケルとアイスバイルがしっかりと刺さる。軽く蹴り込んだアイゼンの前爪も確実に体重を支えてくれる。

狭いルンゼになっているため、月明かりはここまで射し込まず、ヘッドランプの明かりだけが頼りだが、桑崎はすでに二度登っているから、ルートの状況は体が記憶している。

このピッチ（ロープ一本分の距離）は落ちる心配はないと決めつけて、プロテクション（墜落距離を短くし、墜落のショックをやわらげるために登攀者と確保者とのあいだにとる支点）はとらずに一気に登る。

一〇メートルほどの氷瀑を乗り越え、さらに急な雪壁をしばらくラッセルし、オーバーハングした氷瀑を登り切った。雪面にピッケルを深く打ち込み、セルフビレイ（自己確保）をとって浜村に声をかける。

「登っていいぞ」

「了解」

元気な声が返り、浜村の動きがロープに伝わってくる。そのリズムに合わせてロープを巻きとっていく。月は中天に昇り、カクネ里のほぼ全容が眼下に浮かび上がる。例のテントが小さく見えるが、やはり明かりは点いていない。

ときおり頭上からスノーシャワーが落ちてくる。浜村がピッケルやアイスバイルを打ち込む音が下からリズミカルに聞こえてくる。空はさらに明るんで、周囲の雪壁がピンクがかって見える。まもなく東の山並みから太陽が顔を出すだろう。

そのとき下から悲鳴のような声が聞こえた。落ち着いてロープをグリップする。ロープがピンと張り詰める。桑崎は声をかけた。

「落ちたのか」

「すいません。ちょっとハング気味のところでアイゼンを滑らせちゃって」

「右側の壁寄りを狙ったほうが安全だ。傾斜が少し緩いから」

「そうします。しかしのっけから高度感が半端じゃないですね。足の下はカクネ里まですぱっと落ちてますから」

「まだ序の口だよ。あんまり下を見ないほうが、精神衛生にはいいかもしれないぞ」

「それじゃ楽しみがないじゃないですか。股間が冷や冷やするくらいじゃなきゃ登り甲斐がないですよ。ジェットコースターに乗りたがる人間と一緒ですよ」

「だったら落ちてもしっかり確保してやるから、安心して宙吊り気分を味わってくれ」

桑崎は鷹揚に応じた。どういう状況で人は落ちるのか、そこは理屈ではなく体で覚えるしかない。

落ちることを恐れていては大胆なムーブ（体重移動）を試みられない。壁を登るとき、体や気持ちが萎縮すればかえって危険を招きやすい。浜村にもほかの隊員にも、そんな考えを折に触れて伝えてきた。

そこをしっかり理解しているのか、もともとそういう性分なのか、それからも浜村は何度か宙吊り状態に陥ったが、まずまずのスピードでビレイポイント（確保地点）まで登りきり、あっけらかんと言ってのけた。

「桑崎さんがトップだと落ちても死ぬ心配がないから、けっこう楽しんじゃいましたよ」

「だったら、次はトップを交代してもらおうか」

「だめだめ。それはまだ早いですよ。桑崎さんの登りっぷりをしっかり下から見せてもらわないと勉強になりませんから」

「トップのほうがずっと冷や冷やを堪能できると思うけどな」

「いまくらいで十分ですよ。そのあたりは今後の課題として、まずはセカンドでルート完登を目指します」

憎めない調子で浜村は言う。桑崎にとっては、仕事でも趣味の上でも得がたいパートナーと言うべきだろう。

東の空が赤く燃えだした。あとしばらくで陽（ひ）が昇る。西の空にはうっすらと高層雲がかかっているが、急速に天候が悪化しそうな気配はない。

カクネ里はガスに覆われて、例のテントはその隙間（すきま）からときおり姿を見せる程度だが、あいかわらず人が出入りしている様子はない。不審ではあるが、遭難に結びつくような状況ではなさそうだ。

風はわずかに強まって、頭上の斜面からはしきりにスノーシャワーが落ちてくる。ここから先が中央ルンゼの核心だ。経験のあるルートだとはいっても、雪や氷の状態はその時々で大きく変化する。

桑崎は気合いを入れて次の氷壁を登りだした。氷の感触を確かめながら、ピッケルとバイルを慎重に打ち込む。それに体重を預けて、アイゼンの前爪を確実に蹴り込む。尺取り虫のようなそんな動作を繰り返す。かつてはこうした急峻な壁は、ピッケルで足場を切り出して登るのが普通だった。この北壁を開拓した初期のクライマーたちもそうだった。

当時のエキスパートが何度も敗退を繰り返したルートを、初心者の浜村とともに、自分はさして苦もなく登っている。それが幸福なのかどうか、桑崎にはわからない。当時の鹿島槍北壁への挑戦は、現在のヒマラヤ登山に匹敵する困難な挑戦だっただろう。国内にいながらそんな冒険ができた時代を、ときにうらやましく思うこともある。

無事に中央ルンゼを登り切り、鹿島槍北峰に立ったのは午後一時過ぎだった。

桑崎がなかば引きずり上げたようなところはあったが、それでも浜村は、初心者としてはあっぱれなクライミングをやってのけた。頂上で桑崎とハイタッチしながら浜村は言った。

「なんだか病みつきになりそうですよ。次はいつにしますか」

「そうは休みもとれないからな。来シーズンということになるだろう」

「そうですか。せっかくコツを呑み込めたのに、元に戻っちゃいそうですね」

「一度体で覚えた技術は、そうは忘れないもんだよ。ダブルアックスと言ったって、基本は岩を登るのと同じだ。腕を磨く機会はいくらでもあるさ」

「そうだといいんですがね。ところで、あの連中どうしましたかね」

浜村はカクネ里のほうに目を向ける。谷間はほとんど雲に覆われて、例のテントはまったく見えない。

西の空の高層雲もだいぶ厚くなり、風は次第に強まって、吊り尾根（二つのピークを結ぶ稜線）を隔てた南峰の頂から派手な雪煙が舞い上がる。天候の悪化は予想していたより早そうだ。

こちらより遅れて天狗ノ鼻を出発したはずのパーティーは、まだここへは到着していないようだ。桑崎たちはこれから天狗尾根を下降する。彼らもおそらくそうするはずだが、天狗尾根自体もたやすいルートではない。危険なナイフエッジもあるし、ガスに巻かれて視界が悪いと、ルートファインディングに悩まされる箇所もある。

「例のテントの連中は、多少荒れても、おれたちより安全なのは間違いないな」

「そうですね。なんにしても早く下りましょう。天狗尾根から登ったパーティーも心配ですから」

「ああ。今後の天候によっては途中で引き返すよう、説得しなきゃいけないかもしれない」

「主稜を登ったパーティーもまだ登頂していないとしたら、このまま救助活動に入ることになりかねませんよ」

「どっちも冬山の初心者じゃないし、見たところ装備もしっかりしていた。そこまで心配することはないと思うが、なにが起きるかわからないから、とりあえず天狗ノ鼻に戻って様子を見よう」

「了解。本部に状況を報告しておきます」

機転を利かせて浜村は携帯をとりだした。休暇中といっても遭難救助隊の一員であることに変わりはない。これから山が荒れだしたら、ヘリはすぐには動けない。鹿島槍周辺で緊急事態が起きたとき、即応できる場所にいるのは桑崎たちだけだ。

4

北峰から荒沢ノ頭に向かう幅の広い雪稜を走るように下り、二つの岩峰を懸垂下降して、天狗尾根上部の小屋岩と呼ばれる巨岩の下に達したときは、すでに鹿島槍の頂稜付近は雲に呑み込まれ、耳元では風が唸り始めていた。

「予想していたより早く崩れたな。おまえが頑張ってくれたからなんとかなったけど、中央ルンゼで手間どっていたら、おれたちもどうなったかわからない」

　桑崎が言うと、浜村も真剣な表情で頷いた。

「僕らが出動するケースでも、気象に起因する遭難が大半ですからね。装備や技術がいくら進んでも、けっきょく山の神様のご機嫌次第ということですね」

「そのとおりだ。平地の天気予報だって外れることがある。山の天気となると到底一筋縄でいくもんじゃない。舐めてかかるのは危険だが、だからといって心配ばかりしてたら、いつまで経っても山には登れない」

「だから我々がいるんでしょうね」

「危険だからとなんでも規制するようになったら、登山という文化が廃れてしまうからな」

「人間がそういう冒険心をなくしたら、世の中はずいぶんつまらなくなりますね」

「安全登山を啓蒙するのもおれたちの大事な仕事だけど、絶対に安全な登山なんて存在しない。おれたちはいざというときのためのセーフティネットみたいなものなんだ」

「そう考えると、なんだかやる気が湧いてくるじゃないですか」

　浜村は納得したように頷いた。そのときカクネ里を覆うガスにわずかな切れ目ができて、例のパーティーが幕営していたあたりが垣間見えた。

テントがない――。桑崎は当惑した。不審なのはそれだけではない。

「ちょっと、あれを見てみろ」

促すと浜村もそちらに目を向けて、わずかに声を上ずらせた。

「あれは――」

桑崎は双眼鏡を取り出して最大にズームした。テントのあった場所に横たわっているのは明らかに人だった。

雪の上に俯(うつぶ)せに横たわり、動いている様子はまったくない。

明るいブルーのアノラックに焦げ茶色のパンツ、両手に赤いグローブ。登山靴は本格的なもので、スパッツも着けているが、アイゼンは装着していない。ピッケルやストックの類(たぐ)いはない。ザックも背負っておらず、周囲に転がっているわけでもない。

髪は頭のうしろで束ねている。それをみると一見女性のようでもあるが、いまどきは髪を束ねた男も珍しくはない。浜村に双眼鏡を手渡して問いかける。

「どう思う?」

浜村は声を落とす。

「生きているようには見えませんね」

「しかし生きているとしたら、なんとかしないと手遅れになる。この天候でヘリが飛べるかどうかだな。本部に電話を入れてみよう」

桑崎は携帯を取り出した。受信感度を示すバーは一本も立っていない。天狗ノ鼻とここでは電波状況がだいぶ違うのか、それとも天候の影響か。

「だめだ。急ごう。おれたちが天狗ノ鼻から下って、状況を確認するしかない」

焦燥を覚えながら桑崎は言った。ここから天狗ノ鼻までは一時間ほどだ。天狗ノ鼻からは雪の詰まったルンゼを下降して、たぶん四十分もあればそこまで行ける。

「やばくないですか。ルンゼの下りは雪崩の危険がありますよ」

浜村は躊躇（ちゅうちょ）する。桑崎は言った。

「ここまで歩いた限りでは、雪は深いが比較的落ち着いていた。これからどか雪でも来れば別だが、すぐに下るぶんには心配はいらないだろう」

そうは言ったものの、絶対的な確信はない。だからといってここで手を拱（こまぬ）けば、由香里が言ったのとは別の意味で、県警遭難救助隊の恥さらしだ。

「とにかく急がないと」

有無を言わさず促して、ナイフエッジの雪稜を下り、岩場をいくつかクライムダウンして、最低のコルに到着した。携帯を取り出すと、ここではバーが二本立っている。本部をコールすると、勢い込んだ調子で由香里が応答する。

「桑崎さん、大丈夫ですか。日本海に突然低気圧が発生して、東に向かっているらしいんです。平地も曇りで風が出てきました。そっちはどうなんですか」

「ああ、ちょっと荒れ気味なんだが、それよりまずいことが起きている——」

テントのあった場所に人が倒れている話を聞かせると、由香里は鋭く反応する。

「生死はわからないんですね。これからそこへ向かうんですか」

「そのつもりだが、生きているとしたらおれたちだけじゃ担ぎ出せない。ヘリが飛ばせるか確認して欲しい。いまこちらは風がだいぶ強まって、カクネ里は濃いガスに覆われている」

「わかりました。折り返し電話を入れます」

動けばまた圏外になってしまうかもしれないから、ここで待つしかない。

先ほどのガスの切れ目はすでに埋まって、倒れている人の姿はもう見えない。風はさらに強まって、ちらちらと雪も舞い出した。

「いずれにしても不自然ですよ。ただの遭難者とは思えない」

怖気(おぞけ)だつように浜村が言う。あのテントの連中と、倒れている人間とのあいだになんらかの関係があるのは間違いない。目撃した三人のうちの一人ではなさそうだ。きのう双眼鏡で確認したとき、ブルーのアノラックの人物の姿はなかったと記憶している。

彼らが立ち去ったあとに、たまたまその人がやってきた——。そういう偶然もあり得なくはないが、ザックも背負わず、ピッケルもアイゼンもなしに冬山へ足を踏み入れたというのが納得できない。しかもそれらがない点を除けば、ウェアの類いは本格的な冬山装備で、登山の初心者とは考えにくい。

「ああ。一人で来たとしたら、どうやってたどり着いたかが謎だな」

桑崎が頷くと、声を落として浜村は言う。

「犯罪の匂いがしませんか」

「そこまでは考えすぎだろう」

桑崎は笑って応じたが、きのうからの三人パーティーの挙動といい、倒れている人間の不自然さといい、たしかに常識的な意味での遭難とは思えない。

そのときアノラックのポケットで携帯が鳴った。由香里からだった。

「ヘリを飛ばすのは難しいようです。これからさらに風が強まるとのことで、前線が近づくにつれて視界も悪化し、飛行許可が出せる条件ではないそうなんです。いま副隊長と替わります」

わずかに間を置いて野太い男の声が流れてきた。八木清昭(やぎきよあき)警部。県警山岳遭難救助隊の副隊長で、この道三十年のベテランだ。地元の山小屋経営者や山岳関係者にも顔が広く、歳は五十代半ばを過ぎているが、大規模な捜索活動になれば、いまも自ら陣頭指揮に立つ。

「おう、桑崎。ご苦労さん。せっかく山を楽しんでいたのに、厄介な事態に巻き込まれたようだな」

「ヘリが飛べればいいんですが、だめなら我々が下りていって、まず生死の確認をしなきゃいけないと思うんです。生きていた場合、ヘリが着くまで応急処置をしていられるでしょう」

「正直な感想はどうなんだ。生きていると思うのか」

八木は単刀直入に訊いてくる。そう言われれば、率直に答えるしかない。

「可能性は低いと思います。そもそもあそこへ自力でやってきたように見えないんです」

「キャンプしていた連中が姿を消したのも解せないな」

電話の向こうで八木は重いため息を吐く。桑崎は確認した。

「遭難届は出ていないんですね」

「出ていない。本部の隊員が手分けして、近辺の登山口に、髪を束ねたブルーのアノラックの男性もしくは女性の単独登山者を見かけなかったか確認しているところだ。いまのところ提出されている登山届のなかに単独の登山者はいないようだ」

「そうですか。いずれにしても、我々がまず谷に下りてみます。生死の確認が急務ですから」

「申し訳ないが、そうしてもらえると助かるよ。生きていたのに見殺しにしたなんて、あとで家族に恨み言でも言われたら困るから」

「もちろんです。それじゃこちらだって寝覚めが悪いですから」

「ヘリの件はおれのほうからも談判してみるよ。昔は台風並みの強風でも飛んでくれるパイロットがいたもんだ。最近は運用規程が面倒になって、臨機応変に動いてくれない。人の命が懸かった仕事を書類上の理屈で邪魔されたんじゃ堪らないんだが」

吐き捨てるように八木は言う。決して無謀な人物ではない。部下思いで、身内に犠牲者が出ることをとことん嫌う。

その八木が言うくらいだから、この条件でヘリを飛ばすことにそれほどの危険はないのだろう。しかし飛ばすか飛ばさないかは航空隊の指揮官の専権事項で、八木が談判したところで素直に応じるかどうかはわからない。期待は抱かずに桑崎は言った。

「よろしくお願いします。すでに手遅れなら、天候が落ち着いてから飛んでもらえばいいわけですから」

「そこがわからないと、向こうも簡単に首を縦には振らないだろうからな。とにかくおまえたちも十分気をつけてな」

思いのこもった調子で八木は言った。通話を終えて、桑崎は浜村を促した。

「さあ、行こう。天候がこれ以上崩れないうちに」

5

天狗ノ鼻に戻ったのは午後四時。すでにこのあたりもガスが渦巻きだして、雪混じりの風が横殴りに吹きつける。

主稜に向かったパーティーはこちらより先に登り終えていたようで、すでにテントを撤収し、下山の準備に入っていた。彼らの話によると、天狗尾根から登ろうとした二パーティーは、天候の悪化を惧(おそ)れて途中から引き返し、ついいましがた下山したとのことで、とりあえずそちらの心配をする必要はなくなった。

あと一時間半ほどで日没だ。ガスと強風に加え夜間となると、いかに八木といえどもヘリを飛ばせと要求するのは難しいだろう。

雪洞に戻り、荷物をすべてパッキングする。荷は軽いほうが動きは速いが、もし倒れている人間が生きていたら、その場にテントを張って、ヘリが飛んでくれるまで保護することになる。

すべての荷を背負い、アンザイレン（互いの体をロープで結び合うこと）して下降を開始した。ロープは二〇メートルほど延ばし、互いに距離を置く。もしどちらかが雪崩に埋もれても、一方が無事ならロープをたぐって掘り出せる。雪崩による死因のほとんどは窒息で、短時間で救出すれば命が救えるケースは多い。

桑崎が先に立って急な斜面を下降する。ワカンをつけてもラッセルは腰くらいまであるが、下りは登りと比べてはるかに楽だ。怖いのは乱暴な動作で雪崩を引き起こすことだ。

焦る気持ちを宥めながら、速すぎず遅すぎずのスピードで歩を進める。ロープが十分に延びたところで浜村も続く。

視界は二〇メートルあるかないかで、ルンゼのなかは迷う心配はないが、カクネ里に降り立ったときの方向感覚が覚束ない。位置は記憶に頼るしかないだろう。

危険を冒して下降していることが、ふと無意味なことに思えてくる。人の生死は遠目では判断できない。桑崎もヘリからの目視で間違いなく死んでいると判断した遭難者が、下降してみると息があったという経験は何度かある。とくに重度の低体温症の遭難者はほとんど死体に見えることがある。

カクネ里に倒れている人物は遠くから双眼鏡で観察しただけだが、そういう理由とは別の意味で、生きている兆候が感じられなかった。あくまで直感と言うしかないが、下るにつれてそれが確信に近いものに変わっていく。

途中でくの字に屈曲した狭いルンゼを抜け、カクネ里の雪原に降り立つと、案の定、周囲はほとんどホワイトアウトの状態だ。

重力の助けを借りられなくなったぶんラッセルがきつくなる。周囲の景観が見えないから地図はほとんど役に立たない。コンパスと記憶だけを頼りに進んでいく。

息を切らせて立ち止まると、傍らをすり抜けて浜村が前に出る。そんなふうに交代しながら三十分ほど進んだところで、前を行く浜村が声を上げた。

「見えましたよ。あそこです」

言いながら指さす方向に、ぼんやりと黒っぽい影が見える。

たどり着いた場所は幕営地の跡のようで、一帯の雪は踏み固められている。ようやくラッセルから解放されて、桑崎は倒れている人のところへ駆け寄った。

一瞥(いちべつ)しただけですべてを了解した。浜村も傍らで顔を引き攣(つ)らせている。

桑崎は携帯をとり出した。周囲の岩壁や尾根が電波を反射するのか、受信状態は良好だ。本部を呼び出すと由香里が応じた。

「どうでした、桑崎さん。遭難者は生存していたんですか」

「済まないが、副隊長に取り次いでくれないか。直接報告したいから」

沈痛な気分で桑崎が言うと、由香里はなにかを察したらしい。「わかりました」と改まった口調で言って、電話を保留にした。

八木はすぐに電話口に出た。

「生きていたのか」

「死亡していました。女性です」

「そうか。残念だった。とりあえず身元の確認をしておいてくれないか。遺体は天候が落ち着いたらヘリで運ぶことにしよう」

「いいえ、いまは我々が触らないほうがいいと思います」

「どういうことなんだ？」

八木は当惑をあらわに問い返す。確信を持って桑崎は言った。

「明らかに他殺死体です。捜査一課の仕事になりそうです」

第二章

1

「なんだか、今夜はうなされそうですね。これから麓で盛大に鹿島槍北壁制覇の祝勝会をして、家へ帰って爆睡するつもりだったんですけど」

三人組が幕営していた地点から二〇メートルほど離れたところで、深雪を踏み固め、キャンプサイトの地ならしをしながら浜村が愚痴る。

「ここなら、死体が目と鼻の先にあるよりはましだけどな」

宥めるように桑崎は応じた。明らかに事故死なら、三人組のキャンプの跡地を使えば整地の必要はないが、他殺の可能性が極めて高い以上、現場の保存が鉄則になる。そのくらいの距離を空けてテントを張るようにというのが鑑識課からの注文だった。

風はいよいよ強まって、カクネ里の底はいまや地吹雪の様相を呈している。ヘリが飛べないのは言うまでもない。桑崎たちにしても、この状況で下山するのは雪崩のリスクを考えると避けたいし、死体を放置してこの場所を離れれば、新雪に埋もれて再捜索を余儀なくされる。けっきょくほかに選択肢はなかった。

問題はいつになったらヘリが飛べるかで、地元気象台の予報では、この荒天は少なくともあすいっぱい、長引けば三日は続くらしい。

死体は雪に埋もれないように上からツエルト（不時露営用の軽テント）をかけてある。いずれ本格的に吹雪き始めればツエルトごと雪に埋まるが、ある程度は現場保存の役に立つはずで、それも鑑識課と相談した結果だった。

「あと一日二日は食料も燃料も保ちますけど、そのあとも荒れ続けたら、我々が遭難する羽目になりますよ」

浜村は情けない声を上げる。同感しながら桑崎は言った。

「そのときはヘリで物資を落としてもらうしかないな。着陸は難しくても、飛ぶだけなら多少の嵐でもなんとかなるはずだから」

「そのくらいはしてもらわないと。こっちにしたって命が懸かってるわけですから」

「捜査一課もそれほど急ぐ気はないんだろう。どのみち、ここ最近殺されたわけじゃなさそうだし」

投げやりな気分で桑崎は言った。

死体は完全に硬直していた。頬や耳たぶも石のように硬くなっていて、いわゆる死後硬直ではないことがすぐにわかった。どうやら凍結しているらしい。しかしいま程度の寒気では、一日や二日でここまで硬く凍ることはあり得ない。

俯せといっても顔はわずかに横を向いており、首の周囲に黒褐色の索条痕らしいものがある。ロープなどで絞められた痕のようで、さらにそれと直角に交わる爪で引っ掻いたような傷があり、それも黒褐色に変わっていた。

殺人捜査は畑違いだが、警察学校では死体の見極め方も授業で学ぶ。それは吉川線と呼ばれ、絞殺された被害者が首に巻かれたロープや紐を外そうと喉を掻きむしってできる傷痕で、自殺の場合には見られない絞殺死体の顕著な特徴だ。

携帯で撮影してメールで送ったところ、本部の検視官も他殺死体だとほぼ断定した。死体が凍結しているとすれば、死後どのくらい経っているかは司法解剖しないとわからないという。俯せに近い姿勢のため顔立ちはよくわからないが、髭も喉仏もなく、女性なのは間違いない。

鑑識課の了解を得てウェアのポケットを点検したが、身元特定に繋がるようなものはなにもなかった。

あのテントにいた三人組となんらかの関係がある可能性は極めて高いが、その行方はわからない。折からの地吹雪によって、踏み跡は埋もれてしまったようだった。

すでに日は沈み、宵闇とガスと地吹雪で視界はほとんど閉ざされている。八木と相談した結果、いま彼らを追跡しても発見は難しいうえに、桑崎たちが遭難する危険性もあるという判断で、けっきょく天候が回復するまで死体の番をすることで落ち着いた。

三人の特徴は八木を通じて捜査一課に伝えており、遠見尾根ルートの起点の白馬五竜スキー場や、鹿島槍の北面と東面への玄関口にあたる鹿島集落など、下山してくる可能性の高いところに捜査員を派遣して、発見したら事情聴取する態勢をとっている。主脈稜線上の山小屋はすべて閉鎖されており、富山側は雪が深くルートも長大で、そちらに下山する可能性はまず考えられないため、富山県警にはまだ捜査協力は要請していない。

ヘリが飛べるようになったら、検視官と鑑識課員、捜査一課の刑事たちがやってきて、現場検証を行ったのち、死体を松本市内の大学病院に搬送し、司法解剖を行う段取りになるだろう。

「しかし、腐敗した形跡がまったくないですね。だとすると、事件はこの冬のあいだに起きたと考えるしかないんじゃないですか」

浜村が指摘する。それはおそらく当たっている。極寒の季節以外なら、死体があそこまで原形をとどめているとは考えにくい。しかし厳冬期ならこのあたりはマイナス三〇度前後まで低下することもあり、冷凍庫内の気温と変わらない。

「しかし今年の冬に入ってから、鹿島槍の周辺で行方不明者の届は出ていない。いま本部では、それ以前まで遡って登山届をチェックしているはずなんだが」

「難しいんじゃないですか。届を出さない登山者のほうがずっと多いですからね」

浜村は嘆かわしげに言う。それもあるが、そもそも登山届の目的は犯罪捜査とは無関係だし、パーティーごとに提出するものだから、被害者個人を特定するのには向いていない。

「例の三人組が見つかればいいんだが、問題はいつ連中が撤収したかだな」

「テントがあるのを最後に確認したのが朝の五時以降でしたから、もう十何時間かは経ってますよ。とっくに下山してるんじゃないですか」

「だったらそれらしいのを誰かが目撃しているかどうかだな」

「でも、考えてもしようがないですよ。どうせ嵐が去るまで死体のお供をさせられて、それから捜査一課に引き渡して、あとはお役御免なんでしょう」

「そういう話なら、むしろいいんだが――」

落ち着かない気分で桑崎は言った。

「捜査の舞台が山中となると、捜査一課の手に余る。とくにこの季節だと、動けるのはおれたちしかいないから」

「山岳遭難救助隊が殺人事件の捜査に乗り出すわけですね」

浜村は興味を隠さないが、桑崎は気乗りがしない。

「あくまでサポート要員で、けっきょく厄介な仕事の下働きをさせられるだけだろうけどな」

「言われてみればそうですね。もうすでに、ここで三、四日、停滞することになりそうな雲行きですから」

「殺人事件となると、大町(おおまち)署に捜査本部が設置されて、おれたちもそこに動員されるかもしれないな」

「だったら当分泊まり込みじゃないですか。僕はまだ経験がないですけど、そういう現場に駆り出されたことのあるやつから話は聞きましたよ。下手(へた)をすると何ヵ月も家に帰れないし、捜査一課の刑事には顎(あご)で使われるし」

「おれたちの場合、そこまでべったりというわけにはいかないよ。人員が限られているから、本業の手は抜けない」

「五月の連休に入れば、こっちも総動員態勢ですからね」

浜村は安心したようだ。ようやく整地を終え、テントを張り、周囲に風よけの雪のブロックを積み上げる。テントに入り、ストーブに火を点け、雪を詰めたコッヘルを載せて水をつくり始めると、なかの温度は一気に上がる。

吹雪はますます強まって、防風ブロックを乗り越えて吹き込む風に、テントの張り布がやかましく音を立てる。これから寒冷前線が通過すれば、気温は一気に低下するだろう。

本部に状況を報告しようと携帯を手にすると、表示が圏外になっている。先ほどまではほぼ良好だった。気象条件の悪化が原因なら、これからしばらく本部とは連絡がとれない。浜村の携帯で試しても同様だった。

「困りましたね。これじゃ我々がすでに遭難状態じゃないですか。食料と燃料が尽きたらアウトですよ」

「さっき連絡をとったとき、GPSの位置情報は通知してある。八木さんがなんとか対応してくれると思うがな」

「ヘリが飛んでくれればの話ですがね」

「そのくらいは頑張ってもらわないと、遭難救助ヘリの名が泣くだろう」

「でも、大方の人間は名より命が大事ですから」

浜村の人間観は辛辣だ。きのう天狗ノ鼻から眺めた限り、このあたりは雪崩の痕跡はなかったが、だから今後もないとは断言できない。嵐を突いてヘリが飛ぶにせよ、山岳遭難救助隊が徒歩で登ってくるにせよ、生命に関わるリスクを背負ってのことになるのは間違いない。

2

翌朝四時に目を覚ますと、テントの外はひどい吹雪になっていた。テントも半ば雪に埋もれていて、やむなく浜村を叩き起こし、急いで周囲の除雪を始めた。完全に埋もれればテントが潰れることもあるし、通気が悪くなって窒息する惧れもある。

死体はすでに雪の下だが、ここからの方位と距離は確認してあるので、人手が集まれば掘り出すのに苦労はしないだろう。いま二人で雪を除けてもどうせすぐに埋まってしまう。頻繁に掘り出せばそのたびに現状に変更を加えることになり、捜査上も支障が出ると勝手に決めつけて、そのままにしておくことにした。

除雪を終えてテントに戻り、あとはすることもないから、雪を溶かしてコーヒーを淹れる。

「ゆうべはぐっすり寝ちゃいましたよ。怖い夢もとくに見ませんでした」

さして屈託もなく浜村は言う。また携帯を取りだしてみるが、やはり表示は圏外のままだ。しかし画面に新着メールありのアイコンが表示されている。

開くと八木からのメールだった。寝ているあいだに電波状態がいい時間があって、そのとき受信していたのだろう。発信時刻は昨夜の午後十一時過ぎ。内容は次のようなものだった。

——あすは早朝からヘリを待機させ、わずかでも天候が回復したらすぐに飛んでもらうことにした。着陸が可能ならそのまま二人を回収して帰投する。そのときは雪崩ビーコン（無線発信器）も持っていくから、それを死体に装着して欲しい。着陸が無理なら数日分の食料や燃料を上から落とすが、山岳遭難救助隊としては、現場からの二人の脱出を最優先にすると捜査一課には伝えてある。くれぐれも無事を祈る——。

いかにも八木らしい対応だ。昨夜の午後十一時過ぎに発信されたということは、その時刻まで関係部署との折衝を続けてくれたわけだろう。

雪崩ビーコンを使うのはいいアイデアだ。本来は雪崩に埋まった人間を救出するためのもので、周囲数十メートルに届く電波を発信する。雪崩に遭った人が装着していれば、その電波によって場所を特定できる。位置情報は通報してあるとはいえ、携帯のGPSは誤差が大きい。死体が雪崩で流される惧れもあるから、再捜索が必要になった場合は威力を発揮するだろう。

「さすがに副隊長は頼りになりますよ。手を拱いていたら死体がもう二つ増えることがわかってます」

手渡した携帯を覗き込んで浜村は声を弾ませる。死体がもう二つは大袈裟な気もするが、部下の安否を第一に考えて、達した結論がそれだと納得できる。

「こうなったら大船に乗った気でいるしかないな」

桑崎も安堵の思いを口にした。そのとき天狗尾根の方向から腹に突き上げるような地響きが聞こえてきた。次第に高まりながら音は十秒ほど続き、やがて尾を引くように消えてゆく。浜村は表情を強ばらせる。

「いまの音、たぶん雷鳴ですよね」

そうだと言いたいのは山々だが、雷鳴ならその前に稲妻が走る。あれだけの音のする落雷なら、テントの張り布を透かしてそれが感じられたはずだ。それに雷鳴はあんなに長くは続かない。

「雪崩だよ。おそらく」

桑崎はテントの外に出た。しかし周囲はまだ闇に沈み、ヘッドランプの光芒のなかに見えるのは横殴りの風に流れる密集した雪片だけだ。

「だとしたら、けっこう近くまで来ていたかもしれませんね」

浜村も出てきて不安げに言う。そのときまた風音に混じって、先ほどと似たような地響きが聞こえてきた。こんどはカクネ里の上流方向からで、音はだいぶ遠そうだが、一帯が雪崩の巣になりつつあるのは間違いない。

「移動したほうがいいんじゃないですか」

浜村はうろたえる。たしなめるように桑崎は応じた。

「あの三人組が計算に入れていたかどうか知らないが、ここは雪崩にやられる可能性が比較的少ない。むしろこの視界のなかで下手に移動したらかえって危ない」

言い換えればいまや逃げ場がないということでもある。できるのは、雪崩がここまで届かないようにと願うことくらいだ。

「そうですよね。下流に行けば谷が狭まるし、上流に行けば傾斜が強まる。左右どっちに移動しても稜線の急斜面に近づいてしまう」

浜村は納得したふうだが、それでも顔は強ばったままだ。

「じたばたしてもしようがない。テントに戻ろう」

やむなく桑崎は促した。天狗ノ鼻から見下ろしたとき、この冬に発生したとみられる雪崩の跡でここまで達したものは見つからなかった。

昨年末から今年にかけて大雪に見舞われたことは何度かある。長野県警の管内で、雪崩事故の発生件数は例年を上回る。ここカクネ里もデブリ（雪崩による堆積物）の数は少なくない。それでもいまいる場所がやられていないということに、運命を託すしかない。

寒冷前線が近づくにつれて寒気は厳しくなってくるが、ヘリが飛ぶまでは食料も燃料も節約する必要がある。インスタントラーメン一袋を二人で食べて体を温め、寝袋に入ってまんじりともせず時を過ごす。

午前六時を過ぎて空が明るくなったが、太陽はまだ天狗尾根の背後だ。視界は相変わらず悪い。あれからまた何回か、遠くから雪崩の音が聞こえてきた。果たして生きて還(かえ)れるだろうかと、桑崎もさすがに不安を覚えた。

3

ようやく本部と連絡がとれたのは正午過ぎだった。たまたまアンテナのバーが一本立っていたので、こちらから電話を入れると、まず由香里が応答した。

「ああ、やっと連絡がとれた。大丈夫ですか。二人とも無事なんですね」

「いまのところはね。ヘリは飛べそうなのか」

「一時的にでも回復すれば、すぐに飛べる態勢です」

「そうか。こちらのほうがじつはやばい状態でね――」

雪崩のことを話すと、由香里は鋭く反応した。

「まだ人命に関わる事故の情報はありませんが、県内の山岳地域で、雪崩発生の報告がいくつも入ってきているんです。雪崩じゃなくても、この荒れ方だと遭難が多発するかもしれません。もしほかの場所で事故が起きたらヘリをそちらに回さないといけないので、副隊長は頭を痛めているみたいです」

「内輪の人間のためにヘリを優先的に使ったとなれば、非難が殺到するのは間違いないからな」

桑崎は唸った。県警には警察航空隊所属のヘリが二機あり、さらに県の消防防災航空センターも一機運用している。そのすべてが同時に稼働するような事態が起きないことを願うしかないが、その場合は、運を天に任せてこの場所に居残るか、雪崩の危険をかいくぐって自力で下山するしかない。

「例の三人組の行方はわかったのか」

訊くと由香里は不満げな声で言う。

「まだみたいなんですよ。でも刑事部はこちらにほとんど情報を入れてくれないんで、どういう動きになってるのかよくわからないんです」

警察組織というのは縦割りの傾向が強い。刑事部の捜査一課でも、班が違えば捜査情報は互いに隠したがると聞いている。機密保持のためと言えば聞こえはいいが、要は一種の縄張り争いだ。

　山岳遭難救助隊が関わるような事件でも、ときに刑事捜査の対象になることがある。その際、こちらも事故の顚末は書類として残す必要があるが、刑事部からはほとんど情報が出てこないと、八木が嘆くのをよく聞いた。

「時間からいえばとっくに下山していた可能性が高いから、目撃者を探すくらいしかできないだろう。それに彼らがなんらかの意味で犯罪に関わっているとしたら、なるべく人に見られないように行動するはずだ。要するに、こちらに報告するほどの材料がないとも考えられるな」

「そうですね。副隊長が戻ってきましたので替わります」

　少し間を置いて、どこか憔悴した八木の声が流れてきた。

「やっと繫がったか。メールは読んでくれたか」

「ええ。寝ているあいだに受信していたようです。見通しはどうですか」

「大体のところは梨本君から聞いたと思うが、天候が回復すれば、すぐに飛び立てるように準備はしている。これから遭難が多発する惧れもあるんで、消防防災航空センターにも事情を話して、機材を融通し合えるような段取りになっている」

「いずれにしても、この天候ではなにが起きるかわかりません。万一の際は民間の人の救助を優先してください」

「そうせざるを得ないと思うが、そっちは大丈夫なのか」

八木は心配そうに訊いてくる。

「たぶん――。まだ遭難しているというわけじゃありませんので」

いまはそう答えるしかない。傍らで浜村はいかにも不安げだ。八木は苦渋を滲ませる。

「結果からすれば、おれの判断ミスだったかもしれないな。死体のことは刑事部に任せて、即刻退避が正解だったよ」

「そんなことはないですよ。あの時点で天候は悪化していましたから、雪崩のリスクがすでにあることはわかってました。いずれにせよ、食料も燃料もきょう一日はなんとかなります。もうしばらく状況を見たいと思います」

「そうだな。気象台の話だと、寒冷前線が通過する直前に一時的な好天が訪れることがあるそうだ。疑似好天というやつだが、おれも何度か経験した。それが一時間も続いてくれれば、十分ヘリで救出できる」

「そう願いたいですね」

「ああ。ちょっとでも好天の兆しが見えたら、航空隊に発破をかけて飛んでもらうよ」

力を込めて言って八木は通話を終えた。話の内容をかいつまんで説明すると、切なげな表情で浜村は言う。

「そうはのんびりしていられませんよ。夜になるまえに答えを出してもらわないと、肝が縮む思いでまた一晩過ごすことになりますから」

「だからといってじたばたしても始まらない。いざというとき動けるように、とりあえず飯でも食っておこうか」

努めて冷静に桑崎は言った。

「じゃあ、また水をつくらないと」

浜村はコッヘルを手にしてテントの外に身を乗り出す。つくり置きしてもすぐに凍ってしまうから、水はその都度つくるしかない。周囲に水の原料は無尽蔵にあるが、それを融かすための燃料は限られている。冬山は燃料が尽きたら砂漠のような場所なのだ。

「ちょっと見てください、桑崎さん」

浜村が弾んだ声を上げる。テントの外に半身を乗り出し、浜村が指さす方向に目をやると、雪雲の切れ目にわずかに青空が覗いている。雪もだいぶ小降りになって、周囲を包んでいたガスも薄くなっている。

桑崎は携帯を取りだした。本部をコールすると間髪を容れずに由香里が応じる。

「ちょうど電話しようとしていたところです。気象台から連絡がありました。気象レーダーによると、いま長野県北部に晴天が広がっているそうです。これから寒冷前線が通過するまでの一時間ほどは保ちそうだとのことです」

「ヘリは飛んでくれるのか」

「飛行準備に入っています。副隊長と替わります」

間を置かず、八木の声が流れてきた。

「ヘリは二十分以内にそちらに着く。急いで撤収の準備をしてくれ」

県警航空隊の基地は信州まつもと空港の一角にある。飛び立てば十分もかからない距離だが、飛行準備を入れればそのくらいだろう。

「着陸できるんですか」

「平地はほとんど晴れている。風も弱い。山は若干回復が遅れるが、それでもヘリが到着するころには落ち着くはずだ。このチャンスを逃すと、下手をすればまた三、四日は荒れ続けるという話だ。なんとしてもやってもらわないと」

「それじゃさっそく準備します」

「死体も埋まっているようなら掘り出して、ビーコンを装着できるようにしておいてくれ」

「そうします。そのくらいならすぐにできます」

「それだけやってくれれば上出来だよ。あとは捜査一課にバトンタッチするだけだ」

「この状況なら、ヘリに死体を収容することも可能だと思いますが――」

「それはまかりならんというお達しだ。死体がある状態で現場検証をするのが鉄則なんだそうだ」

嫌みな調子で八木は言う。ここまでの情報のやりとりで、一課からはあまりいい扱いを受けていない印象だ。

「一課の動きはどうなんですか」

「自分たちで死体を確認してからじゃないと正式に着手はできないと言って、まだ捜査本部を設置する様子もない」

「しかし検視官は、写真を見て殺人に間違いないと言ったんじゃ？」

「それも実際に現場で検視して、必要なら司法解剖してからじゃないと断定はできないと、さっそく逃げを打っている」

「危ない場所には出向きたくないという気分がありありですね」

「そんなところかもしれないな。なんにしても我々が貧乏くじを引く必要はない。これから遭難が多発することも予想されるから、とにかく急いで帰ってきてくれ」

「そうします。そもそも他殺死体はうちの営業外ですから」

そう応じて通話を終え、桑崎は浜村に向き直った。

「あと二十分以内にヘリが来る。たぶん着陸できるはずだから、死体にビーコンを取りつけさえすれば、とりあえず我々はお役御免だ」

「それはよかった。晴れ間はどんどん広がっています。急いで準備をしないと」

浜村は勢い込んだ。

昼食は諦めて、荷物をパッキングし、テントを撤収する。死体は五〇センチほど雪を被っていたが、それも事前に取り除いておいた。

いまは雪は止み、風は弱まって、頭上の半分は青空だ。準備を終えてしばらくすると、北東方向からかすかな爆音が聞こえてきた。

やがて大川沢のU字谷の向こうにごま粒のような機影が浮かび、それがどんどん近づいてくる。桑崎たちにとっては見慣れたブルーの機体。県警航空隊のやまびこ2号だ。八木との通話を終えてから十五分ほどで、航空隊の動きは迅速だった。

カクネ里の谷全体に爆音を響かせながら、ヘリは高度を下げてくる。視界は良好で、いまはほとんど無風に近い。ローターの風圧で激しい雪煙が舞い上がる。

雪面を舐めるように近づくヘリに手を振ると、副操縦士も手を振って応じる。レスキュー・ヘリは操縦士、副操縦士、整備士、救助隊員の四人のチームで運用される。もちろん全員が桑崎たちとは顔なじみだ。

すぐ近くまで寄ってきたところで、ヘリは地上一メートルほどの高さでホバリングする。桑崎はヘリを死体のある場所まで移動してもらおうと、操縦士に手振りで合図した。ビーコンを受け取ってからそこまで歩くのは、この雪の状態では時間がかかりすぎる。それならヘリに行ってもらうほうが手っ取り早い。

なんとか意味が通じたようで、ヘリは死体のある場所に向かって移動する。そのとき傍らにいた浜村が桑崎の肩を激しく叩いた。振り向くと口を大きく動かしながら、カクネ里の上流を指さしている。

ヘリの爆音に遮られて声は聞こえないが、そちらに目をやって、桑崎はすべてを呑み込んだ。

五〇〇メートルほど向こうで、なにかが爆発したような雪煙が舞い上がる。足下に不気味な震動が伝わってくる。雪崩だ。このままでは直撃される。

桑崎はヘリに手を振り、雪崩の方向を指さした。振り向いた副操縦士が慌てて操縦士に声をかけている。

雪煙はますます近づいてくる。ヘリがこちらに移動する。その動きがひどく歯がゆい。

桑崎と浜村も雪をかき分けてヘリに歩み寄る。救助隊員がドアを開く。ステップに足をかけ、素早く機内に転げ込む。

谷の下流へ進みながら、機体は一気に高度を上げる。間一髪で真下を雪の奔流が駆け下る。荒い息を吐きながら桑崎はその光景を見守った。掘り出しておいた死体は雪煙のなかに呑み込まれた。

雪崩はさらに三〇〇メートルほど駆け下り、大川沢の入り口付近でようやく止まった。その爪痕のデブリのなかに、あの死体とおぼしいものは認められなかった。

4

「そもそも死体があったというのが、あんたたちの妄想だったんじゃないのか」

カクネ里での顚末を一通り説明すると、富坂(とみさか)という捜査一課の刑事は嫌みな調子で言った。不快感を露(あら)わに桑崎は応じた。

「我々は命をすり減らす思いで、あそこで頑張ったんです。現場で撮影した写真は見たんでしょう。検視官もいったんは他殺と断定したじゃないですか」

「居残って死体のお守りをしてくれと頼んだ覚えはないよ。山が荒れて下山できなくて、しようがないからそこでキャンプしたという話じゃないか」

いかにも迷惑なものを見つけてくれたと言いたげな富坂の言い草に、傍らで浜村が鼻を鳴らす。

ヘリで県警本部庁舎屋上のヘリポートに到着し、山岳遭難救助隊のオフィスに出向いたところへ、すぐに事情を聞きたいと、捜査一課から呼び出しを受けた。さぞや帰還を待ちかねていたのだろうと急いで出向いた刑事部屋で、応対したのは富坂一人だった。

「それはそうですけど、上から見たときは生死が判断できなかった。生きていたらなんとか救出しなきゃいけないと、危険を冒して谷に下ったんです」

「しかしその死体が雪崩で消えちまったんじゃ話にならない」

できれば事件にしたくないらしい本音を、富坂は隠そうともしない。

「多少流されたとしても、雪崩の跡を丹念に探索すれば必ず見つかります。捜査一課にその気があればの話ですが」

こちらも皮肉を返してやると、富坂は苦々しげに唇を歪める。

「殺人事件の捜査というのは、死体が出てから始まるもので、それが消えてなくなったというんじゃ、着手自体が難しいんだよ。そもそも帳場（捜査本部）が立たないうちは、捜査員の頭数も揃えられない」

富坂は四十代半ばくらいの痩せた男で、顔は浅黒いが健康そうな印象はなく、病気持ちではないかと心配になるような風采だ。階級は警部補で、渡された名刺の肩書きは強行犯捜査二係主任となっている。年齢からすれば可もなく不可もない出世のスピードと言っていいだろう。

桑崎が所属する警備部と捜査一課がある刑事部にはほとんど交流がない。富坂とは庁舎内ですれ違うことはあっても、面と向かって話をするのは初めてだ。

どうやら癖のある人物らしいというのはわかったが、それが富坂特有の個性なのか、捜査一課の刑事というのはみんなこういう口を利くものなのか、桑崎にはにわかに判断できない。

「上のほうで話を通してくれれば、我々が動けます。雪崩の現場での不明者の捜索は本業の一つですから」

「だからといって、おたくたちだけに任せるわけにはいかないよ。もし本当に殺害された死体だったら、素人に現場を荒らされちゃ堪らない」

「もちろん捜査一課の刑事さんにも同行をお願いすることになるでしょう。それより我々が目撃した三人組の足取りは摑めたんですか」

その答えはすでに由香里から聞いているが、どう言い訳するか拝聴したい。富坂は取り繕うように咳払いをした。

「まだ摑めないんだよ。これといった目撃情報もでていない。あんたたちから連絡があるより、ずっと早く山を下りてたんじゃないのか」

「まだ山中にいる可能性もありますよ。各登山口にはいまも人員を配備してるんですね」

「あのなあ、おれたちだってそう暇じゃない。殺人事件の数は都会ほどじゃないが、強盗や傷害事件は多発している。それを少ない頭数でやりくりしてるんだ」

そういう割に刑事部屋にはいまも少なからぬ刑事が居残っている。生あくびを嚙み殺して書類に目を落としているのもいれば、堂々と新聞を広げているのもいる。

「要するに、もう山中に張り付いてはいないんですね」

「なんだよ。妙に絡むじゃないか」

富坂は無精髭の伸びた顎を突き出した。しだいに憤りが湧いてくる。ひとたび遭難事故が起きれば、桑崎たちは現場を選べない。どんな厳しい条件でも、救出の可能性がある限り飛んでいく。殺人事件が本業の捜査一課が、勝手に事件を選り好みするとは想像もしなかった。

「べつに絡んでいるわけじゃないですよ。私がメールで送った写真を富坂さんも見たんでしょう」

「ああ、見たよ」

「あの引っ搔き傷を、検視官も吉川線だと認めました」

「そんなのはとりあえずの見立てだよ。正式の検視結果は実際に死体を見てからじゃないと出てこない」

「私も専門家じゃないですが、警察学校で習った程度の知識でも、あれが吉川線だということくらいはわかります」

覚えず言葉が鋭くなった。こちらは休暇中にもかかわらず、なすべき任務を果たそうとして危うく命を失いかけた。暖房の効いた刑事部屋でぬくぬくデスクワークをしているような連中の口から偉そうな講釈は聞きたくない。

「だから甘いと言うんだよ、素人は――」

見下すように富坂は言う。

「殺人事件の捜査というのは、どこの警察本部にとっても体面に関わる重大事案だ。警視庁や大阪府警のような大規模な本部なら人員に余裕はあるが、うちのようなところじゃ、ほかの事件を後回しにして取り組まなきゃならない。まだ死体も出ていない段階で、そこまで組織を動かせるほどの力はおれたちにはないんだよ。小説やドラマに出てくる警視庁捜査一課と同列に思われちゃいい迷惑だ」

「私が見たところ、死体は完全に凍結していました。やるならいまです。暖かくなるまで待てば一気に腐乱が進みます」

「雪に埋まってるんなら、腐る心配はないんじゃないのか」

「雪渓というのは晴れて日射しが強いと、かなり気温が上がります。よほど深く埋まっていればともかく、浅かったらそうはいかないでしょう」

そんな遭難者の死体を掘り出した経験が桑崎には何度かある。雪は冷たいと思われがちだが、じつは大量の空気を含んでいるため保温効果が高く、日射しが強ければ、表面近くの温度は意外に上がるものなのだ。

「もし犯罪性のある死体なら、我々にとっても問題です。登山者の安全を守るのがこちらの使命で、殺人のような凶悪な犯罪は、遭難や事故以上に重大なリスクですから」

強い調子で桑崎が言うと、気圧（けお）されたように富坂は応じた。

「わかった、わかった。上の人間と相談して方策を考えるよ。しかしカクネ里というのは、ずいぶん不便なところなんだろう」

「歩いて行くには大変ですが、ヘリならあっという間です」

「雪崩の心配は？」

「ないわけじゃありませんが、降雪直後を避ければ比較的落ち着いています」

「比較的って言い方が気になるな」

「なにごとも絶対ということはありませんから」

「無責任なことを言うなよ。仕事でもないのにわざわざそんなところへ出かけて、妙なものを見つけちまったのはそっちだろう」

「他殺死体というのは、捜査一課にとって妙なものなんですか」

「またそうやって突っかかる。要するに、おれたちとしては、そういう危険な仕事で殉職者を出すわけにはいかないんだよ」

「我々がサポートしますよ。そもそも遺体の捜索はこちらの十八番ですから」

「ああ、そのときはこっちも若くて生きのいいやつを見繕うよ」

「富坂さんは同行しないんですか」

「おれはそういうのは苦手なんだよ。もっぱら頭脳労働で成果を出すタイプでね」

けろりとした顔で富坂は言う。桑崎は不思議な印象を受けた。食えない男のようでもあるが、言っていることはある意味で率直だ。普通の人間なら取り繕うはずの自分たちの側の不都合な事情を、お為ごかしの言辞を弄せず臆面もなく口にする。

「山の仕事もけっこう頭脳労働なんです。一つ読み間違えると命を落とすことになりますから」

砕けた調子で応じると、にやりと笑って富坂は言った。

「だったら、あんたとの頭脳勝負が楽しみだな」

5

「いろいろ言ってはいましたけど、けっきょく動きそうじゃないですか」

捜査一課の刑事部屋を出て、山岳遭難救助隊のオフィスに向かいながら浜村が言う。

「そりゃそうだろう。死体があったのは間違いないんだし、吉川線に関しても検視官がほぼ断定した。それ以上にあの三人組の挙動があまりに不審だ」

「そうじゃなきゃ、僕らだってなんのためにあそこで命をすり減らす思いをしたのかわかりませんからね」

浜村は勢い込む。桑崎も同感だ。刑事捜査に類することといえば交番勤務時代に自転車泥棒を捕まえたくらいだが、警察官である以上、事件の端緒を見つけたときは捜査を行う義務がある。今回の場合、事件が起きたのはこちらの職域で、捜査一課が動こうが動くまいが、なにもしないでいるわけにはやはりいかない。桑崎は言った。

「そのあたりについてはこれから副隊長と相談しよう。なにかいい知恵を出してくれるはずだ」

八木とはまだ立ち入った話はしていない。自分への報告はあとにして、先に捜査一課にと勧めたのは八木だった。もちろんあらかたのところはすでにヘリの機内から無線で伝えてある。

八木はオフィスで二人を待ちかねていた。由香里も同席している。

「とにかく無事でなによりだった。疑似好天が保ったのはあれから三十分くらいで、二重の意味で間一髪だった」

言いながら八木は窓の外に目をやった。空は鉛色の雪雲に覆われて、窓には横殴りの雪が吹きつけている。

富坂とのやりとりを報告すると、渋い表情で八木は言う。

「うちあたりじゃ、捜査一課といったって殺人事件なんか滅多に起きない。難しい事件だとみて、最初から及び腰なんだろう」

「死体が消えてしまったのが願ったりのような雰囲気もありましたね」

「しかし、これで幕引きにさせるわけにはいかないよ。山を殺人犯の猟場にされたんじゃ堪らない」

八木は溜め息を吐く。

「知らせてやれば、我々そっちのけで捜査に乗り出すものと思っていましたが」皮肉まじりに桑崎は言った。

「あいつらはそのあたりの感覚が違うんだよ。こっちは遭難の通報があったらすぐさま飛びだしていく。人の命が懸かった話だからな。しかし殺人事件はすでに起きてしまったことで、慌てて動いたからって犯人を検挙できるわけじゃない。いまじゃ殺人事件には時効がないから、事実上無制限の時間が与えられていることになる」

「富坂という刑事は、いったいどういう人物なんですか」

桑崎は訊いてみた。部署は違っても、八木は長野県警に奉職して三十年以上のベテランだ。警視庁などと違い職員数はわずか四千人弱だから、多少は評判が耳に入ることもあるだろう。

「なかなかやり手だと聞いていたんだがな。殺人捜査の一番手で、本部長賞は三、四回。さらに警察功績章ももらっているくらいで、捜査一課じゃエース級とみられているようだ。ただしうちの本部は殺人事件の認知件数自体が少ないから、大半は強盗や傷害といった事件での手柄のようだが」

「自分は頭脳労働で成果を出すタイプだとか言ってましたがね」

「じかに付き合ったことはまだないが、鼻につくところがある男だとは聞いてるな」

「たしかにぷんぷんつきました」

「しかし、動きが遅いのは富坂だけじゃない。おれには管理官クラスや一課長から、まだ一度も問い合わせが来ていない」

「山岳遭難救助隊がそこまで立ち上がりが悪かったら、生きて還れる遭難者は皆無になりますね」

さも不快げに浜村が言う。由香里が怪訝な顔で身を乗り出す。

「でも富坂さんていう人、地域課じゃけっこう評判がいいんですよ。強盗とか大きな事件だと、地域課も聞き込みの手伝いとかさせられるんですけど、ほかの刑事さんより指示の要領がよくて、仕事がしやすいんです。若い巡査を頭ごなしに怒鳴りつけたりしないし、イケメンというほどじゃないけど、いかにも刑事というごついタイプでもないから、受けがいいんですよ」

「それは意外だな。おれたちに対してはずいぶん偉そうな口を利いてたけどね。相手が男か女かで態度が変わるんじゃ、あまり信用はできないな」

冷めた口調で桑崎が言うと、八木が穏やかに割って入る。

「いったん動き始めれば、連中だってそれなりの仕事はするんじゃないのか。雪崩に流されたといっても死体が消えてなくなったわけじゃない。頭数を揃えてゾンデ棒で探索すれば、それほど時間をかけずに発見できるだろう」

ゾンデ棒とはプローブとも呼ばれ、雪崩に埋まった人間を探すために用いられる道具だ。折りたたみ式で伸ばせば三メートルくらいの棒になり、それを雪のなかに突き刺して当たりを探る。

人数を揃えて横一列に並び、それを使いながら上流から下流へと捜索していけば、どこかで必ず死体に当たるはずなのだ。

「まず、うちのほうで死体を見つけ出すわけですね」

「出ちまえば向こうも知らんふりは出来ない。こっちにしたって、死体があるのがわかっていてなにもしないんじゃ怠慢だ。雪が融けたころに登山者が腐乱死体を見つけるようなことがあれば、おれたちが責任を追及されかねないからな」

「出しゃばったことをするなと、捜査一課から文句は来ないですか」

浜村が問いかける。意に介する様子もなく八木は言った。

「向こうが殺人や死体遺棄事件としてまだ着手していない以上、口を挟む口実もないだろう。殺人であれ事故であれ、山中で死者が出れば、その原因を究明するのは我々にすれば通常の職務の範囲だよ」

6

翌日も悪天は続いた。

日本海側から本州を横断した低気圧は、北海道の東方海上でさらに発達し、気圧配置はこの時期にしては珍しい冬型になった。

北から吹き込む寒気で気温は真冬並みに下がり、日本海側では昨夜から猛吹雪が続いている。そのうえ本州南岸にも新たな低気圧が発生し、普通なら晴れていいはずの八ヶ岳や南アルプスも荒れ模様だ。

さすがにこの悪天候のせいで、県内各地の登山口や冬季営業の山小屋に問い合わせても、入山者はほとんどいないという話だった。

それでも山が荒れる前に入山し、下山できなくなっている登山者がいるかもしれない。あるいは山間部の集落で雪崩でも発生すれば、やはり山岳遭難救助隊の出番になる。隊員たちは朝から出動準備を整えているが、この天候では遭難が発生してもヘリは使えない。

地上からの救出となると、深雪と視界不良に加え雪崩のリスクもある。きのう間一髪のタイミングで命拾いした身にとってはいま一つ気持ちが入らないが、厄介ごとはそういうときを選んでやってくるものなのだ。

そんな予想が的中したのは正午過ぎ。そろそろ昼食でもとろうかという時刻だった。大遠見山付近で停滞しているパーティーから一一〇番に救難要請が入ったとのことだった。

携帯電話の接続が悪く、会話は途切れ途切れだったが、由香里がなんとか聞き出したところでは、遭難者は東京から来た三人パーティーで、三日前に遠見尾根経由で五竜岳を目指し、その日は大遠見山付近で、翌日は五竜山荘周辺で幕営したが、天候悪化で登頂は断念し、きのうのうちに下山を開始したという。

しかし深雪と寒気で行程ははかどらず、大遠見山付近でついにダウン。そこでテントを張っていまは天候の回復を待っているが、一人の体力が極端に落ちており、意識は朦朧（もうろう）とし、体温も低下しているらしい。

残りのメンバーも手足に凍傷を負っており、燃料のガスも尽きかけて、暖もとれず水分の補給もままならない。食料も残りわずかで、これ以上自力での行動は困難と判断し、救難を要請したとのことだった。

メンバーは男性二名、女性一名。年齢は二十代から三十代までで、体調が悪化しているのは女性だという。最近話題になりがちな高齢登山というわけではない。しかし山を甘く見た結果なのは間違いない。三月といえば平地では春だが、山では一たび荒れれば厳冬期と変わりない。

八木は所轄である大町署の遭難救助隊員に連絡を入れ、地元の山岳遭難防止対策協会にも協力を要請し、至急救難態勢を整えるように指示をした。救難活動の現場指揮官は副隊長だ。隊長は隊全体の管理監督が職務で、現場に直接タッチする立場ではない。

しかし現在の状況では、ヘリの出動はむろんのこと、地上からの救難活動も容易ではない。遠見尾根へのアプローチを短縮できる白馬五竜スキー場のテレキャビンもリフトも運行を停止している。

「メンバーの一人が低体温症なのは間違いないですよ。救出が難航するようなら、ほかのメンバーだって無事では済まないかもしれません」

焦燥を覚えながら桑崎は言った。自分の経験から言えば、積雪期の北アルプスでは悪天候で一週間以上停滞を余儀なくされるのも珍しくはない。わずか一日の停滞でそこまでの状況に陥ること自体に情けないものを感じるが、それがいまの登山の現実なのだ。

「とりあえず本部からも現地に人を出さなきゃならん。命からがら脱出してきた場所の近くで気が重いかもしれないが、まず先遣隊として桑崎と浜村が現地に向かってくれないか」

八木が言う。隊長を含め県警山岳遭難救助隊の隊員数は二十七名。そのうち十一名が茅野署、駒ヶ根署、安曇野署、大町署に分駐しており、二名はヘリコプター救助担当として松本市内の航空隊基地に常駐している。

さらに隊長と副隊長、主に連絡業務を担当する由香里のような地域課所属の隊員二名を除けば、現場に出られる中核隊員は桑崎と浜村を含めて十名。これからさらに遭難が発生する可能性もあり、現状で割ける人員がそのくらいなのは桑崎もよくわかっている。

他の隊員は機動隊の待機所で緊急出動の準備を整えている。桑崎と浜村がこの日も地域課の山岳遭難救助隊オフィスに来ているのは、きのうの一件の報告書を作成するという名目で骨休めをさせようという八木の計らいだった。

しかし、けっきょく実力の点でいちばん信頼のおける桑崎に、白羽の矢を立てる気になってしまったようだ。ついでに付き合わされる浜村のほうはいい迷惑と思いきや、気合いの入った顔で頷いている。桑崎は言った。

「わかりました。大町署の隊員四名と遭対協（山岳遭難防止対策協会）からも何名か人を出してもらえれば、たぶんそれで十分です。とりあえず行けるところまで行って天候待ちですね」

「リフトもテレキャビンも動いていないから、下から歩いて登るしかないが、テレキャビンのアルプス平駅は開けてもらえるように、おれのほうから頼んでおこう。そこを拠点にして天候が回復したところで一気に動くしかないな」

「時間との闘いですね。低体温症は命に関わりますから」

気負った調子で浜村が言う。八木も頷いた。

「居場所がわかっているという点は有利な条件だ。遠見尾根自体もそう難しいルートじゃない。雪崩の心配もさほどない。積雪量はかなり多いと思うが、人海戦術でラッセルすれば大遠見まで三時間程度だろう。先に現地に着いていてくれれば、ヘリによるピックアップも容易になる」

「でも、ちょっと変だと思うんです――」

由香里が怪訝そうに声を上げる。

「その三人、三日前に遠見尾根経由で入山したって言ってますけど、私がテレキャビンの駅に確認したところだと、三日前には、男性二人、女性一人のパーティーは一組も入山していないそうなんですよ」

「駅の職員だって、見落とすことはあるだろう」

八木が問い返すと、由香里は首を振る。

「駅には安全管理用のビデオカメラが設置されていて、乗降客は全員映るんです。その職員さんは遭対協のメンバーでとても協力的な方で、記録された映像をぜんぶチェックしてくれたんですよ」

「だとしたらテレキャビンを利用しなかったか、あるいは――」

桑崎は由香里の顔を覗き込んだ。由香里はきっぱりと言いきった。

「その三人が嘘をついていることになりますね」

「穏やかじゃないな。しかし遠見尾根のルートをいちばん下から登る登山者というのはたしかにあまり聞かないな」

八木も唸る。由香里は確信しているように言う。

「上からスキーヤーやスノーボーダーが滑ってくるところを歩いて登るなんて、物好きどころか無謀だと思います」

「だったらその連中、どうして嘘を？」

「もしかしたら――」

由香里は声を落とす。

「桑崎さんたちが目撃した例の三人組じゃないですか」

いかにも意表を突く推理だが、辻褄が合わないこともない。捜査一課もカクネ里からの下山路の要所に捜査員を張り付けていたようだし、目撃者がいないか聞き込みもしたと聞いている。それでも三人組の行方はわからなかった。

こちらはおそらく下山したものと考えていたが、まだ山中のどこかにいるとしたら、それも十分納得できる。そしてカクネ里からは、救難要請をした三人がいる場所に至る支尾根がいくつかあり、本格的に荒れ出す前なら、技術的にさほど困難なところはない。

もちろんそこを登ってから遠見尾根を下り、テレキャビンとリフトで麓へ下るルートも考慮したから、テレキャビンの山麓側の駅にも捜査員が張り付いていた。しかし該当しそうな三人パーティーは現れなかった。なにかの理由で大遠見山で幕営していたとしたら、その点についても納得がいく。

「すぐに出発します。由香里の勘が当たっていそうな気がします」

桑崎は浜村を促して立ち上がった。

第三章

1

桑崎と浜村は県道31号長野大町線――通称オリンピック道路を飛ばして一時間足らずで白馬五竜スキー場のテレキャビンとおみ駅に到着した。

駅にはすでに大町署に常駐する四名の山岳遭難救助隊員と、遭対協の会員二名が待機していた。

「ご苦労様です。カクネ里から無事に帰ってきたばかりなのに、休む間もないです稲本という隊員が声をかけてくる。鷹揚な調子で桑崎は応じた。

「仕事じゃなくて遊びに行ってたんだから、文句は言えないよ。しかし山の荒れ方はかなりのものだな」

「上のほうは吹雪とホワイトアウトで、よほど慎重に動かないとこっちまで遭難しかねません」

「アルプス平駅は使えるのか」

「職員が居残ってくれていますから、ベースとしては使えます。ここから上までは、スキー場のスノーモービルを使わせてくれるそうです」

「それは助かるな。とりあえずアルプス平で状況を見よう。動けそうならすぐ救出に向かうが、二重遭難は避けたいからな」

「これから夕刻に向かって気温はさらに下がりそうです。一人は低体温症のようですから、容態が悪化するのが心配です」

「連絡はとれているのか」

「携帯の電波状態が悪くて、たまに通じても途切れ途切れで、正確な情報が把握できないんです」

「いずれにせよ、時間との勝負だな。急いで上に向かおう。状況は厳しいが全力を尽くそう。遭対協のみなさんもよろしくお願いします」

桑崎は合同救難チームのメンバーに声をかけた。すでに完全装備で待機していた全員が「おう」と声を上げて駅舎から飛び出した。

外にはスキー場が用意してくれたスノーモービルが四台駐まっている。タンデムで使えば全員を一度で運べる。頂上のアルプス平駅との標高差は約七〇〇メートルあり、この積雪状況で歩いて登れば二、三時間はかかる。スノーモービルなら片道十分足らずで、体力の面でも時間の面でも大いに助かる。

地元に明るい遭対協のメンバー二名が先に立ち、そのあとに桑崎と浜村が続いた。運転は浜村に任せたが、生まれが雪の深い土地で、スノーモービルの運転にも慣れているようで、深雪の急斜面でも危なげがない。

なんなく到着したアルプス平駅には職員が二名待機していて、隣接する食堂の一角を救難チームのために空けてくれていた。地元の観光施設のほとんどが遭対協の会員のため、こうした際の協力態勢は迅速だ。山岳遭難は、ヘリの出動だけでこと足りるものばかりではない。地上からの捜索や救助が必要な場合、警察だけではとても手が足りない。県警山岳遭難救助隊の活動は、彼らの協力があって初めて成り立つ。

「どうしますか。条件はちょっと厳しいようですよ」

窓の外を眺めて浜村が言う。雪は横殴りに吹きつけ、腹に響くような風の唸りがガラス越しに聞こえる。風速は三〇メートルを優に超えているだろう。

ここから遭難者がいる大遠見山までは稜線伝いで、雪崩の心配はほとんどないが、駅の職員の話では、ここ二日で二メートルほど新雪が積もっており、厳しいラッセルを覚悟しなければならないという。

時刻は午後二時をだいぶ回っている。いかに足の揃った救難チームでも、現場に着くのは夕刻になる。なんとかたどり着いたとしても、低体温症に陥っている登山者や体力が落ちているはずの残りの二人を、ここまで連れて戻ることが果たして可能か。

「なんとかしたいのは山々だが、いま動いたとしてもできることは限られる。せいぜい温かい飲み物や食料を用意して、励ましながら天候の回復を待つくらいかもしれないな」

焦燥を抑え込んで桑崎は言った。

遭対協のメンバーは地元の山をよく知るエキスパート揃いで、山岳遭難救助隊にしても、日頃の訓練で鍛え抜かれた精鋭だ。それでも生身の人間であることに変わりはない。現在の状況は、プロ級の登山家でも、いやむしろそのクラスならなおのこと、行動を控えるレベルだろう。

しかし永遠に続く悪天はない。この大荒れもたぶん今夜いっぱい。あすになれば天候は回復するというのが桑崎の経験に基づく見通しだ。それならその時点でヘリによる救出が可能になり、いまリスクを冒して行動する意味はさほどない。

「どうみますか、木村（きむら）さん？」

傍らで窓の外を眺めている遭対協のメンバーの木村に声をかけた。木村は地元の民宿経営者だが、山岳ガイドの資格を持っていて、後立山連峰の知識に関しては右に出る者がいない。

「ここから大遠見山までは、普通の天気だったら鼻歌混じりで歩けるけど、この降り具合じゃかなり雪庇（せっぴ）が発達しているはずだ。ここまで視界が悪いと命懸けだよ」

小遠見山から先には痩せた尾根があり、風下側に延びた雪庇を踏み抜く事故が少なくない。このホワイトアウトでは、どんなベテランでもその位置を見極めるのは困難だ。

そのとき稲本のアノラックのポケットで携帯が鳴り出した。着信した番号を確認すると、稲本は落ち着いた声で応答する。

「ああ、原口（はらぐち）さん。稲本です。あれから何度も電話を入れたんですが、なかなか通じなくてね。状況はいかがですか」

稲本は機転を利かせて通話をスピーカーフォンに切り替えた。男の声が流れてくる。それがパーティーのリーダー格で、名前は原口豊（ゆたか）だと聞いていた。最初に救難要請してきたのもその人物だ。

「風が強くてテントが破れそうなんだよ。寒さもひどい。燃料もほとんどなくなった。救助隊は動いてくれるの？　早くしてもらわないと――」

原口の口調には強い苛立ちが滲む。すでに何度か連絡をとり合っているのだろう。砕けた調子で稲本は応じる。

「いまアルプス平に到着したところでね。すぐに動きたいのはもちろんなんですが、こちらも吹雪とホワイトアウトで身動きがとれないんですよ」

「あんたたちは本職の遭難救助隊なんだろう。それじゃ素人と変わりない。このままじゃ仲間が死んでしまうよ」

「だいぶ容態が悪いの？」

「声をかけても揺すっても反応がない」

「体温は？」

「かなり低いよ」

「体は温かくしてるんだね」

「ダウンジャケットも寝袋も湿気を吸って、それが凍りついている状態で、どのくらい保温効果があるかわからない。燃料がほとんどないから、テントも暖められないんだよ」

原口は悲痛な調子で訴える。その音声がぷつぷつと途切れる。電波の状態がまた悪化しているようだ。稲本が困惑気味の視線を桑崎に向ける。桑崎は原口に語りかけた。

「桑崎と言います。この現場の責任者です。あなたともう一人の方はいまどんな状態ですか」

「寒くてどうしようもない。テルモスにつくり置きしていたお茶も冷めてしまって、体を温める手立てがないんだよ」

「着られるものはすべて着て、なるべく体を密着させてください」

「そんなことはとっくにやってるよ。救出には来てくれないの？」

状況は切迫しているようだが、こちらも隊員の命が懸かってくる話で、安請け合いはできない。

「天候回復の兆しが見えたらすぐに動きますから、希望を捨てず、もうしばらく頑張ってください」

それ以上のことを言えば嘘になる。遭難者の要求すべてに応じることは神ならぬ身には不可能だ。遭難救助隊員にとってこうしたやりとりはいちばん辛いが、だからといって隊員の命を犠牲にするような対応は本末転倒だ。

「もうしばらくったって、どれだけ待てばいいの。人の命を救うのがあんたたちの仕事じゃないの。このままおれたちを見殺しにする気？」

原口は憤りを隠さない。生命の危機に瀕しているような状況では、遭難者の言葉が感情的になるのは珍しくない。相手の気持ちをどうにか宥め、こちらの事情も理解させながら最善の方向に導いていくことが重要で、遭難救助の仕事はすでにそこから始まっているとも言える。

「わかってください。我々もスーパーマンじゃない。現状はあまりに危険が大きいうえに、運良くそちらへたどり着けたとしても、この天候ではやれることが限られる。お互いにとって無意味なリスクになりかねないんです」

「わかったよ。無理を言って悪かった。ただこちらも非常に厳しい状況なんで、なんとかよろしく頼むよ」

　原口は不承不承という調子で応じる。わずかに安堵しながら桑崎は言った。

「もちろん全力を尽くしますよ。もうしばらくの辛抱ですから」

　原口はなにか言いかけたが、その瞬間に通話が途切れた。画面を見ると圏外表示になっている。

「難しい選択だね、桑崎さん」

　木村が声をかけてくる。苦渋を滲ませて桑崎は応じた。

「普通なら天候の回復を待つのが常識的な判断でしょう。ただ心配なのは——」

「一人が低体温症なのは間違いない。いまの状況で、どれだけ保ってくれるかだね」

「かなり重症のようですから、救うのは難しいかもしれませんね」

ここは率直に言うしかない。見殺しにするのかという原口の声が鼓膜の奥で谺(こだま)する。だからといっていま動いて二重遭難するような羽目になれば、救える命も救えなくなるし、こちらにも死人が出かねない。

「あと一時間、様子を見ようか」

木村が言う。

「一時間？」

桑崎は問い返した。木村は頷いて続けた。

「たぶんこのままの状態だと、症状の重い遭難者が生き延びられるのはあと五、六時間じゃないかと思ってね。しかし燃料や温かい飲み物を運んでやれば、なんとかあすの朝まで持ち堪(こた)えられるかもしれん」

「一時間というのは？」

「風の音がいくらか静まったような気がするし、気圧も少し上昇しているんだよ」

木村は腕時計タイプの高度計を覗き込む。そう言われて窓の外に目をやると、渦巻くガスが心なしか薄くなったような気がする。

「いまはまったくのホワイトアウトだけど、一時間もすれば事情が変わりそうな気がしてね。視界が二〇メートルほど開ければ、現場までおれが案内できる。遠見尾根は裏庭みたいなもんだから、雪庇の出る場所はだいたいわかる。ラッセルは厳しいと思うけど、人数が揃ってるから、トップを交代しながら進めばそれほど時間はかからない」

「うまくいけば連れて帰れるかもしれないし、それが無理でも、ヘリが飛べるまで命を繋げますね」

「それがいま考えられる最善の方策だと思うがね」

木村の言葉に意を強くして、桑崎は応じた。

「厳しいけどやってみましょう。ここは木村さんに頼ることにします」

浜村を含むほかのメンバーも頷いている。人を助けるためにここに来た以上、なにも出来ずに死なせては悔いが残る。そんな思いはここにいる全員にとって共通するものだろう。

そんな状況を報告すると、慎重な口ぶりで八木は応じた。

「木村さんがリードしてくれるなら心強いが、くれぐれも安全第一でな。ヘリはいつでも飛べるように待機させておくよ」

「お願いします。低体温症だとしたら一刻を争う状況ですから」

2

一時間も経たないうちにガスは薄くなり、視界も二、三〇メートルには広がった。吹雪はいまも止まないが、風はいくらか弱まった。夕刻に向かって気温は低下しているものの、これから行動に入れば、ラッセルによる運動量で体温は上がるだろう。山岳遭難救助隊の場合、迅速な行動を旨とするため、通常は幕営の準備はしていない。これから現場に向かったとして、夜になる前に戻れる保証はないが、その場合は雪洞を掘ればいい。いま必要なのは燃料と温かい飲み物と食料で、桑崎たちに出来るのは、可能な限り遭難者の体温を保持することくらいだが、それでもやらないよりははるかにましだ。桑崎は声をかけた。

「行けそうですね、木村さん」

「うん。これならなんとかなりそうだ」

木村は大きく頷いた。各自のテルモスには食堂で用意してもらった熱いお茶が詰めてある。隊員の携行食だけでは足りないので、遭難者たちのために駅の売店に置いてあるケーキやチョコレートの類いも提供を受けた。本部に電話を入れると、由香里はすぐ八木に繋いでくれた。

「いま電話を入れようと思っていたところだ。これから出発するのか」

「ええ。ガスも風もいくらか収まってきました。木村さんもこれなら行けると言ってますんで」

「わかった。無理はするなよ。ところで妙な話が入ってきたんだよ――」

八木はわずかに声を落とした。

「さっき大町署の地域課から連絡があったんだが、大谷原の駐車場にここ数日、品川ナンバーのＳＵＶが駐まっているらしい」

「駐車場ですから、車が駐まっていても不思議はないのでは？」

桑崎は当惑気味に応じた。大谷原は鹿島槍の北面や東面の玄関口に当たり、その駐車場にはクライマーたちの車がいつも駐まっている。先日、桑崎たちが天狗尾根に向かった際にも十台近い車が駐車されていた。

桑崎たちはタクシーを利用したが、そこからのルートは岩登りが主体で、縦走を目的とするクライマーがほとんどいないため、入山の足にマイカーが利用されるケースが最近は多い。

「さすがにこの嵐でほとんどが帰っていったようなんだが、その一台だけ駐まったままで、あらかた雪に埋もれた状態なんだそうだ。何年か前に近隣で、東京から来たカップルが車のなかで自殺した事件があったらしい。それで地元の人が心配になって雪を除けてみたんだが、なかには誰もいない。山中で遭難でもしていたらまずいからと大町署の地域課に通報してくれたらしいんだ。その人はナンバープレートも確認してくれていて、地域課で車の所有者を当たったところ、どうも盗難車だったようだ」

「本当ですか」

桑崎は不快な慄きを覚えた。八木の口ぶりにも苦いものが混じる。

「大遠見山で遭難している三人パーティーと無関係だとも思えないんだが」

「だとしたらあの連中――」

「由香里が指摘したとおり、遠見尾根から五竜岳を目指したという話は嘘かもしれない。その三人組以外に鹿島槍周辺で救難要請は出ていない。それに普通の登山者が盗難車を使って山登りしに来るとは思えない」

「それが当たりなら、天狗尾根経由でカクネ里に入り、そのあと遠見尾根に登ったことになりますね。その車、いつから駐まっていたんですか」

「気がついたのはきのうの朝だそうだ。それまでは何台もあったんで、とくに気にもしなかったらしい」

「地域課からうちのほうへ連絡があったんですか」

「いや、窃盗事件に該当するから捜査三課に引き継いだようだが、由香里はそのときのやりとりをしっかり聞いていてね。すぐにおれに連絡してくれたんだよ」

「捜査一課にはもう話を？」

「まだだ。いまは人命救助が最優先だ。ここで一課に首を突っ込まれて、余計な負担を強いられたら、本業でしくじることにもなりかねない」

八木は躊躇なく言う。桑崎も賛成だ。今後彼らがどう動くつもりか知らないが、その際主導権を握りそうな富坂が、かなり狷介な人間だということはきのうの面談でよくわかった。いずれは付き合わざるを得ないにせよ、いまこの状況で好きこのんで接触したい相手ではない。

「わかりました。いつ一課に連絡するかの判断は副隊長にお任せします。こちらは三人の救出に全力を注ぎます」

「そうしてくれ。天候は西から回復に向かっているそうだ。気象台はあすの朝までには吹雪も収まるというから、一晩持ち堪えてくれれば、あとはヘリで救出できる」

「低体温症の遭難者に関しては時間との勝負になりそうです。これから速やかに現場に向かいます」

「ああ。何度も言うようだが、二重遭難になったら目も当てられない。くれぐれも無理はしないよう、木村さんにも伝えてくれ」

思いのこもった調子で八木は言った。

3

風はだいぶ弱まり、視界もかなり開けたとはいえ、嵐が収まったとはまだ言いがたい。

ワカンをつけていても体は深雪に腰まで沈み、トップを行く若い遭難救助隊員は、泳ぐようにして上体で雪を押し潰し、膝と足を使ってしっかりと踏み固めていく。

二番手についている木村は周囲のわずかな地形の変化から進むべき方向がわかるようで、先頭の隊員の進路がぶれると、風音に負けない声で指示を出している。全員が体力を温存出来るように、トップは頻繁に交代する。それでも標高一六七三メートルの地蔵ノ頭に到着するころには、体は汗ばむほどに温まって、露出した顔を打つ雪の礫（つぶて）も心地よい冷却剤のようにさえ感じられる。

八木から知らされた盗難車の話は浜村にだけ耳打ちしておいた。これから救出に向かおうとする相手について他のメンバーに犯罪絡みの疑心を植えつけるのは、士気を保つ上で問題があると思えた。

浜村はむしろ、上から目線の捜査一課の鼻を明かしてやるチャンスだとばかりに気合いが入る。

「遠見尾根から五竜を目指したと嘘をついたのは、やましいことがあるからですよ。殺人事件は捜査一課の本業でも、山の安全を守るのは我々の仕事です。殺人犯が大手を振って北アルプスを歩くようになったら、僕らの存在意義が問われますからね」

　そのとおりだと桑崎も思う。世の中が荒めば荒むほど、心の避難所として山は大切な場所になってくる。犯罪とは無縁の聖域だからこそ、そこを訪れる人の心が癒やされる。そんな場所を守り育て、次の世代へ残していくことが、自分たちのいちばん大事な使命かもしれないと――。

　地蔵ノ頭を過ぎると、狭い尾根伝いの箇所が多くなる。単調なアップダウンが続くルートだが、風下に発達する雪庇は要注意だ。

　視界は多少開けたといっても、周囲はいまもガスに包まれて、雪面と空の境界が判然としない。普通なら尾根通しのほうが楽だが、安全の意味で北側の斜面を巻くように進む。

　それだと雪庇を踏み抜く惧れはないが、北西からの寒風をまともに受ける。南側を巻けば風は避けられるが、稜線上の雪庇が崩壊すれば生死に関わる。さらに風上よりも風下のほうが雪が深いから、ラッセルの苦労もそれだけ多くなる。それらを勘案すれば、いまのルート取りがたぶん正解だ。

　頻繁にトップを交代しながらハイピッチで進む。足が揃ったチームの馬力は予想以上で、地蔵ノ頭から小遠見山までの区間を一時間弱で踏破した。無雪期でも一般人なら一時間半はかかるルートだ。

方向の見当がつけにくいトラバースルートを木村は正確にリードする。谷側に行き過ぎれば登り返すのに苦労するし、山側に行き過ぎれば雪庇を踏み抜く危険性がある。そのあたりのバランスをとりながら、アップダウンの少ない効率的なルートを見いだす能力は、地元のガイドならではだと唸らされる。

小遠見山の頂上で小休止しながら、原口の携帯を何度かコールしてみたが通じない。こちらはぎりぎり圏内に入っているが、相手のほうが圏外なのか、あるいはバッテリーが切れたのか。

一休みしているあいだに風雪がまた強まって、視界もわずかに悪化した。

「一気に回復とはいかないようですね」

声をかけると、木村は渋い表情で頷いた。

「おれたちのほうはなんとかなるけど、低体温症にかかっている人が心配だね」

言いたいことはよくわかる。悪天が長引けばヘリが飛ぶのがそれだけ遅くなる。すでに重度の低体温症に陥っている遭難者をこの厳しい寒気を突いて担ぎ下ろせば、それだけで症状はさらに重篤になり、場合によっては命を落とす。

「天気がよけりゃ、なんとでもなる場所なんだけどね。真冬なら一週間や十日荒れ続けるのは珍しくないが、春先にしちゃ長引くよ。とにかくまずは現場に向かって、着いたところで方策を考えるしかなさそうだな」

木村は慎重な口ぶりだ。そんな方策がそもそもあるのか。けっきょく手遅れになるのなら、危険を覚悟で行動を開始したのは果たして正しい選択だったのかと、かすかな後悔が湧いてくる。

それ以上に、あの死体と関わりがある可能性が出てきた三人のパーティーに、普通のケースの遭難者に感じるような責任感が抱けないのだ。もちろん相手がだれであれ、それはあってはならないことだ。そこは十分わかっていても、気持ちが前を向かないのは如何（いかん）ともしがたい。

「でも、居場所がわかっているだけましじゃないですか。行方不明者の捜索と比べれば、ずいぶん楽な仕事です」

気を取り直せとばかりに稲本が言う。そのとおりだと自らに気合いを入れて、桑崎はメンバーに声をかけた。

「じゃあ、行こうか。せっかく温まった体がまた冷えないうちに」

「そうしましょう。三人とも生きて還らせないと、山岳遭難救助隊の名が泣きますよ」

稲本はさらに活を入れる。元気の良さは遭難救助隊でも群を抜き、趣味のトレールランニングでは全国レベルの大会でも上位に名を連ねる。

その稲本がトップに立って歩き出そうとしたとき、ポケットで携帯が鳴り出した。取り出してディスプレイを覗き、稲本はそのまま桑崎に手渡した。

「原口さんからです」

耳に当て、「桑崎です」と応答すると、原口の声が流れてきた。

「まだ動いていないの」

暗い声音で原口は訊いてくる。電波状態が改善したのか、先ほどのようにぷつぷつ途切れることはない。強い調子で桑崎は応じた。

「いま小遠見山まで来たところです。連絡しようとしたんですが、携帯が通じなくてね」

「バッテリーが減ってるんで、必要ないときは切っている。あとどのくらいかかるの」

「想像していた以上に雪が深くてね。早くても二時間はかかりそうです」

「じゃあ、もう間に合わないかもしれないな」

どこか悲痛な声の調子に、桑崎は携帯を握り直して問い返した。

「間に合わない？　低体温症にかかっている人のこと？」

「脈拍が弱まって呼吸が浅いんだよ。いまにも心臓が止まりそうだ。このまま死ぬんじゃないだろうか」

「すぐに死亡するわけじゃない。心肺蘇生術は知っていますか?」

「知らない」

「これから説明するから、その人の呼吸や心拍が停止したらすぐに実施してください——」

桑崎は心臓マッサージによる心肺蘇生のやりかたを説明した。専門の救助隊員にとっては必須の技術だが、今回のように遭難者自身の手で行ってもらうケースもあるので、説明の仕方もマニュアル化されている。原口はその要領を呑み込んだようだった。

急いで向かうと言って通話を切り、全員に状況を説明した。自らを励ますように木村が言う。

「なんとか命を繋いで欲しいもんだよ。あすの朝ヘリが飛べれば、それで迅速に病院へ運べる。いまは低体温症の治療技術も進んでいるから、かなり重度でも回復の可能性がないわけじゃない」

小遠見山から大遠見山までは二キロ弱の距離だが、アップダウンが多く、積雪量も増えてくる。ラッセルが厳しい上に、やや収まっていた風がまた吹き募る。

時刻は午後四時を回っている。ここから最大限飛ばしても、到着時点で日没になる。

だからといって戻るという選択肢はもはやない。大遠見山の周辺は雪洞を掘るのに向いていて、各自ツエルトと寝袋は携行しているから、遭難者のいる場所で十分安全にビバークできると木村は言う。

大遠見山の手前の中遠見山に達したのが午後五時少し前で、ペースは予想していたよりやや遅い。日没前に現場に到着するのはいよいよ難しい。

現状を報告するために本部に電話を入れると、電波の状態は比較的よく、由香里がすぐに応答した。

「いま、どこですか、桑崎さん？」

中遠見山だと答えると、不安げな声で由香里は言う。

「ちょっと時間がかかってますね。こっちは少し収まっていた風がまた強くなってきています。気象台の予報も当てになりませんね」

「山の上も吹雪き始めたよ。全体としては回復に向かっているにしても、そこは一本調子で行くわけじゃないから、そう心配することもないだろう」

自らに言い聞かせるように桑崎は応じた。由香里は気持ちを切り替えるように言う。

「じゃあ、副隊長に繋ぎます。心配しているから、元気な声を聞かせてやってください」

しばらく保留音が鳴って、八木が電話口に出た。

「無事でいるようでなによりだが、そこから先が問題だな。これから暗くなる。ルートファインディングに十分注意して、難しいようなら、大遠見山に達しなくてもビバークして構わない。責任はすべておれがとる。最悪なのは二重遭難だ」

八木は慎重な物言いだ。どんな場合も隊員の生命が最優先なのはいつに変わらぬ姿勢だが、いまの口振りには、それとは別の消極的なニュアンスが感じられる。

「そちらで新しい動きはありましたか」

さりげなく訊いてみると、八木はわずかに声を落とした。

「遭難したパーティーのリーダーの原口豊という人物なんだが――」

「なにかわかりましたか」

この強風のなかでは周囲の隊員に聞こえるはずもないのだが、桑崎も覚えず声を落とした。

「富山県警の山岳警備隊に問い合わせてみたんだよ。なにか引っかかる名前だったもんだから。そしたら案の定、かなり問題のありそうな人物だった」

「というと？」

「四年前の十一月に原口ほか一名が剱岳で遭難して、富山県警のヘリで救助されたんだが、そのとき一悶着あったんだよ」

「富山県警とのあいだで？」

「吹雪で立ち往生して救難要請をしてきたんだが、今回と同じようにすぐにヘリが飛べる状況じゃなかった。場所は八ツ峰で、地上からの救出だって容易じゃない」

八ツ峰は剱岳でもいちばんの難ルートで、一般の登山者が安易に踏み込めるような場所ではない。そこに初冬の十一月に挑んだとすれば、原口はそれなりのキャリアのクライマーなのか。

「ヘリで救出されたということは、怪我でもしたわけですか」

「そうじゃないんだよ。今回と同じように、同行者が寒さで低体温症に罹りかけているという話だった。そう言われても吹雪の八ツ峰を登るのは、救助する側にとっても命と引き替えになりかねない。けっきょく二日後にヘリが飛んで救出はしたんだが――」

「重症だったんですか」

「その逆でね。二人とも元気そのもので、立派なテントを張って、食料も燃料もたっぷりあった。要は実力に見合わないルートだった。稜線に雪がついて、登るも下るもできなくなったということらしい」

「だとしたら、今回もそういう人騒がせな話の可能性がありますね」

苦い気分で応じると、八木は不快げにさらに続ける。

「その手の甘ったれた登山者はとくに珍しくない。問題はそのあとで、救助が遅れたために手足に凍傷を負ったという言いがかりをつけて、原口が県警を相手に訴訟を起こしたんだよ」

「結果は？」

「原告敗訴で控訴はしなかった。凍傷といったって、しもやけに毛の生えた程度で、指を無くすようなものじゃなかった。警察による救助活動は、生命の危機もしくはそれに準じる重症を負った場合を想定するもので、軽い凍傷はその範疇に入らないという判決だったらしい。そんな話を富山県警と合同のセミナーで耳にしていて、原口豊という名前をおれもなんとなく覚えていたんだ」

「いやな話を聞いてしまいましたね」

　桑崎が言うと、同感だというように八木は応じた。

「おれも思い出さなきゃよかったと思ってるんだよ。救助チームのメンバーには言わないほうがいいな。それで力を抜くような連中じゃないだろうが、ちょっとした気の緩みが二重遭難に繋がる惧れもあるからな」

「騙すようで気が引けますが、そのほうがよさそうですね。例の盗難車の絡みは、捜査一課にはもうしばらく黙ってるんですね」

「ああ。いま教えたところで、向こうもなにができるというわけじゃない。救出に成功すれば、まずおれたちが事情聴取することになる。そこで憶測以上の心証が得られたときに考えればいいだろう」

刑事捜査の場合とは意味が違うが、山岳遭難のときも原因究明や再発防止のための事情聴取は行うことになっている。拙速な判断で濡れ衣を着せることになってもまずい。八木の言うとおり、いまの時点では慎重な対応が必要だ。

「そうしましょう。どのみちこの強風のなかじゃ込み入った話は出来ませんから。とりあえず先を急ぐことにします」

そう言って通話を終え、手振りで行こうと促すと、気合いの入った表情で全員が動き出す。八木の言うような前歴があるとはいえ、携帯電話で交わした原口の言葉には切迫したものがあった。いまは予断を排すべきだろう。

4

懸命のラッセルを続け、大遠見山に到着したのは午後六時を回ったころだった。ガスは薄れたが、日はすでに暮れ、視界を押し広げてくれるのはヘッドランプの光だけだ。

三人パーティーのテントがなかなか見つからない。携帯が通じない上に、全員が声を限りに呼びかけても、応じる声も人の姿もない。

頂上から少し下り、夏なら小さな池がある窪地（くぼち）に出ると、前方に緑色のかすかな光の点が見えた。雪を踏み分けて近づくと、大半が雪に埋もれたテントの一部のようだった。

すでに除雪をする力もないのか、あるいはその必要性をわかっていないのか。テントが押し潰されれば耐寒性は低下する。それ以上に、雪に埋没すれば酸欠に陥る惧れがある。テントには保温性と通気性という二律背反する機能が要求される。あらゆる条件で二つの要素を満たす製品はない。

降り積もったばかりの新雪は多少空気を通すものだが、テント内外の温度差で張り布に霜がつけば通気性は失われる。こまめにベンチレーター（換気口）を開けるようにしていればいいのだが、就寝中に雪でふさがってしまうこともある。いまの状況で心配なのはまさしくそれだ。

背負ってきたスコップを手にして浜村が雪を掘り始める。ほかのメンバーもそれに続く。阿吽（あうん）の呼吸で言葉を交わす必要もない。張り布を破らないように慎重に掘り進み、やがてテントの上部三分の二ほどが出てきた。

被っているのが軽い新雪だったせいか、テントはさほど潰れてはいない。その形状と色を見て桑崎は愕然（がくぜん）とした。

カクネ里で幕営していた三人のパーティー、由香里の推理、そして大谷原の駐車場に放置されていた盗難車両——。ここにいる三人の遭難者とそれらを結びつける根拠そのものは決して強固ではなかった。

しかし目の前にあるテントは、天狗ノ鼻からや鹿島槍北壁の登攀中に目撃したあのテントとほとんど同じに見える。浜村も驚いたように目を向ける。

もちろん登山用のテントは、一般の家庭用品や衣料品ほど種類は多くなく、売れ筋となるとそれがさらに絞られて、夏山や春山のキャンプ場では、メーカーもタイプも同じテントがいくつも並んでいるものだ。

しかしそれより気がかりなのは、周囲で雪を掘り、人の声も聞こえるはずなのに、テントのなかからなんの反応もないことだ。

「まずいな。なかでなにか起きてるよ」

木村が傍らで不安げな声を上げる。桑崎は足下の雪をさらに掘り下げて、氷の張り付いたジッパーを苦労して引き上げた。

ヘッドランプの明かりでなかを覗き込み、言いしれぬ慄きを覚えた。一人は寝袋に頭まで潜り込んで身動きしない。残りの二人はその傍らに折り重なるように横たわっている。

なかに入ろうとする浜村を、桑崎は慌てて制した。

「だめだ。まず換気をしないと——」

惧れたのはテント内の酸欠だった。酸欠状態の空間に迂闊に入り込むと、ときに命を失うことがある。

酸素濃度が一八パーセント未満の環境では、人の肺は酸素を吸い込むのではなく逆に奪われてしまう。呼吸をすればするほど酸素を失う悪循環に陥り、瞬く間に脳機能に障害がおきる。酸欠状態の場所に入ったとたんに意識を失って倒れることも珍しくない。酸素濃度一八パーセント未満の空気は毒ガス以上に危険なものだと考えていい。

出入り口のジッパーを全開にし、外気をたっぷり送り込んでから、慎重に足を踏み入れる。横たわっている二人は男性だ。どちらかが原口だろう。二人の肩を交互に揺すり、声をかけるが、なんの反応もない。

胸に耳を当てても、どちらの鼓動も聞こえない。呼吸も止まっている。間違いなく心肺停止状態だ。

頭まで寝袋に入っているもう一人は女性だった。低体温症に罹っていたメンバーだろう。先ほど原口と連絡を取り合ったとき、すでに心肺停止に陥りかけていると聞いていた。やはり呼吸と鼓動は確認できない。

狭いテントのなかに入れるのは桑崎と浜村の二人くらいだ。救命の可能性ということになると女性のほうの優先度は低い。まずは男性二人の蘇生を試みるべきだろう。

重なり合っていた二人を並んで寝かせ、浜村と手分けして心臓マッサージを開始する。外にいる木村が雪洞を掘るように指示をしている。

全体重をかけるように桑崎はマッサージを続けるが、心拍も呼吸も蘇らない。寒気が吹き込むテントのなかでも、アノラックの下で汗が滲む。

稲本が本部に状況を連絡している声が聞こえる。即刻病院へ搬送できれば助かるかもしれないが、稜線を越える風はいまも獣の咆哮のような唸りを上げている。この状況でヘリが飛ぶことなどありえない。

遭難者の生死がかかる局面に立ち会ったことは何度もあるが、今回に関しては絶望感が先に立つ。原口と電話でやり取りしたのが約二時間前で、たったそれだけの時間で心肺停止に陥ったとしたら、やはり酸欠症の可能性が強く疑われる。

浜村と二人で、約二十分、心臓マッサージを続けたが、心拍と呼吸はどちらも戻らない。体温は低下したままで、蘇生の兆候はまったく感じられない。

蘇生術をいつまで続けるかは判断が難しいが、設備の充実した医療機関の場合は別として、こうした救難の現場では、心拍停止後おおむね二十分が蘇生可能な限界だと言われている。

そもそもいつ心肺停止状態になったのかがわからない。あの電話の直後になにかが起きたとしたら、最大二時間強この状態が続いていることになる。そう考えれば蘇生の可能性はすでにゼロと言っていい。

「無理みたいですね」

傍らでため息を吐きながら、浜村が心臓マッサージの手を止める。桑崎も頷いて遭難者の頸動脈に手をあてた。拍動はまったく感じられず、肌は氷のように冷たい。

桑崎は傍らに横たわる遭難者の寝袋のジッパーを開いた。口元に手を当ててみると、かすかに温かい。指先に吐息のようなものを感じる。胸に耳を当ててみると、非常にゆっくりしているが、たしかに鼓動が聞こえてくる。桑崎は叫んだ。

「こっちは生きてるぞ」

テントの外でどよめきが起こる。浜村が身を乗り出して覗き込む。遭難者の顔を見れば生きている気配は皆無だが、かすかに呼吸と鼓動が続いているのは間違いない。木村がテントに首を突っ込んで訊いてくる。

「いったいどういうことなんだ」

「生きてたんですよ。低体温症に罹っていた登山者が——」

「どうしてそんなことが？」

状況を説明すると、木村も驚きを隠さない。

「わかりません。雪洞は出来てますか。早く暖かいところに移動させないと」

「こっちよりずっと広いのを掘り終えたところだ。それよりここは危ない。どうも背後の斜面で小さな雪崩が起きたようだ」

「それでテントが埋もれたんですか」

「そうだと思うよ。緩い斜面でも、さらさらの新雪だと風の吹き具合で崩れることがある。テントが流されるほどじゃなくても、寝ているあいだに埋もれてしまえば酸欠状態になることもあり得る」

「だったら急がないと、また起きるかもしれませんからね」

「ああ。せっかく持ち堪えた命だ。なんとか生還させてやりたいもんだ」

　桑崎もむろんそう思う。しかしそこにはもう一つの思いが重なる。彼らが三人とも死ねば、あの消えた女性の死体に繋がる糸口が絶たれてしまう。

　刑事捜査は畑違いでも、警察官である以上、認知した犯罪を見て見ぬふりはできない。自分と浜村が目撃した死体は間違いなく現実のものだった。しかしここで最後の関係者が死ねば、それが幻で終わってしまう。

5

　雪洞はテントがあった窪地から離れた稜線直下の斜面に掘られていた。新雪を取り除き、その下の固く締まった雪に穿(うが)たれた雪洞は、先ほどのテントの内部よりだいぶ広い。生存者と二名の遺体をそこに運び込み、ストーブに点火してなかを暖める。

本部とは稲本がずっと連絡を取り合っていた。テントのあった場所は電波状況が悪く途切れがちなため、わざわざ吹きさらしの稜線に出てくれたらしい。

八木はすぐに松本市内の大学病院に連絡を入れて、受け入れ準備をしてくれるよう要請したという。ただしヘリは現状ではむろん飛べない。あすの朝、天候が回復ししだい飛び立てるように準備してもらっているとのことだった。

病院の医師の話では、死亡した二人は酸欠死でたぶん間違いないという。生存していた一人については、テント内が酸欠状態になったとき、たまたま呼吸が停止していた可能性があり、桑崎たちが到着して換気を行ったのちに、自発的に呼吸が戻ったのではないかとの見解だった。

呼吸していなければ酸欠症に陥ることはない。もちろんその時間が長引けば脳細胞の損傷を免れないが、低体温症があるいはプラスに作用したのかもしれないと医師は言う。

脳細胞は体温が極度に下がると一種の休眠状態に入り、酸素の必要量が低下する。そのため低体温症の患者が数時間にわたる心肺停止状態から蘇生して、脳に大きなダメージを受けていないような症例も珍しくないという。脳に損傷を受けた患者の体温を人為的に低下させて、脳細胞の保護を図る脳低温療法というのもあるそうで、今回の奇跡的な事態を理解する上では納得しやすい説明だった。

雪洞内の温度は徐々に上がってきたが、心拍と呼吸は辛うじて続いているものの、声をかけたり手を握ったり頬を軽く叩いても反応はない。

稲本たちは近くに別の雪洞を掘っている。生き残った遭難者はもちろんのこと、桑崎を含め八名の救難チームのメンバーもまた生存ラインぎりぎりに身を置いている。夜に向かって寒気は厳しさを増してきた。安全なビバーク環境をつくることもまた喫緊の仕事だった。

夜半を過ぎても天候は回復する気配がない。生存していた遭難者はあれから二度、心肺停止状態に陥ったが、その都度心臓マッサージを施して蘇生させた。

しかし意識はいまも戻らない。あす早朝にヘリが飛来して、生きて病院に搬送できることを願うしかない。

三人の遭難者に対する疑惑に関しては、まだ桑崎と浜村のあいだだけの話にしてある。現状は立証にはほど遠い段階だし、仮にもし彼らが死んでいた女性の殺害に関与しているとしたら、それはそれで捜査上の重要機密となる。民間人の遭対協のメンバーには明かせないし、捜査担当部署ではない山岳遭難救助隊のメンバーにも迂闊には漏らせない。

雪洞を三つつくり、遭難救助隊と遭対協のメンバーがそれぞれ一つずつを使い、桑崎と浜村が二名の遺体と生存者の女性とともに、いちばん大きな雪洞を使うことにした。

いま桑崎たちにできることは、雪洞内の温度を適切に保つことと、生存者の状態を絶えず観察し、心肺停止に陥ったとき遅滞なく蘇生術を施すことくらいだ。

乏しい燃料があすまで保つように、ストーブは弱めに燃やし、それだけではガスがもったいないから、ひたすら雪を溶かしてお湯をつくる。それでも雪洞内はダウンジャケットが要らない程度に暖まる。

沸いたお湯でテルモスやコッヘルがいっぱいになれば、別の雪洞にいるチームのメンバーに配給に行く。そちらは燃料を節約するためにストーブは点けず、寝袋に潜って寒さに堪えている。

剱岳八ツ峰での原口の行状を聞かせると、複雑な表情で浜村は応じた。

「今回もそのパターンならむしろ気が楽でしたよ。頭には来たでしょうけど、死なせてしまったのはやはりやりきれませんからね」

もっともな気もする。相手がどういう人間であれ、命を救うことが山岳遭難救助隊の本務であって、不可抗力とはいえ、二名の命を失ったのは辛いものがある。

死亡した二名と生存している一名が、カクネ里のキャンプにいた三人かどうかはまだ判然としない。あのときは全員がゴーグルを着けていて、双眼鏡の倍率もさほどではなかったから、顔までは確認できなかった。

テントと同様、ウェアも似たようなパターンの製品が世間には溢れている。そこからもあのときの三人だとは特定できない。しかしその可能性は極めて高いという思いを桑崎は拭えない。

三人を雪洞に運び込んで、身元を確認するために衣類のポケットやザックのなかを点検した。男性二人は運転免許証から、女性のほうは健康保険証から身元が判明した。

男性の一人は原口豊。東京都杉並区在住で年齢は三十五歳。もう一人は湯沢浩一。埼玉県越谷市在住、二十六歳。女性は木下佳枝。東京都日野市在住、三十二歳。いずれも首都圏在住だが、住所はかなり離れている。年齢もまちまちで、確認できた範囲では、とくに共通する要素が見つからない。

その情報はすでに八木には伝えてあるが、親族を捜して連絡をとるには、地元の自治体の協力が必要なため、動けるのはあすになってからだという。

各自が携帯電話を所持しているので、電話帳やメールの履歴を見れば親族や勤務先、知人の連絡先が判明するかもしれないが、そこはプライバシーに関わる部分だ。犯罪捜査の名目でもあれば別だが、現状ではそこまでの緊急性がなく、あとで問題になっても困るというのが八木の判断だった。

いずれにせよいまはただ、早く嵐が収まって、夜が明けるのを待つしかない。民間の遭対協のメンバーを含め八名のチームが決死の覚悟でここまでやってきた。それが無駄な努力に終わるような結末はなんとしても避けたい。

6

明け方に近づくと、風も雪もだいぶ弱まった。

雪洞から出ると木村が外に立っていて、空を見ながら声をかけてくる。

「もうじきだね。あそこを見てみなよ」

指さしたのは五竜岳の肩のあたりだが、むろん大半が雲に隠れている上に、闇に溶け込んでいて山そのものはほとんど見えない。しかし目を凝らすとその指の先に小さく光るものがある。それがちらちらと瞬いている。雲間からわずかに覗いた星のようだ。

天候はおおむね西から回復する。いま時刻は午前四時近くで、夜が明けるころには嵐は止みそうだ。木村が訊いてくる。

「女性の容態はどうかね」

「何度か心肺停止を起こしましたが、いまは比較的安定しています。あと二、三時間でヘリが飛んでくれれば、なんとかなりそうな気がします」

「信州は山国だから、病院も低体温症の治療には慣れている。せっかくここまで生き延びたんだから、なんとか助けてやらないとね」

桑崎は頷いた。

「ここまでこられたのは、遭対協のみなさんの力があってこそですよ。次は警察がしっかり仕事をする番です」

「おれたちにとって山は特別な場所じゃない。いわば生活の場だからね。自分の庭みたいな場所で人に死なれるのは堪らないよ」

木村はしみじみと言う。例の疑惑についてはいまも黙っていなければならない。そのことを申し訳なく思いながら、桑崎は言った。

「ヘリが来るまえに、遭難者たちのテントを片付けて、荷物をパッキングしておきましょうか。一緒に運んでもらったほうが手っ取り早いですから」

「そうしよう。うちのメンバーに声をかけてくるよ」

「それは我々のほうでやりますから、皆さんは休んでいてください」

「なに、あんたたちが遭難者をみてくれたお陰で、おれたちはたっぷり休めたから、遠慮はしなくていいんだよ」

そう鷹揚に応じて、木村は遭対協のメンバーのいる雪洞に戻る。けっきょく別の雪洞にいた救助隊のメンバーも出てきて、総出でキャンプの撤収にとりかかった。浜村と桑崎は女性の容態を見守るために雪洞に残った。

呼吸も拍動も弱いが、状態は安定している。八木はいまも本部に待機しているはずだ。状況を伝えようと携帯で電話を入れたが、なかなか繋がらない。

電波状態がいい尾根上からかけ直そうと雪洞を出たところへ、稲本がやってきた。その表情がやけに深刻だ。

「なにかあったのか」

訊くと稲本は手にしていたものを差し出した。家庭用のごくありふれた半透明の食品容器だ。

「テントのなかの食器やストーブをパッキングしようとしていたら、ザックのなかから出てきたんです――」

それを手にとって、桑崎は言いがたい慄きを覚えた。なかにあるのは人間の指だった。

第四章

1

夜が明けたころには吹雪は収まって、頭上には青空が広がりだしていた。

時を待たずに山岳遭難救助隊のヘリが飛来して、低体温症の遭難者と残り二名の遺体、さらにザックから出てきた人の指と彼らの荷物を運んで飛び去った。

桑崎は祈るような思いでヘリを見送った。なんとか女性の命が救えれば、救助チームの努力も報われる。しかしいまはそれ以外にも、彼女に生きながらえてもらわなければならない新たな事情が出現した。

人の指は湯沢浩一という人物のザックから出てきた。それはこれまで憶測レベルに過ぎなかった、ここにいた三人の遭難者とカクネ里で幕営していた三人の登山者、同じ場所で桑崎たちが発見した女性の死体を結びつける太い糸とも言える。そして桑崎も見落としていた不審な点も浮かび上がった。

死体の喉元にあった引っ掻き傷は間違いなく吉川線だった。しかしいま思い返すと、あの死体は両手にグローブを着けていた。もし発見されたのがその指だとしたら、欠けていても気づかなかったのは止むを得ない。

しかしそれ以上に重大な疑念は、少なくともグローブに関しては殺害後に着けられたものらしい点だ。死体を発見したときはそこまで思い至らなかったが、よく考えれば、グローブをした手では喉元にあれほどの引っ掻き傷はつかない。だとすれば身に着けていたクライミングウェアのすべてが殺害後に着せられたものである可能性も浮上する。つまり殺害の現場がカクネ里以外の場所である可能性も考えられる。

その指は半ば凍っているようだったが、現状のまま検視官や鑑識に渡す必要があったため、桑崎は容器の外から見ただけで、詳しいところはわからない。ほっそりしていて女性の指のようだった。第二関節から先で、かたちからみて小指と親指以外のどれかだろう。

女性の遭難者にはすべての指があり、別人のものなのは間違いない。男性二人も一応は確認したが、どちらも指は揃っていた。

浜村とは阿吽の呼吸で、互いにカクネ里の死体の件には触れなかった。いまはまだ捜査上の機密事項であり、木村たち遭対協のメンバーに漏らすわけには当然いかない。

遭対協のメンバーは興味津々といった様子だが、いまのところ、桑崎たちもなにも知らないものと見てくれているようだ。遭難救助隊の隊員たちは、桑崎たちがカクネ里で女性の死体を発見したことは知っている。しかしそれ以上踏み込んだ話は八木と由香里と桑崎たちのあいだで止めてあるから、見つかった指をその件と結びつけるところまでは気が回らない様子だ。

「困ったものを見つけちゃったね」

撤収の準備をしながら、同情するように木村が言う。単なる遭難事件で一件落着とはいかなくなったと考えて、この先の仕事を心配してくれているのだろう。

「ああいうものは我々の担当外なので、本部に帰ってその関係の部署から事情を聞かれるくらいでしょう。木村さんたちにはご迷惑がかからないようにしますから」

さりげない調子で桑崎は応じたが、木村は鷹揚に首を横に振る。

「いいんだよ。このあたりの地理に関しちゃおれたちはあんたたちより詳しい。わからないことがあったら訊いてくれれば、答えられる範囲でいくらでも協力するから」

「有り難うございます。だったらそのときはお話を聞かせてもらうことになるかもしれません。ただ担当がおそらく捜査一課になりますので、我々とはちょっと対応が違うかもしれませんが」

富坂という刑事の狷介な性格を思い起こしながら桑崎が言うと、木村は別の方向に興味を持ったようだ。

「ということは、指一本でも殺人事件になるんだね」

傍らで撤収作業をしていた遭対協のメンバーがこちらに顔を向ける。やむなく桑崎は言った。

「すぐに殺人事件という扱いにはなりませんが、まず死体遺棄とか死体損壊の容疑で捜査に乗り出すと思います」

「新聞やテレビの報道だと、そこから殺人事件に繋がっていくケースが多いようだね」

木村はさらに問いかける。浜村が困惑気味の視線を投げてくる。木村たちには申し訳ないが、公務員である以上、職務上知りえた事実については守秘義務が課せられる。これ以上の話はできない。いかにも人を食ったような富坂の顔を思い浮かべながら桑崎は言った。

「そうかもしれません。いずれにせよ捜査一課が答えを出すでしょう」

2

尾根筋には前日の踏み跡がまだ残っていて、桑崎たちはさほど苦労することなく下山できた。県警本部に戻ると、八木と由香里が待ちかねていた。

「ご苦労さん。なにはともあれ、全員無事でよかったよ」

開口一番、八木は言った。

「もちろんそうですが、仕事としては半端に終わりました」

喜び半ばという気分で桑崎は応じた。

「仕方がないだろう。女性が助かっただけでも幸いというべきだな。搬送した病院の医師も奇跡だと言ってる。男性二人が酸欠死なのは間違いないそうだ」

「女性の容態は？」

訊くと八木は表情を曇らせた。

「命はとりとめたが、いまも昏睡(こんすい)状態が続いているらしい。脳組織にダメージが認められるそうで、おそらくなんらかの障害が残るだろうという話だ」

「そうですか。しかし切断された指に関しては、彼女がたった一人の証人です。すべての鍵を握っていると言えそうですね」

「ああ。カクネ里の死体と無関係だとは思えない。そのあたりの事情は捜査一課に伝えておいたよ。例の指はこれから大学病院で司法解剖を行う予定だそうだ」

指一本で司法解剖とは大袈裟な気もするが、捜査一課が殺人の容疑濃厚とみている証だろう。桑崎は訊いた。

「一課には、私から現場の状況を説明しなくていいんですか」

とくに会いたい相手でもないが、自分もここまで関わってしまった以上、富坂の腹の内は探っておきたい。不満げな表情で八木は言う。

「なんだか動きが鈍くてな。現場が現場だから腰が退けるのもわからなくはないが、信州は日本有数の山国だ。その山のなかで事件を起こしても警察が動かないという評判が立ったりしたら、日本中の悪党が信州に集結しかねない」

「北アルプスや南アルプスが犯罪天国になったら、山岳遭難救助隊は拳銃を携行して歩かなきゃいけなくなりますね」

真面目な顔で由香里が言う。極端ではあるにせよ、そんな話には怖気を感じる。浜村が身を乗り出す。

「そのときは名前も変えなくちゃいけませんね。山岳機動捜査隊とか」

「あ、それかっこいいですね」

調子に乗る由香里をたしなめるように八木が言う。

「そんなことになったら世も末だよ、おれたちが関われる事案じゃないが、捜査一課で必ず解決してもらいたいもんだ。隊長からもしっかり申し伝えてもらうよ」

「それで遭難者の親族とは連絡がとれたんですか」

桑崎が訊くと、渋い表情で八木は応じる。

「いま地元の自治体に依頼して、血縁関係を調べてもらっているところだ。携帯電話に連絡先の情報があると思うんだが、三人ともロックをかけていて覗けないんだよ」

「遭難の情報はもうメディアに流れてるんじゃないですか。名前を聞いた親族や関係者から問い合わせがあってもよさそうなもんですが」

「それを期待してけさのニュースに間に合うように記者発表したんだが、いまのところ連絡がない。どこかの山岳会に所属していれば、普通はそっちから情報が入るんだが」

「その辺からも、怪しい匂いがしてきますね。原口というリーダー格の人物は、富山県警を相手どって裁判を起こしたクレーマーだそうですが、そのときの記録を見れば、詳しい身元情報があるんじゃないですか」

「それも当たってもらってる。向こうの警務部に資料が残っているはずで、いま調べてもらっているんだが、富山県警もそのあたりの部署はお役所仕事がまかり通っていて、打てば響くようには動いてくれないようだ」

「まあ、そこはお互い様だとは思いますがね」

桑崎は言った。なにごとにつけ事務方の動きが悪いという現場の不満は、長野県警内でもよく耳にする。そのうえ他県警の話となれば、八木もそう強くは要求できないだろう。

「しかし、どうなんでしょうね。すでに二人が死んでしまって、生き残った女性にしても予断を許さない。消えた死体がこれから見つかったとしても、生きた証人が一人もいないとなったら、そもそも立件できるかどうかですよ」

浜村が首を傾げる。むろん被疑者死亡で書類送検となり、その場合はもちろん不起訴だ。慎重な口ぶりで八木が言う。

「それでも捜査はしっかりやってもらわないとな。まだあの三人が犯人かどうかはわからない。犯人だったとしても、ほかに共犯者がいた可能性もある。だれかに教唆されたとしたら、その人物が真犯人ということになる」

「たしかにそうですね。明らかに殺人による死体があり、同じ場所で彼らとおぼしい三人がキャンプしていた。そして彼らが由来不明の人の指を所持していた。そのすべてを明確に結びつける証拠はまだありませんが、単純な事件じゃないような気がします」

だからなおさら焦燥を禁じ得ない。決して興味本位ではない。時を隔てず三つの死体に遭遇し、さらにあの指にしても、あるいはもう一人の死者の存在を示唆するものかもしれない。

たとえ偶然であれそうした場所に居合わせたことが、自分にとってのっぴきならない運命のようにも感じられるのだ。その真相がなに一つ解明されずに終わってしまったら、それを心の重荷として生涯背負うことになるような気がしてならない。そんな思いを共有するように八木が言う。

「捜査一課はいまのところ、あの指とカクネ里の死体を積極的に関連づけてはいないようだ。ただし死体に関しては、天候が落ち着くのを待って捜索を行う気はあるらしい。そのときはよろしく応援を頼むと、担当の係長からは言われているよ」

「そこが重要なポイントになりそうですね。その死体の指が欠けていれば、少なくとも三人の遭難者については死体遺棄や死体損壊の容疑が成立します。あの死体が殺害されたものなのは間違いありませんから、さらに踏み込んで殺人事件として扱っても問題はないと思います」

確信を持って桑崎は言った。八木は大きく頷いた。

「おれもそう思う。殺人事件は本業じゃないが、山はおれたちが護（まも）らなければならない聖域だ。捜査一課がどれだけ本気を出すかわからないが、ただ指を咥（くわ）えて見ているわけにはいかない」

3

遭難者の親族と連絡がとれたのは、その日の午後になってからだった。

最初に連絡が入ったのは、例の指を所持していた湯沢浩一という遭難者の母親で、真っ先に訊いてきたのが、救助費用がいくらかかるかだったという。

警察側については、ヘリの出動も含めて遭難者が負担することはなく、今回は遭対協の二名のメンバーの日当だけで、それも心配するほど高額ではないことを説明すると、ようやく安心して遺体の引き取りに応じたらしい。

母親は関西に住んでいて、一人息子の湯沢は埼玉県内にある電子機器会社に勤めていた。未婚で会社の独身寮で暮らしており、母親は息子の交友関係はほとんど知らない。一緒に遭難した二人のことも聞いたことがないという。

そのあと原口豊の妻と連絡がとれたが、こちらは現在別居しており、離婚調停中のため、遺体の引き取りにも救難費用の負担にも応じる意志はないとのことだった。

やむなく実家の電話番号を聞き出して連絡を入れると、出てきたのは父親で、息子とはここ何年か絶縁状態で、できれば自分たちは関与したくないという気分を滲ませ、遺体の引き取りは妻に任せるべきではないかと言う。

八木が懇々と説得してどうにか遺体の引き取りと救難費用の負担に応じたが、どんな理由があるにせよ、妻からも父親からもそこまで見放されていた原口が、気の毒というより、なにか特別な事情を抱えた人物だったという印象は拭えない。

その父親にしても妻にしても、湯沢の母親同様、一緒に遭難した二人についてはなにも知らないと言う。現状ではまだ殺人や死体遺棄の容疑で着手しているわけではないので、こちらもそれ以上立ち入った質問はできない。

いまも生存している木下佳枝という女性は、両親が死亡しており、一人娘できょうだいがいない。結婚もしていないらしい。

名古屋に伯父夫婦がいて、そちらは急遽(きゅうきょ)、松本市内の病院に向かうというが、やはり長年関係は疎遠で、彼女に登山の趣味があることも知らなかったので、ニュースは聞き流していたとのことだった。原口と湯沢についても、むろん名前を聞いたこともなく、どういう関係だったかは知るよしもない。

けっきょく現状では三人を結びつける共通項は見つからない。遭難救助隊の職務の範囲でやれることはそのくらいで、あとは捜査一課が事情聴取することになるだろう。

4

富坂からようやくお呼びがかかったのは午後もだいぶ遅くなってからだった。

浜村を伴って捜査一課の刑事部屋に出向くと、富坂はさも億劫(おっくう)だというように空いている会議室に案内した。ノートパソコンを前にした若い刑事が待機している。いかにも取り調べという雰囲気に気分を害したが、富坂はまずは泣き言から切り出した。

「あんたたち、また厄介なものを見つけてくれたな。おれは生まれも育ちも信州だが、伊那(いな)の人間で雪とはあまり縁がないんだよ。子供のころから山にも興味がなかった。それがよりによって真冬の山中で、死体の次は切断された指だ。おれに恨みでもあるのか」

「三月は真冬ってわけじゃないですよ。荒れさえしなければ、命に関わるような危険な場所じゃありません」

桑崎が宥めるように応じても、富坂はにべもない。

「あんたたちのような変人から見ればそうかもしれないが、おれのような普通の人間にとってはそうじゃないんだよ。雪崩に遭って殉職なんて真っ平だよ」

「だからといって、殺人事件を見て見ぬふりはできないでしょう」

「それで困ってるんだよ。例の指の司法解剖の結果がさっき出たんだが、死後に鋭利な刃物で切断されたものだそうだ。それも凍結した状態で切り落とされたらしい」

「だとしたら、我々が見つけた死体のものと考えられますね」

「しかし、その死体に指はあったんだろう」

富坂はやはりそこを突いてきた。桑崎はグローブの件と、そこから生じた新たな疑問について説明した。

「要するに、死体の指が切断されていたかどうかはわからないということだな」

富坂が確認する。桑崎が頷くと、若い刑事がその内容をパソコンに入力する。桑崎はさらに続けた。

「死体も指も凍結していたという点は一致するでしょう。死体があった場所にいた三人の登山者と、切断された指を所持していた三人の遭難者のウェアやテントの色とタイプが、私の目には極めて類似して見えた。さらに彼らは遠見尾根から入山したと言っていましたが、テレキャビンの駅のビデオカメラには、その日、その三人組の登山者は映っていなかった。そして大谷原の駐車場に放置されていた盗難車両――」

「わかったよ。想像力を逞しくしてそのすべてを繋ぎ合わせれば、三人の遭難者が凍結した女性の死体をカクネ里に遺棄した犯人だという理屈になるんだろう。だからといって、すべて状況証拠に過ぎないし、そもそもその死体というのが見つかっていない。その程度の話じゃ、こっちとしては事件にしたくてもできないんだよ」

「発見された指に関しては、少なくとも死体損壊の容疑は成り立つでしょう」

「まあな。しかしあんたの想像が当たっているにしても、そいつらがそういうわけのわからない行動をとった動機が見えてこない。あんたはそこをどう考えているんだ」

それはそっちが考えることだろうと言い返したいところだが、たしかに答えは簡単に出てこない。自分自身もすっきりしないものを感じながら桑崎は言った。

「その女性が別の場所で殺されて、凍結され、カクネ里に運ばれたとは考えられませんか」

「そして指だけ切断して帰ろうとして、大遠見山で遭難したというわけか。それじゃますますわけがわからない。大谷原からそこまでは、けっこう難しいルートなんだろう」

富坂もそのあたりの情報は頭に入っているらしい。桑崎は頷いた。

「鹿島槍の北面を目指すクライマーが主に使っていて、一般登山者向きとは言えません」

「そんな面倒なルートを通って、誰の目にもつかないように凍った死体をカクネ里に運び込めるものなのか？　死体ってのはけっこう重く感じる。それも凍結しているとなれば、大の男でも運ぶのには苦労する。それ以上に、そんなことをする意味がどこにあるかだよ。指だけ欲しかったんなら、どこでもいいからその死体が最初にあった場所で切りとりゃよかったわけだろう」

「たしかにそうです」

「殺害の現場がカクネ里だとは考えられないのか」

「それはあり得ないでしょう。我々が死体を発見した日の午後までは天候に恵まれていました。いまの時期、カクネ里のような雪の谷はけっこう気温が上がるんです。殺害されて間もない死体があそこまで凍結するとは考えられない」

確信を持って桑崎は言った。浜村が口を挟む。

「ヘリかなんかで運び込んだのかもしれませんよ」

鼻であしらうように富坂は応じる。

「だとしても、そこまで手の込んだことをする理由は説明がつかないだろうよ。もう少しましな考えは浮かばないのか」

まるでこちらを取り調べしているような調子だが、富坂が考え得る可能性を一つ一つチェックしているのがなんとなくわかる。不快感を抑え込んで桑崎は言った。

「理由はまだわからないにしても、すべてが無関係だと考えるほうが不自然です。すべて状況証拠だとはいえ、結びつけて考えるほうがむしろ合理的だとは思いませんか」

「たしかにな。しかし殺人事件となれば、捜査本部を開設して、大勢の捜査員を動員しなくちゃならない。そこまで持っていくにはまだ不十分だ。せめて生き延びた遭難者が昏睡から回復して、取り調べに答えられるようになってくれればいいんだが」

「どんな状況なんですか」

「回復したとしても、予後は良くないと医者はみているらしい。脳をやられているとしたら、その証言にどれだけ信憑性が認められるかだな」

八木から聞いていた話と一致する。というより、あのときよりも医師の判断は悲観に傾いているニュアンスだ。

「要するに捜査一課は、本格的な捜査体制を組む気がいまはないということですね」

皮肉な調子で言ってやると、富坂は苦い表情で声を落とす。

「おれだって、やれるもんならやりたいよ。ただ、上の連中が腰が退けてるんだよ。うちあたりは警視庁なんかと違って、殺しの捜査本部なんて滅多に立たない。鳴り物入りで帳場を立てて迷宮入りじゃ赤っ恥をかく。死体が消えたんなら、事件そのものもなかったことにしようという気分になってくる」

「死体の写真は撮影しましたよ」

「写真じゃ検視もできないし解剖もできない」

「喉の引っ掻き傷は吉川線の可能性が高いと検視官も認めたでしょう」

「だからといって、それだけで検視報告書は書けない。現物を見たのはあんたたちだけで、検視官の資格があるわけじゃない」

見下すように富坂は言う。さすがに桑崎も抑えが利かなくなった。

「まるで捜査をしない理由を探しているみたいじゃないですか。たしかに我々は刑事捜査は素人だけど、ここまでの状況を見れば、普通の市民だって殺人の可能性を疑うんじゃないですか」

「ただの遭難者ということだってあるだろう。そういう事件はこれまでもあった」

「しかし私はこの目で死体を見たんです。警察学校で初歩的な講習を受けただけでも、あれは他殺死体だとわかります。それを遭難者だと偽って見逃すなんて、一警察官としてとてもできない」

「だからさ。まずはその死体を探し出すことだよ。殺人事件でいちばん重要な物証が死体だくらいわかるだろう。それが出てくるまでは本格捜査には入れない」

「だったら早急に死体の捜索は行うんですね」

桑崎は念を押した。渋々という調子で富坂は頷いた。

「しようがないだろう。あんたが見たって言うんだから。それからわかって欲しいのは、おれだって事件を選り好みするなんて本意じゃない。しかしおれふぜいの身分で組織を動かすのは並大抵じゃない。だから、あんたたちにもいろいろ協力してもらわないとな」

5

「なにやら妙な雲行きだな――」

　富坂との話を報告すると、八木は不安を滲ませた。

「これから捜索して、すぐに死体が出てくればいいが、カクネ里はまだ雪が深い。首尾よく見つかるかどうかだよ」

「雪が融けて自然に出てきたとしても、そのときは腐乱して、証拠能力はないかもしれませんね」

　そんな遭難者の遺体を何度か見たことがある。一部は白骨化して所持品からも身元が特定できず、身元不明の遺体として処理されたものもある。八木は嘆くように言う。

「しかし富坂という刑事、やる気があるんだかないんだか」

「やらせないわけにはいきませんよ。雪に埋もれているあいだに掘り出して、捜査一課が逃げられないように、我々の手で追い込んでやりましょうよ」

　勢い込んで浜村が応じる。八木も大きく頷いた。

「ああ。殺されたかどうかは別にしても、そこに死体があるのがわかっているんなら、回収するのは遭難救助隊の仕事だ。一課が二の足を踏むようなら、おれたちが捜索に当たってても越権じゃない。それについては隊長とも相談してみるよ」

「そうしましょう。捜査一課が動くにしても、どのみち現地での作業はこちらがやることになる。だったら連中に顎で使われるより、我々の本来の職務として捜索を行うほうが効率的だし気分もいいですから」

心強い思いで桑崎は言った。そのときポケットのなかで携帯が鳴った。取り出してディスプレイを覗くと、富坂からだった。これからなにかと連絡をとり合うこともあるだろうと、先ほど互いの携帯番号を教え合っていた。

「桑崎です。なにかありましたか」

さっそく横槍でも入れられるのかと落ち着かない気分で問いかけると、わずかに声を落として富坂は言った。

「例の盗難車なんだが、ハンドルから指紋が検出されていたんだよ。それが死亡した遭難者の一人、湯沢浩一のものだった」

「遺体の指紋と照合したんですか」

「ああ。不審死という扱いで一応検視は行っていたんでね。そのとき採取した指紋をおれのほうで当たってみたんだよ」

富坂はどうだと言いたげな口振りだ。

「だとしたらカクネ里の三人と彼らは繋がりますね」

「まだ一〇〇パーセントというわけじゃないが、蓋然性は極めて高い」

「捜査一課は動くんですか」

「一課長も腹を固めたようだ。早々に大町署に捜査本部が設置される。それで相談なんだが、あんたと浜村巡査にも参加して欲しい。なにぶんこっちは山の素人ばかりで、いろいろ教えを請いたいところもある。了解してくれるんなら、おれのほうから上の人間に具申しておく」

富坂の声にはこれまでにない意欲が感じられた。雲行きがまた変わってきたようだ。間髪を容れず桑崎は答えた。

「わかりました。私のほうも、これから副隊長に相談してみます」

6

一度動くと決まれば、捜査一課の対応は早かった。午後六時過ぎには一課の管理官から八木に連絡があり、大町署に設置される捜査本部に桑崎と浜村を参加させて欲しいと正式に要請された。八木はさっそく隊長の承諾を得てそれに応じた。

第一回目の捜査会議はあすの朝九時からで、容疑は死体遺棄および損壊だという。

雪崩で死体が消えてしまったことを思えば、かなり踏み込んだ対応と言えるだろう。

決め手になったのはやはり死体の写真だった。殺人捜査は専門ではないが、警察官である以上、基本的な教育は受けている。その桑崎が撮影した写真を見て検視官も絞殺死体の可能性が高いと指摘した。

そこに加えて大遠見山の遭難者が所持していた女性のものらしいあの指だ。まだ桑崎たちが見た死体と関連づける具体的な証拠はないが、八木が聞いた話のニュアンスだと、捜査一課はその死体のものとほぼ断定しているようだった。

そんな迅速な動きを引き出すために、富坂は上層部にかなり強く働きかけたはずだと桑崎は想像した。あの一筋縄ではいかない狷介な態度の裏には、刑事としてのなにがしかの情熱やプライドも隠れているらしい。だったら素直に表に出せばいいものを、ああいうひねくれたかたちでしか表現できないとしたら、じつに厄介な性格だと言うしかない。


桑崎と浜村は、翌日の朝七時前に長野市内の県警本部を出発し、八時過ぎには大町署に到着した。大会議室には「カクネ里・大遠見山死体遺棄および損壊事件捜査本部」と大書された戒名が貼り出されている。

カクネ里の死体と大遠見山の人の指を、本部では一体の事件とみているらしい。別個に捜査体制を組むのが面倒だからという見方もできなくはないが、桑崎の考えでも、その読み自体は間違っていない。

会議室にはすでに大町署と近隣の所轄から動員された捜査員が集まりだしていた。椅子の数から推測して総勢五、六十人の体制のようだ。殺人事件の帳場は、警視庁あたりなら少なくても百人、多いときには二百人を超すと聞いているが、長野県警の規模からすれば、まずまずの動員と言っていい。

空いている席について、配布された捜査資料を眺めていると、背後から声がかかった。

「よう、お二人さん。お早いお着きだな」

振り向くと富坂だった。

「いよいよ本気で動き始めたようですね」

三分の二ほど席が埋まった会議室を見渡して桑崎は応じた。富坂は渋い表情で頷いた。

「先行きを考えると、これじゃとても足りないと思うがな。まあ、なんとか帳場開設にこぎ着けただけでも上等とみてくれよ」

「うちのほうも人は出し惜しみしないつもりです。山が殺しの舞台になるなんて、我々としても許容しがたいことですから」

「これからなにかと世話になりそうだな。問題は帳場にどうやって気合いを入れていくかだよ。怪しい人間のうち二人が死亡、一人は意識不明の重体となると、最後は被疑者死亡で不起訴になる可能性が高い。それがあるからうちの班の連中もどうも士気が上がらない」

「わかりますよ。しかし彼女を含む三人が事件となんらかの関わりがあったとしても、真犯人かどうかはわからない。実行犯が別にいる可能性もあるし、誰かの依頼で犯行に及んだのかもしれない。やらなきゃいけないことはいくらでもあるんじゃないですか」

発破をかけるように桑崎は応じた。富坂は妙に素直に頷いた。

「ああ。動き出しちまった以上答えは出さなきゃいけない。このヤマ、ただの殺しじゃない。なにか大きな仕掛けがあるような気がするよ。なんにせよ、殺しのヤマでは死体が物証の王様だ。まずそれを見つけるのが先決だな。そこはあんたたちに頼るしかないわけだが」

「もちろん心得てます。私と浜村がそのために招集されたことくらいは」

「いや、それだけじゃない。仕事でもないのにカクネ里なんかにわざわざ出かけて、おかしなものを見つけてきやがった。そのツケはしっかり払ってもらわないと、おれとしては気が収まらないんでね」

照れくさそうに富坂は笑った。何事につけても一言嫌みを口にしないと収まらない性分らしい。

そんな話をしているうちに会議室はほぼ満員になる。近隣の署員同士、挨拶を交わしたり雑談に花を咲かせているところへ、県警本部の主立ったメンバーが入ってきて、上手にしつらえられた雛壇に居並んだ。

真ん中が捜査本部長の県警刑事部長。その右に副本部長の大町署長、左側にはやはり副本部長の県警捜査一課長。その左に実質的に現場の指揮を執る管理官、さらに大町署の刑事組織犯罪対策課長と県警捜査一課の担当班である強行犯捜査係を率いる係長――。

大町署関係の人間を除けば、いずれも普段は県警本部の奥の院にいる人たちばかりだから、参集している捜査員の大半は馴染みがないだろう。畑違いの桑崎たちにとっては、なおさら親しく接する機会のない面々だ。

富坂が起立、礼の声を上げ、全員が立ち上がって一礼する。着席したところで、まず刑事部長が、続いて捜査一課長と大町署長が通り一遍の挨拶をして、あとは勝手にやれとばかりにそそくさと退出していった。

現場指揮官となる水木という管理官が会議進行の口火を切った。

「手元の資料でも述べられているとおり、本件は極めて重大な犯罪と認知される一方、遺体の発見現場がアプローチの困難な場所で、しかも積雪期でもあることから、現時点において現場の検分や鑑識作業はなされていない。それ以上に重大な問題は、本件認知の端緒となった死体そのものを雪崩によって逸失したことで、捜査本部としてはなによりも優先して死体の捜索を行わなければならない。それに関しては現地に詳しい山岳遭難救助隊の協力が是非とも必要なわけだが、まず死体と切断された指の発見者でもあり、山岳遭難救助隊の一員でもある桑崎巡査部長の考えを聞かせて欲しい」

ここまでの捜査の経緯を向こうがざっと説明するのかと思ったら、のっけから話を振られて桑崎は戸惑った。たしかに配られた捜査資料には、きのうまでの一連の経過が過不足なく記載されており、それを一読すればいまさらおさらいするまでもない。

「それでは僭越ですが、山での活動の専門家として、ごく一般的な意見を述べさせていただきます——」

そう前置きをして、現場の状況、捜索活動に要する時間と人員、これから数日の天候の見通しについて桑崎は語った。

現場は一般の捜査員が徒歩で向かうには難しい場所で、むろん車両も使えないから、必要な人員はヘリで輸送するしかない。現地の地形から雪崩は広範囲に広がっている可能性があり、ゾンデ棒を使った捜索を短期間で行うには二十名前後の人員が必要と見込まれる。

山岳遭難救助隊からは桑崎と浜村を含めた五、六名の隊員を参加させ、捜索の方法については現場で指導するので、残りの人員は捜査本部から出してもらいたい。さらに鑑識チームや検視官も同行するとすれば、総勢で三十名近くの人員を運ぶ必要があるが、県警航空隊の保有ヘリは二機で、いずれも比較的大きな機体のため、必要な装備や機材等を含めても、二往復で運び切れると思われる。

天候はきょうから三日ほどは安定する見込みで、現場は一度雪崩が起きている場所だから、新たな雪崩が発生するリスクは少ないと予想される――。

できる限り楽観的な調子で話したつもりだが、雪崩の可能性について触れたときには捜査員たちのあいだにどよめきが起こった。さっそく水木が訊いてくる。

「雪崩のリスクがゼロではないわけだな」

「もちろん、なにごとも絶対ということはありません。しかし現場で起きたのは新雪が大量に積もったことによる表層雪崩で、その後も降雪はありましたが、明日あたりには雪質も安定すると思われます。よほどの天候悪化でもない限り、まず心配ないと考えていいでしょう」

「カクネ里の雪渓は氷河だという話だが、クレバスに落ちるとかいう危険はないのかね」

今度は大町署の課長が訊いてくる。海の近くで育った人間が全員水泳の達人ではないように、山国の信州で育った地元の警察官でも、だれもが山に強いとは言えないようだ。

「表面の雪が融ける夏から秋にかけてはクレバスが口を開けることはありますが、いまは上に大量の雪が積もっていますから、その心配はないでしょう」

「しかし寒いんじゃないのかね。あんたが遠見尾根で救助した遭難者も、低体温症にかかっていたんだろう」

すぐ近くにいる捜査員が訊いてくる。辞退する口実を必死で探しているようで、しだいに空しくなってくる。

「現場の標高はそれほど高くはありません。この一帯のスキー場にいるのと変わりないでしょう。いまの季節だと晴れたらむしろ暑いくらいです。もちろん突発的な天候悪化に備えて、我々のほうで人数分のテントを用意します」

「そんなところで殉職したくはないよなあ。やっぱり餅は餅屋というくらいで、プロに任せたほうがいいんじゃないの。遭対協に手伝ってもらうとか」

別の捜査員が言う。富坂の話の通り、彼の班はおろか、この帳場全体の士気が想像以上に低いと見てとれた。前の席に陣取っていた富坂が、苛立ったような声を上げた。

「現場が山のなかだろうが海の底だろうが、殺人事件に違いはない。場所を選り好みしていたら、警察の死角ができちまう。それじゃ日本全国の山に死体がごろごろ転がることになるぞ」

　そこは桑崎たちの思いと一致する。宮島という強行犯捜査係長が身を乗り出した。

「富坂警部補の言うとおりだ。困難な事件だからこそとことんやり切らなきゃいかん。殺された被害者は救えないが、犯罪は間尺に合わないとおれたちがきっちり証明することが、新たな犯罪の抑止に繋がる。そのためにこれだけ大人数の動員をかけているんだ。ここで及び腰になるようなやつは、即刻警察手帳を返納するんだな」

　その発言で会議室の空気がピンと張り詰めた。管理官の水木が取り繕うように口を開く。

「もちろん現場がカクネ里だろうと鹿島槍の頂上だろうと、捜査に一切の妥協はない。そうだとすれば、捜索の実施はできるだけ早いほうがいいな。準備には最短でどのくらいかかるかね、桑崎君」

　その点についてはきのうのうちに八木と相談している。茅野署、駒ヶ根署、安曇野署、大町署に常駐している隊員は、地元での緊急時に備えて温存し、捜索に加わるのは桑崎と浜村を含む本部所属の隊員のうち五、六名と航空隊所属の二名となる。

　捜索に必要なゾンデ棒やテントなどは必要人数分用意できる。ウェア類は冬場の寒気が強い長野県の場合、防寒性の高いものが県警本部にも所轄にも用意されており、多少重くてかさばるが、登山活動をするわけではないので、それで問題はないだろう。

最短でも一日仕事になる可能性が高いので、食料や飲料、燃料は捜査本部で用意してもらう。

県警航空隊の基地は信州まつもと空港内にあり、ヘリなら現場まで十分もかからない。その段取りもすでに八木が話をつけてあるので、参加する人員が確定すれば、あすの朝からでも始められる——。

そんな説明をすると、水木は参加希望者を挙手で募った。捜査員たちは互いに周囲を眺めてしばらく逡巡したが、けっきょく半数近くが手を挙げた。実施は今夕の気象予報によって判断し、あすも一日天候が安定するようなら、早朝から決行するということで話がまとまった。

なにごとにつけ、県警の上層部が関わると動きが遅くなるというのが桑崎たちの日ごろの実感だったが、伊達に捜査本部の名が付いているわけではなく、現場の機動性を重視してか、担当管理官にはかなり大きな裁量権が与えられているようだ。

そのあと、配布された捜査資料に基づいての質疑応答に入った。

「大町署強行犯担当の山谷です。資料によると、その盗難車は二月の下旬に埼玉県内で盗まれたとなっている。三人の事件への関与を明らかにするには、そちら方面の捜査も必要だと思うが、現在の帳場の規模で大丈夫かね」

探るような調子で山谷は問いかける。現在の陣容に不安を覚えているようだが、富坂を追及するというより、上層部にさらに布陣を強化させようと援護射撃しているようにも受けとれる。その意を汲んだように富坂もすかさず応じる。

「現状では長野県内での捜査活動が中心になりますので、この布陣で十分いけると思いますが、捜査の進展によっては、県外、とくに東京や埼玉方面にも人を派遣することになると思われます。その時点では、さらに人員を増強する必要があるかもしれません」

やりとりを聞きながら水木が渋い顔をするが、山谷は意に介さない。

「首都圏だけじゃ済まないだろう。殺されたのはたぶんその場所じゃない。手がかりは山のなかにあるかもしれない。そうなると近隣一帯の山小屋関係者への聞き込みも必要だろうし、物証を探して山中を歩くことになるかもしれない。そのときは足腰の強い捜査員を補充する必要も出てくるんじゃないのかね」

周囲の捜査員に皮肉っぽい目を向けながら、山谷は遠慮する気配もなく押してゆく。傍らにいる浜村が耳打ちする。

「あの人、大町署の名物刑事ですよ。何十年も強行犯捜査一筋で、しかも所轄ばかりを渡り歩いてきた。難事件をいくつも解決して、県警の重要文化財と言われているそうです」

県警に奉職してからの期間は浜村のほうがいくらか長い。そのうえ地元出身ということもあってか、県警内部の人の噂(うわさ)には意外に明るい。

山谷は年齢は五十代半ばか。ほとんどグレーのごま塩頭で、肌は浅黒く皺(しわ)が深い。ゴルフやスキーに入れ込むタイプにも見えないから、足を棒にしての捜査活動で刻み込まれた年輪のようなものだろう。

ここまでの言動からすれば、山谷が今回の事案に強い関心を抱いているのは間違いない。桑崎にすればそれは心強い。期待を滲ませて桑崎は言った。

「頼れるのは富坂さんくらいかと思っていたら、少なくとも、もう一人はいてくれたようだな」

7

捜査会議は二時間ほどで終わり、捜査員の大半が地元での聞き込みに散っていった。カクネ里での死体の捜索は、天候が安定すればあすの午前中から開始することになり、捜索隊員として選抜された二十名の捜査員には、桑崎が技術面や現地での心構え、服装や所持品についてレクチャーを行うことになった。

ほかに県警本部から鑑識チームと検視官も参加するとのことで、そこに桑崎たちを含む山岳遭難救助隊からの応援部隊六名が加わって、想定どおりほぼ三十名の陣容となった。チームには富坂も加わるとのことで、会議中に大口を叩いた手前、逃げるわけにはいかなくなったようだ。

そんな事情を報告すると、八木はさっそく手配を進めるという。地元気象台に問い合わせたところ、きょうあすにかけて日本列島は高気圧に覆われ、大きな天候の崩れはないとのことで、やはりいまが絶好のタイミングのようだった。

八木とのそんな打ち合わせを終え、浜村と昼飯に出かけようとしたところへ、富坂がふらりとやってきた。

「おれは大町署はあまり馴染みがないんで、界隈で美味い飯が食える店を知らないんだよ。あんたたちはよくこっちに来るだろうから、どこか知ってるんじゃないかと思ってね」

そういうことなら周りに大町署員がいくらでもいる。そっちに訊けばいいものを、わざわざ近づいてきたところを見ると、折り入って話したいことがあるらしい。桑崎はそつなく応じた。

「それほど詳しくはないんですが、夏山シーズンにはよくこちらに常駐しますから、行きつけの店は何軒かありますよ」

「そりゃ助かる。どうだい。だったら一緒に昼飯でも」

富坂はさっそく誘いにかかる。むろんこちらも異存はない。

「じゃあ、近場になかなかいける定食屋がありますから、そこでどうですか」

「ああ、なんでもいいよ。きょうは早出したもんだから朝飯抜きでね。腹の虫が鳴いてしようがない」

富坂は馬鹿に機嫌がいい。出かけた店は署から五分ほどの駅前にある大衆食堂で、正午にはまだ早いから店内は空いていた。それぞれ好みの定食を注文したところで、富坂は声を落として身を乗り出す。

「ついさっき、思いがけない情報が入ってきてね」

「例の三人に関してですか」

「そのなかの原口という男についてだよ。戸籍から素性を洗ってみたんだが、母方の伯父が意外な人物でね」

「と言うと?」

「滝川修三――。大町出身の資産家だよ。ITバブルの走りのころにインターネット関連のビジネスに乗り出し、それが当たって急成長して東証一部上場を果たした。ところがなかなか目端が利いたようで、その後のバブル崩壊を予見したように、株価のピーク時に持ち株をすべて手放して、経営から一切身を退いた」

「知ってますよ。スタックフルという会社の創業者でしょう」

「よく知ってるな。ITバブルの崩壊で会社更生法の適用を受け、その後は鳴かず飛ばずだそうだ。いまでは社名を覚えている人間も少ないようだが、滝川自身は痛手を受けず、美味しいところをすべて持ち逃げしたわけだよ。いまは表舞台に出ていないが、ヘッジファンドのようなことをやっていて、その当時以上に資産を増やしているという噂だ」

「だとしたら、原口も金には困っていなかったわけですね」

「そこはわからない。妻からも親からも見放されているような男だから、甥っ子でも可愛がられていたとは限らない。それより気になるのが滝川の長女なんだ。なんと八年前に行方不明になって、去年、失踪宣告を受けている」

「失踪宣告？」

覚えず問い返した。人が行方不明になり、その生死が七年以上明らかではないとき、関係者の申し立てにより家庭裁判所が宣告するもので、それにより法律上死亡したものとみなす効果が生じる。

「ああ。この件はまだ捜査本部の上の人間には報告していない。おれの想像があまりに突飛な気がして、まず山に詳しいあんたの意見を聞いてみたいと思ってね」

富坂はいつになく真剣な表情だ。湧き起こる好奇心に押されるように桑崎は問いかけた。

「いったいどういうことを？」

「カクネ里の雪渓はじつは氷河だという結論が最近でたらしいが、もしそうだとしたら、クレバスの底に落ち込んだ死体が、凍結した状態で八年間原形をとどめているということがあり得るものかどうか——」

第五章

1

「クレバスの底に落ちた死体が、八年間原形をとどめていることがあり得るか——」

富坂の質問に桑崎は即答できなかった。氷河についての専門知識はないし、人間であれ動物であれ、クレバスの底から死体が出てきたような事件に遭遇したこともない。

しかしシベリアの凍土のなかから、何万年も前に死んだマンモスがほぼ生前の姿で発掘された事例がいくつもあるらしいから、あり得ないとは言い切れない。

カクネ里が氷河だという説は、ここ何年か学会やマスコミの話題になっていたが、アプローチが困難なため本格的な調査が進まず、なかなか確定的な結論が出なかった。ところがつい最近、それが実証されたという報道があった。

近年、北アルプスでは相次いで氷河が見つかっていた。立山の御前沢(ごぜんざわ)雪渓、剱岳(つるぎだけ)の三ノ窓雪渓と小窓雪渓がそれで、いずれも厚さ三〇メートル以上の氷体が一ヵ月に何十センチか流動するのが確認されたという。カクネ里の雪渓でもそれに匹敵する氷体の存在はすでに明らかになっていた。GPSを使った測定で、今回それが流動していることが科学的に解明されたということらしい。

しかし荒唐無稽な着想なのは間違いない。いまの時期、カクネ里は二〇メートルを超す積雪に覆われている。クレバスの開口部に達するためにはそれだけ掘り下げなければならないが、女性一人を含む三人の力で果たしてそれが可能だったのか。もし可能だとしても、桑崎たちが現場に着いたとき、それだけの穴を掘った形跡は見当たらなかった。

さらにカクネ里の雪渓が氷河であれば、それは年間数十センチから数メートル流動する。富坂が想像するように、発見されたのが八年前に失踪した女性の死体なら、クレバスの位置もそのぶん移動する。そのあいだに開いていたクレバスが閉じてしまうこともあり得るだろう――。

そんな考えを聞かせると、富坂は笑って言った。

「いや、突拍子もない思い付きだくらいはわかってるよ。だからといって、頭に浮かんだことはなにごとも確認しないと気が済まないたちでね。あんたたちならカクネ里のことに詳しいかと思って訊いてみただけだよ」

しかしその着想には妙に心を引かれる。この事件がカクネ里という特殊な場所と深く関係しているのはやはり否定できない。

「うちの副隊長は人脈が広いんです。カクネ里氷河の調査に参加している研究者にも知人がいるでしょうから、話を聞いてくれるように言っておきます。彼らはここ数年、その調査でカクネ里に出入りしているそうです。それも登山者がほとんど足を向けない夏から秋にかけてで、クレバスの件はともかく、今後の捜査になにかプラスになる情報が得られるかもしれません」

「それは助かるな。滝川氏の娘の件はまだおれの想像に過ぎないが。このヤマ、きのうきょう起きたんじゃないのは間違いない。あんたが言うように、夏場のカクネ里が一種の死角だとしたら、そういうところに出入りする物好きは氷河の研究者くらいのもんだろうから」

期待を隠さず富坂は応じる。帳場が立って本格捜査がスタートし、その実質的なリーダーの役が回ってきて、これまでのように斜に構えてはいられなくなったらしい。

桑崎は訊いた。

「さっきいろいろ質問していた刑事さん、よくご存じなんですか」

「山谷さんのことか。強行犯捜査担当刑事であの人のことを知らないとしたらモグリだよ。おれも所轄回りをしていた若いころはずいぶん雷を落とされた。おかげでこうやっていっぱしの刑事面をしていられるわけなんだが」

「大町署は長いんですか」

「たしか七、八年になるな。地元の事情にはかなり明るいはずだ。滝川修三が事件に絡んでくるようだと、あの人の鼻が頼りになりそうだな」

富坂は信頼を滲ませた。

2

昼食を終えて署に戻り、電話で富坂の話を伝えると、八木はさっそく動いてくれるという。調査チームに加わっている地元の大学の研究者に心当たりがあるらしい。

「専門は雪氷学といって、雪や氷の研究なんだが、もちろん氷河も含まれる。それよりなにより山が好きでね。研究を口実に山に入り浸るには格好だと考えて、そういう分野を選んだらしい」

「できれば富坂警部補とも引き合わせたいですね。我々と違って犯罪に関してはプロですから」

「嫌とは言わないと思うがな。カクネ里の氷河には、地元も観光の面で期待している。学術調査には金がかかるから、そういう点でも無関心ではいられないはずだ。今後のことを考えれば、人殺しをするような連中が出入りする場所にはしたくないだろうし」

「その点では我々と利害が一致しそうですね。富坂さんの想像が当たらずとも遠からずだとしたら、雪のない季節にクレバスのなかを覗（のぞ）いて、なにかを見かけていたようなこともあるかもしれません」

「いずれにせよ、死体が凍結していた点がこの事件のキモのような気がするな。クレバスの底で氷漬けという奇想が飛び出すのも無理はない」

八木はあり得なくもないという口ぶりだ。桑崎は言った。

「あすは丸一日、遺体の捜索です。見つからないときはもう一日延びるかもしれません。そのあとなるべく早く、話が聞けるようにセッティングしてもらえませんか」

「いいだろう。しかし事件が滝川修三氏の娘の失踪と関係しているとしたら、話が微妙になりそうだな」

「というと？」

「カクネ里雪渓の学術調査チームの大口スポンサーとして、彼が名を連ねているという話を聞いている」

「地元出身の富豪として、そのくらいのことはするでしょう」

「そのカクネ里が娘の死に関わりがありそうだとなると、親としては複雑な心境だろうと思ってな」

「富坂さんは滝川氏と原口（はらぐち）との関係については、捜査本部内部でもまだ表に出していません。凍結した遺体がその女性だとしたら、もちろん滝川氏に連絡することになるでしょうけど」

「それまではまだ憶測のレベルだからな。しかし当たっていそうな気もするな」

八木はいかにも興味深げだ。富坂の話によれば、滝川が現在経営しているとされるTAKパートナーズは、登記上の本社所在地がタックスヘイブンとして有名なバハマのナッソーにある典型的なヘッジファンドで、運用資産は二〇〇〇億円以上とされ、実質的な運営は東京にある事務所で行っているという。滝川本人がそこにどんなかたちで関与しているのかは、不明とのことだった。

滝川は、自ら創業したスタックフルを売却して生まれ故郷の大町市に戻り、いまは市内の豪邸住まいだが、滝川の娘は失踪当時、東京で一人暮らしをしていたらしい。

失踪時の状況はよくわからないが、警視庁に問い合わせてもとくに捜査資料の類いは残っておらず、そのときはおそらく事件性なしと見なされて、警察は動かなかったものと思われる。そのとき提出された行方不明者届は、官報に失踪宣告の公告がなされた時点でおそらく廃棄されているだろうという。

子供や老人の場合はともかく、一般成人の失踪ではそういうケースがほとんどで、死体が出て初めて事件性ありと判断されることも珍しくない。

そちらの事件と凍結死体の関連性が濃厚だとみられた場合には、滝川本人から事情を聞くしかないが、いまその線で動くのは時期尚早で、まずは死体を見つけるのが先決だというのが富坂の考えだった。桑崎は問いかけた。

「滝川という人、地元では影響力があるんですか」

「いまのところ政治家でもないし、地元で会社をやっているわけでもないから、そのあたりはどうなのかわからない。しかし氷河の学術調査を含めて、地元への寄付に関しては気前がいいそうで、おおむね好感を持たれているようだ。政界への進出も視野に入れてるんじゃないかという噂もある」

「だったら地元社会にはそれなりの人脈があるわけでしょう」

「ああ。政治家のように権力を利用して圧力を掛けるようなことはいまのところできないが、変なかたちで刺激をすれば、それなりの反応をしてくる可能性はあるな」

八木は溜め息を吐く。そんな話を聞けば、富坂が慎重なのもわかる気がした。

3

カクネ里での死体捜索は、予定どおり翌日の朝から開始された。

信州まつもと空港の一角にある県警航空隊の基地に捜索チームが集合したのは午前七時。航空隊は保有するやまびこ1号、やまびこ2号の二機をフル稼働し、チーム全員と必要な資材を二往復で現地に運ぶ。

桑崎と浜村は最初の便に搭乗した。捜索の範囲はあのとき死体があった場所から下流に向かって三〇〇メートル、幅六〇メートルほどの範囲だ。

雪崩のタイプは表層雪崩だが、デブリの量が多く、死体が深い場所に埋まっている場合、捜索は容易ではない。

あのときビーコンを死体に装着できればよかったのだが、それが間に合わなかった。

この日は予想どおりの快晴で、一緒に到着した捜査員たちは、用意してきた防寒着を着用することもなく、普通の作業着だけで済むことに驚いていた。

カクネ里のような窪んだ地形では、きょうのように日射しが強いと、雪面が凹面鏡の役割を果たして、この季節でも汗をかくほど暑くなることがある——。きのうのレクチャーでは大半の捜査員が半信半疑だったが、ここに着いてようやく納得したらしく、こんどは暑さでバテるのを心配し始めた。

雪渓の奥には抜けるような青空を背景に、鹿島槍ヶ岳の北壁が目映い氷雪を纏ってそそり立つ。その圧倒的な景観に、溜め息を吐いて見とれている捜査員もいる。

県外からくるクライマーにとっては見慣れた光景でも、地元の人間で目の当たりにした者は少ないだろう。そんな様子を見れば桑崎もどこか誇らしい気分になる。

二十分も経たないうちに第二便が到着し、捜索範囲外の雪原に休憩用のテントを設営し、さっそく作業を開始した。

まず鑑識課員が先行し、横に広がってデブリの表面に遺留物がないかチェックしていく。それから一〇メートルほどの間隔を開け、桑崎たち六名の山岳遭難救助隊員を含む捜索グループが横並びになって、ゾンデ棒を突き刺しながら川下へと下っていく。

人手は多いほど能率的なので、手の空いている捜査員は全員参加することになった。富坂も気合いの入った様子で捜索に加わった。

雪崩の規模は予想した以上に大きく、全員が横に並んでもその幅の三分の一ほどで、上から下まで三回捜索を繰り返すことになる。凹凸の激しいデブリの上は足場がかなり悪く、捜査員たちの作業はなかなかはかどらない。

なにかに当たったと誰かが声を上げるたびに、遭難救助隊のメンバーが飛んでいって確認する。どれも新雪にもぐっている古い雪の塊だった。それについてもレクチャーしておいたのだが、そのあたりの感触は慣れないとなかなかわからない。

雪渓の終端の大川沢入り口まで捜索を終えたところで優に二時間を経過した。その範囲には桑崎たちが遺体を発見した場所から雪渓の終端までの最短ラインが含まれている。そのため発見の可能性が高いと見込んでいたが、予想は裏切られた。

捜査員のあいだから落胆の声が上がる。本当に死体があったのかというように、無言で猜疑の視線を向けてくる者もいる。しかし雪崩の流動は地形に応じて複雑に変化する。ただ重力に引かれて最短距離を流れるというものでもない。いずれにしても、死体が雪崩に呑み込まれたのは間違いない。

すでに正午に近かったので、次の捜索は昼食を終えてからということにした。

遭難救助隊の隊員が率先して雪を融かしてお湯を沸かす。今回は好天が予想されたので、仕出し弁当を人数分用意した。氷点下の寒さなら凍って食べられたものではないが、この日の気温ならアルファ米やレトルト食品よりはるかに美味い。

4

救助隊のメンバーと一緒に食事を始めようとしたとき、少し離れた場所にいた富坂と視線が合った。

　話したいことがありそうに目配せするので、浜村を促してそちらに移動すると、富坂はいつもの皮肉な調子で切り出した。

「本当に出てくるのか。なんだか怪しい雲行きになってきたな」

「あるのは間違いないですよ。この目ではっきり見たんですから」

「しかし現物がなきゃ、それが誰かも特定できない」

「私が撮った写真を滝川氏に見せて、失踪した娘さんかどうか確認してもらったらどうですか」

「その手もなくはないんだが――」

　富坂は首を捻（ひね）る。

「あの写真だと、ほとんど俯（うつぶ）せで顔立ちまではわからない。黒子（ほくろ）とか傷跡とか特徴を示すものがあれば手がかりになるが、そういうものも写っていない。そのうえ滝川自身がこのヤマになんらかのかたちで関与している可能性だってあるからな」

「藪蛇（やぶへび）になりそうだとみているんですか」

「どうも得体の知れない男でね。ＴＡＫパートナーズというヘッジファンドにしても、滝川がオーナーだというのはあくまで業界関係者の推測で、実態はだれもわからない。大金持ちなのは間違いないがね」

「高額所得者のベストテンには、いつも入っているようですね」

「地元の銀行や農協のような機関投資家にも顧客がいるという話だ。リターンが大きいという評判で、県内の経済界でも投資の神様みたいに祭り上げられているらしい」

「政治の世界にも食指を動かしていると聞きましたけど」

訊くと富坂はあっさり頷いた。

「次の国政選挙では、地元選挙区から打って出るという噂もある。現職の議員は戦々恐々だそうだ。資金力じゃ最初から歯が立たないわけだから」

「だとしたら、ネガティブな話題で世間に注目されるのは嫌うでしょうね」

「そういうことだ。もちろんいま探している死体が娘だと判明すれば、知らぬ存ぜぬでは済まなくなる。そのときはこっちもとことん踏み込むしかないが、悲しいかな、いまのところおれの想像に過ぎないわけだから」

覚束ない調子で富坂は言う。きのうの勢いとはだいぶ違って、どこか弱気になっている。

「例の氷河の件ですが、副隊長に相談してみました。調査に加わっている研究者に話をしてくれるそうです」

ここで投げ出されては困るので、尻を叩くように桑崎は言った。富坂は渋い顔つきで頷いた。

「まあな。おれも長年刑事をやっているから自分の鼻には自信がある。その研究者に会わせてもらえるなら、いろいろ訊きたいこともある。氷河についての基礎知識も仕込めるかもしれないし」

5

昼食を終えてほどなく捜索は再開された。最初の範囲から右手に二〇メートルほどずらして、先ほどと同じ手順で下へ向かう。捜査員たちはゾンデ棒の扱いにだいぶ慣れてきたようで、デブリの凹凸に足を取られて尻餅をつくようなこともなくなった。

一方で午前中はなにかに触れたと頻繁に報告があったのが、今度は目立って少なくなった。手慣れてきたのはいいが、肝心の死体を探り当てても関係ないと無視されてしまうのも困る。

先に立って遺留物を捜索している鑑識課員からも朗報は聞こえてこない。桑崎も次第に不安になった。三メートル以上の深さになるとゾンデ棒による捜索は無力で、表層を覆う雪が融ける初夏を待つ以外に手がなくなる。浜村が言う。

「なんだか僕らが嘘ついたことにされちゃいそうですね」

写真もありヘリの搭乗員も見ているから、嘘だという話にまではならないだろうが、このまま手ぶらで捜索を終えれば、帳場の士気が落ちるのは間違いない。

「まだ探していない範囲のほうが多い。この雪崩で流されたのは間違いないんだから、必ず出てくるよ」

半ば自分を励ますように桑崎は言った。太陽は頭上に高く、風もほとんどない。アノラックはすでに脱ぎ捨ててシャツ一枚になっているが、それでも首筋や額に汗が吹き出る。

そのとき川下のほうで声が上がった。

「発見しました。小さな布です。捜索対象者のものと思われます」

遺留物を捜索している鑑識課員だった。周囲にいた捜査員がゾンデ棒を放りだしてそちらに走り寄る。鑑識課員が押しとどめる。

「みだりに足跡をつけないで。周囲五メートル以内には入らないでください」

捜査員たちはやむなく現場を遠巻きにする。そのなかで、鑑識課員たちは周囲をより細かく捜索する。

発見されたのは引きちぎられたような青い布切れだった。鑑識課の係長が桑崎を手招きする。現場を踏み荒らさないように注意しながら歩み寄ると、それをつまみ上げて問いかける。

「確認してもらえるかね。発見時に死体が身に着けていたものかどうか」

間違いない――。一瞥して桑崎は確信した。生地はナイロン製で、ゴアテックス系の防水透湿性素材だ。色は明るいブルーで、あのときの印象そのものだ。

「間違いないです。あの死体が着ていたアノラックの一部です」

周囲の捜査員からどよめきが起きる。桑崎は不安を覚えた。あのとき死体の着衣に破れたところはなかった。しかし死体は凍結していた。それが雪崩に巻き込まれて大きな力が加わった場合、体がへし折れてばらばらになることもあり得る。当然着衣も破れるだろう。

鑑識課員が周囲一帯を確認したが、ほかにめぼしい遺留物はない。あとはこの場所を集中的にゾンデ棒で捜索するしかない。

布が見つかった位置を中心に、しだいに範囲を広げていく。見たくないものを探り当ててしまうのを惧れるように、遭難救助隊員たちにしてもどこか及び腰だ。

布のあった場所から五、六メートル離れたところで、ゾンデ棒の先端がなにかに突き当たるのを桑崎は感じた。デブリの表面から二メートルくらいのところだ。

新雪に埋まった古い雪とは明らかに違う。かなり硬いが、触れた瞬間にわずかな弾力も感じられる。想像できるのは、衣類のような柔らかいものに覆われた氷のように硬いもの――。

「ここになにかあるようです」

桑崎は声を上げた。鑑識課の係長が飛んでくる。

「人体なのかね」

「たぶん――」

控え目に答えながらも、桑崎には強い確信があった。富坂も駆け寄る。

「やっと出てきてくれそうだな」

「ええ。なんとか面目が保てそうです」

スコップを手にして集まってきた鑑識課員に場所を譲りながら桑崎は言った。

死体の掘り出しは彼らの仕事だ。手の空いた捜査員たちが遠巻きに見守るなか、桑崎がゾンデ棒を刺した場所を課員たちは慎重に掘り下げる。桑崎と富坂は間近で作業を観察する。

三メートル四方ほどの穴が約二メートル掘り下げられたところで、その中央付近に青い衣服の一部が覗いた。鑑識課員はそこからは手作業で慎重に雪を取り除く。

現れたのは人の腕。それも肘から先だけだった。桑崎が心配していたとおり、凍てついた死体は雪崩に揉まれていくつかの部分に砕けてしまったのだろう。ほかの部分が近くにあればいいが、そうでなければ全体の捜索にはさらに数日を要することになる。

鑑識課員が現場の写真を撮り、位置や大きさを実測し終えたところで、テントで待機していた検視官がやってきてその腕を取り上げた。

先ほどの布切れと同じ生地のアノラックの袖の部分と、その下のフリースジャケットのやはり袖の部分だけがまとわりついていて、手には厚手のフリースのグローブを着けている。

腕の切断面はもぎ取られたというよりへし折られたような印象で、桑崎の想像を裏付けている。

検視官は慎重にその手からグローブを外した。鑑識課員たちがどよめいた。人差し指の第二関節から先が欠けている——。

桑崎は富坂と顔を見合わせた。この場ではいかにも不謹慎だが、その顔には会心の笑みが浮かんでいた。

6

捜索は翌日も続けられた。

しかし見つかったのは衣類の切れ端やグローブのもう片方くらいだった。

腕以外の部分はゾンデ棒では探知できない深さに埋まってしまったのだろう。けっきょく上に積もった雪が融けて雪渓の本体が露出する、初夏以降に再捜索するしかないとの結論に達し、桑崎もそれで納得せざるを得なかった。

発見された片腕は松本市内の大学病院に運ばれ、大遠見山で見つかった指と照合された。その結果、切断面は一致しており、血液型も同一だと判明した。これからDNA型による鑑定も行うが、それで結果が変わることはまずないだろうというのが担当した法医学の教授の所見だった。指と腕だけでは死因は特定できないが、解剖の結果からは、明らかな病変や毒物等の形跡は検出されなかった。

身元の特定には困難が予想された。指紋が採取できても、過去に嫌疑を受けたことがある者以外は警察庁のデータベースでは照合できない。大遠見山の指の指紋はすでに照合が済んでいて、むろん該当する者はいなかった。

滝川修三にじかに当たってみる件については、富坂も、彼が師と仰ぐ大町署のベテラン刑事の山谷元雄(もとお)も時期尚早という考えで一致した。存在するのは腕と指だけで、たとえ失踪した娘の遺品があったところで、八年前となると、そこからの指紋の検出は困難だ。

親子ならDNA型鑑定で証明できるが、滝川が拒否すれば強制はできない。原口との繋(つな)がりを考えると、協力してくれるかどうかは予断を許さない。

「違うと言われた場合は裏がとれない。DNA型鑑定に応じさせられるほどの材料を、いまのところこちらは持ち合わせていないからね。つまりまだ山勘レベルの話なわけだよ」

大町署での捜査会議のあと、桑崎たちと駅前の食堂で昼食をとりながら富坂は苦衷を覗かせた。

失踪した娘がカクネ里で凍結した死体として見つかり、その指が何者かによって切断されていた。さらにその指が出て来たのが、彼の甥の原口豊を含む登山パーティーの持ち物からだった――。政治家として立つ地盤をまだ築いていない滝川にとっては、そんな猟奇的な話がマスコミに取り沙汰されるのは明らかに逆風だろう。

県警本部の上の人間となれば、滝川となんらかの人脈で繋がっていないとも限らない。富坂も山谷も、まだしばらくその話は、頭のなかのメモに留めるつもりのようだった。

「山谷さんにあんたのことを話したら、ずいぶん興味を持ってね。そのうち時間があったら一献傾けたいと言っていた」

「捜査本部開設中では、そうもいかないでしょう」

「なに、あんたたちは知らないだろうが、帳場が立ったからってそれほど忙しいわけじゃない。本部の人間も所轄の人間もむしろ日常の雑務から解放されて、羽を伸ばせるくらいのもんなんだよ」

「つまり、いまのところ捜査は手詰まりというわけですか」

桑崎は言った。皮肉のつもりはなかったが、苦々しげに富坂は応じた。

「木下佳枝の意識はまだ回復していない。見通しは厳しいようだ。死亡した原口豊、湯沢浩一の二人を含め、親や親戚から事情聴取はしているが、三人の繋がりが見えてこない」

その報告はすでに八木から聞いていた。八木の場合はあくまで山岳遭難事案としての聴取だが、そのあと捜査一課も関係者からの事情聴取はしていたのだろう。

「それなりの人数の捜査員を東京や埼玉、場合によっては湯沢の出身地の関西方面にも出張らせて、敷鑑(交友関係をたどる捜査)に力を入れるしかないだろうな」

渋い調子で富坂は言う。しかし捜索を行う前とは事情が違う。一部とはいえ腕が出て来て、三人の遭難現場で見つかった指と切断面および血液型が一致した。ここまでくれば殺人を視野に入れた死体遺棄・損壊事件として、押しも押されもしない事案というべきだ。

そのとき桑崎の携帯が鳴った。覗いてみると八木からで、応答するといつもの元気のいい声が流れてきた。

「例の氷河を研究している先生なんだが、いま松本にいるそうなんだ。信濃大学山岳科学総合研究所が松本キャンパスにあって、そこがカクネ里氷河研究のベースになっているらしい。事情を話したら、いまはとくにフィールドワークの予定もないから、いつでも話はできると言うんだが」

「そうですか。富坂さんがここにいますので、ちょっと確認してみます」

保留ボタンを押して事情を説明すると、富坂は頷いた。保留を解除し、桑崎は言った。

「こちらもいつでもＯＫです。事情が事情なので、なるべく早いほうがいいと思います」

「だったら、あすにしよう。そっちも少しは質問の準備をしていったほうがいいだろうから」

八木は先方と調整してまた連絡すると言って通話を終えた。

「松本キャンパスならここから行くのが便利だ。死体が完全には出てこなかった理由もわかるかもしれないな」

富坂は期待を滲ませる。桑崎は言った。

「だったら山谷さんもご一緒にどうですか。地元の刑事さんだから、我々が気づかない視点からいろいろ話を聞き出せるかもしれません」

「それはいい考えだ。しらばっくれて滝川修三の噂も聞けるかもしれん。調査チームの大スポンサーだという話だからな」

「私も勉強になりますよ。カクネ里そのものが仕事の現場になったことはありませんので。とくに人の入らない無雪期の状況となると知らないことばかりですから」

「なんにしても厄介な場所で死体が出たもんだよ。あんたたちが物好きでたまたま北壁を登っていたから発見されたが、そうじゃなかったら、雪が融けてから腐乱死体で見つかって、一般遭難者のものとして事件性なしで終わっただろう」

「北アルプスのような山岳で身元不明の死体が見つかることはそう珍しいことでもないんですが、それが殺人捜査の端緒になった話は聞きません。しかし実際には、事件に巻き込まれた死体もかなり含まれているかもしれませんね」

先日、山岳機動捜査隊のネーミングを思いついた浜村が身を乗り出す。

「僕らが殺人捜査の帳場に参加したこと自体、画期的なことですよ。もしそういう死角があるとしたら、我々の手で埋めていくしかありません。それは日本アルプスを始め、国内有数の山岳地帯を管内に擁する長野県警の責務じゃないですか」

富坂は頷く。

「考えてみたら、善人しか山に登らないなんてことはあり得ない。シーズンオフには人も少ないし、事故や遭難を装うのも簡単だ。死体が出てくればまだましだが、それにしても、時間が経って白骨化でもしていたら、殺人かどうかの判断もできない」

「そうですよ。人を殺すのに山ほどお誂(あつら)え向きな場所はないですよ」

浜村は我が意を得たりという表情だ。山岳機動捜査隊というアイデアが自分でもまんざらではないらしい。怖気を震うように桑崎は言った。

「そういう恐ろしい話は想像の世界だけにしておきたいもんだよ」

「おれだってそう願いたいよ。毎度北アルプスの山奥で殺人捜査となった日にゃ、仕事そのものが殺人的になっちまう」

苦笑いしながら富坂も言った。

7

翌日の午後三時に、桑崎たちは信濃大学松本キャンパスに出向いた。

メンバーは桑崎、浜村、富坂に山谷が加わった四人。相手は串田勇二という四十代くらいの准教授で、理学部の建物にある自身の研究室で桑崎たちを迎えた。

串田は偉ぶるところもなく如才ない。チェックの山シャツにジーンズ、サンダル履きという出で立ちで、髪は短く刈り上げているが、うっすら伸びた無精髭までは手が回らないらしい。名刺交換を終えると、串田はさっそく切り出した。

「なんだか、カクネ里が大変なことになっているようですね」

「ご承知のとおり、思いがけないものが出て来ましてね。発見したときはほぼ完全な遺体だったんですが、そのあと雪崩で流されて、けっきょく見つかったのは肘から先の右腕だけでした」

富坂は指の件には触れないつもりのようだ。猟奇的な話はマスコミの好餌になる。そこは捜査上の機密ということだろう。

「発見時は完全に凍結していたわけですね」

串田が問いかける。今度は桑崎が代わって答えた。

「ええ。どこか非常に冷たい場所で凍ったものというのが私の印象です。死体を発見したときは悪天候でした。おそらく氷点下だったと思いますが、朝のうちは陽が射していて、気温はかなり高めだった。なにしろああいう地形なものですから」

雪で埋まったU字谷の集熱効果に関しては釈迦に説法だろう。案の定、串田は首を傾げた。

「たしかにいまの時期、死体が完全凍結するというのは考えにくいですよ。もちろん雪渓の上に横たわっていたとしての話ですが」

「べつの状況だとあり得るわけですか。たとえばクレバスに落ちていたとか」

富坂が問いかける。その話を桑崎に持ちかけてきたときは自分でも半信半疑な口ぶりだったが、いまも多少の執着はあるらしい。串田は頷いた。

「いまの時期だと、カクネ里は全体が新雪で覆われています。雪は一種の断熱材ですから、保冷効果も高いんです。雪が降る前のカクネ里はクレバスがいくつも口を開けています。たとえば十二月下旬くらいだと、積雪はさほどでなくても気温がマイナス二〇度前後まで下がることがあります。直後に大量の積雪があれば、その冷気を雪がクレバスに封じ込めてしまう。そうなると天然の冷凍庫です」

「つまりそういう時期にクレバスに落ちたりした場合、死体が完全凍結することはあり得ると？」

「実験したわけではありませんが、理屈としては十分考えられますよ。ただ不思議なのは、もしそうだとして、その死体をどうやって取り出したのか。いまカクネ里の雪渓は二、三〇メートルの積雪に覆われているはずです。クレバスがどこにあるか、上からはわからないし、もしなんらかの方法で知ることができたとしても、掘り出すにはちょっとした土木機械が必要でしょう」

「要するに、理屈としてはあり得ても、現実には不可能というわけですか」

富坂はやや気落ちした様子だ。学者なら素人の浅知恵と馬鹿にして当然だが、そんな素振りは少しも見せず、宥(なだ)めるように串田は応じる。

「いや、そう考えたくなるのもわかりますよ。私もお話を聞いて、適当な答えが見つからないで困ってます。いまの時期でも強い寒波に襲われれば死体が凍結する可能性はなくもないですが、発見された日の日中もその前日も比較的陽気は穏やかだったわけでしょう」

「そのとおりです。どこかで凍っていたものが掘り出されてそこに置かれた――。そう考えないと説明がつかない」

「掘り出されたというか、外部から運び込まれたとは考えられないですか」

串田が真面目な顔で言う。それも桑崎が一度は考えたことだった。そのときは富坂に一笑に付された。わざわざ凍結した死体をカクネ里に運び込む理由がない。そのうえただ通過するだけでも苦労するようなバリエーションルートを通って運ぶことも、たしかに困難極まりない。

しかし串田は不可能ではないと見ているらしい。串田は続ける。

「平地でも、死体を凍結させることはできます。冷凍倉庫を使えばいいわけですから」

「運んでいるあいだに融けてしまうんじゃないですか」

富坂は納得いかない口ぶりだが、串田はあっさり首を横に振る。

「断熱梱包(こんぽう)さえしっかりしていれば問題ないですよ。私はそちらの分野は専門じゃないですが、氷河の氷のサンプルを運ぶのに保冷剤を入れた発泡スチロールの箱を使うことがよくあります。平地の気温でも二、三日は凍った状態を維持できます」

「しかし人体を入れられるほど大きな発泡スチロールの箱なら、現場のどこかで見つかっていいはずですが」

「燃やしてしまったんじゃないですか。発泡スチロールは燃やすと水と二酸化炭素になってなにも残りません。ただ不完全燃焼させると煤が出ますが」

串田はあっさりと言う。山谷がおもむろに口を開く。

「おれも外から運び込まれたとみるのが妥当な気がするよ。今後の捜査ではそっちにも目配りする必要があるかもしれないな。ところで当面の問題は、死体の残りの部分がどこに消えたかだよ。先生。それについてなにかご意見はありませんか」

慎重な口ぶりで串田は答える。

「そちらについても専門ではないんですが、死体でしかも凍っているとなると、人間の体は雪よりも比重が大きいですから、かなり深いところにもぐってしまった可能性がありますね」

「だとしたら捜索は雪融けを待ってからになりますね」

「そうでしょうね。そのころ我々も現地に入る予定ですから、予期せぬご対面ということもあるかもしれません」

串田は複雑な表情を見せた。富坂は別の方向から探りを入れた。

「しかし場所が場所ですから、氷河の調査もなにかと物入りでしょう」

「最初はそこが心配だったんですが――」

串田は相好を崩した。

「地元の皆さんが興味を持ってくれましてね。隣の富山県で三つも氷河が見つかって、こっちにはないのかという気持ちがあったんでしょう。予想以上にスポンサーがついたんです」

「滝川修三さんもそこに名を連ねているとか」

「ええ。大口のスポンサーの一人です。生まれ育った故郷の文化や経済の振興には人一倍関心がおありのようで」

「当県に注目が集まるというのは悪いことじゃありませんからね」

富坂もここでは柄にもなく如才ない。串田は大きく頷いた。

「もちろんそうです。研究にはなにかとお金がかかります。カクネ里の雪渓が氷河じゃないかという見方はだいぶ以前からあったんですが、研究を進める上での難関が予算でした。そこをクリアできたのは、滝川さん個人のスポンサーシップもさることながら、地元の経済界に声を掛けてくれて、一丸となってサポートしてくれる態勢ができたのが大きいんです」

「地元での人望も厚いんでしょうね。政界進出も視野に入れておられるとか」

「そんな噂は聞いています。それもまたけっこうな話で、氷河の件に限らず、そちらの方向から学術振興のための予算をしっかり確保してもらえれば、我々にとってそれに優(まさ)ることはありません。学者も霞(かすみ)を食っては生きられない。予算が付かなければ研究ができない。成果を出せなければ職を失うこともありますから」

　串田の口振りはどこか切実だ。富坂は続けて問いかける。

「滝川さんがカクネ里に関心を持たれたのには、なにか理由がおありで？」

　訝（いぶか）しむ様子もなく串田は答える。

「若いころ山に登った経験があるそうで、鹿島槍の北壁にも何度か挑戦したような話を聞きました。その後はビジネス一筋で山からは離れたそうなんですが、そのころの思い出がいまもおありなんでしょう」

「じゃあご家族にも、影響を受けて山に登られる方がいらっしゃるんじゃないですか」

　富坂はさりげなく突っ込んだ。こちらにすればデリケートな質問だが、富坂の調子からは四方山（よもやま）話にしか聞こえない。山谷は傍らで柔和な笑みを浮かべている。串田は声を落とした。

「たしか娘さんが山好きだったようなことを聞いてますよ。その娘さんについては、ちょっとご不幸なことがありましてね」

「と言うと？」

　富坂も合わせるように声を落とす。神妙な顔で串田は続ける。

「八年ほど前に失踪したそうなんです。滝川さんはそのときすでに大町に居を構えていて、娘さんは東京で一人暮らしをしていたらしいんですが」

「山登りに出かけて行方不明になったとかでしょうか」

「そういうことでもないようです。ある日突然、神隠しにでもあったように、暮らしていたマンションから姿を消したらしいんです。娘さんが消息を絶って七年目の昨年、滝川さんは失踪宣告を申し立てたそうです」

けっきょく串田も富坂が調べた以上のことは知らないようだった。滝川が若いころ山に入れ込み、鹿島槍の北壁も登ったという話が本当なら、カクネ里の氷河研究のスポンサーになったこともそれほど不自然ではなくなる。ただし娘が山に関心があったという話は、今後の参考になるだろう。

8

予想したより話が長引いて、キャンパスを出たときは午後六時近かった。

「せっかく松本まで出て来たんだし、どうです、晩飯がてら、駅の近くで一献傾けるというのは」

富坂が山谷に声を掛ける。

「そうだな。署の近辺の飯も食い飽きたし、山岳遭難救助隊のお二方もいることだから、肩の凝らない捜査会議としゃれ込もうかね。あんたたちもそれでいいだろう」

山谷は桑崎と浜村に訊いてくる。むろん喜んで応じた。キャンパスの正門前でタクシーを捉まえ、松本駅前まで走らせて、あとは山谷が行きつけの店に案内してくれた。

主人に個室を用意してもらい、適当に肴を注文して、とりあえずのビールで山谷の言う肩の凝らない捜査会議が始まった。

「とくに大きな収穫はなかったが、今後捜査を続ける上でいろいろ知識は仕入れられた。しかし滝川の娘の件、すれすれだったな」

山谷が切り出す。富坂は頭を掻いた。

「親子ともども山に入れ込んでいたという話を聞いて、つい色気が出ちゃいましたよ。ただ感触としてはあり得なくもないと思うんですよ」

「こうなったら、当人にじかに確認したほうが手っ取り早いような気がしますが」

桑崎は思い切って言ってみた。こちらは素人だから遠慮は要らない。当たってみれば、その反応から見えてくるものもあるだろう。しかし富坂は渋い顔をする。

「滝川が娘だと認めようと認めまいと、現状では裏をとる手立てがない。DNA型鑑定に応じてくれれば答えが出るが、残念ながらまだそこまで押していけるほどの材料は揃っていないんだよ」

「しかし娘さんが失踪したことは、親にしてみれば悲しいことでしょう。その真相が解明されるとしたら、滝川氏は喜んで協力すると思うんですが」

桑崎は言った。殺人を扱う刑事にはまた別の考えがあるのかもしれないが、ここは素直に考えるべきだという気がした。

そのとき桑崎のポケットで携帯が鳴った。取り出して覗くと、八木からの着信だった。応答すると、他聞を憚(はばか)るような調子の声が流れてきた。

「さっき病院から電話があってな。例の木下という女性の主治医なんだが、遭難救助関係で付き合いが古い人なんだよ」

「意識が戻ったんですか」

「いや、まだだ。ただときどきうわ言を言うそうなんだ。名古屋から来た伯母さんが付き添っているんだが、その内容が気になるからと先生に相談したらしい」

「どういうわ言を?」

「リカコ、ごめんなさい——。そんな言葉を何度も繰り返すんだそうだ。伯母さんはその名前に聞き覚えがないとのことで、警察がなにか事情を把握しているかもしれないと、おれに問い合わせてきたんだよ」

「ちょっと待ってください。いま富坂さんが一緒にいますから」

そう応じていまの話を伝えると、富坂は手帳を取り出して確認し、興奮気味に声を上げた。

「里香子(りかこ)——。失踪した滝川修三の娘の名前がそれだよ」

第六章

1

死体発見時の状況やカクネ里での捜索活動の状況を桑崎が説明するあいだ、黙って耳を傾けていた滝川修三が不快げに口を開いた。

「八年も経っているんだよ。すでに失踪宣告も受けている。私の気持ちのなかではもう終わったことなんだ。いまさらそれを蒸し返して悲しみを掻き立てるようなことはやめてくれないか」

いまも意識不明状態の木下佳枝が言ったという「リカコ、ごめんなさい」といううわ言――。八木からその連絡を受けたことで状況は大きく変わった。

桑崎がその連絡を受けてすぐ、富坂は担当管理官に電話を入れた。管理官は強い興味を示したが、まだ捜査本部全体で共有するには早いと判断したらしく、けさの捜査会議では議題に上らなかった。

しかし滝川に直接当たってみたいという富坂の意向は認められた。滝川の自宅に向かったのは富坂と桑崎だった。

刑事捜査が専門ではない自分の出る幕ではないと桑崎は思っていたが、現場でほぼ完全な死体を確認している桑崎がそのときの状況を伝えたほうが、より説得力を増すという富坂の考えによるものだった。

滝川の邸宅は市街中心部からやや離れた高台にある。広い敷地の木造の平屋建てで、細部をみれば素人の桑崎にも手の込んだものだとわかるが、周囲の家並みを威圧するような気配はなく、大富豪となっても郷里の土地柄に馴染もうとする滝川の思いの表われでもありそうだ。

広々とした応接間の窓の向こうには、爺ヶ岳から鹿島槍ヶ岳、五竜岳、白馬岳と続く後立山連峰が純白に輝いて連なり、この場所に邸宅を構えたことに、かつて登山に夢中になった時期があるという滝川の山への愛着が感じられた。

妻は十数年前に病死し、一人娘の里香子は八年前に失踪した。いまは天涯孤独の身で、この広壮な邸宅で同居人は家政婦と専属の運転手くらいだという。臆することなく富坂は言った。

「しかし死体が娘さんである可能性は高いと思います。我々としては事件の真相を究明したい。死体の身元確認はその最初の一歩です。滝川さんにとっても大事な娘さんだった。もし殺害されたとしたら、その犯人を明らかにし、しかるべく罰したいという気持ちはおありだと思いますが」

「可愛（かわい）い娘を失った親の気持ちが君たちにわかるかね。その悲しみは私にとって堪えがたいものだった。八年という歳月がようやくその傷を癒やしてくれた。もしそれが娘じゃなかったら、私はもう一度喪失の痛みを味わうことになる。娘だったとしても、それは死体だ。娘が死んだというどうしようもない現実を否応（いやおう）なく突きつけられるだけだ」

「娘さんがもし殺害されたとしたら、その犯人を憎いとは思いませんか」

「それは思うだろう。もし失踪した直後に警察がちゃんと捜査をして、殺人事件だと明らかにしてくれていたらね。しかしあまりに時間が経ちすぎた。警察といっても警視庁の話で、君たちを責めているわけじゃないが、なにをいまさらという感情が湧いてくるのはどうしようもない」

憤りを抑え込むように滝川は顔を歪(ゆが)めた。それでも富坂は食い下がる。

「お気持ちはわかります。しかしそれが娘さんの死体だったとしたら、真実を解明することがご供養になると思いますが」

滝川は鋭い視線を向けてくる。

「私の出来の悪い甥っ子が、娘を殺したとみているのかね」

「発見された死体と強い関連性があるのは間違いありません」

「だとしても、原口豊とは子供のころを除けばほとんど付き合いがない。それに死んでしまったわけだろう」

「おっしゃるとおりです。もし犯人だとしても、被疑者死亡で不起訴になります」

富坂があっさり頷くと、滝川は皮肉な笑みを浮かべた。

「だったら、せっかく捜査本部を設置したところで、税金の無駄遣いに終わるような気がするが」

「原口を含む三人がその女性を殺害したとはまだ断定しておりません。なんらかの関与はしていても、真犯人は別にいるかもしれませんので」

富坂はなお押していく。滝川は首をかしげた。

「そもそも八年前に失踪した娘が生前そのものの姿で凍結していたなどということが、本当にあり得るのかね」

「科学的観点から見れば十分あり得ると考えています。どういう経緯で凍結したのかはまだ明らかにはなっていませんが」

ここで冷凍倉庫の話を出すわけにもいかないが、きのうの串田の話から類推すれば十分現実味があるし、桑崎がインターネットで調べてみたところ、未来の医療技術の進歩に期待して冷凍保存されている死体が、いま世界には何百体もあるという。

「いずれにしても、私の心のなかでは決着がついていることだし、その死体が娘であるとはとても信じられない。原口はたしかに甥だが、彼がなんらかのかたちで事件に関与していたとしても、それと私を勝手な憶測で結びつけられるのは迷惑なことなんだよ」

滝川は苦々しげに言う。富坂はもう一押しした。

「でしたらせめて、DNA型鑑定だけでもさせてもらえませんか。カクネ里の死体が里香子さんではないとはっきりすれば、この件で滝川さんを煩わせることはなくなります」

「お断りする。それじゃまるで私が犯罪に荷担したような扱いじゃないかね」

「そういう考えは毛頭ありません。我々は、なんとかして死体の身元を特定したいだけなんです」

「その死体が誰であろうと、死体遺棄なり殺人なりの疑いがあるなら、その真相を究明するのが君たちの仕事だろう。その結果、原口が犯人だということになっても、それはまったく私とは関わりのないことだ」

「生存していた女性遭難者のうわ言に出てきた、リカコという名前についてはどうお考えでしょうか」

「私に訊かれても答えようがない。たまたま同じ名前が出ただけかもしれないし、どういう字なのかもわからない。木下佳枝という女性にも心当たりはない。それが娘のことだという証拠はどこにもないと思うがね」

滝川は突き放すように言う。こちらの要請に素直に応じない可能性は想定内だった。最大の理由は政界進出の野心だろう。しかしここまでのやりとりを聞いて、桑崎の頭にもう一つの疑念が立ち上がる。

果たして本当に滝川はこの事件と無関係なのか。いまあらわにしている頑なな態度は、関係あるが故のものではないのか――。そのあたりの感触はこの道のプロの富坂にあとで訊いてみるしかない。

「ところで滝川さんは、カクネ里の氷河研究をいろいろご支援されているそうですね」

富坂はさりげなく話題を切り替えた。滝川は鷹揚に頷いた。

「富山のほうじゃ三つも見つかって、こっちはまだ見つかっていない。一つくらいはあってもよさそうなもんじゃないかと思ってね。ようやくその成果が出たようだ。これでも昔はいっぱしの山屋でね。鹿島槍の北壁を登るためにカクネ里にはよく足を踏み入れた。そんなこともあって、できる限りの支援を申し出たんだよ」

「そうなんですか。いやご立派なことで。こちらの桑崎巡査部長も山岳遭難救助隊の仕事の傍ら、個人的な山登りもずいぶんやっているようでしてね」

富坂は桑崎に話を振ってくる。滝川は興味を引かれたように身を乗り出した。

「山が好きで選んだ職場なのかね」

「学生時代に山岳部におりまして、社会人になってからも山と関わりを持ち続けたかったものですから」

「山岳遭難救助隊の活躍ぶりはよく耳にするよ。長野県にとって、山は重要な観光資源だ。君たちの尽力で誰もが安全に登山できる環境が整うことは、地元経済の振興にも繋がる。今回は別段の事情があるんだろうが、できれば畑違いのことにかまけていないで、本業でいい仕事をしてくれることを期待しているよ」

「原口さんたちの遭難では、全員を生きて還らせることができませんでした」

「いやいや、テレビのニュースを観ていたよ。私も厳しい登山をしていた時期があるからよくわかる。あれはまさしく決死の救難活動だった」

硬い表情だった滝川が相好を崩した。甥の原口がそのとき死んでいる。そのことについてなんの感情も示さない。それは本当に原口と関係が疎遠だったからか、それともあえてそう見せたいなんらかの理由があるのか、桑崎はまたしても判断に迷う。

「地元の遭対協の皆さんも頑張ってくれました。民間の皆さんと二人三脚で、なんとか仕事ができている状況です」

謙遜するように答えると、滝川は頷いて言う。

「官民が手を携えるのはいいことだよ。私も行政とは積極的に対話していくつもりでね。及ばずながら、これからは郷土を盛り上げていくことをライフワークにしようと心に決めているんだよ」

自分が地元の行政にも影響力をもつことを暗に匂わせているようでもある。もちろんそこには警察も含まれるだろう。

2

滝川との話はそれ以上進まず、この日は退散するしかなかった。

ＤＮＡ型鑑定は、裁判所から鑑定処分許可状という令状をとる以外には強制できない。あの死体が娘の里香子である可能性が高いとしても、その場合、滝川は被疑者ではなく被害者の肉親で、法的な強制力を伴う捜査手法は道義の面で問題がある。当然、裁判所もおいそれとは令状を発付しないだろう。

「けっきょく原口たちの敷鑑から攻めるしかなさそうだな」

捜査本部へ戻る覆面パトカーの車中で富坂は言う。

「しばらく捜査は膠着しそうですね」

反応を窺うように桑崎は問いかけた。平地での捜査となれば桑崎たちの出番は少ない。さきほど滝川が言ったように、畑違いの仕事にかまけていないで本業に戻ったほうがいい頃合いだ。

桑崎と浜村が抜けていることで山岳遭難救助隊の現場に負担がかかっているのは確かなはずで、ここまで大きな問題はなかったものの、これからは雪崩が起きやすい季節だ。ひとたび山が荒れれば、同時多発的に遭難事案が発生する可能性がある。

「ああ。頭が痛いよ。怪しい三人のうち二人は死んでしまって、唯一の生存者の意識が回復するかどうか見通しが立たないとくればね」

「四年前に原口が剱岳で遭難したとき、富山県警を訴えたことがあったでしょう。そのときの裁判資料はまだ入手できませんか」

「ああ。おたくの八木副隊長から話を聞いて、うちのほうからも問い合わせをしてるんだが、まだ返事が来ていない。裁判には勝ったんだから開示してもとくに問題はないと思うんだが」

「すべてじゃなくても、そのときのパートナーの住所と氏名くらいはわかるでしょう。今回のメンバーとは別の人間なら、原口について詳しい話が聞けるかもしれない」

「それも数少ない糸口の一つだな。こっちからもう一度催促してみるよ。こうなるとおれもあっさりとは引けなくなった。この事案は想像以上に奥が深そうだな」

富坂は深刻な口ぶりだ。かといってこの先、桑崎が手伝えることがないのに変わりはない。思い切って桑崎は言った。

「私と浜村はそろそろ戻ったほうが良さそうですね。遺体の捜索は雪が融けるまでは無理だし、聞き込み中心の捜査となると、我々は素人ですから」

「それはそうだが、おれたちも山に関しては素人だ。相談しなきゃいけないこともいろいろ出てくるだろう」

富坂はどこか未練がましい。かといってこのままずるずる捜査本部に居残るのは、本籍の遭難救助隊に対して気が引ける。

「連絡をもらえばいつでも対応できますよ。この先、現地での捜索を再開するときは、また戻ってくることになるでしょうし」

桑崎は言った。滝川の腑に落ちない態度をみれば、もうしばらく捜査の推移を見守りたい気持ちもあるが、それはしょせん個人的な興味以上のものではない。

3

富坂はさっそく管理官と話し合い、桑崎と浜村をいったん捜査本部から外し、本務の山岳遭難救助隊に復帰させることを進言した。現状を考えれば、管理官にもこれといって反対する理由はなく、八木とも相談した上で復帰が決定した。

翌日の午前中に、桑崎と浜村は県警本部に戻り、八木にこれまでの経緯を報告した。嘆息混じりに八木は言う。

「なんだかいやな壁にぶち当たったたな。滝川氏は事件を潰しにかかっているようにも受けとれるな」

桑崎は滝川の印象を詳しく語って聞かせた。八木は頷いた。

「鹿島槍に入れ込んだ話は本当のようだ。おれのほうでも古い記録を調べてみたんだが、北壁に限らず、荒沢方面を含め、難しいルートをいくつも登っていて、なかにはルート初登の記録もあった。どれも四十年以上昔の話だな」

「その後はどうなんですか」

「鹿島槍に限らず、一切名前が出なくなった。そのレベルのクライマーだと、さらにアルプスやヒマラヤにフィールドを広げる人が多いんだが、滝川氏はかなり若い時期に山から足を洗ったようだ」

「ビジネスの世界に華々しく登場したのはそのあとだいぶ経ってからですね」

「いや、ITバブルで急成長したスタックフルには滝川電子という前身会社があって、その名のとおり滝川氏が創業者だ。オーディオや電子機器のパーツの販売会社で、設立されたのは四十年ほど前。つまり山から足を洗ったのと実業家として世に出た時期がほぼ一致している」

「どうやって調べたんですか」

「いや、大したことはやってないよ。インターネットを検索したらいくらでも情報が出てきた。それだけ世間が注目している人物なんだろう。もちろん捜査本部はすでにそのくらいの情報は摑んでいるだろうがね」

本業をサボって滝川の情報を漁っていたと見られたくないのか慌てて言い訳するが、八木もこの事案に関しては、よそ事とは思えず興味を抱いているらしい。

「四十年くらい前だとすると、まだ二十代でしょう。その歳で会社を設立したとなると、人生の上でのなにか大きな転機があったような気がしますね」

「ある程度の元手は必要なはずだからな。しかし父親は普通のサラリーマンで、母親は小学校の教師だった。つまり親のほうは、とくに資産家というわけではなかった——」

八木は続ける。しかし滝川電子も鳴かず飛ばずの会社ではなかったらしい。上場するには至らなかったが、国内の大手企業を顧客にして着実に成長していたという。

滝川は大学を中退している。学部は人文系、エレクトロニクス関係の知識はとくになかったはずだが、当時はベンチャービジネスが走りのころで、そんな若者が会社を興すことはそう珍しくもなかったらしい。桑崎は首を傾げた。

「二十代で本格的なクライミングに熱中していて、ある日突然、畑違いのビジネス分野に転じたというのには、なにか理由があるような気がしますね。私にしても、山から離れられないでいまの職業を選んだくらいですから」

「完全に縁を切ったかどうかは知らないが、少なくとも記録に残るような登攀はやっていないようだ。そもそもその歳で会社を興して、本気で山に入れ込んでいる暇はない。せいぜいやったとしても、たまに普通の山歩きをしたくらいだろうな」

「情報がそれだけあっても、かえって謎を感じさせる人物ですね。せっかく上場まで成長路線に乗せた会社を、あっさり見切って手放したわけでしょう。そのあと傾いたといっても、自ら経営を続けていれば危機に陥ることはなかったんじゃないですか。それだけの経営手腕はあったでしょうから」

「その見方は当たっているかもしれないな。ITバブルの崩壊があったにせよ、それを乗り越えて大きく成長した会社はいくらでもある。スタックフルの場合、バブルの崩壊というより、後継経営者の判断ミスが大きかったと見られているようだ」

「将来を予測して見切ったというより、彼が見切ったせいで経営が傾いたというほうが当たっていそうですね」

きのう滝川本人と対面したときの印象を思い起こしながら桑崎は言った。カクネ里で発見された死体が失踪した娘かもしれないという話を聞いても、すでに自分のなかでは終わったことだと言い張った。

あのときは表沙汰にしたくないなんらかの事情があるのではと疑ったが、あるいは滝川はそもそもそういう人間なのかもしれないという気もしてくる。そうだとすれば、また別の意味で扱いにくい。八木も頷いて言う。

「いずれにしても厄介な相手ではある。捜査本部としては、直接対峙するよりも、迂回して別方面からの捜査を進めたほうが賢明かもしれないな」

「でも、滝川氏が事件の鍵を握っているのは間違いないですよ。山中で見つかった遺体なら、我々山岳遭難救助隊の管轄でもあるわけですから、こちらのルートでなにか探る手があるんじゃないですか」

浜村は納得がいかない口ぶりだが、八木はすげなく却下する。

「捜査一課に移管した以上、おれたちが動けば二重捜査になる。それぞれが別の答えを出したら現場は収拾がつかなくなる。それにもう一つ問題があってな」

「というと?」

桑崎は問いかけた。八木は困惑したように言う。

「じつは滝川氏は、遭対協にもかなりの額の寄付をしてくれているんだよ。遭対協と山岳遭難救助隊は二人三脚の関係で、合同訓練や夏山のパトロールも共同でやっている。そのための駐在施設も共同で運用しているから、間接的に我々もその恩恵を受けていることになる」

「きのう会ったとき遭対協の話題も出ましたが、寄付しているようなことは言いませんでした」

「そのあたりが大物なんだろう。ひけらかすのは野暮だということじゃないのか。本人の口から言わないからあまり知られていないが、教育機関から福祉施設から、地元には相当な額の寄付をしているようだ」

「楯突（たてつ）ける人間もそれだけ少ないことになりますね」

皮肉な調子で浜村が言う。意図してやっていると見るのは勘ぐりすぎな気もするが、結果的にはそう言えなくもないだろう。

「その意味では、捜査一課も攻めあぐねるんじゃないのか」

八木も頷いて嘆息した。

4

桑崎と浜村は翌日から平常勤務に戻った。

死体捜索のあとも好天は続いていた。遭難救助隊にとっては、こういうときのほうが逆に気が休まらないもので、気温の高さと日照で雪が緩みやすく、雪山はもっとも雪崩が起きやすい。

積雪期の山が好きな登山者にとっては最後のチャンスでもあり、年末年始や五月の連休ほどではないが、意外に山に人が入る季節でもある。

そんな心配が的中して、中央アルプスの宝剣岳付近で単独行の登山者が滑落したとの一報が入った。

遭難者は稜線から一〇〇メートルほどの斜面に倒れており、両足を骨折している模様で、自力で移動することは難しいという。

警察への救難要請は本人が携帯で寄越しており、意識はいまのところはっきりしているようだ。通信指令本部からの一報を受けたのは由香里で、待機所にいた桑崎にすぐに連絡を入れてきた。

駒ヶ根署駐在の隊員二名が地元遭対協のメンバーとともに現場に向かっているが、

その直下にあるホテルの従業員の話では、その付近はここ数日の好天で雪が緩んでおり、いつ雪崩が起きても不思議ではない状況らしい。

普通ならヘリによる救出が妥当だが、ローターの風圧や爆音によって雪崩が誘発される惧れもあって、まずは現場を確認してから判断する必要があるだろう。

幸い標高約二六〇〇メートルの千畳敷カール（圏谷）まではロープウェイが使え、現場へは迅速に到着できる。ロープウェイ駅に隣接して通年営業のホテル千畳敷があり、そこからならヘリによる移送も可能だ。問題は直接ヘリで救出できない場合、雪崩のリスクを避けてそこまでどう移動させるかだ。

地元の人員だけで手が足りればこちらは動く必要がないが、難しいようなら千畳敷までヘリで向かい、そこで彼らと合流することになる。いま県警本部にいる実動部隊は十名で、ほかの場所で遭難が発生する可能性もあるから、全員総出というわけにはいかない。

その際は大町の捜査本部暮らしで十分体を休めている桑崎と浜村が先発隊として現地に向かうことにして、さっそく準備を整える。

「遭難はないに越したことはないですが、やっぱりこっちの仕事のほうが気合いが入りますね」

捜査本部を外れるときはどこか未練がましかった浜村も、現場に戻れば水を得た魚のように潑剌としている。

「そうだよな。こう言っちゃなんだが、殺人事件は起きてしまえば取り返しがつかない。しかしおれたちは生きている人間を助けるのが商売だ。その意味から言えば、捜査一課よりやり甲斐がある」

桑崎も力強く応じた。そのときデスクの警察電話が鳴った。受話器を取ると由香里からだった。

「続報です。遭難者の氏名は木島忠志、年齢は三十五歳。右足の脛骨と左足の足関節が折れていて、いまのところ意識はありますが、痛みがひどいようですね。駒ヶ根署の常駐隊員二名と遭対協のメンバー三名がいまロープウェイの千畳敷駅に到着したんですけど、現場付近の雪の状態がとても悪いらしいんです。横に亀裂が何本も走っていて、ホテルの人たちは雪崩れるのは時間の問題と見ているようなんです」

「だったらヘリでのアプローチは危険だな」

「八木副隊長もそう見ています。なにかいい方法がないか、まず桑崎さんが現地に飛んで状況判断をして欲しいそうです」

思いもよらない重圧がのしかかってきた。たしかに現場を見なければベストの答えは出せない。というより、そもそもベストの答えが見いだせる状況かどうかだ。

地上からの救出にせよ、ヘリによる救出にせよ、リスクはどちらにもある。できるのはそれを天秤にかけて、多少なりともリスクが少ないと考えられる方法を選択するくらいだろう。由香里が続ける。

「松本の航空隊の基地からいったんこちらにヘリを飛ばして、桑崎さんと浜村さんを拾って現地に向かうように手配は済んでいます。基地の常駐隊員二名も一緒に来るそうです」

すでに現地に入った駒ヶ根署の隊員と遭対協のメンバーを合わせれば十名近い大部隊だ。八木も救出作業の困難さがわかっているのだろう。

「ヘリはすぐに出られるのか」

「もう飛び立ったそうです。あと十分くらいでつくはずです」

「わかった。急いでヘリポートに向かう。なにかあったらヘリの無線で呼び出してくれ」

そう言って浜村を促し、装備一式を背負って待機所を飛び出した。ヘリポートは屋上にあり、そこまでエレベーターで一気に昇る。

屋上に出ると、西の空に小さく機影が見える。ヘリが使えるかどうかで救難活動の機動性は大きく違う。大遠見での遭難のときは悪天でヘリが使えなかった。きょうのような天候なら、三人とも楽々救出に成功していただろう。今回、ヘリで遭難者を吊り上げることは無理でも、部隊移動の足としては大いに役に立つ。

そのときポケットで携帯が鳴り出した。いったい誰から――。忙しない思いでディスプレイを覗くと富坂からの着信だった。

「よう、そっちはどんな具合だ」

のんびりした調子で訊いてくる。いま救難現場に出動するところだと言うと、慌てた様子で富坂は言った。

「おっと、邪魔するところだったな。それならあとでかけ直すよ。そう急ぎの話でもないから」

そう言われるとかえって気になる。桑崎は言った。

「大丈夫です。いまヘリを待っているところですから。なにか新しい事実が出ましたか」

「じつはさっき、富山県警から連絡があってね。やっと警務部の訟務課からお許しが出たそうだ。原口が剱岳で遭難したときのパートナーの名前がわかったよ。木島忠志というそうなんだが。そっちでなにか心当たりがないかと思ってね」

鋭い緊張を覚えて問い返した。

「年齢は？」

「四年前の裁判のときで三十一歳だから、いまは三十五歳だろうな」

「まさか。本当に？」

偶然とはいえ、いくらなんでも重なりすぎだ。まるで事件が自分を追いかけてくるような気がして、桑崎は茫然(ぼうぜん)と携帯を握りしめた。

5

県警航空隊の救難ヘリやまびこ2号は、長野市内の県警本部から中央アルプスの千畳敷まで約一〇〇キロの距離を二十分弱で飛んだ。

着陸前に雪崩を誘発しないように適度な距離を置いて上空から偵察した。

場所は宝剣岳の肩のあたりから千畳敷カールへと下る狭く急峻(きゅうしゅん)な谷の真ん中辺りで、いまは分厚い雪に埋もれている。ホテルの従業員が言っていたように、遭難者の周囲にはクレバスのような亀裂が幾筋も走っていて、わずかな刺激で底雪崩が発生しそうな状況だった。

一か八(ばち)か、ヘリでの救出を試みたい気持ちにも駆られるが、悪い方の目が出た場合は取り返しがつかない。

吊り上げ用ホイスト（巻き上げ機）のワイヤーは九〇メートルのものを装備しているが、その長さになると風に流されるケースが多くなるため、パイロットにも救出に向かう隊員にも高度な技量が要求される。

いまいる場所は千畳敷カールの底で風は穏やかだが、稜線からは雪煙が舞うのが見え、現場付近は比較的強い風が吹いていると想像できる。

そのうえ最大で九〇メートルという対地高度でも、ホバリングの風圧で雪崩を誘発するリスクがないとは言えない。ヘリのパイロットも、操縦に関してはなんとかなるが、そちらのほうは判断しかねると言う。

カクネ里で起きた雪崩を思い出す。いまとは状況が違うが、間一髪でヘリに飛び乗って、足下を流れる雪崩の猛威に身がすくんだ。あのときも、あるいはヘリの爆音が引き金になっていた可能性もある。

「遭難者はどういう状態なんだ」

すでに到着していた駒ヶ根署の常駐隊員に問いかけると、不安げな答えが返ってきた。

「さっきから携帯で呼びかけているんですが、意識が朦朧（もうろう）としてきているようです。骨折の痛みは半端じゃありませんからね。それも両足ですから」

警察に救難要請した際は気持ちが張っていたのだろう。桑崎にも骨折の経験はある。できれば気絶してしまいたいと願うくらいの激痛に襲われる。両足骨折の重傷なら、意識が遠のいても不思議はない。あるいは本人が気がついていないだけで、頭部に損傷を受けている可能性もある。

時刻は午後二時に近い。頭上はいまも晴れ渡り、強い日射しが照りつける。南東に開けたすり鉢状の千畳敷カールの集熱効果はかなりのもので、二六〇〇メートルを超える標高でもアノラックは暑くて着ていられないほどだ。時間が経つほど雪は緩む。午後三時を過ぎるあたりが、底雪崩の頻発時刻と言われている。

状況を報告するために携帯で八木を呼び出した。ついでにその遭難者が、剱岳の遭難のときの原口のパートナーである可能性が高いことも耳に入れておく必要がある。ヘリを含む航空機内での携帯電話の使用は法令で禁じられており、一課の捜査の機微にも関わる話を、不特定の人間が傍受できる無線で話すわけにもいかないから、飛行中は連絡が取れなかった。

携帯から呼び出すと、由香里がすぐに八木に繋いでくれた。

「どんな状態だ」

八木はさっそく訊いてくる。現状を詳細に伝え、富坂からの電話の件も手短かに付け加えると、八木は唸(うな)った。

「そういう事情があるからといって特別扱いするわけじゃないが、なんとか無事に救出したいな」

「もちろんです。しかしハードルは高そうです」

八木は続けて訊いてくる。

「機長はなんと言っている？」

「技術的にはやれなくはないそうですが、雪崩のリスクについてはなんとも言えないとのことです」

「雪の状態がそれほど不安定なのか」

「辛うじて止まっているような状態です。遭難者が元気なら、いっそ気温が下がる日没直前まで待つという手もありますが、その点についても楽観はできません」

「骨折の状態にもよるが、手遅れになると足を切断することにもなりかねんからな。それまで雪崩が起きないという保証もない。やはりのんびりしてはいられないだろう」

「この状況で絶対的な安全策はありません。地上からの救出は雪崩を誘発するリスクがさらに大きいと思います。ヘリを使うのがベストかどうかはともかく、多少ましだとは言えるでしょう」

苦渋を嚙(か)みしめながら桑崎は言った。そのあたりの判断は自分には重すぎる。かといって八木にしても、自信を持って答えられるだけの論拠は持ち合わせていないはずだ。

つまりここでは誰かが全責任を負って決断するしかない。それを嫌って決断を遅らせたら、それはそれで別のリスクだ。いまこの瞬間にも雪崩が起きて不思議ではない。

「下から登っていく手はないんだな」

八木が確認する。現場付近に目を走らせて桑崎は言った。

「現場までのルート上にも、大きな亀裂が走っています。遭難者はおろか、こちらも二重遭難の危険があります」

「ここ最近、大きな雪崩は起きているのか」

「その形跡がないんです。それがかえって心配です」

桑崎は不安を口にした。直近に落ちた形跡がないということは、それだけ雪崩のエネルギーが蓄積されていることを意味する。

下から向かうとすれば、その亀裂を越えて二〇〇メートルは登ることになる。遭難者より上にも亀裂はあり、下で雪崩を起こせばそちらも誘発される惧れがある。

浜村が緊張した面持ちで電話のやりとりに耳を傾ける。意を決したように八木は言った。

「最小限のリスクという点ではヘリだろう。迷っている暇はない。責任はすべておれがとる。すぐに始めてくれないか」

厳しい決断をあえてした八木には敬意を表さざるを得ないが、桑崎にはそれゆえのプレッシャーがかかる。失敗すれば八木が叩かれる。それを思えば二の足を踏みたくもなる。

「場合によっては、取り返しのつかないことになりますよ」

「おれがいいと言ってるんだ。ほかに方法はないだろう。ここでの最悪の選択は、なにもやらずに模様眺めすることだ」

こちらの思いを察したように、八木は発破をかけてくる。こうなれば八木と運命をともにするだけだ。自らに鞭打つように桑崎は言った。

「じゃあ、すぐに取りかかります。いまは機長の技術を信じるだけです」

機長の山上哲夫警部補は、救難ヘリの操縦歴が二十年近くのベテランで、これまでも困難な場所での救出活動に腕を振るってきた。桑崎も一緒に仕事をしたことが何度もあり、大遠見山の現場へ飛んでくれたのも彼だった。パートナーとしてこれ以上信頼できるパイロットはいない。

「ヘリでいくことに決まったよ。現場への下降はおれが担当する」

駒ヶ根署の佐々木という若い隊員が慌てて声を上げる。

「それは僕にやらせてください。ここは僕たちの地元ですから」

「いや、済まないが、おれに任せてくれないか。副隊長とはそういうことで話がついている」

その点は嘘だった。しかし気持ちは固まっていた。八木が責任を負うと言ったところで、それで成功の確率が高まるわけではない。しかし八木がその命運を自分に託したのは間違いない。

佐々木は入隊して二年目の元気のいい隊員で、ヘリによる救難の経験もあるが、回数の点では桑崎が遥(はる)かに勝る。自分以外の人間にこのリスキーな任務を託すのは、責任逃れにすぎないと桑崎には思えた。

「わかりました。でも気をつけてください。稜線付近は、天候が安定しているときでも西からの風が強いんです。ワイヤーが流されると思いますので」

佐々木は残念そうに言う。しかし彼のような若手には、もっと成功率の高い場面で経験を積ませたい。人命に関わる仕事だけに、失敗の経験は辛(つら)いものがある。それで挫折に追い込まれることもある。桑崎は言った。

「そこは山上機長の腕前を信頼するよ」

6

クルーと簡単な打ち合わせを済ませ、やまびこ2号はすぐに飛び立った。

搭乗しているのは機長の山上と副操縦士、航空隊に配属されている山岳遭難救助隊の隊員二名。ホイストの操作や遭難者の応急処置は彼らが担当してくれる。桑崎は救出に専念すればいい。

ロープウェイの千畳敷駅と隣接するホテルが背後に小さく遠ざかり、眼下に千畳敷カールの全容が広がった。その全体が雪で覆われ、いたるところに小規模な雪崩の痕跡と、その予兆のクレバス状の亀裂がみえる。

遭難者は雪上に横たわって身動きしていない。さきほど下から携帯で呼び出したが、なんとか応答はしたものの、ほとんど言葉を交わす気力がなかったようだ。

いまの状況を考えれば、いっそ身動きできないほうがいい。へたに元気で動き回りでもされたら、それ自体が雪崩を誘発しかねない。ただし生命(いのち)に別状がないとしての話だが――。

ドアを開け放つと、耳を劈(つんざ)くようなヘリの爆音が強風とともに機内に飛び込んでくる。

電動式のホイストから延びるワイヤーをカラビナを介してハーネスに接続し、救出用のハーネスも同様にワイヤーの吊り金具に固定した。

ヘリは現場の雪に刺激を与えないように、カールの縁に沿って高度を上げていく。高度が上がるにつれて機体が振動し始める。

「だいぶ風が強いね、桑崎くん」

ヘッドセットを介して、機長席の山上が声をかけてくる。

「なんとかなりそうですか」

緊張を覚えながら問い返すと、余裕綽々で山上は応じる。

「ヘリは台風のさなかでも救難に出動するからね。一度飛び立ってしまえば風には強いんだよ。ただエンジン音と風圧だけは抑えられない。風のなかでホバリングするとなると、フルパワーでローターを回さなきゃいけないからね」

「対地高度は最大九〇メートルとれますが、それでも影響はありますか」

「西からの風だとワイヤーは谷側に流れる。目標地点に下ろすには、そのぶん機体を斜面に近づけなきゃいけない。ワイヤーの長さがそれだけあっても、場合によっては斜面との距離が四、五〇メートルになるかもしれない。それが雪崩の引き金になるかどうかはなんとも言えないがね」

山上はのんびりした口調で深刻なことを言う。言われてみればそのとおりで、こちらは対地高度ばかりを頭に入れていたが、そういう単純な話ではなさそうだ。

ヘリは伊那前岳と宝剣岳の鞍部に達し、宝剣岳の背後に回り込む。尾根を防音壁にして、エンジン音による刺激をできるだけ減らそうという作戦らしい。

風の影響を確認するように、そこで小さく弧を描いてから、ヘリは一気に稜線を飛び越えた。桑崎はワイヤーに身を託して機外に躍り出た。

ホイストのモーターが唸り、ワイヤーがするすると延びる。稜線を越えて吹き下ろす風に煽られて、体が谷側に流される。

それでもほぼ真下に遭難者の姿が見える。風によるワイヤーの流れを計算に入れて、山上は最適な位置でホバリングしてくれる。

頭上からの爆音が耳に入ったようで、遭難者は斜面に半身を起こし、弱々しく手を振っている。とりあえず生命に別状がないことに安堵（あんど）した。

ワイヤーが延びるに従って揺れが大きくなる。頭上でヘリはほぼ静止しているが、着地ポイントがなかなか定まらない。強風のなかで九〇メートルのワイヤーを目標のポイントに下ろすのは、アクロバットに近い技かもしれない。

遭難者がいる場所の上部二〇メートルほどのところに長さ七、八メートルの亀裂があり、下側一〇メートルほどのところにもさらに長い亀裂がある。遭難者がいるのは二つの亀裂に挟まれた島のような場所のほぼ中央だ。

救助隊員の一人が機内から身を乗り出して、ホイストをリモコンで操作しながら機長に指示を出している。操縦席からは真下が見えない。機長と救助隊員のコンビネーションが、救難ヘリのオペレーションではいちばん重要だ。

眼下の雪面から雪煙が舞い上がり、ローターの回転音が左右の岩壁に谺（こだま）する。

ワイヤーはいっぱいに延びたが、まだ雪面に足は届かない。桑崎はさらに高度を下げるように手振りで合図した。

そのとき遭難者の下のほうの亀裂が開いた。というよりその亀裂から下の雪のブロックがずるりと下に滑ったようだった。

ブロックはそこから一気に崩落し、周囲の雪を巻き込んで、雪崩となって斜面を駆け下る。きのこ雲のような雪煙が湧き上がり、桑崎は一瞬視界を失った。

ヘリが上昇したのかホイストが巻き上げられたのか、体が上に引っ張られるのを感じた。狭い谷全体が雪煙に包まれて、下がどういう状況なのか皆目わからない。

あと一息だったというのに、どうやら最悪の結果に終わったらしい。ほかに方法はなかったのだと自分に言い聞かせる。しかし、生かして救出するのが山岳遭難救助隊の面目で、ベストを尽くしたからと威張れる話ではない。

カクネ里では雪崩で死体を失った。大遠見山でも二人を死なせ、一人はいまも意識不明だ。これで取り返しのつかない失策が三度続いたことになる。

雪崩の鳴動が収まって、雪煙が次第に薄れてくる。雪崩の発生に気づいて機長はヘリの高度を上げたらしい。間近に迫っていた谷の斜面が、いまは二、三〇メートル下にある。

遭難者か――。そこに雪煙を透かして黒いものが見える。

まさかと思いながら目を凝らすと、それが小さく動くのが見えた。こちらに向かって手を振っている。自分は生きている、見捨てないで欲しいと精いっぱいの力で訴えている。

雪煙がほぼ収まった。眼下に見えたのは驚くべき光景だった。崩落したのは下のブロックだけで、遭難者の位置から上はもとの場所に留まっている。アルプスやヒマラヤの懸垂氷河が端から崩壊していくようなことが起きたのだ。それならまだ救出の可能性はあるかもしれない。

さきほどの崩落がヘリの爆音や風圧によるものだとしたら、上のブロックにはそれに堪えられるだけの強度があったと考えるべきだろう。

一方でその強度が先ほどの崩落で低下していることも十分考えられる。いずれにせよいまの場所に辛うじて留まっているだけなのは間違いない。

もう一度ヘリが接近したとき、それが堪えてくれるか。考えて答えが出せる問題ではない。しかし唯一チャンスがあるとすればそこだけだ。

桑崎は救助隊員に向かって、高度を下げろと合図した。救助隊員は戸惑った表情だ。それでもう一度雪崩を誘発したら、今度こそ遭難者は助からない。

ワイヤーに繋がっている桑崎が死ぬことはないだろう。だからこそ、それは重い決断だ。大丈夫だという保証はない。しかし、いまやらなければブロックはいずれは落ちる。

救助隊員がヘッドセットで機長とやりとりしているのがわかる。携行しているトランシーバーに山上機長の声が流れてきた。

「雪の状態はどうなんだ」

「落ち着いているようには見えますが、辛うじて留まっているだけでしょう。崩落するのは時間の問題だと思います」

「わかった。これから高度を下げる。くれぐれも慎重にな」

さすがの山上も声の調子が硬い。万一の場合に責めを負う点では、桑崎も山上も変わらない。もし失敗した場合、その行為自体が未必の故意とさえ見なされかねない。現場のぎりぎりの決断が誤解され、救難する側が非難されるようなケースは珍しくはない。現に原口といま救出しようとしている木島の、剱岳での遭難がそうだった。

「よろしくお願いします」

万感の思いを込めて桑崎は言った。まずは遭難者に救助用ハーネスを装着し、それをワイヤーに固定する。それさえ済めばあとは二人一緒に吊り上げてもらうだけで、ブロックが崩落しても致命的な結果には至らない。いまできるのは、そのまえに崩落しないようにとただ祈ることだけだ。

ヘリがゆっくり高度を下げる。風圧でふたたび雪煙が舞い上がる。救助隊員の指示で山上は微妙に位置を変える。そんな動きがいかにも遅く感じられる。

手順は普段の遭難者救出と変わりない。決して難しいことではないと自分に言い聞かせても、背筋にはじんわり冷や汗が滲む。

それでも山上と救助隊員のコンビネーションは素晴らしく、桑崎は遭難者のすぐそばに着地した。不安定な雪のブロックの上を何メートルも歩けば、それも雪崩の引き金になりかねない。山上の慎重さはその点も考慮したものだろう。

「木島さんですね。大丈夫ですか」

　声をかけると、木島は顔を歪めて頷いた。左右の足は不自然な角度で曲がっている。骨折しているのは間違いない。

「ハーネスを装着します。痛いかもしれないけど、我慢してください」

　そう声をかけ、ワイヤーから救難用のハーネスをいったん外し、仰向けに横たわっている腰の下に腕を差し込んで持ち上げる。とたんに木島は悲鳴を上げる。

　しかしぐずぐずしてはいられない。素早く腰の下にハーネスを通し、左右のベルトと股間を通したベルトをバックルで固定して、カラビナを介してワイヤーに接続する。

　そのとき足下の雪面がぐらりと揺れた。さらに雪面全体が波打つように鳴動する。

　桑崎は頭上の救助隊員に早く揚げろと手振りで合図した。雪のブロックがずるりと動くのを感じた。その瞬間、ワイヤーが強く引かれて体が宙に浮く。

　両腕で木島の体を支え、ワイヤーの動きに身を任せる。

　四、五メートル浮き上がったところで雪面が流れ出し、スピードを増して駆け下る。なかで爆薬でも炸裂したようにブロックは砕けて膨張し、膨大な雪塊と雪煙が瞬く間に谷を埋め尽くす。

急激に引き上げられた痛みからか、木島は気を失ったようにぐったりしている。いまの光景は見なかったほうが、のちのちの精神衛生上もいいだろう。

ヘリは一気に高度を上げて、同時にワイヤーがホイストでぐいぐい巻き上げられる。桑崎と木島が機内に入ると、ヘリは機首を南東に向けて、一路駒ヶ根市内を目指す。市内の救急指定病院には事前に連絡が行っている。

救助隊員が慣れた様子で木島を担架に横たえ、両足に添え木を当てて包帯で固定する。そのあいだ木島は歯を食いしばって堪(こら)えていたが、患部が固定されていくらか痛みが薄らいだようで、傍らから覗き込む桑崎に礼を言う。

「有り難うございました。あの雪崩を見たとき、もう自分は死ぬんだと思ったんです」

「あなたを吊り上げた直後、もう一度雪崩が起きたんですよ。覚えていますか」

桑崎が訊くと、木島は驚いた様子で首を振った。

「知りませんでした。あまりの痛みで気が遠くなって、気がついたら機内にいたんです」

「ちょうどあなたがいた場所です。本当に間一髪だった」

「そうなんですか。ツイていたとしか言いようがないですね。遭難してそんな言い方するのも変ですけど」

剱岳のときの原口のパートナーだということで狷介な性格を想像していたが、意外に好感の持てる人物のようだ。桑崎は訊いた。

「どうしてあそこで滑落したんですか」

宝剣岳を含む木曽駒ヶ岳一帯は、三〇〇〇メートル近い標高はあっても、それほど難度は高くない。

ルートは整備され、高度な登攀技術を要求される箇所はほとんどない。さらに駒ヶ岳ロープウェイで千畳敷駅まで登ることができ、そこには通年営業のホテルも併設されている。

もちろん真冬の厳しさは第一級だが、いまは三月で、きょうのような好天なら春山気分を満喫できる。そういう性格もあってか、登山経験の少ない初心者が訪れがちな山でもあり、初歩的なレベルでの遭難が多い山域でもある。

「下降ルートを間違えたんです。途中で気づいたんですが、下にロープウェイの駅が見えるし、急だけど単調な雪壁だと思ってそのまま下っていったんです。ところが途中に硬いアイスバーンがあって、そこで転倒して滑落してしまったんです」

恥ずかしそうに木島は言う。原口と登ったのは剱岳の八ツ峰で、季節は初冬。経験を積んだクライマーだけが挑めるルートだ。その意味で原口にせよ木島にせよ、まったくの初心者ではないはずだった。もっとも吹雪に閉じ込められただけで救難要請をし、二人とも軽い凍傷しか負っていなかった点を考えれば、分不相応なチャレンジをしたとも考えられる。

「きょうのように雪が腐っている日でも、日陰では凍っていることがあるんです。気をつけたほうがいいですよ」

桑崎は穏やかに言った。遭難者をなじるような言い方は山岳遭難救助隊員にとって禁忌だ。山に登る人間を選別するのが仕事ではないし、遭難した登山者を萎縮させては本末転倒だ。

自分たちの手で救出した登山者から、また山に登ったという手紙が届いたときが桑崎はいちばん嬉しい。人の迷惑を顧みない無謀な登山者もいるにはいるが、それを取り締まるのではなく、教育することが本務なのだとことあるごとに八木は言う。

ヘリは五分ほどで市内の病院のヘリポートに着陸した。木島は待機していた病院のスタッフの手でストレッチャーに移されて、救急病棟へ運ばれていった。

木島を降ろすと、ヘリは松本の航空隊基地へ帰っていった。木島の容態を確認するため、桑崎たちはしばらく居残り、そのあと長野市の本部まで電車を乗り継いで帰ることになる。

さっそく報告の電話を入れると、八木も喜んだ。

「よくやったな。ほんのわずかでも決断が遅れたら、遭難者の命はなかった。おまえの胆力には恐れ入ったよ」

「副隊長が全責任を負うとおっしゃったんで、こちらも逃げようがなくなりました。本音を言えば肝を潰しましたよ。でも山上機長を始め、ヘリのクルーがいい仕事をしてくれました」

「ああ。おかげでおれも首が繋がったよ。捜査一課にも恨まれずに済みそうだしな」

肩の荷が下りたように八木は言う。先ほどの木島の印象を伝えると、どこか安心したように八木は応じた。

「ここんとこ、滝川修三を含めて胡散臭いのばかり登場しているからな、いくらかましなのが出てきてくれないと、こっちも気が滅入ってくる」

そんな話をしてから病院のロビーでしばらく待っていると、担当の医師がやってきた。どんな状況か訊いてみると、見かけよりは単純な骨折で、きれいに折れたのがむしろ幸いだったと言う。頭部などほかの部位に損傷はなく、全治三ヵ月程度で、二、三週間は入院することになるという話だった。

第七章

1

桑崎と浜村が長野市の県警本部に戻ったのは午後七時過ぎだった。

八木のところに報告に出向くと、由香里もそこに居合わせて、現場での桑崎の対処を賞賛した。

「なんにせよ遭難者の命を救えたのはけっこうなことだ。例の事件の貴重な証人になるかもしれないわけだから。しかし事件がなかなかおまえを放してくれないな」

当惑を隠さず八木が言う。その点は桑崎も薄気味悪いものさえ覚える。

富坂には本部へ戻る車中から連絡を入れた。遭難者は入院後すぐに手術に入り、骨折部分は金属のボルトで固定した。富坂はなるべく早く事情聴取をしたいと意気込んでいるが、医師はしばらくは安静が必要だという。

もう一人の重要証人である木下佳枝もまだ意識が戻る兆しは見えていない。こればかりは予測が難しく、あす目覚めるかもしれないし数年後かもしれない。あるいは一生このままかもしれないと医師は言っているらしい。

いまは伯母が付き添っているが、これ以上長引くようなら伯父夫婦の自宅のある名古屋の病院に転院させることも考えているようで、それも富坂をやきもきさせている点だった。

「駒ヶ根で事情聴取するときは、あんたにも付き合ってもらうことになるかもしれないな。山のなかでの立ち入った事情となると、おれたちじゃ気がつかないこともあると思うんだ」

富坂はどうしても桑崎を繋ぎ止めたいらしい。桑崎もむろん事件には興味があるが、本業もやはりおろそかにはできない。

「遭難救助隊としても、今後の参考のために遭難者からはできるだけ事情聴取をするようにしています。その際は富坂さんとご一緒するようにしますから」

桑崎はそのとき、とりあえずそう答えておいた。いずれにしても、ここまで来ると自分とは無縁の事件だとは言えなくなった。たまたま私的な山行で出かけた鹿島槍で自分があの死体を発見したのがすべての発端で、そうでなければ、いまだ事件は認知すらされていなかったはずなのだ。

「そっちのほうも決着がつかないと、やはり落ち着きませんよ。山岳遭難救助隊を志望したとき、まさか殺人事件の捜査に関わるとは思ってもみませんでした」

率直な気持ちを口にすると、八木は鷹揚に頷いた。

「おれだって警察に入ってずいぶん長いが、殺人事件の捜査に関与するのは初めてだよ。これも経験だと思ってしばらく付き合ってやったらどうだ」

「そうするしかなさそうですね」

桑崎が言うと、浜村は勢い込む。

「いよいよ山岳機動捜査隊の出番じゃないですか。僕らだけでつくっちゃえばいいんですから」

「そのときは私も入れてくださいね。山小屋や民宿のおじさんたちには顔が広いですから、情報を集めるのは得意です」

由香里も張り切りだす。普段は本部地域課で連絡業務を担当しているが、五月の連休や夏山シーズンには自らも山に入る。気さくで明るい性格が幸いして、地元の人々のあいだではなかなかの人気者だ。八木が笑いながらたしなめる。

「そんなことをしたら、捜査一課と喧嘩することになるぞ。それぞれが領分を守ったうえで協力し合うのが本筋だ。一課もそれなりに力を入れてるんだから」

2

翌日、朝いちばんで富坂から電話が入った。

「遭難した木島忠志の件で、おれのほうから病院へ確認したんだが、経過はまずまず良好で、もちろん寝たきりだが、食事も普通にとれているそうだ。それであすあたり話を聞きに出かけようと思うんだが、あんたの都合を訊こうと思ってな」

「突発的な遭難事案が発生しなければ、お付き合いできると思いますよ。あすも好天は続きそうなので、大量遭難のような事態が起きる可能性は低いですから」

その件についてはすでに八木の了解をとっている。遭難時の状況についてだけなら聴取は駒ヶ根署の隊員に任せてもいいのだが、桑崎としても富坂のほうの事情聴取がやはり気になった。

「それなら、おれのほうから先方に連絡を入れておくよ。向こうも都合があるかもしれないから、時間はあとで連絡する。ところで別件で妙な話が出てきたんだよ」

富坂は思わせぶりに声を落とす。桑崎は問いかけた。

「いったいどういう？」

「大谷原の駐車場に乗り捨てられていた盗難車なんだが、きのう持ち主が大町署まで引き取りに来てね。犯人の手がかりが摑めるかもしれないと思って、了解を得てカーナビをチェックさせてもらったんだよ。個人情報だから勝手には覗けないからね。そしたら意外な事実が見つかった」

「なんですか、それは？」

もったいを付けた口振りにかすかに苛立(いらだ)ちを滲ませると、富坂はさらに声を落とした。

「入力した目的地の履歴に、大町市内のある住所が残ってたんだよ。日付はあんたたちが死体を発見する三日前だ」

「大谷原に行くまえに、そこに立ち寄ったということですか」

「ああ。それが、滝川修三の自宅の住所だった」

「本当ですか」

「間違いない。走行履歴もチェックしたが、ちゃんと滝川の自宅前の道路に軌跡が残っていたよ」

「履歴を消さなかったのは迂闊(うかつ)でしたね」

「他人の車なんで操作方法を知らなかったのかもしれないし、慌てて消し忘れたのかもしれないし、ただ間抜けだったのかもしれない。いずれにしても真相解明への重要な手がかりになりそうだな」

「我々には、原口とは付き合いがないようなことを言ってましたがね」

「付き合いのない人間が、わざわざあのご邸宅に出かけるはずがない」

「滝川氏が、一人娘の殺害に関与したということでしょうか」

怖気(おぞけ)だつ思いで問いかけた。慎重な口振りで富坂は言う。

「本人の仕業(しわざ)だとは断定できないが、少なくとも娘の身になにが起きたか、知っているのは間違いないな」

「それが表沙汰になると、彼にとっては非常に困ることでもあるんでしょう」

「そういうことだ。だからＤＮＡ型鑑定を拒否したわけだ」

「強制的にやるわけにはいかないんですか」

「いまの段階では。すべておれたちの想像でしかない。そのためには、滝川の身体検査令状と鑑定処分許可状を取得する必要がある。しかし死体がだれなのかわからない現状では、滝川と事件の繋がりが立証できない」

「つまり令状がとれないということですね」

「それでさっそく管理官に相談したんだよ。こうなればもう一度滝川に会って、その事実を突きつけてやるしかないんじゃないかって。ところが先生、妙にびびってて、いま面と向かって切り込んで行くと、しっぺ返しが怖いと言うんだな」

「しっぺ返しですか」

覚えず問い返すと、苦々しい口調で富坂は続けた。

「滝川は県庁の上層部や県会議員に影響力がある。それだけじゃなくて、中央政界とも強いコネがある。なんだかんだ言っても、県警の予算はあらかたを県に頼っているわけだし、上の役所（警察庁）となると総理大臣の直属機関みたいなもんだから」

「その政界に滝川は食指を動かしているというわけですね」

「金は唸るほどあるからね。そういう連中を顎で使うのはわけないはずだよ」

「しかし殺人事件となれば別でしょう」

「もちろんそうはさせないよ。ただ舵取（かじと）りを慎重にやらないと、どういう妨害が待ち受けているかわからない」

「どういう手を考えているんですか」

「滝川の周辺での聞き込み捜査が中心になるだろうな」

「それだって、向こうに感づかれるかもしれませんよ」

「本人に直接仕掛けていくよりはましだろう。その程度のことに反応するようなら馬脚を現したことになるし、逆に気にもしないようなら、事件に関わったわけではないのかもしれないし」

「管理官も同じ考えなんですね」

「それさえも嫌がったがね。とにかくいまは刺激しないのが賢明だと言うんだが、滝川がおれたちに嘘をついたのは間違いない。そこははっきりさせないと」

「しかしその盗難車から、原口の指紋は出なかったんでしょう」

「そこがもう一つ決め手を欠く点だな。車内から髪の毛が何本か採取されたんで、いまそっちのDNA型鑑定をやってもらってるんだよ。遭難死は遭難死だが、テントの中で窒息したとなると不審死と見なされるから、一応検視はやったんでね。そのとき原口と湯沢のDNA試料も採取しておいた。もしそのなかに原口の髪の毛があれば、その盗難車に同乗していたことが証明できる。ただ自然に落ちた髪の毛の場合、鑑定が難しいらしい。髪の毛そのものからはDNAの試料が採取しにくく、毛根がついていないとまずお手上げなんだそうだ」

富坂はため息を吐く。希望を繋ぐように桑崎は言った。

「滝川邸を訪れたとき、近所の人が見ているかもしれませんね」

「その証言が得られればいちばん確実だよ。だとしても適当な理由をつくって言い逃れるのは目に見えている。嘘をついたことまでは認めても、甥っ子が訪ねてきたこと自体は不自然というわけでもないからね」

「なんにしても、滝川氏が重要な事実を知っているのは間違いないでしょう。捜査の方向が見えてきたんじゃないですか」

「ああ。少しは前進しそうだよ。いちばん期待したいのは木下佳枝の意識の回復だが、ただ待ってるだけじゃ捜査本部は開店休業になっちまう。それに本人には気の毒だが、回復しない可能性もあるそうだからね。あす話を聞く木島忠志の口から、めぼしい材料が出てくると有り難いんだが」

富坂も多少の手応えを感じているようだった。

3

翌日の午後早く、桑崎は浜村とともに、木島忠志が入院している駒ヶ根市内の病院に向かった。

富坂とはそこで落ち合った。この日富坂はベテラン刑事の山谷元雄も伴っていた。事情聴取する側にとっては有り難いことに、木島の病室は個室だった。入院した日はとりあえず大部屋に入ったが、遭難の一報を受けて妻と父親が東京から飛んできて、空いていた個室に移る手続きをしたらしい。

父親は仕事があるので午前中に東京へ帰ったという。

警察からの事情聴取と聞いて妻は不安げだったが、山岳遭難救助隊が関わった遭難の場合は、今後の参考のために話を聞くことにしていて、咎め立てするような話ではないと桑崎がとりあえず説明した。

もう一つの用件については、最初は言わないでおくことにした。木島自身に容疑がかかっているわけではないが、殺人事件の絡みだと言えば妻を不安がらせるし、木島に構えられてしまっても困る。そのあたりが難しいところだが、富坂としては桑崎たちの事情聴取にうまく便乗すれば、ここでは大袈裟な話にしないで済むという目算があるようだ。

木島は両足にギプスをつけていまは寝たきりだが、比較的短時間で病院に搬送できたため、術後の経過は順調で、いまはほとんど痛みを感じないという。手続き上そうすることになっているからと説明し、妻には席を外してもらった。

桑崎の顔を見て、木島は丁寧に礼を言った。富坂と山谷が渡した名刺に怪訝な表情を見せたが、とくに突っ込んでは訊いてこない。

桑崎はこれまでの登山経験や今回の登山計画の詳細、滑落に至った経緯といった基本的なところを確認した。

木島の登山歴は十五年ほどで、大学の山岳部や社会人山岳会に所属したことはなく、山好きの友人と登ったり、今回のように単独で登ったりといったパターンで、あくまで趣味としての登山だと強調した。

岩や氷を登るような激しい登攀はやらず、もっぱら尾根歩きが中心だが、それでも冬山の経験は比較的豊富で、大きな怪我をしたのは今回が初めてだという。

「ご迷惑をおかけしましたけど、僕にとっては大きな経験でした。桑崎さんのようなヒーローがいる山という世界がますます好きになりました」

感無量という調子で木島は言う。桑崎は慌てて首を横に振った。

「私は普通に仕事をしただけで、ヒーローなんて大袈裟なもんじゃない。ただ、やり甲斐のある仕事なのはたしかです。あなたもこれで山が嫌いになったりしないでくれると嬉しいんですが」

もちろんだというように木島は続ける。

「一つ間違えば命を失っていたことでしょう。でも桑崎さんのお陰でこうやって生きています。足が治ったらまた登りたいと思います。なにができるかまだイメージが湧きませんが、これからはただ自分が登るだけじゃなく、山の素晴らしさをもっと多くの人と分かち合えるような活動ができたらと思っているんです」

事故の直後で気持ちが高ぶっているのか、もともとそういう性格なのか、屈託のない木島の話しぶりからは、凍結した女性の死体や切断された指といった猟奇的な要素と結びつく雰囲気は感じられない。

「ところで我々のほうから、別件で少しお伺いしたいことがあるんですが――」

頃合いを見て富坂は、当たりのいい口ぶりで切り出した。

「原口豊という人をご存じですね」

「ええ、知っています。一緒に何度か山に登ったことがあります。しかしどうしてご存じなんですか」

それが必ずしもいい思い出ではないというように木島の表情が翳った。

「最近、遭難死しましたが、そのことはご存じですね」

「ええ。ニュースで知りました。大遠見山での酸欠事故ですね。捜査一課が乗り出すようなことでもあったんですか」

木島は当然のことを訊いてくる。ここではどこまで説明するかが問題だ。

マスコミに公表しているのは、カクネ里で凍結した女性の死体が発見され、警察が死体遺棄と損壊の容疑で捜査を進めているというところまでで、大遠見山の現場でその死体から切断された指が出てきたという部分は伏せている。当然、死体と原口たちの繋がりを示唆するような話は表に出していない。

「じつはいま我々が扱っているある事件に関係している可能性がありまして。彼についてなにかご存じのことがあればお訊きしたいとお邪魔したんです」

「長野県警の捜査一課が扱っている事件というと、ひょっとしてカクネ里で女性の死体が出てきたという、あの事件ですか」

木島は察しがいい。事件はすでに新聞やテレビで報道されていて、完全凍結した死体ということで物珍しさもあったのだろう。当初はあちこちで取り上げられていたが、興味を引くような続報もなかったせいか、いまはほとんど話題に上らない。富坂は頷いた。

「おっしゃるとおり、我々が原口さんに関心を持っているのはその事件の関連です。四年前に剱岳で遭難し、富山県警に救助されたあと、対応に問題があったとして原口さんが県警を相手取って訴訟を起こした。そのときの記録に、同伴者としてあなたの名前があったものですから」

「その女性を殺害したのが、原口だとお考えなんですか」

「そこまで断定しているわけではないんです。ただ関連性を示唆する事実がいくつか明らかになっていまして」

奥歯にものの挟まったような言い方だが、これ以上のことは富坂も口にできない。木島は気乗りしない調子で語り出した。

「彼とは剱岳での遭難以降、まったく付き合っていないんです」

「そもそもどういうご関係で？」

「高校時代のクラスメートです。八年くらいまえにたまたま街で出会って雑談したら、彼も山登りをやっていると知って、だったら今度一緒に登ろうということになったんです。それで何度か登っていたんですが――」

「付き合いがなくなったのには、なにか理由が？」

「あのとき、県警を訴えると言い出したものですから」

「あなたは反対だったんですか」

「そもそも救助が必要な状況じゃなかったんです。僕たちの経験からすると、ちょっと手に余るルートでした。初冬で条件はさらに厳しい。しかしそれはわかっての挑戦でした。食料や装備は、一週間くらいなら停滞できるように十分に用意していました」

　富坂は身を乗り出す。

「それでも彼は県警に救難を要請したわけですね」

「ヘリが飛べる状況じゃないことはわかっていたはずです。それ以上に、いま思えば不審な点がありました。テントに積もった雪を、グローブを着けず、ピッケルやスコップも使わずに素手で取り除いていたんです。凍傷になるから止めろといくら言っても聞かなかった」

「裁判のとき、凍傷を負ったと彼は訴えたそうですが」

「そこまでのものじゃありません。せいぜい霜焼け程度です」

「わざとそれをやったと?」

富坂は鋭く反応した。確信ありげに木島は頷く。

「ええ。あまりやり過ぎると本当に指をなくしちゃうと、本人が独り言のように言っていました」

「その行動があなたには不自然に見えたんですね」

「あとで考えると、すべて計算の上でのことじゃなかったかと思えるんです。それからしばらくして、県警を相手に訴訟を起こすから一緒に原告にならないかと言われたんです。もちろん僕は断りましたが」

「ちなみにどのくらいの賠償額を?」

「二千万円でした。最初の話では僕と彼がそれぞれ一千万円。しかし僕が裁判に加わらないことになっても、彼はそのまま二千万円で押し通しました」

「以来、あなたは彼との付き合いを断ったんですね」

「原告にはなりませんでしたが、参考人として法廷で証言させられたんです。もちろん彼に有利になるようなことは言いませんでした。お陰でそのあと逆恨みされて、何度も嫌がらせの電話があったんです。これ以上つきまとうと警察に通報すると言ったらやっと収まりました」

「遭難事件そのものが、茶番だったと言うんですね」

富坂は確認する。誘導尋問になりかねないような訊き方だが、躊躇する様子もなく木島は続ける。

「それからしばらくして、別の同級生から彼の話を聞いたんです。その当時、原口はどうも金に困っていたようなんです」

「というと？」

「ＦＸだか株だかに入れ込んで、ずいぶん借金をつくっていたというんです」

「裁判で賠償金をとって、それを借金の穴埋めに使おうとしたんですか」

「本人から聞いたわけじゃないですから、たしかなことはわかりません。ただあの訴訟は金目当てだったと僕は確信しています」

強い口調で木島は言う。富坂は満足げな表情で桑崎や山谷に視線を向ける。思いのほか収穫があった。原口は金のためならなんでもやるタイプの人間らしい。

一方で原口があの女性を殺害した犯人である可能性はわずかに薄らぐ。どういう由来の死体であるにせよ、それを放置し、さらに指を切断したという不可解な行動に関しては、だれかに依頼され、金のためにやったのではないかという疑問が湧いてくる。

あるいは原口はすべてに関わっていて、女性の殺害もカクネ里での不審な行動も、金のためにやったものかもしれない。殺人や死体遺棄という犯罪に見合う報酬となると端金であるはずがない。そういう金が出せる人間となると、思い当たるのは一人しかいない。

あの滝川修三が実の娘の殺害に関与した――。想像を逞(たくま)しくし過ぎかもしれないが、この件では滝川にも不可解な点が多過ぎる。娘かもしれない死体のＤＮＡ型鑑定を頑なに拒否していることもそうだし、原口とは一切付き合いがなかったという話にしても、嘘だった可能性がいまは極めて高いのだ。富坂は一枚の写真を示して問いかけた。

「この人たちの顔に見覚えはありますか」

写っているのは遭難したあの三人だ。カクネ里で撮ったもののようで、湯沢が所持していたデジカメから近親者の許可を得てコピーしておいたらしい。木島は首を横に振った。

「原口以外は知らない人です。遭難したときのパートナーだったんですか」

「そうです。湯沢浩一と木下佳枝。女性のほうは命を取り留めましたが、いまも意識不明です」

「どちらも心当たりがありません。僕と同じように原口に利用されてそんなことになったとしたら、なんとも気の毒な話ですね」

複雑な口ぶりで言いながら、木島は手にとった写真をまじまじと覗き込んだ。

4

駒ヶ根の病院での聴取を終え、桑崎たちは近くの喫茶店に入った。

「原口が金に困っていたのは間違いないようだね。そうだとすると、あの死体の製造元は別の人間だという気もしてくるよ」

口火を切ったのは、聴取のあいだほとんど口を挟まなかった山谷だった。富坂も頷く。

「ええ。金のためなら悪さもするけど、あんまり賢そうにも思えない。剱岳のときは一審敗訴であっさり引っ込んだ。木島という人の話からすると、けちな小悪党の印象しかありませんね」

たしかに訴訟を有利にするために、素手でテントの雪掻きをして霜焼け程度の凍傷をつくる。そんな小細工は子供じみている。大遠見山での遭難にしても、いかにも行き当たりばったりの行動としか思えない。

雪崩の危険を避けてカクネ里から大遠見山に移動したのは正解だったが、あの死体を隠しもせずに放置したために桑崎たちに発見された。どういう理由でか死体から切断した指を持っていて、それが見つかれば犯罪の疑いをかけられるくらいわかるはずなのに、今回も警察に救難要請をした。低体温症の女性については剱岳のときと条件が違うが、救出後に今度は長野県警を訴えようという目算が、そこにはあったのではと勘ぐりたくなる。

酸欠死した点にしても同様で、尾根上とはいえ雪崩が予測できる場所にテントを張って、そのまま寝入ってしまった。経験豊富な登山者の目から見れば初歩的なミスだ。そうした全体としての行動にちぐはぐなところがあって、周到な犯罪者というイメージが持ちにくい。桑崎は言った。

「同感です。積雪期の北アルプスは、ただそこにいるだけで生命の危険がある場所で、敢えて犯罪の現場に選んだにしてはやることなすこと杜撰すぎる。計画性がほとんど感じられないんです」

「死体を外から持ち込んだ可能性も低いね」

富坂が訊いてくる。桑崎は頷いた。

「女性といっても、死体となればかなり重く感じるものです。そのうえ凍っている。我々も遭難者の遺体を搬出した経験はありますが、凍結しているような場合は厄介です。足場の悪い山中では、大の男が三人がかりでも難しいでしょう」

「だったらあそこで殺害したとも考えられるが――」

山谷が言う。桑崎は首をかしげた。

「ところがそれだと不自然なんです。あの時期、カクネ里一帯は好天続きで、死体があそこまで凍結するような寒波には襲われていません。むしろ地形的な理由で日中は気温が高く、ある程度腐敗が進んでもおかしくないくらいだったでしょう」

「発見された腕にしても完全に凍結していたから、いつ死亡したか特定するのは無理らしいね。つまり死体が滝川里香子だったとして、失踪した八年前からごく最近まで、死亡日時に大きな幅があるわけで、それを考えても原口たちを殺人の実行犯と決めつけるのは難しい」

山谷は困惑を隠さない。山岳機動捜査隊のアイデアにいまも執心しているのか、思いついたように浜村が言う。

「だとしたら失踪してから八年のあいだのどこかで、その女性が山を訪れているかもしれませんよ。滝川氏が娘じゃないと否定しても、失踪者を捜索するのは警察の勝手ですから、山小屋の関係者に写真を見せて聞き込みをすれば、なにか手がかりが出てくるかもしれません」

「それはいいかもしれないね。失踪の原因が単に親子の不和なら、自由に羽を伸ばして好きな山歩きをしていた可能性もある」

「しかしいまの時期、山小屋はどこも休業中ですよ」

富坂はそれでも渋る。浜村がさらに厄介なことを言う。

「山といっても北アルプスだけじゃないですから。中央アルプスなら千畳敷カールにはホテルがあるし、八ヶ岳には通年営業の小屋がいくつもあります」

「いまは山小屋だって電話が通じるんだろう。だったらわざわざ出向かなくても、捜査はそれで済ませられるな」

ここが山岳機動捜査隊の出番だとみているのか、渋々応じる富坂を浜村はまだ安心させない。

「普通の電話は通じません。衛星電話を備えているところは限られているし、携帯電話も通じにくいところが多いんです」

山谷がさらに追い打ちをかける。

「刑事が楽して ネタを拾おうなんて考えちゃいけないよ。こっちがわざわざ足を運んで、じっくり話を聞く姿勢を見せれば、相手も気を入れて対応してくれる。山で起きた事件なら、山というのがどういう場所なのか、体に覚えさせるのも捜査勘を養う上でプラスになるはずだよ」

「それなら娘の顔写真が必要ですね。桑崎君が撮影した写真は俯せだから使えない。失踪時の写真が警視庁に残っていればいいんですが」

「滝川のところに出向いて、拝借するのが手っ取り早いだろう」

「しかし滝川は、あの死体が娘だとは認めませんよ」

山谷は浜村に視線を向ける。

「いま彼が言ったじゃないか。失踪者を捜索するのは警察の勝手だと。DNA型鑑定についてはともかく、まさかそこまでは拒否できないだろう。それでもだめだと言うようなら、その裏になにかがあると白状するようなもんだよ」

その言葉に気をよくしたように、浜村は身を乗りだす。

「北アルプス方面の小屋のオーナーは、いまはほとんど里に下りていますけど、小屋が始まる五月以降なら、ポスターをつくって小屋に貼り出してもらうこともできますから」

勝手に仕事をつくるなと言ってやりたいが、行きがかり上、そのくらいの協力はしないわけにいかない。桑崎は言った。

「同じ小屋を何度も訪れるリピーターは多いですから、どこかで見かけたという情報は得られるかもしれない。だったらついでに原口と湯沢浩一、木下佳枝の三人の写真も持参してみたらどうですか」

「なるほど。雪が融けて死体が出たとしても、本人と特定できるような状態だという保証はない。木下佳枝にしたって、ただ回復を待っているだけじゃこっちも芸がなさ過ぎる」

山谷にそこまで言われると、富坂も嫌とは言えない。

「じゃあ、帳場へ戻ったら管理官と相談してみます。なんにしても、滝川とはもう一遍接触する必要があります。場合によっては、例のカーナビの件でも突っ込んでいけますから」

背中を押すように山谷は言った。

「管理官が渋るようなら、おれもひとこと言ってやるよ。あの人だって若いころは、おれが手とり足とり教えてやったもんだ。現場じゃ優柔不断だったが、出世街道を走ることにかけちゃ韋駄天(いだてん)だった。いまじゃおれより階級ははるか上だが、捜査に行き詰まると、決まっていい知恵はないかとおれに電話を寄越すんだよ」

5

翌日から桑崎たちは再び平常勤務に戻った。

季節はいよいよ春に向かっているようで、冬型の気圧配置も間遠くなり、あすあってても関東甲信越地方は移動性の高気圧に覆われて、日中の気温も高めに推移するとの予報だ。

県内各山域の登山届の提出状況からすると、この季節にしてはかなりの入山者がいるようだが、天候がいいからといって安心はできない。気温が高ければ雪崩のリスクが高まるし、滑落や雪庇の踏み抜きといった事故も頻発する。

　午前中に八木と相談した結果、きょうから桑崎と浜村は、信州まつもと空港の県警航空隊基地で待機することにした。前回の中央アルプスの遭難でもそうだったが、長野市の本部からでは、いざというときの段取りが悪い。

　基地には常時二名の山岳救助隊員がおり、ヘリ出動の際には同乗して現場に向かうが、この時期は同時多発的に遭難が起きやすい。県警が保有するやまびこ1号、2号の二機のヘリを効率的に運用するには、増員が必要だというのが八木の判断だった。

　敢えて言葉にはしなかったが、その念頭にカクネ里の死体に関する捜査があることは桑崎にもわかった。松本からなら、なにかあったときすぐに捜査本部に駆けつけられる。必要に応じて富坂たちが出向いてくることもできる。

　捜査本部のある大町署にも山岳遭難救助隊員四名が分駐しており、そこに加勢に入るかたちなら一石二鳥という考えもあったが、桑崎たちの本業はあくまで山岳遭難の救助活動で、殺しの捜査に余り入れ込むのもバランスを欠く。そういう意味では心憎い采配とも言える。

　航空隊基地に到着したところでそんな状況を知らせると、富坂は大いに喜んだ。

「なにかと忙しい時期だろうから、困ったことがあればおれがそっちへ飛んでくよ。じつはあす山谷さんと一緒に滝川のところへ出かけることになってね」

「管理官から許可が出たんですか」

「くれぐれも穏便にという注文をつけられたが、そこは向こうの出方次第だよ。証拠はまだまだ足りないが、心証面ではここらでシロクロつけてやる」

「そうですか。結果が楽しみですよ」

「あんたも、あいつがぐうの音も出ない顔を見たいだろう。体が空いてるんなら一緒に行かないか」

富坂は相変わらず桑崎を頼りにしているようだ。山についての話が出たときに丸め込まれないように用心しているのかもしれないが、山谷がついているならそう心配は要らないだろう。ここからは刑事捜査のプロが前面に出るべきで、桑崎としてはそのお手並みを拝見するというのが、分を弁えた立ち位置だ。

「こちらもただ救難要請が来るのを待っているだけじゃなく、気象情報やら雪の状態やら、いろいろ情報収集しないといけないもんですから――。新しい材料が出てきたところで滝川氏がどう反応するか、興味津々ではありますがね」

「まあ、本業そっちのけで捜査に首を突っ込むのも、組織運営上具合が悪いだろうからな。滝川にはせいぜい揺さぶりを掛けてやるよ。尻に付いた火を消すのに手いっぱいで、こっちに圧力をかけるどころじゃなくなるはずだ」

本部へ戻ってから山谷にねじを巻かれたのか、きのうとは打って変わって意気盛んだ。富坂は続けた。

「それから、病院にいる木下佳枝の件なんだが、きょうになって新しい事実が出てきてね」

「というと？」

「木下佳枝と滝川里香子は、同じ大学の同じ学部の出身だった」

「どうしてわかったんですか」

「うちにとってはなけなしの生き証人だからね。どんな容態か、本部の捜査員に病院へ様子を見に行かせたんだよ。付き添っている伯母さんと雑談していたら、たまたまその大学の名前が出たらしい。そいつは若いんだが、妙に機転が利く男でね――」

その捜査員は本部に帰ってすぐ、滝川里香子という学生が在籍していたかどうか、大学に問い合わせてみたという。

捜査員の勘は当たって、木下と同じ学部、同じ学科に滝川里香子の名前があり、年齢も一致した。滝川の娘と同一人物とみて間違いないだろう――。

「女性には珍しいと言ったら偏見だと叱られそうだが、そこは理工学部の情報工学科だった。コンピュータ関係の学問をするところらしい。あすその大学に捜査員を出向かせて話を聞くことにした。在学中の二人のことを知っている教員がいるかもしれない」

富坂は期待を込める。桑崎も声を弾ませた。

「そうなると、いよいよ滝川の退路は断たれるじゃないですか。少なくとも事件に関して知らぬ存ぜぬは通せなくなるでしょう。DNA型鑑定にしても、応じざるを得なくなるんじゃないですか」

「あすはそのあたりも、もう一押ししてみるよ。それでも拒否すれば、疑惑がいよいよ強まるくらいはわかるはずだから」

富坂はあくまで強気だ。桑崎は問いかけた。

「木下佳枝の容態に変化はないんですか」

「安定はしているらしいんだが、意識が戻る兆候はまだないようだ。そろそろ伯母さんの住んでいる名古屋の病院に転院させるつもりらしい。いつまでも長野で付き添いというのは負担が大きいだろうからと、主治医もその点については前向きのようだ」

「伯母さんにはいま、どこまで話をしてるんですか」

「遭難現場から切断された指が出た件はまだ言っていない。一緒に登山をしていた仲間の一人がある犯罪に関与した可能性があり、そのことで姪御さんがなにか知っているかもしれないといった程度で止めてある」

「カクネ里で見つかった死体との関連も言っていないんですね」

「言っていない。そこは十分注意してるんだよ。日本では、親族の場合、犯人隠避に関して処罰の対象にならない特例があるからね。姪にとって不利な話なら、伯父さんも伯母さんも口をつぐむことができるから、上手に付き合わないと重要な証言を聞き漏らすことにもなりかねない」

富坂はそのあたりについて多少の不安を感じているようだ。いずれにしても体の状態が安定しているのなら、遅かれ早かれ意識の回復も期待できそうだ。彼女がどこまで真相を知っているかはわからないが、現状では貴重な保険と言うべきだろう。

「滝川氏がどう反応するか、我々も楽しみにしてますよ。少しずつですが、捜査は核心に近づいているじゃないですか」

気持ちを前向きに切り替えて、桑崎は言った。

6

その日一日は山岳遭難救助隊が出動するような事案はなかった。

それでも茅野（ちの）、駒ヶ根、安曇野（あずみの）、大町の各分駐隊と連絡をとり、各地域での登山者の入山状況や雪のコンディションなどを確認し、救難用の装備を点検しているうちに夕刻になった。

ほかの隊員に先に晩飯を済ませるように言って、浜村と二人で待機していると、桑崎の携帯が鳴った。また富坂からかと思ってディスプレイを覗くと、掛けてきたのは思いがけない人物だった。

「ああ、木村さん。その節は大変お世話になりました」

「いやいや、それもおれたちの仕事のうちだからね。どうなんだい、あの女の人は。まだ意識は戻らないのかね」

木村はいつもの肩肘張らない調子で訊いてくる。大遠見山でのあの三人の救難活動では中心的な役割を果たしてくれた。遭対協のベテランとしては、自分が救出に関わった遭難者のことが気になるのだろう。

それに加えて、現場で発見された指のこともある。いまもマスコミには秘匿しているが、それがカクネ里で発見された凍結死体の指だったことは、富坂の了解を得て桑崎が知らせておいた。

変に隠し立てすればかえって興味を持たれて、噂が広がってしまう惧れがある。それならいっそ木村にはある程度事実を伝えておいて、その上で口外しないでくれと頼んだほうがいいとの判断によるものだ。

木村は事情を理解して、一緒に救難活動に参加した遭対協のメンバーにも箝口令を敷いてくれているようで、そうした噂が外に広まっている様子はとくにない。

「まだなんです。いまは安定していて命に別状はないそうですが、意識が戻るのがいつになるのかは、医師にも予測がつかないようです」

「死体の身元はまだわからないんだね」

「ええ。本部は鋭意捜査を進めているようなんですが」

「雪が融けきらない時期に、もう一度捜索したほうがいいかもしれないね。人手が足りないようなら、おれたちが助っ人に入ってもいいから」

木村は親身な調子で言う。そこまで民間の手を借りるのは心苦しいが、前回は桑崎たちを除けば全員が山の素人で、お世辞にも効率的な捜索とはいえなかった。桑崎は言った。

「場合によってはお願いするかもしれません。そのときは捜査本部からもしっかり日当を出させますから」

「カクネ里は夏場は誰も入らないけど、五月の連休になると山スキーをやる連中がけっこう入山するから、できればその前に片付けたいね。ところで電話したのはその件じゃないんだよ」

木村が唐突に話題を切り替える。

「なにかあったんですか」

「きのうからうちの民宿の常連さんを案内して山に入って、ついさっき下山してきたところなんだけどね」

公認ガイドの資格を持っている木村は、民宿経営の傍ら年に何度か後立山方面を中心にガイドツアーを主催する。そのガイドぶりが好評で、それが民宿の集客にもプラスになっていると聞いている。

「好天に恵まれたから、お客さんも喜んだんじゃないですか。どこのルートを登ったんです？」

「遠見尾根経由で五竜岳まで往復してきたんだよ。五竜山荘の近くでテントを張って一泊二日だ。みんな積雪期の山については初心者なんだが、純白の北アルプスの絶景に感動してもらえてね。こういうときはおれもやり甲斐を感じるよ。ところで、途中で妙なものを拾ったんだ」

木村は意味ありげに声のトーンを落とす。桑崎は問い返した。

「妙なものとは？」

「スマホっていうか、アイフォンてやつだね。お客さんにそういうのに詳しい人がいて、五年くらい前に出た機種だそうだ」

「どこに落ちていたんですか」

「ちょうどあの三人が幕営していたあたりだよ。客の一人が急に催して、踏み跡を外れてキジ撃ちに行ったんだよ——」

キジ撃ちとは登山の世界の俗語で用便をすることを言う。木村は続ける。

「そしたら雪のなかからそれが顔を出してたらしくてね。変だと思ったのは、ファスナー付きのビニール袋に入っていたのと、その場所まで、最近人が歩いた形跡がなかったことなんだよ」

「登山者がうっかり落としたものとは考えにくいんですね」

「普通は携帯やスマホをファスナー付きの袋に入れたりはしないと思うんだよ。ポケットから出してすぐに使えなきゃ意味がないから」

「たしかにそこは変ですね」

「まあ、ああいうものは濡らすと故障するそうだから、持ち主がよほど神経質だったのかもしれないけどね」

　桑崎は強い興味を覚えた。

「例の三人の持ち物だった可能性は高そうですね」

　あのときは、木下佳枝の救出と残り二人の遺体の収容が最優先で、現場をつぶさには確認していない。場所が場所だから、その後も警察による現場検証は行われていない。木村は続ける。

「落とし物として麓の駐在所に届けようかと思ったんだよ。ただもしかするとあの連中のものかもしれないから、一応あんたに連絡したほうがいいと思ってね」

「それはいい判断でした。駐在所に届ければ単なる拾得物の扱いになりますから——。

いまどちらに？」

「ちょうどうちに帰ってきたところで、現物は手元にあるよ」

即座に応じる木村に、勢い込んで桑崎は言った。

「だったらすぐに捜査本部に連絡を入れて、人を出向かせます。彼らの持ち物だとしたら、重要な物証になりますので」

第八章

1

木村たちが大遠見山で拾ったアイフォンは、ほどなく大町署の捜査本部に届いたようだった。富坂がさっそく電話を寄越した。

大町署の鑑識が指紋を採取したところ、タッチパネルや背面に思いがけない指紋がついていたという。

「原口の指紋ですか」

「それもあったんだが――」

興奮気味に富坂は続けた。

「例の切り取られた指と一致する指紋が出てきたんだよ」

「本当に？」

桑崎は弾(はじ)かれたように問い返した。富坂は勢い込む。

「ほとんどが原口のものだったらしいが、違う指紋が幾つかあると言うんで、ひょっとしてと思って確認させたんだよ。原口の指紋で上書きされているから絶対とまでは言えないが、スコアは非常に高いらしい。ほぼ同一と言って間違いなさそうだ」

「ちょっと待ってください。そのアイフォン、木村さんの話だと、最近の機種だとのことですが」

桑崎は慌てて確認した。それが事実なら、事件が起きた時期についてのこれまでの見立てが大きく変わる。富坂は溜息(ためいき)を吐く。

「こっちにもそういうことに詳しい捜査員がいてね、日本で発売されたのが五年前の九月だそうだ」

「その指の持ち主、つまりカクネ里の凍結死体の女性が死んだのは――」

「それ以降ということだな」

「切断された指の指紋が付着していたということはないですね」

「死体の指で、しかも凍結していたとしたら、指紋が付くことはあり得ないそうだ。検視の結果でも、あの指にせよ見つかった腕にせよ、凍っていたものがいったん融けて再凍結した形跡はないらしい」

「だとしたら、やはり生きていたときに付いたものということになる」

「鑑識は指紋が付いた時期が違うとみてるんだよ。原口の指紋は新しくてはっきりしているが、そっちの指紋は付着してからある程度時間が経過しているらしく、やや不明瞭だそうだ」

「そのアイフォンは、指と一緒にあの死体から奪ったものと考えていいですね」

「ああ。だとすると、ある筋書きが見えてくるんだよ」

「ある筋書きというと？」

「その機種以降のアイフォンには、ロックを解除するための指紋認証機能が付いているとのことだ」

「じゃあ、あの指は――」

おぞましいものを感じて桑崎は言葉を呑んだ。富坂は言う。

「それを破るために切り落としたとも考えられる。ただしメーカーの話だと、死体の指には反応しない仕組みになっているそうなんだがね」

「原口たちはそれを知らずに？」

「ところが、どうもそうは言えないらしくてね——」

含みのある口ぶりで富坂は続ける。

「発売されたその年に、ドイツのハッカー集団が破ってみせたそうなんだ。ハッカーといっても使ったのは極めてアナログな方法で、デジカメで撮った指紋の画像を反転させて、プリンターで凹凸が出るように出力して、それをラテックスで型どりするんだそうだが、そのやり方がネット上で公開されているんだよ」

「原口たちは、それを試みようとしたわけですか」

「その可能性はあるが、アイフォンに詳しいうちの捜査員によれば、どうもそれも難しいらしい」

「というと?」

「指紋認証に五回続けて失敗するか、四十八時間以上ロックされたまま放置したか、あるいはスリープ状態から再起動した場合は、指紋認証が使えなくて、パスコードを入力する必要があるそうだ」

富坂は落胆の色を隠さない。希望が見えたり隠れたり、話の向きが忙しない。

「少なくとも四十八時間以内にそのアイフォンが使用されていない場合、切断した指の指紋を使ってロックは解除できないんですね」

「どうやらそういうことらしい。しかしあんたたちが死体を見つけたときは、死んだばかりの人間が完全凍結するほど寒くはなかったんだろう」

「その前日は好天で、カクネ里のあのあたりは、日中はむしろ暑かったと思います」

「だったら理屈が合わないな」

電話の向こうで富坂は唸る。桑崎は確認した。

「そのアイフォンは、被害者のものと考えて間違いないんですね」

「例の三人ともそれぞれ携帯やスマホは持っていたから、そう考えるのが妥当じゃないのか」

「使える状態だったんですか」

「本部に届いたときはバッテリーは残量ゼロだったが、充電したら起動できた。もちろんロックは解除できないがね」

「ということは、警察も中身は見られないわけですね」

桑崎は落胆を隠さず問いかけた。中身が見られれば、こちらにとって重要な情報が入手できたかもしれない。力ない口ぶりで富坂も言う。

「持ち主が設定していたパスコードがわからない限りはね。当てずっぽうに打ち込めばそのうち当たりそうなもんだが、そこもうまい仕掛けになっていて、十回失敗するとデータがすべて消去されるように設定することもできるらしい」

被害者であるはずの滝川里香子は、大学ではコンピュータ関係の学科を専攻したと聞いているから、おそらくそういう面には詳しいはずで、セキュリティにはそれなりに神経を使っていただろうと富坂は言う。桑崎は嘆息した。

「要するに、不可能ということなんですね」

「最近もあるテロ事件に関連して、ＦＢＩがアップルにロックの解除ができるバックドアを提供して欲しいと要求し、アップルが断って裁判沙汰になりかけた。つまりＦＢＩでも手を焼くほど難しいわけだ。その後、イスラエルのある会社が解除に成功して、訴訟は取り下げられたらしいがね」

「だったら日本の警察じゃ、どう考えても無理ですね」

「ネットワークやコンピュータにデータがバックアップされていれば、それを使って復元できるが、その場合も本人が設定したＩＤやパスワードが必要になるから、第三者にとっては非常に難しい」

「しかし、そこまでして彼らが中身を覗き込もうとしたとするなら、そこにはよほど重要なデータがあると考えられますね」

「それも宝の持ち腐れになりそうだがな。しかし丸々無駄じゃなかったよ。被害者が五年前の九月以降まで生きていたことがわかったわけだから」

自らに言い聞かせるように富坂は言うが、たしかにこの拾得物がもたらした情報には意味がある。

富坂が言った点だけでなく、原口と被害者の結びつきが、指紋という物証によってほぼ証明されたことになる。切断された指が指紋認証と関係ありそうだというのは憶測に過ぎないが、あながち外れているとも思えない。

「それで、滝川氏から話を聞く件はどうなりましたか」

桑崎が問いかけると、勢い込んで富坂は応じる。

「あす出かけるよ。アイフォンの話もいい手土産になりそうだ。時間があったらあんたもこないか」

先ほどは遠慮をしたが、ここでも誘いをかけてくる。アイフォンが発見された状況についても桑崎が説明するほうが早いかもしれないし、自分としても興味が抑えられない。

「先方に出向くのは、何時くらいになりますか」

訊くと富坂は声を弾ませる。

「午後二時の約束だが、そっちの仕事は大丈夫か」

「なにも起きなければという条件付きですが、たぶん問題なさそうです」

「しかし刑事捜査も捨てたもんじゃないだろう。あんた、なかなか筋がいいから、そのうち捜査一課へ移ったらどうだ」

「それはないですよ。山と縁のある仕事がしたくて警察という職場を選んだんですから」

気のない調子で桑崎は言った。

2

翌日の昼少し前に、富坂は山谷を伴って県警航空隊基地へやってきた。

幸いきのうもきょうも大きな事故は起きておらず、八木に相談したところ、一も二もなくOKをくれた。

「なにか起きても、松本と大町なら目と鼻の先だ。五分もあればヘリでピックアップできる。滝川修三がどう出てくるか、おれも気になるところだよ」

鷹揚な調子で八木は言った。浜村も同行したい様子だったが、本業とのけじめはつけないとまずいので、きょうのところは遠慮させた。

いったん松本駅前に出て、打ち合わせを兼ねて食事をとることにした。駅ビル内の和食の店に入り、それぞれ昼の定食を頼んで、さっそく作戦会議が始まった。

「どう突っ込んでいくかですよ、あのアイフォンが娘の里香子のものだと証明できれば、有無を言わさずなんですがね」

富坂は考え込む。新材料がいろいろ出てきてはいるものの、どれも死体が里香子だと結論づけられるほどの証拠ではない。

里香子の指紋が入手できれば決着は付くのだが、生前、警察の世話になったことはないようで、犯罪指紋のデータベースを検索しても出てこない。

「いまのところ決め手になりそうなのは、原口たちが死体発見の三日前に滝川の屋敷を訪れていることと、意識不明の木下佳枝が、里香子と同じ時期に同じ大学に在籍していたという話くらいだな」

慎重な口ぶりで山谷が言う。富坂が付け加える。

「木下のうわ言のこともありますよ。リカコ、ごめんなさい、という――」

「ただし、まだ言い逃れはできるレベルだな。問題なのは滝川を被疑者として扱えない点だよ。あの死体が里香子だとしても、滝川の立場は被害者の親族でしかない。となるとDNA型鑑定を強制するための身体検査令状や鑑定処分許可状が取得しにくい」

山谷も攻めあぐねるふうだ。桑崎は思い切って言ってみた。

「もう一度、現場の徹底捜索を行う予定だと言ってやったらどうですか。今度は山岳遭難救助隊と機動隊を総動員するつもりで、必要ならヘリで重機も搬入すると――。あのときのデブリのどこかに死体が埋まっているのは間違いないんですから」

「いまの時点で、そこまで大がかりに人員を動かすのは無理じゃないのか」

富坂は首を傾げる。桑崎は強気で言った。

「そこは上の判断に任せるしかないですが、雪が融けるまで待っていたら死体は腐乱してしまいます。そうなると人相からの識別ができない。滝川氏が鑑定を拒否し続ければ、それが娘さんだと特定するのは困難です」

雪渓上に積もった雪が融けるころには、カクネ里に出入りする登山者はほとんどいなくなる。死体が埋もれている深さにもよるが、表面に現れてから発見されるまでに日数が経てば、原形を留めている可能性はそれだけ低くなる。山中で死んだ動物のように、ほかの獣に食い荒らされてしまうことだってある。そう考えれば、いますぐにでも着手すべきことのように桑崎には思えた。

「その手が案外使えそうだな」

山谷が声を上げる。怪訝な表情で富坂が問い返す。

「その手と言っても、これから上を動かすとしたら相当根回しが必要ですよ。いますぐというわけにはいかないでしょう」

「いますぐにじゃなくてもいいんだよ。もし滝川にその死体が娘だということを知られたくない事情があるんなら、とりあえず三味線を弾いてやるだけでいい。こちらの見立てどおりなら、内心穏やかじゃなくなるのは間違いない。そのときの顔色をみれば、ある程度の心証が得られるんじゃないか」

「そうなったら、なおさら鑑定には応じないでしょう」

「その場合は本気で現場の徹底捜索をするしかないな。そういう心証が得られれば、我々も上層部を動かしやすくなる。アイフォンの指紋の件もあれば、原口が屋敷を訪れた件もある。滝川も言い逃れるのは苦しいんじゃないのか」

「滝川里香子の顔写真は、どこかで入手できそうですか」

桑崎は確認した。徹底捜索して死体が出たとしても、生前の顔がわからなければ当人かどうかの確認ができない。富坂は自信ありげに頷いた。

「たぶん卒業アルバムに載っているだろう。ああいうものは大学生協の扱いだそうで、大学としてはとくに保存はしていないと言っていたが、生協にはバックナンバーがあるんじゃないかという話だった。あと在籍時のゼミの教授にも話を聞く手はずになっているから、研究室に記念写真のようなものがあるかもしれない」

「滝川氏が提供してくれれば、都合がいいんですがね」

「訊いてはみるが、たぶん出しては来ないだろうな」

富坂は決めつけるように言う。桑崎は問いかけた。

「ＤＮＡ型鑑定の件にしてもそうですが、滝川氏はあの死体と自分との関係を不自然なほど断ち切ろうとしている。その理由はやはり――」

「殺したとまではまだ断定できないが、その死に関わりがあるのは間違いない。少なくとも滝川には、娘がこの世から理由もわからず消えてしまったことにしたいなんらかの理由があるんだろうな――」

テーブルに届いた焼き魚の定食に箸をつけながら山谷が言う。

「失踪したのが八年前でも、少なくとも五年前までは生きていた。死んだのはもっと最近かもしれん。そのあいだ本当に行方がわからなかったのだとしたら、親子のあいだによほどの事情があったとしか考えられないからね」

苛立ちを覚えながら桑崎は訊いた。

「そのあたりの捜査は、まだ進めていないんですか」

「滝川に感づかれないようにやれという管理官の仰せでね。本部の捜査員がきのうからやっと動き始めたんだが、やはりわけありらしいんだよ――」

声を落として富坂が語り出す。

滝川がＩＴバブルの最盛期に自ら育て上げたスタックフルの全株を売却し、大町に邸宅を建てて移り住んだのは十七年前のことだったという。

しかし大町で暮らしていたのは滝川本人だけ。妻は以前にときおり姿を見かけたくらいで、娘のほうは一度も見たことがないと近隣の住民は言っているらしい。

滝川本人は近所付き合いをほとんどせず、家庭内の事情がどうなのかは隣近所でも一種の謎だったという。長年働いている家政婦から聞いたところ、娘の教育の面を考えて、妻と娘は東京で暮らしているという説明だったらしい。

妻が亡くなったのは十二年前だったが、そのときも葬儀は東京で行ったらしく、近所の人間で参列した者はいない。

母親の死後、娘は父親のもとで暮らすようになるかと思っていたが、けっきょくやってこなかった。八年前に娘が失踪したという話も、去年、失踪宣告を受けたことも、近隣の住民は知らなかったという。

富坂たちは原口の戸籍からたぐって滝川の戸籍にたどり着き、そこで娘が失踪宣告によって除籍になっている事実を把握して、警察庁の失踪人データベースで検索し、東京都内で行方不明になっていたことを知った。

滝川が意図的に隠していたわけではないだろう。現にカクネ里の氷河を研究している信濃大学山岳科学総合研究所の串田は、滝川から研究費の助成を受けている縁もあってか、そのあたりの事情は知っていた。

「失踪宣告の件は隠して隠しきれるものじゃないが、かといってあまり世間に取り沙汰されたくはないという微妙な問題だったと考えていい。滝川にとっては、蓋を開けると困った話が山ほど飛び出してくる、パンドラの箱みたいなものなのかもしれないな」

興味深げに富坂は言う。そのあたりのことも、きょうこれから滝川に会って直接突いてみる材料といえそうだ。

3

「その件では、私のほうから協力できることはなにもないと言っているじゃないか。死体で見つかった女性のことは気の毒だが、私とは一切関係ない話でね。こういうことは単なる時間の浪費だ。捜査の方向を見直すのが賢明だと思うがね」

前回同様、娘の件だと切り出したとたん、滝川は不快感を剝き出しにした。その反応は予想どおりで、富坂と山谷がどう攻めていくか、桑崎としては興味津々だ。事前に役回りを決めていたのか、ここでは山谷が口火を切った。

「じつは前回伺ったお話と矛盾する点が出てきましてね。滝川さんと原口豊の関係についてなんですが」

滝川は泰然とした態度を崩さないが、その頰がかすかに引き攣ったのがわかる。山谷はのっけからいちばん厳しいところを突く作戦のようだ。

「矛盾とは、どういうことだね」

「カクネ里で女性の死体が発見される三日前に、原口さんがこちらを訪れていた事実を我々は把握しているんです。しかし滝川さんは、彼とはほとんど付き合いがないとおっしゃっていた」

「ありもしない話で鎌をかけるつもりなのかね」

「ところが、証拠があるんです――」

山谷はカーナビの記録から判明した事実を淡々と説明した。渋い表情でそれを聞き終え、吐き捨てるように滝川は言った。

「金の無心に来たんだよ。馬鹿げた投資話に引っかかって、大枚の負債を抱え込んだという話だった」

「応じられたんですか」

「以前もそんな話で金を貸せとせびられて、けっきょく踏み倒されたことが何度もあった。だからきっぱり断った」

今度は富坂が問いかける。

「前回お伺いしたとき、どうしてそのことを我々に隠されたんですか」

滝川はわずかに肩を落とした。

「ああいう不肖（ふしょう）の甥がいることを、世間に知られたくなかったんだよ。私が近々政界に進出しようと考えていることを、君たちだって知らないわけじゃないだろう。そのためには世間体の悪い評判は立てられたくないからね」

「つまり、これまでも原口との付き合いはあったんですね」

山谷が有無を言わさぬ調子で確認する。滝川は曖昧に頷いた。

「ないと言えば嘘になる程度にはね」

「失踪された娘さんは、原口とはお付き合いがありましたか」

「いとこ同士だからなにもないということはない。冠婚葬祭やらで顔を合わせるくらいのことはあっただろう。だからといってそれ以上の付き合いがあったとは思わない。性格的にも水と油で、娘は何ごとにも潔癖で曲がったことが大嫌いだった。ああいうふしだらな男と気が合うはずがない」

「しかし我々が調べたところでは、娘さんと例の三人のあいだに接点がないわけでもなさそうなんですよ」

「なにが言いたいんだね」

「大遠見山での遭難で生き残った木下という女性なんですが」

「その女性が、リカコという名前を口にしたという話かね。何度も言うように、そんなの単に読みが一緒なだけで――」

反発する滝川を押さえ込むように山谷が言う。

「その木下佳枝という女性ですが、滝川里香子さんとは同じ大学の同じ学科に在籍していました。時期も一緒です。その女性のことはご存じないですか」

「娘の口から聞いたことはないね」

滝川は素っ気なく言い捨てる。山谷はさらに踏み込んでいく。

「大町に移り住んで以来、奥さんとも娘さんとも別居生活だったそうですが」

「プライバシーに関わることまで、警察に話さなきゃいかんのかね」

「そういう意味でお訊きしたんじゃないんです。ただ離れて生活していれば、娘さんの交友関係についてはあまりご存じじゃなかったのではと思いまして」

「なにやら勘ぐっておられるようだが、別居していたのは娘の教育環境を考えてのことで、妻や娘とのあいだに亀裂があってのことじゃない。コミュニケーションはちゃんととれていた。私が東京に出かけたときは、親子水入らずで過ごしていたよ」

「奥さんが亡くなったあとも、娘さんは東京で暮らしていたんですね」

「娘はそのとき大学生で、わざわざこちらに来る理由はなかった。それだけのことだよ」

「木下佳枝さんと面識があったのは間違いないと我々は思っています。彼女の譫言にでてきたリカコという名前が娘さんのことだと考えても、そう無理はないと思うんですが」

山谷は穏やかな口調で切り込んでいく。ここはお任せとでもいうように、富坂は成り行きを見守っている。とくに暖房が強すぎるわけでもないのに、滝川の額にはかすかに汗が滲んでいる。

「君たちはその死体と娘をどうしても結びつけたいらしいね。まさか私が原口と結託して娘を殺害したとでも言いだす気じゃないだろうね」

滝川は山谷に皮肉な視線を向ける。本音はそのとおりだと言いたいところだろうが、山谷は馬耳東風という顔で聞き流す。

「DNA型鑑定がもしお嫌なら、娘さんのお写真をお借りできませんか」

「写真を？」

「じつは雪のなかに埋もれている死体を、もう一度徹底捜索しようという意見が出ていましてね。山岳遭難救助隊と機動隊を総動員して、必要ならヘリで重機も搬入して、死体の状態が劣化しないうちに掘り出そうと考えているんです。そのときに写真をお預かりしていれば、娘さんかどうか確認できますので。もちろん最終確認は滝川さんにお願いすることになりますが」

うんざりだという顔で滝川は応じる。

「何度言ったらわかるんだね。その死体は娘とは別人だ。娘のことは私の心のなかでとうに決着がついている。いまさらほじくり返されるのは迷惑この上ないんだよ。どういう権利があって、君たちは私の人生をかき乱すんだ」

「我々は真実を求めているだけです。それが我々の仕事です。ぜひご協力をお願いしたいんです」

山谷は悠揚迫らぬ口ぶりで押してゆく。滝川は口をへの字にして押し黙る。桑崎は思わず身を乗り出した。

「その死体を最初に発見したのは私です。原口さんたちが遭難したとき、救出に向かったのも私です。そしてその現場で切断された指を発見したのも——」

「切断された指？」

滝川はびくりと体を震わせた。迂闊なことを言ったと桑崎は慌てた。そのことを滝川にはまだ言っていなかった。いわゆる犯人だけが知る事実として扱っているものだった。

原口と湯沢は死亡して、唯一生存している木下はいまも意識不明だ。しかし彼らにそれを教唆した人間がいる可能性もあるから、ここまでずっと秘匿してきた。そしてその教唆犯の可能性がもっとも高い人物が滝川その人だった。

言ってしまった以上やむを得ないと腹を括ったのか。富坂と山谷は、いいから続けろというように頷いている。滝川の額の汗の量がさらに増えている。いわく言いがたい手応えを感じながら桑崎は続けた。

「遭難現場で凍結した状態の人間の指が発見されたんです。三人の遭難者のうちの一人が所持していたものです——」

その指の切断面が、カクネ里での死体捜索時に発見された片腕の人差し指の切断面と一致した。その後のDNA型鑑定でも同一人物のものとの結論が出ている。

そしてきのう、そのときの現場のすぐ近くで発見されたアイフォンに、原口の指紋とともに残されていたその指の指紋――。

話しているうちに滝川の額の汗が引き、今度は顔色が青ざめた。桑崎が語り終えたところで富坂が口を開いた。

「そのアイフォンに残されていた指紋を介して、原口と死体の女性は完全に繋がっています。その女性が誰なのか特定できれば、捜査は大きく前進するはずです。我々はまずその死体が里香子さんかどうかを確認したいんです。もし別人なら、捜査の方向を大きく変える必要が出てきます。その場合は滝川さんにご迷惑をかけるようなことは一切いたしません」

続いて山谷が諭すように言う。

「なんとかご協力頂けませんか、滝川さん。我々はなにもあの死体が娘さんだと決めつけているわけじゃない。ただ、その可能性がある以上、確認だけはしないわけにいかないんです。これ以上拒絶されると、捜査本部としての心証も悪くなりますよ」

苦しげな表情で滝川は反論する。

「決めつけているんじゃないのかね。原口の指紋とその女性の指紋が同じアイフォンの上にあったという事実と、その死体が娘だという話がどこでどう繋がるのか、私には皆目わからない」

「実の娘さんが殺害された可能性がある。だったらその犯人を捜し出して、法によって罰したいというのが親御さんとしての当然の思いではないでしょうか」

山谷は強気に押してゆく。思案げにしばらく視線を宙に漂わせてから、滝川はゆっくり大きく頷いた。

「わかった。君たちのお望みどおり、DNA型鑑定に応じようじゃないか。見当違いの捜査にこれ以上付き合わされるのは私にとっても時間の無駄だからね」

感情を抑えた調子でそう言った滝川の顔に、不敵な笑みが浮かんだのを桑崎は見逃さなかった。

4

滝川がDNA型鑑定に応じたことは、桑崎たちにとってむしろショックだった。面談のあいだ、滝川は最後までカクネ里の死体が自分の娘だとは認めなかった。にもかかわらず鑑定に応じたということは、そこで血縁関係がないことを証明できる自信があってのことだと考えたくなる。

大町署の本部にはそのまま戻らず、途中にあったファミリーレストランに立ち寄って、いったん問題を整理することにした。準備もなく本部に戻って結果を報告したら、もともと滝川に対して及び腰の上層部が、そらみたことかと喜びかねない。

「とりあえず鑑定を了承したんだから、急いで手配する必要があるが、どうも気乗りがしないね」

困惑気味に山谷が言う。同感だというように富坂も頷く。

「もしここで血の繋がりがないという結果が出たら、迷宮入りの可能性がいよいよ高まってきますよ。少なくとも滝川を捜査対象にするのは難しくなる。真相を知っている原口も湯沢も死んで、唯一の証人の木下佳枝はいまも意識不明で、もし意識が戻ったにしても脳機能が正常に保たれているかどうかわからない。回復せずに一生を終える可能性もなくはないと聞いていますから」

頭の混乱を整理しながら、桑崎も言った。

「先ほどの滝川氏の顔つきからすると、なにか余裕があるように思います。あの死体と彼とのあいだに血縁関係がないことに自信があるような気がするんです。だからといって死体が滝川里香子と別人かというと、そうも言えない」

「そこだよな、問題は。ほとんどの状況証拠が、あれが滝川の娘だという事実を指し示している。しかし血が繋がっていないとなると――」

富坂は重苦しく唸った。山谷は慎重な口ぶりだ。

「実の父親じゃない。しかし娘として認知した。認知といっても法手続き上の認知でなく、戸籍の記載から見れば最初から嫡出子として扱われている。ということは、母親は亡くなった奥さんで間違いないが、父親は滝川以外の誰かだった。滝川はそれを知っていながら、自らの実子として出生届を出した。あるいは知らずに籍に入れて、そのあと父親が別にいることに気がついた。その二つのうちのどちらかだろうな」

富坂は渋い表情だ。割り切れない気分で桑崎も言った。

「だとしても、その事実は公になっていません。いまは滝川一人の胸にあるだけかもしれません」

流れを切り替えるように山谷が応じる。

「いまここで想像を逞しくしても答えは出ない。DNA型鑑定に応じるというんだから、おれたちも受けて立つしかないだろう。どっちにしても滝川が事件に関与していないとは思えない。失踪した娘かもしれない死体に対するあの極度の無関心さに、なにか隠された意味がないとは考えにくい。娘とも妻とも別居していた。滝川は否定しているが、近隣での聞き込みから判断する限り関係が疎遠だったのは間違いない。そのあたりはまだまだ突っ込んでいけそうな気がするよ」

「それにもしDNA型鑑定で血の繋がりが証明されなかったとしても、死体が滝川里香子だと証明できれば問題はないわけですからね」

気を取り直すように富坂は言う。山谷が訊いてくる。

「どうかね。死体は凍結したまま見つかるだろうか」

桑崎は頷いた。

「四月上旬のうちに捜索に入れれば、なんとかなると思います。四月も半ばを過ぎると、雪渓の雪もだいぶ融けるし、気温もかなり上がりますから」

「雪に埋もれてさえいれば、死体が融ける心配はないのかね」

「雪自体に断熱効果がありますから、多少気温が上がっても大丈夫でしょう。このまえの捜索で発見できなかったのは、かなり深いところに埋まっていたせいだと考えられますので。ただしそのぶん捜索は困難が予想されますが」

「例の長い棒を雪に突き刺すやり方だけじゃだめなのか」

前回の捜索に参加した富坂が問いかける。桑崎は言った。

「ゾンデ棒ですね。あのときより雪の量が減っていると思いますので、たぶん有効だと思います。ただそのぶん雪が締まっていて、深いところまで刺すのに力が要るし、異物に当たった感触もはっきり得られない惧れがあります」

「場合によってはその死体が唯一の手掛かりになるからな。重機を搬入する手もあると思うが、そういうものはヘリで運べるのかね」

「山間部での土木工事のためにブルドーザーやパワーショベルをヘリで運ぶのは珍し

くないんです。そんなケースを考えて、そういう土木機械は分解して輸送できるように設計されているものがほとんどです。県警のやまびこ1号、2号でももちろん可能です。災害時の物資輸送に使う場合を考慮して、どちらもパワーにゆとりがありますから」

「かといって、県警がそういう機械を持っているわけじゃないから、どこかからレンタルして、運転できる人間も雇わなきゃいかんだろう。そうなるとずいぶん金がかかりそうだな」

「しかし、やらないわけにはいかないでしょう。下手をすると、このまま迷宮入りになりかねませんから」

桑崎は言った。ここまで事件に関わってしまうと、よその部署の仕事だと割り切る気になれない。気合いを入れるように山谷も応じる。

「万難を排してでも上を動かすしかないな。たかがブルドーザーのレンタル料を惜しんで殺人事件を迷宮入りにしたら、長野県警にとって末代までの恥になる」

5

翌日は午前十時過ぎに遭難の通報があり、早番で詰めていた桑崎と浜村が出動することになった。

場所は八ヶ岳で、主峰の赤岳への登路の地蔵尾根で滑落したとのことだった。すでに四月に入り、天候は比較的落ち着いており、ヘリでの救出に問題はない。急遽、航空隊基地を飛び立って現地へ向かった。パイロットは前回の宝剣岳のときと同じ山上警部補で、呼吸は合っている。

十五分ほどで現地に着くと、遭難者はすぐに見つかった。尾根から二〇メートルほど下の緩斜面だ。たまたまそこで滑落が停まったのだとすれば運がいい。その先は急傾斜のルンゼになっていて、さらに落ちたら命はなかった。

携帯で連絡をとると、右足を骨折しているようだという。救出作業自体はそれほど困難でもなさそうなので、経験を積ませるために、ここは浜村に担当させることにした。

桑崎がホイストの操作を担当し、山上は遭難者の頭上ぴたりの位置でヘリをホバリングさせる。浜村は危なげのない動きで遭難者の傍らに着地して、その体に手早く救出用のハーネスを装着し、指でＯＫマークをつくって桑崎に合図する。

ホイストのレバーを操作し、適度にスピードを調整しながらワイヤーを巻き上げる。遭難者を抱きかかえるようにして浜村は昇ってきた。

機内に搬入して確認すると、痛みはかなりひどいようだが、右足以外に外傷はとくになく、桑崎の質問にも正確に反応するから、意識障害もなさそうだ。

きょうは日曜日で、赤岳の頂上や文三郎道、地蔵尾根の登山道では大勢の登山者が救出の状況を見守っている。春の雪山を楽しもうとする人で、県内の山岳地帯はどこも盛況だろう。商売繁盛ということにならなければいいがと不安を覚える。

事前に救急搬送の連絡をしておいた茅野市内の病院に遭難者を搬送し、松本の基地に戻ったのが午前十一時少し前だった。そのタイミングを見計らってでもいたように、富坂が電話を寄越した。

「いま忙しいのか」

「ちょうど一仕事終えたところです」

「そりゃよかった。じつはついさっき、滝川のところへ出かけてＤＮＡの試料を採取してきたんだよ。本人証明のためにおれが立ち会ったんだが、向こうは自信満々で、どうやら外れの公算が高いな」

「しかし死体が発見されるなり、誰かの口から出生の秘密がばれるなりすれば、滝川氏にとっては最悪の結果になるんじゃないですか」

「そこのところが、要するにうちのほうの問題になるわけだよ。今回の鑑定の話で、管理官はもう答えが出たような気になっている。もし血縁関係がないと証明されたら、滝川に対する捜査はこれで打ち切りだと言い出す始末だ」

富坂は嘆く。納得できないものを感じて桑崎は言った。

「そうは言っても、あの死体が誰なのか特定できるまでは、捜査は終結できないと思いますが」

「それは無理だと滝川は舐めてかかってるんじゃないのかね。重機を搬入しての大々的な捜索の件も提案したんだが、なかなか話に乗ってこない」

「このままお宮入りにして、捜査本部を畳もうとしているとしか思えませんね。DNA型鑑定の結果はいつ出るんですか」

「二、三日はかかるそうだ。その結果が出てしまうと、なにかとやりにくくなりそうだ。そこで頼みがあるんだが、例の捜索作戦について、本部の上層部を説得できるようなプランを出してもらえないかな」

「死体捜索のプランですか」

唐突な要請に桑崎は戸惑った。説得口調で富坂は続ける。

「頼むよ。山のなかのこととなるとおれたちは事情に疎いから。ヘリで重機を運ぶにしても、どういうものを選んだらいいか、レンタル料がいくらかかるのかもわからない。人員にしても、前回程度じゃだめだろうから、機動隊にも応援を要請する必要があるだろう。山岳遭難救助隊の本籍は機動隊だから、そのあたりもそちらが動いてくれれば話が早いと思うんだが」

そう言われても、山岳遭難救助隊にしたって他殺死体の捜索は専門外だ。そもそも組織面での敷居があるから、桑崎がはいわかりましたと答えられるものでもない。

「上司に相談しないと、私の一存では動けません。機動隊を動員するにしても、捜査本部といろいろ打ち合わせが必要だと思いますので」

だいぶ以前に、県北部の雪深い山村で大規模な雪崩が発生して、民家数棟が倒壊し、雪に埋まった事件のことを八木から聞いている。途中の道路が寸断されたため、ヘリで重機を運び込み、生存者の救出と遺体の捜索を行った。そのとき現場で陣頭指揮をとったのが八木だった。そのノウハウをこのケースに生かせるかもしれない。

「ところで、東京の大学での聞き込みはどうだったんですか」

桑崎は問いかけた。里香子の顔写真が入手できなければ、大規模な捜索をする意味もなくなる。

「ああ、忘れてた。大学生協に卒業アルバムのバックナンバーがあって、小さい写真だがちゃんと判別できる程度のものが手に入った」

「そうですか。ほかに滝川里香子についての情報はありましたか」

「ゼミの担当教授がいまもいたようで、いろいろ話を聞けたそうだよ。木下佳枝もそのゼミに所属していたらしい」

「それは強力な材料じゃないですか。仲がよかったんですか」

「気が合っていたようだ。というより、理工系のゼミだから、同学年の女子はその二人だけだった。それでごく自然に親しい付き合いになっていたようだ」

「大学を卒業してからも付き合いがあったんですか」

「その後のことはよくわからないそうだが、二人には共通する趣味があってね」

「ひょっとして、山登りですか」

「当たりだよ。山岳部とかワンダーフォーゲル部とかに入っていたわけじゃないんだが、よく一緒に山に登っていたらしい。その教授も山は好きで、一緒に登ったことはなかったが、コースや技術面の相談に乗ったりしたことがあったそうなんだ」

「ますます繋がってきましたね。原口や湯沢についてはなにか出てきましたか」

「どちらの名前も聞いたことはないし、教授の話だと、里香子たちはいつも二人だけで山に行っていたようだ。社会人山岳会や同好会に参加したらどうかと勧めたこともあったが、二人は気乗りしない様子で、大勢で一緒に登るようなやり方が好きじゃなかったらしい」

「その後も二人で登っていた可能性は高いですね」

「ああ。佳枝の自宅にアルバムでも残っているかもしれないが、伯母さんもこっちにつきっきりで、そこは覗いていないらしい。いまの段階で家宅捜索というわけにもいかないから、本人の回復を待つしかないんだが」

「里香子が父親についてなにか言っていたようなことは？」

「教授は、彼女が滝川修三の娘だとは知らなかったそうだよ。ゼミの飲み会で両親のことを訊いたことがあったそうだが、里香子は通り一遍なことしか言わず、いかにも触れて欲しくないような様子だったので、以後は話題にしなかったそうだ」

「あれだけの人物ですから、父親自慢をしても不思議じゃない気がしますがね」

「まあ、親子の関係は人それぞれだから、それでどうこう言えるもんじゃないだろうけど、きのう滝川が言っていたほどいい関係じゃなかったのは間違いなさそうだ」

「血の繋がった親子じゃないことを、里香子は知っていたのかもしれませんね」

「それでも実子として育てたんだから、滝川も懐の深い男のような気もするが、現実はそう甘くなかったのかもしれないな」

「妻と娘を東京に残して、自分一人が大町に引っ越した本当の理由は、そのあたりにありそうですね」

「こうなるとDNA型鑑定の結果は完全に予測がつく。そのあたりの真相を明らかにできないと、その結果を楯に滝川は知らぬ存ぜぬを決め込むだろう」

「急がないとまずいですね」

「ああ。なによりもまず、死体が腐敗する前に掘り出す必要がある。しかしそれだけでは不十分だから、里香子の境遇について詳しく知る人間から父親との関係を聞き出すことだ。それができれば真相に大きく近づける。その点でいちばん期待がかかるのが木下佳枝の回復なんだが」

「それぱかりは我々にはどうすることもできません。まずできることからやっていくしかないですね」

「そういうことになるな。じゃあ、死体捜索のプランの立案を頼む。できればあすじゅうに上の人間にみせて了承をとりたいから」

まだ八木に相談するといっただけで、やるともやらないとも答えていないのに、富坂は勝手に決めてしまっている。

6

さっそく八木に電話を入れると、プラン立案の件は快く引き受けてくれた。死体発見が重要な切り札になりそうだという話に、大いに気持ちを動かされたようだった。

「思いがけない展開になったが、逆にいえば滝川はこれで尻尾を出したも同然だろう。ここまでDNA型鑑定を拒否してきたのにはなにか理由があるはずだ。そこが明らかになりさえすれば、事件の全貌が見えるんじゃないのか」

「捜索プランのほうはなんとかなりそうですか」

訊くと八木は力強く請け合った。

「パワーショベルやブルドーザーはヘリで運べるものを見繕えばいいんだろう。業者のリストは県警本部に備えてあるし、機動隊には大型特殊免許の保持者もいる。現場の状況を彼らに話せば、適切な機材を選んでくれる」

「機動隊の協力は得られますか」

「大丈夫だろう。ここしばらく県内で大きなイベントはないから、機動隊も開店休業の状態だ。おれのほうから隊長に打診しておこう。ここ最近は雪の深いところでの災害出動がなかったから、連中にとってもいい訓練になるはずだ。ところで妙な話を耳にしたんだが――」

「どういう話ですか」

「例のカクネ里の氷河研究の話だよ。滝川氏が突然スポンサーを降りると言い出したらしい」

「どこから入った情報なんですか」

「串田君だよ」

「ああ、信濃大学山岳科学総合研究所の先生――」

「五月の連休の後立山一帯の雪の状態について意見を聞こうと電話したら、向こうからそんな話をしてきたんだよ。突然のことで研究所は慌てているらしい。今年予定していたカクネ里氷河の実地調査では、予算の大半を滝川氏に期待していたもんだから、計画が頓挫しそうだと苦り切っていた」

「カクネ里に人が入ることを嫌ってのような気がしますね」

「連休前の四月の下旬に、事前調査で一度現地入りする計画がすでに去年からあったそうなんだが、理由を聞いてもただ気が変わったと言うだけで、滝川氏からはなんの説明もないそうだ。串田君は勘のいい男だから、警察がカクネ里の死体と失踪した滝川の娘の件を結びつけて動いていると想像して、こちらがなにか知っていると思ったようだ。もちろんそこはとぼけておいたがね。この間の警察の動きと無関係ではないだろうな」

「近々本格的な捜索を行うようなことを言って圧力をかけたのはきのうのことです。それで慌てたんでしょう。四月末だと死体が自然に出てきてしまう可能性がある」

「DNA型鑑定に応じれば、警察はもう捜査はやらないと舐めてかかっていたのかもしれないな。だったらなおさらその裏をかいてやらないと。逃げ腰の管理官でも拒否できないような、安上がりでスマートなプランをつくってやるよ」

気合いの入った調子で八木は言う。彼の見立てどおり、氷河研究のスポンサーを降りる話が今回の捜査とリンクしたものなら、それも滝川の事件への関与を疑わせる状況証拠になるが、いずれにせよしたたかな相手なのは間違いない。

あすまでにはペーパーを作成してファックスで送るというので、よろしく頼みますと応じて通話を終えた。内容を語って聞かせると、興味深げに浜村が言う。

「敵は防御を固め始めたようですね。ということは、我々の圧力がかなり効いているということでしょう。陥落までもう一息かもしれませんよ」

「そうだといいんだが、この先、いくつも落とし穴が仕掛けられているような気がしてならないんだよ。四月下旬以降となると北壁の氷も緩むから、カクネ里周辺へ入る登山者は極端に減ってくる。初夏に入れば人っ子一人いない。足を踏み入れそうなのは氷河の調査隊だけだった」

「昔、鹿島槍の北壁に夢中になったという話ですから、滝川氏はそういう点についても詳しいんでしょうね」

気を引き締めるように浜村は言った。そのとき桑崎の携帯が鳴った。取り出してディスプレイを覗くと富坂からの着信だった。つい先ほど話が済んだばかりなのに、やけに忙しない。またなにか困ったことでも起きたかと、不安を覚えながら応答すると、ひどく消沈した富坂の声が流れてきた。

「えらいことになったよ。ついさっき病院から電話があってね」

なにやらおかしな雲行きだ。木下佳枝の身になにかあったらしい。

「容態に変化でも？」

「死亡した」

「どうして？　いまは安定していると聞いていましたが」

「急変したらしい。伯母さんが付き添ってたんだが、ちょうどそのときは買い物に出ていてね、急いで蘇生術を施したんだが、手遅れだった。病院側では伯母さんの許可を得て、これから病理解剖をしてみるそうだ」

「解剖ですか？　死因に不審な点が？」

「あまりにも突発的な容態の変化で、医師も理由がわからないらしい。場合によっては司法解剖の扱いに切り替えることになるので、いま県警本部から検視官がこちらに向かっている」

第九章

1

翌日の午前中に、木下佳枝の解剖の結果を富坂が知らせてきた。

体内に不審な薬物が投与されたような形跡はなく、突発的な心肺機能の低下による低酸素脳症が原因で、予測することは不可能だったというのが病院側の説明らしい。

入院中の死亡ということで、警察としても犯罪の可能性は想定しにくく、あくまで今回の病理解剖は病院サイドの任意によるものという建前で、県警本部からやってきた検視官も解剖の現場には立ち会わなかった。検視官は解剖後に担当した病理医から事情を聴取したというが、やはり犯罪性を示唆するような事実は出てこなかったという。

「こうなると、なにがなんでも再捜索を実施して、滝川里香子の死体を発見しないといけませんね」

強い思いで桑崎は言った。深刻な調子で富坂も応じる。

「いまや、それがたった一本の糸口というわけだ。ただ心配なのは、上の連中の動きなんだよ」

「と言うと？」

「木下佳枝が死んだうえに、DNA型鑑定で死体が滝川の娘じゃないということになったら、帳場をいったんたたんで、死体が出てくるまで大町署だけの継続捜査扱いにしたらどうだという話が、刑事部長から出ているというんだよ」

「それじゃ死体がだれか特定できずに終わりますよ」

「要するにこのヤマを迷宮入りにしたいような、なんらかの事情があるんじゃないのか」

富坂は吐き捨てるように言う。桑崎は怪訝な思いで問いかけた。

「迷宮入りにしたい事情というと、例えばどういうことですか」

「今年七月の参議院選挙に、滝川が立候補するらしい」

「噂(うわさ)だけじゃなくて、いよいよ本決まりなんですね」

「どうもそのようだ。すでに与党の支持を取り付けていて、野党の一部まで巻き込んでいるらしい。ここ何年もあちこちに気前よく金をばらまいて、しっかり支持基盤を固めていたようだ。現職は高齢で今回は出馬せずに引退する意向だそうで、野党には強力な対抗馬がいない。下馬評では圧勝とみられているらしい」

「しかし、それとこのヤマの捜査はべつの話でしょう」

「警察が政治家を逮捕したって話、聞いたことがあるか。長野県警に限らず、警視庁でもどこでもだ」

「国会議員には不逮捕特権がありますから」

「そりゃそうだが、あくまで国会の会期中に限られた話だろう。しかし国会というのは、コンビニと違って一年三百六十五日やっているわけじゃない」

「警察が日こぼししていると？」

「検察は法務省の管轄下にある組織だが、警察の元締めの警察庁は国家公安委員会の管轄下にある。国家公安委員会は内閣府の外局だ。つまり警察というのは、総理大臣の直轄機関という位置づけになる。それだけ政治の世界、それも与党筋からの影響を受けやすいということだ」

「でも各警察本部は、都道府県の公安委員会の管轄下にあるんでしょう。そのうえどの本部も県の予算で動いている。そうである以上、警察庁からの直接の指揮命令は受けないと思いますが」

「建前はたしかにそうだ。しかし警視総監を始め各都道府県警の本部長はもちろん、警視正以上の警察官は国家公務員で、その任命権は国家公安委員会が握っている。つまり、うちの刑事部長も帳場のある大町署の署長も、みんな国家公安委員会が任命する役職だ。そういう仕組みなら、政治が介入する余地も十分あるわけでね」

「それじゃ、なんのための警察かわからないじゃないですか」

「情けない話だが、それが実態だからどうしようもない。滝川の場合、本業のヘッジファンドの顧客に与党の大物政治家がずらりと名を連ねているそうでね。ずいぶん儲(もう)けさせてやっているらしい。そのための投資資金だって、調べれば出所は怪しいに決まっている。そういう汚い尻尾を握っているもんだから、与党内でも滝川は並みの新人候補の扱いじゃないらしい」

「だとすると、これからいろいろ圧力がかかってきそうですね」

不安を覚えながら桑崎は言った。落ち着かない調子で富坂も応じる。

「その心配はたしかにあるな。きのう採取した滝川のＤＮＡ試料は科捜研に渡してあるんだが、どうも空振り(からぶ)りに終わりそうな気がしてな」

「私もそんな気がします。ですが、あの死体が滝川里香子なのは間違いないと思います。問題はその壁をどう突破するかですね」

「木下佳枝の自宅を捜索すれば、なにか重要な材料が出てくるかもしれないな。日記とか手紙とか——。ただ遺族の気持ちを考えると、この状況で令状をとってガサ入れというのはな」

「だからといって、背に腹は代えられないでしょう。とりあえず、伯母さんに話をしてみてはどうですか。処分されてしまったら取り返しがつきませんから」

背中を押すように桑崎は言った。富坂もそこは心配なようだった。

「場合によっては強制捜査に踏み切らざるを得ないかもしれないが、まずは協力を要請するのが筋だろう。しかしそこは頭が痛い。姪が死亡した直後に、殺人事件に関与した疑いがあるから遺品を確認させて欲しいと言うのはな」

「わかりますが、このままじゃ木下佳枝も浮かばれないような気がします」

「そうだな。彼女に対してもこの先ずっと容疑がつきまとう。まず、おれがじかに話をしてみよう。そのあたりの事情をしっかり説明すれば、伯母さんもわかってくれるだろう」

真剣な口振りで富坂は言った。

「なんだか切ないですね。そういうわけのわからない力が働いて、このまま迷宮入りになったりしたら」

富坂とのやりとりを聞かせると、浜村（はまむら）は大きなため息を吐（つ）いた。

「おれたちに出来ることは限られているからな。せいぜい死体の捜索に手を貸すくらいだ」

「でも上層部は、予算を理由に難癖をつけてくるでしょうね」

「おれたちの仕事とは違って、殺人の捜査というのは、とくに急がなきゃいけない理由がないからな」

2

「それで助かるのは誰かということですよ」

浜村は嘆くように言う。それが滝川だということはわかっているが、そこにどういう真相が隠されているかはいまも判明していない。

もちろん冤罪（えんざい）はあってはならないことだ。本格的な刑事捜査に関わるのは桑崎にとって初めての経験だが、警察が思い込みだけで突っ走って、その結果が冤罪だった――。そんなケースが過去にいくつもあったことは知っている。

しかしこの件に関しては、滝川の言動に不審な点が多すぎる。もし事件に関与していないのなら、そのすべてを本人の言葉で説明できたはずなのだ。こちらが求めたのも当初はそこであって、頭から犯人と決めつけていたわけでは決してない。浜村は首をかしげる。

「参院選出馬の話が出てきて、上層部の人間が浮き足立っている。そこへどういう目算があってか、滝川がＤＮＡ型鑑定に応じてきた。加えて木下佳枝の突然の死亡――。そのすべてが、一本の糸で繋(つな)がっているような気がしませんか」

「木下佳枝も殺されたと言いたいわけか」

「まさかそこまでは言いませんけど、なんだかすべて滝川の都合のいい方向に転がって、こっちはあまりにもいいとこなしなもんですから」

「たしかにな。これじゃ踏んだり蹴ったりだ。あとは富坂さんや山谷(やまたに)さんの粘りに期待するしかない。しかし木下佳枝の遺品という手掛かりがまだある。滝川里香子との交友関係からすれば、なにか重要な事実が出てくる可能性は低くはない」

「とりあえず、そこに期待するしかなさそうですね」

悔しさを滲(にじ)ませて浜村は言う。そのとき桑崎の携帯が鳴った。由香里(ゆかり)からだった。なにか起きたかと慌てて応答すると、いつもの屈託のない声が流れてきた。

「元気でやってますか、桑崎さん？　いまのところ、そっちは思ってたほど忙しくもなさそうですけど」

「きのうはちゃんと八ヶ岳で救助活動をしてきたぞ。浜村もなかなかいい仕事をしてくれた」

「桑崎さんたちが暇だということは、登山者にとってはいいことですからね。だったら大町署の捜査本部のお手伝いだってできるんじゃないですか」

「ああ。いま現場の再捜索プランを八木さんにつくってもらってるんだが、あっちはあっちで、いろいろ厄介な事情が出てきているようでね」

「聞きましたよ。木下佳枝さんが亡くなったんでしょう――」

由香里は生真面目な口振りで切り出した。

「じつはさっき、あすなろヒュッテのご主人から電話があって。佐久側からの登山道の一部が崩落しかかっていて、危険だから警察からも警戒情報を出して欲しいという依頼だったんですけど」

あすなろヒュッテは北八ヶ岳と呼ばれる八ヶ岳連峰北部の山域にある小屋の一つだ。八ヶ岳は交通至便でアプローチが容易な上に、冬でも天候が安定していて、積雪量も北アルプス方面より少ない。

そのため積雪期でも入山者が多く、ほとんどの小屋が通年営業している。なかでも北八ヶ岳は山容が穏やかで、初心者でもさほど不安なく雪山を楽しめることから、この時期は県内でもとくに入山者の多い山域だ。

「怪我人でも出たのか」

「それはまだないみたいです。ただ急傾斜の巻き道で、この冬に起きた雪崩のせいで路肩が傷んでいて、うっかり歩くと谷側に転落する惧れがあるそうなんです。注意するように看板を出しても、迂回するルートがないのでみんな無理して登ってきちゃう。なにか起きてからでは遅いから、佐久側は避けて諏訪側から登るように、警察からも情報を流して欲しいというんですよ」

「それは当然だな。だったら佐久署の地域課に言って、登山口にポスターを貼りだしてもらったらどうだ」

「副隊長と相談して、そっちのほうはもう手配済みです。県警のウェブサイトにも注意を促す記事を載せることにしました。じつはそのことでわざわざ桑崎さんに電話をしたんじゃないんですよ」

由香里は声を落とした。そうだろうとは桑崎も察しがついていた。北八ヶ岳の話となると、桑崎が報告を受けても、とくに対応できる立場にはない。

「ひょっとすると、例の事件に絡んだ話なのか」

「きのう、木下さんが亡くなったニュースがテレビで流れたんです」

「それがニュースに？」

「大遠見山での遭難の唯一の生存者だったから、その続報として地元のテレビ局が扱ったみたいです。生前の写真まで出たらしくて、それに川野（かわの）さんが見覚えがあるそうで」

川野さんというのがあすなろヒュッテのオーナーで、遭対協のメンバーでもあり、桑崎も仕事を通じて親交がある。

「救出されたときのニュースは観（み）ていないのか」

「そのときは顔写真は出なかったそうなんです。事故の直後じゃ、マスコミも写真は入手できなかったんじゃないんですか。名前までは記憶になかったらしいけど、過去の宿泊者名簿を調べてみたら――」

「名前があったんだな」

「四年前の十月に宿泊していたそうです。女性と二人連れで」

「ひょっとしてそれは？」

「私も滝川里香子さんじゃないかと思って訊（き）いてみたんです。でも宿泊者名簿は代表者一人が記入するだけだから、もう一人の女性の名前はわからないとのことでした」

由香里はやや残念そうだが、桑崎は強い期待を覚えた。

「だとしても、顔は覚えている可能性があるな」

「具体的にこういう顔だと説明するのは無理だけど、写真でも見せてもらえば、同じ人なら大体思い出すと言うんですよ。川野さんは、何年も前に泊まったお客さんがリピートで来たようなときでも、顔を見ただけでほとんどわかるそうですから」

「客商売の人にとっては、それが繁盛の秘訣だとよく聞くからな。捜査本部が学生時代の写真を入手しているらしいから、それを見てもらえば答えは出そうだな」

「そうなんです。だからその写真を、捜査本部から川野さんにメールで送ってもらえないかと思って」

「わかった。さっそく富坂警部補に連絡してみるよ。これはなかなかのお手柄になるかもしれないぞ」

「そんなことありませんよ。たまたま飛び込んできただけの情報で、私は話を取り次いだだけですから」

　由香里は謙遜するが、声の調子は弾んでいる。通話を終え、富坂の携帯を呼び出した。富坂は間をおかずに応答した。

「おう。なにか耳寄りな情報でも出てきたのか」

　由香里からの話を伝えると、富坂は勢い込んだ。

「そりゃ面白い。その小屋へは、行くのは難しいのか」

「じかに出向くんですか」

「里香子の写真はいまのところ捜査上の機密に属するから、外部の第三者にメールで送るというのは問題があるんだよ。それに電話やメールで片付けたりしたら、山谷さんに叱られるよ」

「それならわかります。あすなろヒュッテはロープウェイの終点から一時間ほど歩いたところです。富坂さんでも遭難せずにたどり着けると思います」

「おれでもというのが引っかかるが、外れてはいないからしようがない。あんたも付き合ってくれるんだろう」

富坂は当然のように頼ってくる。途中で道に迷われても困るし、桑崎自身も興味がある。

「本業のほうが商売繁盛じゃなければお付き合いします」

「そうか。そこは万難を排して来てくれよ。ところでさっき話した木下佳枝の遺品の件なんだが――」

今度は自分の番だというように富坂は切り出した。

「さっそく伯母さんに電話してみたんだよ。丁寧に事情を説明したらわかってくれたよ。ただ東京の賃貸マンションは何日か前に伯父さんが引き払ったそうなんだ。名古屋の病院へ転院する予定もあったから、家賃を払い続ける意味がないんでね。遺品は名古屋の自宅に送ってあるらしい」

「見せてもらえそうですか」

「ああ。家財道具は処分してしまったらしいが、アルバムとか手紙とかは手元に保管してあるとのことだ。あとパソコンもあるというんだが、パスワードがかかっていて、なかは覗けないらしい」

「そうなんですか。そこに電子メールとか写真とか、貴重なものが保存してあるかもしれませんね」

「遺族の許可が得られれば、科捜研に依頼して、パスワードが外せるかどうか試してみるよ。スマホと違ってパソコンは意外に抜け穴があるらしい。ハードディスクそのものを暗号化している場合は難しいが、一般的なユーザーでそこまでやるケースはまずないそうだ。あす、うちの捜査員を派遣して、遺品をすべて預かってくることになっている」

「そっちも、かなり期待できそうじゃないですか」

「というか、期待できる材料がそれしかなくなりそうだよ」

「まだ現場の再捜索という手も残っていますよ。うちの副隊長がきょうのうちにいいプランをつくってくれると思います」

「ああ。それを無駄手間に終わらせないようにしないとな」

富坂は悲観的な口振りだ。桑崎は訊いた。

「帳場のほうは、やはり難しそうな気配なんですか」

「木下佳枝の死亡で、捜査は厄介な局面を迎えた。普通なら捜査一課長はもちろん、刑事部長も足を運んで発破をかけていい状況なのに、きょうの捜査会議にはどちらも寄りつこうとさえしない。管理官も署長も厭戦気分丸出しでね」

「やはり木下佳枝の周辺から、捜査本部が動かざるを得ないような事実を見つけ出すしかないですね」

「それについては山谷さんとも話し合ったんだが、DNA型鑑定の結果が出ちまってからじゃもう遅い。その前に、なんとかいい答えを出しておきたいんだよ」

「要するに、滝川と里香子とのあいだにはもともと血の繋がりがなかった。滝川はそれを知っていて、世間には隠していた——。そういう事実ですね」

「そこがきっちり証明できれば、逆に滝川に対する疑惑が濃くなってくる。出来ればDNA型の鑑定結果が出る前になんとかしたい。刑事部長レベルで方針が決まってしまうと、ひっくり返すのは容易じゃないんだ」

「捜査本部をたたむという話ですね」

「そうしたくてうずうずしているのが上の気配でよくわかる。そんな気分が自然に伝わるから、現場もやる気をなくしてる。このままじゃ、わざわざたたまなくても帳場は開店休業になりそうだよ」

富坂は大袈裟に嘆く。そうなると桑崎も切ない。これですべてがうやむやに終わるなら、自分があそこで死体を見つけたことに、なんの意味もなかったことになる。むしろ見つけなかったほうが、桑崎はもちろん県警全体にとっても、無駄な苦労は避けられたわけだった。

「鑑定結果が出るまえに、なんとか段取りをつけたいですね」

「そのためにはもう一つ材料が必要だ。その小屋の主人から耳寄りな話が聞けるといいんだが」

期待を隠さず富坂は言った。

3

翌日、松本の航空隊基地に迎えにきた富坂の覆面パトカーに同乗し、桑崎は北八ヶ岳のあすなろヒュッテに向かった。

この時期の北八ヶ岳ならそれほどの重装備は必要としないが、雪上歩行用のダブルストックと、万一アイスバーンができていた場合の用心に、四本爪の軽アイゼンを貸してやった。いずれも新人の訓練用に隊に備えてあるものだ。

浜村も同行したがったが、本業を手薄には出来ないので、もし自分たちが遭難した場合、頼れるのはおまえだからと、しっかり煽(おだ)てて遠慮願った。

とはいえ天候はきょう一日おおむね晴れるという予想で、ルートもしっかりしているから、超初心者の富坂でもまず遭難する心配はない。

長野自動車道から中央自動車道に入り、諏訪ICで降りて、茅野市内からビーナスラインに入る。北八ヶ岳ロープウェイ山麓駅へは一時間半ほどで着いた。

索道の下に広がるスキー場の営業期間はだいぶ前に終わっているが、標高一七七一メートルの山麓駅から二二三七メートルの山頂駅に達するこのロープウェイは、北八ヶ岳登山の玄関口として年間を通じて多くの登山客で賑わう。しかしこの日はウィークデイのため人の出は少なく、スムーズに乗れた。

上に向かうにつれて広がる窓からの景色は圧巻で、右手に連なるのは主峰赤岳を中心とする南八ヶ岳の勇壮な山並み。そのすぐ横には北岳、仙丈ヶ岳、甲斐駒ヶ岳など南アルプスの巨峰が並び、やや離れて雲海に浮かぶのは中央アルプスや北アルプス――。山嫌いを自認する富坂も、その絶景にはため息を吐く。

「長野ってのは大した県だな。日本を代表する名山が勢揃いってわけだ。こういうところはそうざらにはないんだろう」

「日本アルプスが全部揃っているのは長野県だけですよ。日本の三〇〇〇メートル級の約七割が県内にあります」

「こういうところで生まれ育つと、山なんてあって当たり前で有り難いなんて思ったことがない。灯台もと暗しってやつで、長野の良さは県外から来たあんたたちのほうがずっとわかるんだろうな」

「しかしこうやって眺めると、まんざら捨てたもんでもないでしょう」

「たしかにな。便利な時代になったもんだよ。こんな高いところまで歩かずに登れるんだから」

「あまり便利なのも初心者の遭難の原因になって問題なんですがね。ただ北八ヶ岳は山そのものが穏やかで、冬でも雪崩や滑落事故が起きるような場所が少ないので、我々の出番もそんなに多くはないんです」

「そうなんだろうな。おれでもその小屋まで行けるくらいだから。とにかくよろしく頼むよ。いくら易しくても山には違いない」

富坂はそれでも緊張を隠さない。持って生まれた山アレルギーは半端なものではないようだ。

所要時間約七分で山頂駅に到着した。駅舎を出ると一面の雪景色で、周囲の遊歩道を散策する一般観光客の姿も見える。ここからしばらくはよく踏まれた平坦な道で、アイゼンは不要なので、そのまま歩き始める。

ダブルストックの使い方をコーチしながら十分も進むと、富坂もだいぶ慣れてきた。二十分ほど行ったところからは樹林帯の登り道に変わる。富坂の呼吸は次第に荒くなる。ようやく登り切った鞍部で富坂はその場にへたり込む。

「やっぱりあんたに任せておいたほうがよかったな。これじゃ途中で遭難するかもしれないよ」

泣き言をいう富坂に、桑崎は遠慮なく発破をかけた。

「遭難救助隊員がガイドしてるんだから、こんな安全な登山者はどこにもいませんよ。あとは小屋まで下るだけです。先を急ぎましょう」

富坂は渋々立ち上がる。シラビソやコメツガの森の道は夏や秋には岩や木の根が露出して歩きにくいが、この時期はそれが雪で埋まり、その雪も登山者の足で踏み固められていて、桑崎に言わせれば舗装道路を歩くようなものだ。大きく深呼吸して富坂は言う。

「しかし空気がいい香りだな。なんだか気分が落ち着くよ」

桑崎は頷いた。針葉樹の森の空気は樹木が発散するフィトンチッドを大量に含む。殺菌作用やリラックス効果があるとされ、いわゆる森林浴はそんな空気に身を浸す健康法として注目されてきた。これをきっかけに富坂も、少しは山を好きになってくれればけっこうな話だ。

4

桑崎の足なら四十分もかからない距離だが、富坂の足に合わせたせいで、あすなろヒュッテまでは約一時間半かかった。

ゆうべのうちに連絡をしておいたので、オーナーの川野は時間を空けて待っていてくれた。といっても宿泊客はすべて出発していて、特別やることもない時間だからと、食堂に招き入れて、淹れ立てのコーヒーでもてなしてくれた。

「いや、捜査一課の刑事さんにお目にかかるのは初めてでね。おれなんかが会う警察関係者といえば、桑崎さんみたいな山岳遭難救助隊くらいだから」

「それだけ犯罪も少ないということで、けっこうな話じゃないですか」

富坂は如才なく話を合わせる。

「たまに空き巣が入るけど、犯人はタヌキやイノシシと決まっているからね。でもきょうの用向きは、殺人事件に関係しているそうじゃないの」

「ええ。カクネ里で見つかった、絞殺された死体の件なんですが」

桑崎が切り出すと、川野は声を落として問いかける。

「病院で死んだという、例の女の人が犯人なのか」

「そういうわけではないんです。ただ事件について詳しい事情を知っていたのは間違いない。ところが、ついに意識を取り戻すことなく亡くなってしまいましてね」

「その人が四年前に泊まったときの連れが、カクネ里で死体で見つかった女性かもしれないというわけだ」

由香里からある程度の事情は聞いていたようで、川野は飲み込みが早い。

「この女性なんですがね。見覚えはありませんか」

富坂が大学の卒業アルバムに載っていた滝川里香子の写真の拡大コピーを手渡すと、川野は真剣な顔で見入ってから、確信のある様子で首を横に振る。

「一緒に来たのは、この人じゃないよ」

桑崎は落胆した。傍らで富坂も渋い表情だ。桑崎が無理に誘ったわけではないが、気の進まない山のなかにわざわざ足を運ぶことになったのは桑崎からの情報提供があったからで、その点に関してはあとでたっぷり嫌みを言われそうだ。

「ただこの写真の人は見覚えがある。ちょっと待ってよ」

桑崎は富坂と顔を見合わせた。川野は席を立って食堂に隣接した事務室に向かい、五分ほどで分厚いファイルを持って戻ってきた。

「これが宿泊者名簿だよ。去年の九月に一泊した人だと思うんだけど、台風が接近して山が荒れてね。その日泊まったのは五人だけで、女の人は一人だけだったから覚えているんだよ。そのうえ、たまたまその日がおれの誕生日だったもんだから――」

言いながら川野は名簿を繰って、九月十日のページを開いた。

「この人だよ」

川野が指差したところには、伊藤優子(いとうゆうこ)という名前がある。住所は東京都中野区若宮。年齢の欄は未記入で、電話番号の欄には携帯の番号が書いてある。

「間違いないんですね」

桑崎は問いかけた。自信ありげに川野は頷く。

「こういう商売をやってると、一度泊まったお客さんの顔は大体頭に入っちゃうんだよ。こっちにとっちゃ一人一人が飯の種だからね。お客さんのほうは、みんなおれの顔を覚えて帰る。その人がリピートで来たとき、おれが知らん顔してたんじゃ向こうもがっかりするからね」

「連れはいましたか」

「いや、一人だったね。北八ヶ岳は危ない山じゃないから、女の人の単独行は珍しくないんだよ。ああ、そういえば写真もあったはずだよ」

「写真が？」

「うちみたいな小さい小屋はお客さんとの関係も親密でね、食事のあとも、みんなでコーヒーやら酒やら飲みながらいろいろ話をするんだよ。その晩もいつものようにお客さんと話が盛り上がってね。山小屋の親爺のレパートリーといえば山の獣の話とか怪談話が定番なんだけど、それが案外受けるんだよ。話が盛り上がったところでお客さんの一人が記念写真を撮ろうと言い出して。その女の人は遠慮したんだけど、断り切れずに一枚だけ写真に入ったんだよ。そのお客さんがあとでプリントして送ってくれたんだ」

川野はまた立ち上がって事務室に向かい、今度は一冊のアルバムを持ってきて、テーブルの上で広げて見せた。

「これだよ。右から二人目だ。髪型はちょっと違ってるけど、あんたたちが持ってきた写真と瓜二つだろう」

言われてみればたしかにそうで、小さなほくろの位置まで一致している。桑崎は確認した。

「その人は、木下佳枝さんとはなんの繋がりもなかったんですか」

「そのときたしか言ってたな。三年前の十月に友達がここに泊まって、雰囲気がよかったって聞いたから、自分も来てみたというようなことだった。カクネ里で見つかった死体がその人だということかね」

川野は好奇心を隠さない。富坂が身を乗り出す。

「その可能性が高いんですが、もう一つはっきりしないんですよ。滝川里香子という名前には心当たりはないですか」

　大胆に踏み込んだものだと驚いて顔を覗き込むと、心配するなと言いたげに富坂は軽く頷く。川野は首を捻(ひね)る。

「滝川里香子ねえ。ちょっと記憶にないね。どういう人なの」

「この写真の女性がそうなんですよ」

「だったら、伊藤優子というのは偽名なわけだ」

「おたくの記憶が間違いないなら、そういうことになります」

「いずれにしても、その人はもう死んでるわけだね」

　切ない表情で川野は言う。富坂は首を横に振る。

「いまの話でそこがわからなくなっちまいましてね。カクネ里にあった死体が、そのあと雪崩で流されて、いまも見つかっていないんですよ」

「しかし顔は確認したんでしょ」

「じつはそれができていないんです。もし滝川里香子が伊藤優子の名前を使っていたとしたら、少なくとも去年の九月までは生きていたことになる。ところが滝川里香子は八年前に行方不明になって、去年失踪宣告を受けているんです」

「たしかその死体は、完全凍結してたんじゃないのかね」

「そこなんですよ、困っているのは。それで死亡日時が特定できない」

「だったらその死体は別人で、滝川里香子という人は、伊藤優子という名前でいまも生きているんじゃないのかね」

川野は鋭いことを言う。富坂は微妙に話をぼかす。

「まあ、失踪したのは八年前だとしても、死んだのがいつかは特定できない。去年の九月にこちらに泊まって、そのあと殺された可能性もありますからね」

「そうだとしても、ずいぶん奇妙な事件だね。ニュースでやっていたのは、カクネ里で凍った死体が発見されて、それが他殺の疑いがあるというところまでだった。そのあとはほとんど報道されなくなったから。おととい死んだ木下佳枝という人とは、いったいどういう関係があるの」

「そこは捜査上の機密になってましてね。まあ、いろいろ繋がりがあるということでご勘弁を」

すでにずいぶん捜査上の機密をばらしてしまったが、富坂はとくに気にするふうでもない。

「とりあえず、その携帯番号が通じるかですよ。かけてみたらどうですか」

桑崎は言った。富坂は頷いて、アノラックのポケットから携帯を取り出した。

宿帳に記載された伊藤優子の電話番号をプッシュする。携帯を耳に当て、富坂はすぐに首を横に振る。

「この番号は使われていないそうだ。嘘の番号だったか、あるいは契約が解除されたか。署に帰ったら、この住所に伊藤優子という女性が住んでいるかどうか地元の自治体に当たってはみるが、そっちも外れのような気がするな」

富坂の口振りは悲観的だが、その表情からは手応えを感じている気配が窺える。期待を込めて桑崎は言った。

「それでも大きな収穫ですよ。少なくとも昨年の九月までは里香子が生きていたことがわかったし、失踪して以後はべつの名前で生活していた可能性がある。そこに大きな秘密が隠されているのは間違いないでしょう」

「たしかにな。少なくとも秘密の迷路の入り口くらいは見えた。出口ももうじき見つかりそうな気がするよ」

気力を奮い立たせるように富坂は言った。

5

桑崎が松本の航空隊基地に戻ったのは午後三時少し前だった。

富坂はこれから伊藤優子の身元の確認をすると言って、本部のある大町署に帰っていった。

幸い留守のあいだに山岳遭難の通報は入っていなかった。

桑崎は県警本部に電話を入れた。まず由香里が電話に出て、待ちかねていたように訊いてくる。

「どうでした、川野さんの話？」

「じつは予想もしなかった事実が判明してね――」

滝川里香子と瓜二つの伊藤優子が小屋を訪れていた話を聞かせると、由香里は驚きを隠さない。

「だったら失踪して以来、滝川里香子は伊藤優子の名前で生活していたわけですね」

「そこまでは言い切れないが、去年の九月時点では、その名前を使っていたとは言えそうだ」

「でも、もしその名前で彼女が山歩きしていたら、どこかほかの山小屋の宿帳にも名前が残っている可能性がありますね」

「ああ。ホテルでも旅館でも山小屋でも、宿泊者名簿は三年間保存することになっているからな」

「試しに訊いてみたらどうですか。県内の山小屋だったら大体連絡がつくから、私が引き受けてもいいですよ。捜査本部からの問い合わせだと、なにかと注目されちゃいますから」

「それはいいアイデアだ。ついでに滝川里香子の名前でも調べてくれないか」

「いいんですか、大っぴらにそっちの名前を出しちゃって？」

「川野さんだって、滝川修三との関係にとくに気がついたふうでもなかったよ」

「だったら両方の名前で問い合わせてみます。小屋が休業中でも、オーナーは里にいますから、そう時間はかかりません」

「よろしく頼むよ。ああ、それから副隊長に繋いでくれないかな」

「例の捜索プランの催促ですね。いま呼び出します」

そう応じるといったん保留に切り替わり、すぐに八木が電話口に出た。

「捜索プランなら、ついさっき捜査本部の富坂警部補宛にファックスしておいたよ。なんとか予算を切り詰めて、機動隊にも人員の派遣は打診しておいた。問題なく実現できるプランのはずだ。もっとも先方にやる気があればだけどな」

「そのやる気にも関わってくる話なんですが――」

由香里に話したのと同じ内容を語って聞かせると、八木も驚きの声を上げた。

「そいつは思いがけない情報が出てきたな。しかし、かえって面倒なことになるかもしれんぞ」

「というと？」

「誰かの戸籍を乗っ取って、その人物になりすますことだってできるだろう」

八木は穏やかではないことを口にする。桑崎は問い返した。

「そんなことが、現実にあるんですか」

「世間には戸籍屋という商売もあるくらいだ。買う人間がいれば売る人間もいる。さらに言えば、売買というかたちだけじゃない。人知れず死んだ人間の戸籍を乗っ取って、その人物になりすますケースだってある」

「まさか、そんなことが——」

「ないとは限らないだろう。滝川はその事実を知っていてDNA型鑑定に応じた——。そう考えると辻褄が合うんじゃないのか」

八木の考えは意味深長だ。桑崎は慄きとともに問い返した。

「カクネ里の死体が、ひょっとして伊藤優子本人だということもあり得ると？」

「あくまで憶測だがな。おれも犯罪捜査に関しちゃ素人だから、ついつい想像を逞しくしてしまう」

八木は笑って応じたが、そんな話を聞いてしまえば、桑崎としてはあながち冗談だとも言えなくなる。

「どうも、思っていた以上に複雑な事件なのかもしれませんね」

切ないものを感じながら桑崎は言った。

6

夕方五時を過ぎたころに、富坂から電話が入った。

「あれからすぐ東京の中野区役所に問い合わせてみたんだよ。伊藤優子という女性は、宿泊者名簿に記載されていた住所で住民登録されていたらしい。ただし今年の一月までなんだが――」

「その後、どこかに転出したということですか」

「そうじゃなくて職権消除されたんだよ。住民登録された場所に居住の実態が認められないと判断された場合、役所の職権で住民登録を抹消できる制度だ」

「今年の一月までは、間違いなくそこにいたんですね」

「それはわからない。例えば借家やアパートだったら、大家から行方がわからず連絡も取れないと通報されたような場合、市役所や区役所の担当者が実地を調査して手続きをとる。だからいつからいないかは判断できない。一年以上気づかずに放置されているケースも珍しくないんだよ」

「死亡したということは？」

「本籍地が埼玉県の川越(かわごえ)市で、その戸籍も調べてもらったんだが、伊藤優子という人は戸籍上は存命だった。つまり現在は住所不定ということになる」

「だとすると、本当に生きているかどうかはわかりませんね」

八木が口にした話を思い浮かべ、不穏なものを感じながら桑崎は問いかけた。富坂もそれを否定しない。

「そういうことだな。死んでいたとしても、誰も死亡届を出さなければ、戸籍上は生きていることになる」

「親族は？」

「両親は亡くなっていて、きょうだいはいない。本人は結婚しておらず、戸籍筆頭者は死んだ父親になっている。年齢は滝川里香子より一つ上だ」

「天涯孤独ですね」

「そうなんだよ。いちばん戸籍を盗まれやすいタイプとも言えるな」

富坂も八木と似たようなことを考えているようだ。桑崎は言った。

「つまり、滝川里香子が伊藤優子の戸籍を乗っ取っている可能性があると？」

「そう考えたくもなるな。きょう北八ヶ岳の山小屋で見せてもらった写真は、どう見ても里香子と瓜二つだった。もちろん世間によく似た人間はいるから、一〇〇パーセント断定できるわけじゃないが」

富坂は慎重に応じるが、必ずしも否定はしない。桑崎は敢えて言ってみた。

「カクネ里の死体はじつは伊藤優子で、滝川里香子は、彼女になりすましていまも生きているということも考えられますね」

「ああ。おれもそれは考えたよ。理屈としては十分あり得ることだから。もしDNA型鑑定の結果が予想どおり空振りだったら、そっちの可能性も考慮する必要が出てくる。そうなると、謎は解明されるどころか、ますます深まることになるな」

富坂は、電話の向こうでため息を吐く。桑崎は訊いた。

「木下佳枝の遺品は、もう調べたんですか」

「ついさっき、名古屋へ出かけた捜査員が預かってきた。アルバムには山で里香子と一緒に写っている写真が何枚もあった。ただし日付がどれも八年以上前なんだ」

「里香子が失踪して以後のものがないんですね」

「手紙の類いもあるにはあったが、里香子からのものは見つからなかった。なにかあるとしたらパソコンのなかじゃないのか。二人ともコンピュータ関係が専門だから、連絡は電子メールが主体だったかもしれないし、写真にしても、いまはデジカメの時代だから、画像はパソコンにストックしていた可能性がある」

「パスワードは解けたんですか」

「捜査本部にはそっちの専門家がいないんで、あす科捜研に預けて、いろいろ試してもらおうと思っているんだが」

「うまく行きそうですか」

「普通ならハードディスクを取り出して、それをべつのパソコンに繋いで読み込めば問題ないんだが、きのうも言ったように、ハードディスクにパスワードが設定されていると厄介だそうだ」

「不可能というわけではないんですね」

「科捜研で無理な場合は、専門の業者に依頼することになるそうだ。その場合、金もかかるし時間もかかる」

「かける価値はあるでしょう」

背中を押すように言ってやると、渋い調子で富坂は言う。

「そのくらいはやらせないとな。それより問題は死体の捜索だよ」

「うちの副隊長がプランをファックスで送ったはずですが」

「ああ。よく出来ているし、予算を抑えてくれたのもわかるんだが、それでも上がうんと言うかどうか」

「その後、なにか状況に変化があったんですか」

「どうも滝川が、本気で捜査を潰しにかかっているらしい」

「というと？」

苦々しい口調で富坂は言った。

「きのうの夕方、県警本部長のところへ乗り込んでいったそうだ。どういう話をしたのかはまだこちらには漏れてこないが、なにか画策しているのは間違いない」

第十章

1

滝川修三とカクネ里の死体の腕とのＤＮＡ型鑑定の結果は、悪い想像どおり、まったく血縁関係はないとの判定だった。

富坂が鑑定の結果を報告すると、管理官は死体の再捜索は当面不要だと言い出したらしい。

だからといって死体が滝川の戸籍上の実子である滝川里香子ではないとの証明には

ならない。桑崎や富坂はそう考えているが、それを証拠立てる材料は持ち合わせていないし、大町署の捜査本部内では、もちろん少数意見に過ぎない。

しかし県警の上層部に滝川が働きかけているという話は本当だったようで、管理官は、被疑者が全員死亡したうえ死体の身元も特定できない以上、被疑者不詳、身元不詳の死体損壊・遺棄事件として書類送検して捜査を打ち切る腹づもりらしい。

八木が苦心して作成した捜索プランでも、通常の殺人捜査では想定されない経費がかかる。予算の乏しい地方の警察本部にとって痛いのはわかる。しかし警察は損得勘定でやる商売ではない。ところが管理官は上層部からのお達しだというニュアンスをしきりに匂わせて、捜査本部の大勢もそれに同調する気配だという。

富坂と山谷は捜査の継続を強く主張した。もちろん死体捜索の早期実施も要求したが、上層部の決裁が下りなければ予算が手当てできないと、管理官は渋る一方だ。

DNA型鑑定の結果がそのように出た以上、死体が出ても誰かは特定できず、迷宮入りになる公算が高い。そんな捜査のために法外な経費は使えない——。その理屈は一見筋が通って聞こえる。しかし何者かによって殺人が行われたのは間違いなく、多くの状況証拠によって、そこに滝川修三、もしくはその甥の原口豊の関与が疑われる。

富坂も山谷も思い込み捜査で冤罪をつくるのは本意ではないが、そこに強い手応えを感じていることはいまも変わりない。それは桑崎にしても同様だ。ここで捜査を終了するのではあまりに空しい。

夕刻、愚痴を聞いて欲しいと松本にやってきた富坂と、桑崎は駅前で落ち合った。もちろん浜村も同行した。

「鑑定の結果が出た以上、もう二度と滝川の周辺には近づくなと管理官から厳命されたよ。せっかくここまで追い込んだのに、このまま帳場が解散じゃ、すべて無駄手間になっちまう――」

とりあえずのビールで乾杯をしたあと、富坂は気合いの入らない調子で切り出した。

「あすなろヒュッテのオーナーから仕入れた話にしても、興味を持ったのは山谷さんくらいでね。管理官にしてもうちの係長にしても、余計な話をほじくり出すなとばかりの態度で、まともに耳を貸そうとしない」

「どうするんですか、これから?」

桑崎は訊いた。無駄手間になるという点はもちろんだが、そもそも事件の端緒を摑んだ者としてやりきれない。彼女を殺した人間が、警察の不作為によってのうのうと生きながらえるようなことになれば、自らも一生負債を抱えて生きることになる。

生きた人間を救うのが桑崎の本業だが、殺人事件を扱う刑事はホトケに情が移るという話をよく聞く。どんな事情があったにせよ、幸福な死であったはずがない。しょせんは他人事とどうしても割り切れない。苦い思いを吐き出すように富坂は言う。

「最終的には一課長の判断待ちだが、本部長あたりから天の声が舞い降りたとしたら、答えは決まっているようなもんだ。帳場はそのうちたたむことになるだろう。これから選挙に向けて滝川は地盤固めに入る。その最中に、どんなかたちであれ、殺人事件との関係で自分の名前が出るのは嫌う。その意向を上の連中はしっかり受け止めているんだろう」

「しかし、いま捜索ができないとなると、人相がわかる状態で死体を発見できません。これではすべてが闇の向こうに消えかねませんよ」

桑崎が無念さを滲ませると、富坂は軽く首を横に振る。

「じつはおれもそう思ってたんだよ。ところが科捜研に訊いたら、スーパーインポーズ法というのがあって、生前の写真を頭蓋骨と照合して、同一人物かどうか鑑定できるそうなんだ」

「スーパーインポーズ法ですか」

言われてみれば、警察学校で聞いたことがある。たしか生前の写真と頭蓋骨の写真をコンピュータ上で重ね合わせて骨格の特徴を比較する方法だ。

「ああ。最近は頭蓋骨を三次元で撮影する3Dスーパーインポーズ法というのがあって、精度はかなり向上しているそうだ。もちろん生前の写真の良し悪しにもよるから、DNA型や指紋のような絶対的な証拠能力はないが」

「それで死体が滝川里香子の可能性が高いと判断されれば、もういちど滝川を追及するチャンスが出てきますね」

期待を込めて桑崎が言うと、やや心許なげに富坂は応じる。

「可能性が高いといっても、滝川に否定されたらそれ以上突っ込みようがない。里香子とのあいだにもともと血の繋がりがなかったことを証明できない限りはな。ただし逆の場合はかなり確実な答えが出せる」

「死体が里香子ではない場合ですね」

「そのとおり。違うと証明するのは、同じだと証明するよりずっと簡単だ」

「もし違うとしたら、捜査の方向が大きく変わってくる。里香子は生きているのかもしれないし――」

「死体は伊藤優子なのかもしれない。いずれにしても、あの死体と滝川が無関係だとは思えない」

富坂は確信している口振りだ。桑崎は問いかけた。

「木下佳枝のハードディスクの解析はまだ時間がかかりそうですか」

「早くて二、三週間だそうだ。そのあいだに伊藤優子の足どりも探りたいんだが、帳場をたたまれちまうと、そっちも思うようには動けないいな」

「そのときはどうするんですか」

「おれと山谷さんで継続捜査をするつもりだよ。もちろん、あんたたちにも手伝ってもらいながら」

富坂は勝手に決めてかかる。浜村も勢い込んで頷く。

「五月になれば、県内の山小屋があちこち営業を始めます。その時期に合わせて我々も巡回パトロールをすることになりますので、いろいろ聞き込みができると思います」

「伊藤優子の足どりを追う場合、そっちのルートからも手掛かりが得られるかもしれないからな」

期待を滲ませる富坂に、桑崎は問いかけた。

「継続捜査となると人員が限られるでしょう。そちらは大丈夫なんですか」

「心配することはないよ。おれの下にも動かせる人員は二、三人いるし、山谷さんもそのくらいの手駒はもっている。そもそもうちあたりは、東京みたいな大都市と違って殺人のような凶悪事件が少ないから、意外に人員には余力があるんだよ」

「でも捜査本部級の人海戦術はとれないでしょう」

「捜査本部と言ったって、しょせんはその場しのぎの寄せ集め部隊で、半分以上が地域課や交通課から動員された素人捜査員だよ。むしろ管理官やら一課長やら、上の人間にいちいちお伺いを立てずに動けるだけ、捜査の効率はいいくらいだよ」

富坂は開き直ったような口振りだ。捜査本部の解散で、彼も山谷も撤退というわけではなさそうだ。その点はいくらか期待が持てる。

2

翌日から山は荒れ始めた。

三月下旬から四月上旬は県内で山岳遭難が頻発する。寒さが緩んで晴天日数も増えるため、雪山初心者が入山するケースが多くなるからだ。桑崎たちが常駐している松本の県警航空隊基地では、早朝から特別警戒に入り、救難要請に即応できる態勢を整えているが、実際問題として、天候不良の際はヘリが使いにくい。

いまのヘリコプターは台風並みの強風でも飛べるだけの性能はあるが、もし飛んだとしても、現場で安全に救難活動ができる保証はない。遭難者を収容したヘリが山に激突したりすれば、なんのための救難活動かわからなくなる。

五月に入れば雪は締まって落ち着くうえに、山小屋の多くが営業を始めるから、登山路も整備され安全度は格段に高くなる。ゴールデンウィーク中の遭難者は少なくないが、それは訪れる人の数が桁違いに多いせいなのだ。

基地に救難要請の連絡が入ったのは午後三時を過ぎた頃だった。場所は唐松岳から難所で名高い不帰嶮に続く稜線の北東面。唐松沢に落ち込む岩場の上部の急峻な雪壁で、稜線の縦走中に視界不良でルートを誤り、そこを三〇メートルほど滑落したらしい。さらに落ちれば唐松沢まで岩場を一直線に墜落しかねない場所で、そこで停まったのが不幸中の幸いだった。

落ちたのは二人パーティーの一人で、無事だった長岡という人物が怪我をした高木というパートナーに付き添っているが、高木は右足大腿部を骨折した模様で、自力での現場からの退避は難しく、二人でツエルトを被って救難を待っているという。

幸い頭部その他に損傷はなさそうだが、痛みが相当激しいようで、ときおり意識が薄れるほどの状態らしい。桑崎が携帯で直接連絡をとり、登山用のストックを添え木代わりにして骨折箇所に当てるよう指導したが、すでに太腿全体が腫れてきているという。

腫れがひどくなればその部位の内圧が亢進し、長時間放置すると筋肉組織が壊死する場合がある。生命に別状がないとはいえ急を要するのは間違いないが、問題はヘリが使える状況かどうかだ。

ベテラン機長の山上警部補に訊くと、風に関しては飛んで飛べないことはないが、現場付近はガスと吹雪で視界が極端に悪いはずで、場所が不帰嶮付近の急斜面となると、さすがにいまは無理だとのことだった。

気象台に問い合わせると、夕刻には気圧の谷が通り過ぎるが、山が晴れ出すのは夜に入ってからだという。

ヘリは夜間でも飛行できないわけではないが、それはちゃんとした離着陸施設がある場合で、いま遭難者がいるような場所では地面との距離が視認できず、極めてリスクが大きいというのが山上の説明だった。そんな事情を連絡すると、長岡は強い調子で反論した。

「嘘でしょう。夜でも飛べるじゃないですか。僕は三月の中旬に大遠見山の付近でビバークしたんですけど、そのとき県警のヘリが夜中に飛んできて、遭難者を救出して飛び去るのを見かけてますよ」

「どこかの山小屋へ？」

「違います。鹿島槍（かしまやり）の北側にある大きな雪渓の末端近くです」

カクネ里のことを言っているようだ。桑崎は怪訝な思いで問い返した。

「本当に県警のヘリだったんですか」

その時期に、鹿島槍周辺に県警ヘリが出動したという記録はない。長岡はトーンダウンする。

「暗かったからマークとかは見えませんでしたけど、夜中にあんなところに飛んでくるのは、山岳遭難救助隊しかいないと思ったんです」

「夜中というと何時くらいですか」

「午前一時を過ぎた頃だと思います。県警のヘリじゃなかったんですか」

「日にちはいつですか」

「正確には覚えていないんですが、三月の中旬なのは間違いありません」

「その時期の夜中に、県警のヘリは一度も飛んでいません。誰かを救出して飛び去ったのは間違いないんですね」

　確認すると、長岡の返事はさらに曖昧になった。

「あの──、そう思ったんです。雪渓のすぐ上でしばらくホバリングして、すぐに飛び去ったんで、だれかを救出していたんだと──。違うんですか」

「違います。どこのヘリで、なんの用事があって飛んだのかは知りませんが」

「でも、夜でも飛べるのは確かなんでしょう。お願いします。痛みが本当にひどいようなんです」

　こんどは哀願するように長岡が言う。なんとかしたいのは山々だが、ここで安易に応じることがいい結果に結びつくとは限らない。山岳救難に関しては、国内のヘリパイロットのなかでも指折りの山上が二の足を踏むくらいだ。最悪の場合、遭難者もろとも墜落という運命も避けられない。

「飛ぶか飛ばないかを含めて、我々は最善の対策を考えます。ただご理解頂きたいのは、不帰嶮のあたりとなると、日中でもヘリで接近するのは容易じゃないんです」

強い調子で桑崎は応じた。長岡は心細そうに訴える。

「あすの朝まで待てと言うんですか。手遅れになると高木は足を失うかもしれない。寒さも厳しいんです。体力的にも保(も)つかどうか」

「食料や燃料はありますか」

「それは大丈夫です。でも、お湯が沸かせるような安定した場所じゃないんです。雪にピッケルを刺して辛うじて体を支えている状態です」

「稜線まで登り返すのは無理なんですね」

「高木はちょっと体を動かしただけで気絶しかけるくらいです。とても無理です。なんとかお願いします」

「わかりました。状況の推移を見ながら、こちらもさらに検討します。いずれにしても、ここはお二人の頑張りがいちばん重要です。必ず救出しますから、いまは気持ちを強く持ってください」

そう応じて通話を終えた。これ以上やりとりを続けても始まらないし、貴重な携帯のバッテリーを消耗するだけだ。助けてやるのだから贅沢(ぜいたく)は言うなと注文をつけるわけではないが、逆に相手の注文ばかり聞いていたら、救える命も救えなくなるうえに、こちらの命まで危うくなる。

傍らでスピーカーフォンの音声を聞いていた山上が言う。

「きょうは満月に近いから、風が収まって月が出ていれば、暗視ゴーグルを駆使してなんとかやれなくはない。ただし山の北側に月の光が射すのはたぶん午前零時を過ぎるころだから、それまでは待ってもらわないと」

「大丈夫ですか。そこまで無理をしなくても、とりあえず命の危険はないと思いますが」

「足を無くすようなことになっても困る。できるかどうか一〇〇パーセントの確信はないが、飛んでみる価値はあるんじゃないのか。難しければ引き返したらいい。もちろんあんたが同乗してくれればの話だが」

山上がそう言うのなら、桑崎も異存はない。

「それならもちろん同乗します。ただ航空隊長がOKを出すかどうか」

「おれのほうで話をしておくよ。隊長も昔は第一線のパイロットだったから、いまでも血気盛んなところがあるんだよ。リスクをとるのが嫌なら遊覧飛行のパイロットにでも転向しろと、いつも発破をかけられているくらいだから」

「そうですね。我々も同じです。危険は承知で選んだ仕事ですから、ときには賭けに出る必要もあるでしょう」

「僕も同乗します。夜間の救難は初体験ですから、いい勉強になりますので」

浜村もここぞと勢い込む。最近の彼の仕事ぶりには満足しているようで、山上は鷹揚（おうよう）に頷いて続けた。

「しかし、夜中にカクネ里に飛んできたヘリの話、気になるな」

「ええ。私もなんです。県警のヘリじゃないのは間違いないし、県の防災ヘリがそんな時間に飛ぶ理由もない。民間のヘリだとすると、いったいなんの目的でそういう場所に行ったのか――」

「ひょっとして、例の死体と関係あるんじゃないのか」

山上は声を落とす。そう考えれば疑問の一つが解消する。大谷原から天狗（てんぐ）尾根を越えて凍った死体をカクネ里に運ぶという芸当が、果たして原口たちに可能だったかという点が、解けない謎の一つだった。ヘリで運び込んだとすれば、その点はあっさり納得できる。

「僕の想像どおりだったかもしれませんね。どこのヘリなのか、急いで調べるべきですよ」

このまえは富坂にあっさり却下されたが、ようやく面目が保てたというように浜村が身を乗り出す。山上は不安げに言う。

「航空管制当局に飛行計画が提出されていれば調べることは可能だが、ヘリの場合はどこへでも着陸できるという特性があるから、飛行経路を完全に捕捉するのは難しい。

犯罪に関わるような目的でカクネ里に飛んだとしたら、そんなことをわざわざ当局に申告したりはしないだろうから」

「つまり出発地点と到着地点は把握できても、途中でどこに立ち寄ったかはわからないということですね」

「固定翼機なら、ちゃんとした飛行場以外には着陸できないから、それが予定外の場所でも記録は残るがね」

「とりあえずその時期の該当する時刻にカクネ里の近くを飛行した可能性のあるものを洗い出せば、どこのヘリか特定できるんじゃないですか」

「ただし遊覧飛行や空からの取材が目的だったら、出発地と到着地は同じになる。それを装って東京とカクネ里のあいだを往復しても、当局は実際の飛行経路を知ることはできないんだよ」

山上は悲観的だ。桑崎は確認した。

「ヘリで東京とカクネ里を往復することは可能ですか」

「東京からなら、せいぜい片道二〇〇キロ。往復でも四〇〇キロだから、十分可能だね。例えばうちのヘリの航続距離は八〇〇キロはある」

「とりあえずその時期に夜間飛行をしたヘリを総当たりしてみる価値はあるでしょう。そのなかから、不審な飛行をしたものが見つかるかもしれませんので」

勢い込んで桑崎は言った。

3

夕刻に向かい、窓の外の風雨はいよいよ強まっていった。嵐はこれからピークを迎えるだろう。

直近の長岡との電話では、山中はひどく吹雪いているようだった。しかしすでに腹を括っている様子で、ついいましがた二人が辛うじて入れる雪洞を掘り、ツエルトを被ってそこに待避しているから、寒さはさほどではないとのことだった。

高木の足の腫れはいまも引かないが、痛みのほうは収まってきたようで、なんとか雪を融かしてお湯を沸かし、スープと紅茶で体を温めたという。

例のヘリの件について桑崎が突っ込んで質問したのを気にしていたようで、登山中の印象的な出来事をメモする習慣があるという長岡は、スマホに残っていた記録を確認してみたらしい。

大遠見山付近にテントを設営したのが三月十五日の午後四時二十分で、ヘリが飛来したのはその夜の午前一時二十五分。県警のヘリがその時間に飛んでいないのは言うまでもない。

違法な飛行の可能性があるから調べてみると応じて礼を言うと、嘘を吐いたわけではないとこちらが納得したと思ってか、安心したように長岡は言った。

「ご迷惑をおかけしているのは承知していますが、なんとか高木を救ってください。お願いします」

さきほどよりはだいぶ落ち着いた様子で、これなら無事に生還させられそうだと、安堵を覚えながら桑崎は応じた。

「もちろん全力を尽くします。いまが嵐のピークです。それが過ぎれば見通しはつきます。気持ちを強く持ってください」

そう言って通話を終えると、長岡が言った日時をメモしていた山上が立ち上がった。

「捜査本部じゃ勝手がわからないだろうから、おれのほうで調べてみるよ。ここの空港の管制官には仲のいいのが大勢いるから」

山上は自分のデスクに戻り、さっそく管制に電話を入れる。それを横目で見ながら、桑崎は富坂の携帯を呼び出した。

「おう、なんだか大荒れだな。そっちは忙しいんだろう」

意気の上がらない声で富坂は応じたが、カクネ里のヘリの件を伝えると、とたんに声のトーンが上がる。

「そいつはたまげた情報だな。事件に関係あるとみて間違いないな」

「そうだと思います。いまこちらで目撃された時間帯のヘリの飛行記録を調べています。データが出たらそちらに送ります。運航会社や機体の所有者を虱潰し（しらみつぶし）に当たっていけば、思いがけない大魚が釣れそうじゃないですか」

「ヘリが来たのが三月十六日の午前一時半ごろなら、時間的にも原口たちの行動とマッチするな」

「そうなんです。我々が彼らのものと見られるテントを見かけたのが十六日の日中。死体を発見したのが十七日の午後ですから、死体がそのヘリで運ばれたと考えれば、条件はぴたりと合います」

「問題は死体がどうして凍っていたかだよ。カクネ里に遺棄されて、冬の寒さで凍結したという線はこれで消えそうだな」

「どこで死体が凍ったのか、なぜ凍らせたのかという疑問が出てきますね」

「ああ。それはそれで厄介な話だが、そのヘリを運航した当事者をとっ捕まえれば、自ず（おの）と答えは出るだろう」

希望を掻（か）き立てるように富坂は言う。桑崎は問いかけた。

「そちらのほうで、なにか新しい動きはありましたか」

「ないことはないが、ろくでもない話ばかりだよ」

「というと？」

「上はいよいよ本気で帳場をたたみにかかっているようだ。ついさっき、管理官と係長が一課長からの呼び出しを受けて、この嵐のなかを県警本部へ飛んでいった」

「なにやら動きが急ですね」

「直接現場の指揮をとる立場ではないとはいえ、一課長は大町署長と並んで捜査本部の副本部長だ。現場に活を入れるんなら自らお出ましになるのが筋なんだが、ここんとこさっぱり姿を見かけない。いよいよ逃げを打ってるんじゃないかと山谷さんは見てるんだよ」

「刑事部長も出席しての頂上会議といった気配ですね」

「ああ。帳場の開設も解散も刑事部長の腹一つだからな。現場の捜査員はもう完全に浮き足立っている。昔からのしきたりとは言え、所轄の講堂で寝泊まりするなんて生活が楽しいわけがない。厭戦気分になるのもわからなくはないんだが」

　その点については、すでに富坂は腹を括っている様子だ。桑崎は確認した。

「じゃあ、ヘリの件については上には報告しないんですね」

「そのほうがいい。それが滝川と繋がっている話だくらい連中の頭でもわかるから、言ったらかさにかかって潰してくる。一気呵成（いっきかせい）にとは行かなくなるが、山谷さんは執念深い。おれもその薫陶を受けているから、執念深さじゃ引けをとらない」

　きっぱりとした口調で富坂は言う。桑崎が死体を発見した当初、面倒なものを見つけてくれたとばかりにけんもほろろな対応だった富坂が、まさにホトケに情が移りでもしたように、いまでは刑事魂の権化といった様相だ。

「わかりました。ヘリ関係のデータは富坂さんのアドレスへ直接メールで送るようにします。ファックスじゃ人目に付くかもしれませんので」

「ああ、そうしてくれ。名刺に書いておいた個人アドレスへ頼む。おれもこれから忙しくなるよ。人手が足りないぶん時間がかかるかもしれないが、おれの認識じゃ、もう滝川は網にかかったも同然だ。それもあんたたちの助けがあっての話で、捜査一課の一員としては頭が上がらない。しかしおれをここまで巻き込んだのはあんたなんだから、悪く思わず、もうしばらく付き合ってくれよ」

富坂は気味が悪いほど謙虚な口を利く。こちらは運良く手に入れた情報を提供しただけで、滝川をここまで追い込んだのは富坂の手柄だ。いまは追い込みすぎて逆襲に出られたかたちだが、追及する材料はこれからまだまだ出てくるだろう。

「遠慮しないでください。どうせ乗りかかった船ですから」

「そう言ってもらえると嬉しいよ。どうだ。捜査一課に転職する気はないか。おれが見るところ、あんたなかなか刑事の素質があるぞ」

以前も出た話を富坂は蒸し返す。受け流すように桑崎は応じた。

「富坂さんこそ北八ヶ岳じゃいい歩きっぷりでしたよ。私が見るところ山男の素質があります。山岳遭難救助隊にスカウトしたいくらいです」

「冗談じゃない。それじゃ命がいくらあっても足りないよ。ただね――」

　おずおずした口調で富坂は続ける。

「山に登るってのは、けっこう気持ちのいいもんだなとあのとき思ってね」

「嬉しいですね。だとしたらガイドした甲斐がありましたよ」

「県内でいちばん高い山はどこなんだ」

　富坂は唐突に訊いてくる。長野の生まれで県内の最高峰を知らないというのは他県から来た人間には理解しがたいところだが、じつはこちらで暮らすようになって、そういう人が珍しくないことを知った。

「奥穂高岳ですね。標高三一九〇メートルで、日本で第三位の山です」

「おれでも登れるか」

「ちょっとトレーニングすればなんとか」

「そうか。じゃあ、この仕事が終わったら一度付き合ってくれよ。途中までロープウェイで行けるんだろう」

「いや、麓の上高地から登ります。一泊か二泊は必要です」

「そうなのか。それじゃやっぱり遠慮するよ」

　退路を断つように桑崎は言った。

「心配ないですよ。私と浜村がしっかりガイドしますから。無理だと言うんなら担ぎ上げます。長野県警の刑事なら、これからは登山も必修科目にしてもらわないと」

4

夜に入って天候は回復した。

月が中天に昇った午前零時過ぎに、桑崎たちは松本空港のヘリポートを飛び立って唐松岳に向かった。

遭難者がいるのは唐松岳と不帰(かえらず)Ⅲ峰の鞍部から信州側に三〇メートルほど下ったところで、唐松沢方向から接近すると、長岡が振るLEDライトが視認できた。満月に近い月がほぼ真上に昇って、不帰嶮北東面の急峻な岩場のディテールが浮かび上がる。一帯は鹿島槍ヶ岳周辺の壁とともに、後立山(うしろたてやま)連峰では数少ない氷雪登攀(とうはん)のゲレンデとしてマニアのあいだでは注目されている。そんな急峻な壁のわずか上の斜面で止まった彼らの幸運を、桑崎たちも無にはしたくない。

月の光に加えて暗視ゴーグルの効果もあり、視界は日中とさほど変わりない。山上は危なげのない操縦で遭難者のいる場所に接近した。

桑崎が下降し、浜村が機上でホイストを操作する。山上とは二人とも息が合い、桑崎は遭難者が待避していた雪洞のすぐ横に正確に着地した。足を骨折した高木をまず機内に収容し、続いて無事だった長岡も同乗させて、十分後には松本空港に帰還した。

　空港には救急車が待機していて、そのまま市内の救急病院に搬送された。そのあと長岡から連絡が入った。医師の話では、高木の足はかなり厳しい状態だったが、ぎりぎりのところで切断は回避できたという。

　桑崎たちにすれば当たり前のことをしただけだが、長岡はきのうの喧嘩腰の態度とは打って変わって、思いのこもった感謝の言葉を口にした。

　山上が問い合わせてくれていた関東甲信越一帯のヘリの運航記録はきのうの夕方にすでに出ていて、桑崎はそれをメールで富坂に送っておいた。

　機種から飛行時刻、目的地、運航者、パイロットの名前まで、思った以上に詳細なデータで、富坂はさっそくそれを分析し、不審な運航者を絞り込んで、そちらに捜査の手を伸ばすという。

　問題は、捜査本部をたたむ話がますます現実味を帯びてきたことだった。カクネ里の死体捜索は、刑事部長の判断でけっきょく却下されたらしい。

「捜査本部解散のお触れがあすにでも出そうだな。なんにしてもDNA型鑑定の結果が痛かったよ。上の連中にしてみれば、迷宮入りのお墨付きみたいなもんでね。科学捜査が大事なのはわかるが、その事実一つだけでそれまで積み上げてきた材料がすべて無視されるんじゃ、刑事なんていなくてもいいことになる」

富坂は嘆いたが、それ自体はすでに予想されていたことで、さほど落胆しているふうでもない。山谷と組んだ継続捜査で一打逆転の証拠を摑めば、帳場の再立ち上げもあり得ると、見通しは意外に楽観的だった。

5

装備の片づけや機材のチェックを終え、一区切りついたときは午前三時だった。待機宿舎に帰るのも中途半端なので、浜村とともに航空隊事務所の仮眠室で一眠りすることにした。

思いのほか疲れていたのか、そのままぐっすり眠り込み、枕元の携帯の音で叩き起こされたのが朝の九時前だった。

「困ったことになった。滝川が失踪したらしい」

電話を寄越したのは富坂だった。起き抜けの頭に突然飛び込んだ想定外の話に、とっさに対応できない。

「失踪って、つまりどういうことですか」

「おとといの晩からいないんだそうだ。けさになって家政婦が警察に連絡してきた」

「なぜ一日放っておいたんですか」

「大の大人だからな。迷子や誘拐ということはないだろうと思って、東京のＴＡＫパートナーズや知人関係に当たっていたと言うんだよ」

「一人でいなくなるようなことが、これまでもあったんですか」

「いや、近場に出向くときはもちろん、東京のオフィスへ出かけるときも車で移動するそうだ。そのためにわざわざ運転手を雇っているわけだから」

「その運転手も、行方を知らないんですね」

「だから不自然なんだそうだ。滝川は運転免許を持っていない。二十年ほど前に人身事故を起こして、以来更新せず失効したままらしい」

「電話連絡もないんですか」

「本人の携帯を呼び出しても応答がないそうだ。電源を切っているのか、バッテリーが切れているのか、電波が届かない場所にいるのか」

　桑崎も不穏なものを感じだした。

「失踪する直前に、変わった様子はなかったんですか」

　富坂も困惑を露(あら)わにする。

「その日は与党の県連本部に出向いたり、地元選出の国会議員の事務所を訪れたり、来たる参院選に向けて精力的に動いていたらしい。帰ってきたのが夜十時過ぎで、あすも早いからとすぐに就寝したんだが、朝になっても起きてこないので、寝室を覗いたらもぬけの殻だった。邸内のどこを探してもいなかった」

「置き手紙のようなものは？」

「なにもない。寝室も書斎も普段のままで、荒らされた様子もなかったらしい」

「事件に巻き込まれた可能性は低いということですね」

「何者かに拉致されたとは考えにくいと捜査員たちは見ているようだ。邸内には厳重なセキュリティシステムが張り巡らされていて、不審な侵入者がいればアラームが鳴るし、リアルタイムで警備会社にも通報が行くというからな」

「だとしたら、自分の意思で家を出たことになりますね」

「まさか、おれたちの捜査に恐れをなして、行方をくらましたわけではないだろうがな」

冗談めかして富坂は言うが、声はほとんど笑っていない。桑崎としてもそれは考えにくい。

「捜査本部潰しにほぼ成功していたわけですからね。むしろ強気になっていいときでしょう。本部としてはどう対応するんですか」

「まだ情報が入ったばかりで、上の連中も模様眺めしているところだ。自宅が大町市内だから、まずは大町署が動くことになるが、おれたちが扱っている事案とリンクさせる考えはいまのところないようだ」

「そっちに人手をとられて、ますます捜査本部の解散が早まりそうですね」

「上の連中にとっても困った事態だろうよ。滝川に胡麻をすって、選挙に当選した暁には論功行賞をと期待していたんだろうが、その当人がいなくなっては、せっかくすった胡麻も無駄になるからな」

「こちらにしてもそうですよ。捜査のターゲットが消えてしまっては、富坂さんたちも先の見通しが立たないでしょう」

「最終的には滝川を検挙しないと、真実は闇に消えたままで終わるからな。事件にどう関わったかはまだ明らかじゃないが、重要な役割を果たしたのは間違いない。原口を含め、ほかの被疑者がみんな死んでしまった以上、事件解明の最後の切り札が滝川だった」

富坂は口惜しさを露わにする。桑崎は訊いた。

「いっそ富坂さんたちが滝川の捜索に乗り出したらどうですか。そっちから新しい事実が出てくるかもしれないし、本人の身柄を確保すれば、別の角度から事情聴取もできるでしょう」

「上がどう考えているのかはっきりしないんだよ。本人の意思で姿を隠した可能性もあるから、まだ明確な事件性が認められた段階じゃないからな。そっちについては、おれたちはしばらく模様眺めするしかなさそうだ」

「しかし難しいところですね。出てきた死体が娘かもしれないことさえ世間にはひた隠しにしようとしたわけですから、もし一時的にであれ自分が失踪したというような話が表ざたになれば、それが選挙に響くくらいの頭は働くでしょう」

「大町署の捜査員がこれから自宅の捜索やら近隣住民への聞き込みやらを始めるそうだが、けっきょく、はっきりした答えは出ないような気がするね」

「カクネ里の死体の件と今回の失踪が、無関係だとはどうしても思えないんですが」

桑崎は慎重に言った。理屈では説明しにくいが、ほかに適当な答えが思い浮かばない。滝川ほどの年齢で、しかも社会的地位の高い人間にとって、自らの意思で失踪するということは、極めて重い意味のある選択ではないか。もし滝川にそれに見合うような動機があるとしたら、やはりあの死体と関連するものとしか考えられない。

「それが自然な見方だろうな。だからとりあえず失踪自体には事件性はないと考えるべきだろう。山谷さんも同じようにみている」

「さしあたっては、本人が自分の意思で戻ってくるのを待つしかないんですね」

「なにか手がかりでも出てくれれば、所轄の連中も放ってはおけないから、それなりの動きはするだろうが、県警本部のほうには、帳場を立てて大がかりな捜査をしそうな気配はいまのところない」

富坂も打つ手はなしといったところのようだ。背中を叩くように桑崎は言った。

「例のヘリコプターの件もあるし、伊藤優子の件もある。木下佳枝のハードディスクから思わぬ情報が出てくるかもしれない。まだやることはいくらでもあるじゃないですか」

「そうだな。そっちのほうからはっきりした殺人の容疑でも出てくれば、どこに雲隠れしていようと全国指名手配で追い詰めればいい。こっちはこっちで、できることをやるしかないよ——」

富坂は思い直したように言って続ける。

「ヘリの運航データは、いまおれのほうで精査している。関東甲信越一帯のヘリポートからカクネ里への飛行プランを提出したヘリはないが、そもそも航空当局にしらばくれて飛んだに決まっているから、それだけじゃなんとも言えない。面白い結果が出たら知らせるから」

「案外重要な糸口が見つかるかもしれませんよ」

期待を込めて桑崎は言った。

6

翌日も翌々日も滝川の消息は摑めなかった。次の参院選の有力候補ということで、政治筋からの圧力もあったのだろう。県警本部は捜査本部の人員の三分の一を滝川の捜索に振り向けるとのことだった。

カクネ里の死体のほうは、辛うじて捜査本部の看板がまだ外されていないだけで、実態はすでに消滅寸前だ。

しかし富坂は重要な手がかりを摑んだ。三月十五日から十六日にかけての夜間に飛んだヘリは三機あった。うち二機は報道関係のもので、どちらも発着場所は東京ヘリポート。その夜、静岡県内の山林で山火事があり、その取材のためだったことが所有者の新聞社への問い合わせで確認できた。

怪しいのが残る一機だった。機体の所有者は幸栄エンタープライズという会社だ。こちらも発着地は東京ヘリポートで、十六日の午前零時四十五分に飛び立っており、午前二時十分に東京ヘリポートに戻っている。

ベル429という機体で、山上の話だと、長野県警が使っている機種よりやや小型だが、巡航速度は時速約二七〇キロで、東京ヘリポートとカクネ里を往復すると、おおおむねそのくらいの時間になるという。

　その会社に電話で問い合わせると、たしかにその機体を所有しており、該当する日時に飛行していることを認めた。目的は夜の北アルプスの空撮で、東京のある企画会社から依頼された仕事だとのことだった。

　その企画会社の名前を教えてもらえないかと訊くと、契約上の守秘義務があり、答えられないと言う。北アルプスのどのあたりを飛んだのかと訊いても答えない。

　むろん富坂がそこで引き下がるわけもない。犯罪に関わる仕事の可能性があるから、場合によっては捜索令状をとって踏み込むこともあり得ると脅してやった。

　しかし電話に出た専務だという男は、その顧客にとっては社運を賭けたデザインコンペのための撮影で、いまの段階で外部に漏れた場合には損害賠償を請求されかねない。たとえ警察でも言うわけにはいかないと頑なに拒絶したという。

　それがいかにも言い訳臭いので、富坂は幸栄エンタープライズの登記簿謄本をとってみた。驚いたことに、その会社の株式の八割以上を所有しているのが滝川修三だった。ただし代表取締役を含む役員のなかに滝川は名を連ねていない。

　資本金は二千万円ほどで、定款を見ると、不動産投資、ビルメンテナンス、倉庫業、広告代理業、人材派遣業などと並んで、輸送業、観光業の記載もあるから、ヘリの所有と運航はその範囲に含まれるのだろう。

ただし定款というのは会社設立時に思いつくだけ書いておくのが通例だ。その会社にどれだけの実態があるのかは不明で、税務対策などなんらかの理由で設立され、ヘリの所有権も同様の理由でその会社に持たせているが、事実上は滝川の自家用ヘリではないかというのが富坂の読みだった。

「せっかく太い尻尾が見つかったのに、その持ち主が失踪してるんじゃ、この先攻めようがないな」

きょうも午後いちばんで寄越した電話で富坂はぼやいた。ここまでの捜査結果と突き合わせれば非常に意味のある情報だが、実際にその晩ヘリがどういう経路を飛んだかは、航空当局にも記録はない。有視界飛行の場合は航空管制を受けないためだ。大遠見山での幕営中にヘリを目撃したという長岡にしても、夜間でしかも距離も遠かったため、機体の形状や塗装の具合までは覚えていなかった。それにそもそも山上のようなプロでない限り、遠目で見たヘリはどれも同じにしか見えないだろう。つまり幸栄エンタープライズがしらを切り続ける限り、カクネ里にヘリを差し向けたのが滝川だという事実を立証できない。桑崎は言った。

「その会社の定款にある、倉庫業というのが気になりますね」

「おれもそれを考えていたんだよ。あの死体の製造年月日はわからないが、滝川里香子の失踪が八年前で、そのときすでに殺害されていたとしても、冷凍にしときゃ腐ることはないからな」

「幸栄エンタープライズが、自社の冷凍倉庫を持っているかですね」

「それを探らなきゃいけないな。上場企業なら有価証券報告書ってのがあるからそれを当たればいいんだが、こういう中途半端な会社というのは、開示義務がないからなにかと調べにくいんだよ」

「直接訊いたらどうですか」

「そりゃまずいよ。場合によっちゃ令状をとって踏み込むことになるが、こっちの狙いに気づかれて、その前に証拠を隠滅される惧れがある」

「たしかにそうですね。しかし滝川氏の捜索に人をとられて、大丈夫ですか」

「冷凍倉庫関係の業界団体があって、そこで全国の主だった業者のリストは手に入る。幸栄がそういう団体に加入していれば、そこで倉庫の所在地はわかる。ただし規模が小さかったり一匹狼的なところだったりすると、そういう団体には入らないこともある。いずれにしても滝川がこのままどこかへ消えてしまったら、そんな手間を食う捜査も無駄に終わりかねない」

　富坂は嘆息する。そういう話なら、やはり滝川の捜索チームに加わって、そちらから打開策を探る手もありそうだ。しかし富坂にすれば、自分と山谷が現在の捜査から離れてしまうと、いまや風前の灯火の捜査本部がそのまま消滅してしまうのは自明の理だから、大会議室の入り口に戒名が張り出されているあいだは孤塁を守り続ける腹らしい。

「滝川氏のほうは、いまも手掛かりがないんですか」

訊くと富坂は力なく応じる。

「自分の意思で失踪した線が濃厚だな。参院選出馬の動きが出てから地元のメディアに登場する機会も多くなって、顔は十分知られている。見かけた人間がいてもよさそうだが、それも出てこない。手引きした人間がいるんじゃないのか？」

「誰ですか、それは？」

「臭いのはお抱え運転手だよ。かれこれ二十年近い付き合いだそうで、阿吽(あうん)の呼吸で意思疎通ができる。一緒に車に乗ったことのある人の話だと、滝川がとくに行き先も言わず、目配せするだけで目的の場所に車を走らせるそうだ。主人の頭のなかが手にとるようにわかるんだろう」

「夜中に車でどこかへ連れて行ったということですか」

「車といっても、普段使うリムジンじゃ目立ちすぎるし、県内でも何台かしかない車種だから、夜中でも目撃者は出てくるだろう。ただし運転手自身の自家用車も邸内に置いてあって、そっちはありきたりの小型乗用車だ。それに乗ってどこかへ連れて行き、夜中のうちに帰ってくれれば、誰にも知られずに姿を隠せる」

「運転手は、それらしいことを言ってるんですか」

「もちろん知らぬ存ぜぬだよ。滝川に頼まれたとしたら言うわけがない。家政婦も雇われて長いが、警察に届け出たくらいだから、そっちはグルということはないと思うが」

「捜査チームは、運転手を取り調べるようなことはしていないんですね」

「一部の人間が疑っているくらいでね。いずれにしても、自分の意思で雲隠れしたとなると、そう簡単に足どりは摑めないだろうな」

富坂は苛立ち(いらだ)を隠さなかった。

7

午後二時を過ぎたころ、由香里から電話があった。

「桑崎さん、いま時間あります？」

「これから遭難でも発生しなきゃ大丈夫だが、なにかあったのか」

「ついさっき、白馬五竜テレキャビンのアルプス平駅から連絡があって、お客さんが、だれかの落とし物らしいポーチを事務所に届けてくれたそうなんですよ——」

由香里は思わせぶりに声を落とす。なにか重要な情報らしい。

「持ち主を確認しようと覗いたら、そのなかに伊藤優子という名前の国民健康保険の被保険者証があったんです。つい先日、あちこちの山小屋のオーナーに滝川里香子と伊藤優子の名前が宿泊客名簿にないか問い合わせたんだけど、どこも空振りで、そのとき登山客も立ち寄る場所だから、ついでにと思って、アルプス平駅の事務所にも問い合わせをしていたんです」

「それを覚えていたんだな。しかし伊藤優子という名前はありふれているからな。住所はどこになっているんだ」

「東京都中野区若宮――。去年、あすなろヒュッテに泊まったときに宿帳に記載したのと同じですね」

覚えず心臓が跳ね上がる。

「じゃあ、そのときの女性に間違いはないな。しかしその住所の住民登録は今年の一月に職権消除されているはずだが」

「でも保険証はそのまま持っているかもしれませんよ。住所不定でも保険料を支払っていさえすれば失効しないはずです。更新の時期に新しい保険証が届かないから、期限が切れたあとは無効だと思いますけど」

「届けられたのはいつなんだ」

「つい一時間くらいまえですけど、そのなかにテレキャビンの乗車券の半券も入っていて、搭乗したのは一昨日の午前十時ごろ。乗降口には監視カメラがあるから、その時刻の映像を調べれば、あの写真と同じ女性が映っているかもしれませんよ」

「ありがとう。強力な手掛かりになりそうだ。ひょっとすると、これまでの見立てがひっくり返るかもしれないな」

「伊藤優子が滝川里香子と同一人物だったら、たしかにそうですね」

「すぐに動いてみるよ。結果はあとで知らせる」

そう言って由香里との通話を終え、すぐに富坂を呼び出した。事情を説明すると富坂は勢い込んだ。

「これからすぐにアルプス平駅まで飛んで、映像をチェックするよ。あんたも追っかけて来てくれないか。場合によっては山狩りをすることになるかもしれない。その相談もしたいから」

富坂は気が早い。すでに伊藤優子が滝川里香子だと決めつけているようだ。

大町からなら現地まで四十分くらい、松本からだと一時間半ほどだ。松本基地に常駐している専従隊員にあとを託して、桑崎は浜村とともに事務所を飛び出した。

「えらいことになってきましたね。もしカクネ里の死体が伊藤優子だとしたら、犯人は滝川里香子かもしれないじゃないですか」

浜村は興奮する。そうだとしたら滝川修三は犯人ではなくなる。誤った見立てで、あるいは滝川を追い詰めてしまったのかもしれない——。そんな慚愧の念が湧いてくる。しかし新たに出てきたヘリの件も含め、滝川を巡るあらゆる状況証拠が、事件への彼の関与を濃厚に匂わせる。

「まだ結論を出すのは早いと思うがな。里香子が伊藤優子に成りすましているとしても、その伊藤優子を殺害した犯人だとは断定できない。いずれにしても、ずいぶんややこしい事件ではありそうだな」

桑崎は嘆息するしかない。麓のとおみ駅に到着し、そこからテレキャビンに乗り継いで、アルプス平駅に着いたのが午後三時半ごろだった。

事務所のモニタールームに入ると、先着していた富坂と部下の捜査員が渋い表情で出迎えた。

「この女なんだが、間違いないだろう」

富坂が指さしたモニターには、スキー客に混じって、赤い上下のアノラックを着て、大型のザックを背負った女性の姿が映っている。ザックにはピッケルとダブルストックがくくり付けられており、目的が登山なのは明らかだ。見たところ連れはいない。

富坂が言うとおり、その顔は卒業アルバムからとった写真とも、あすなろヒュッテで撮影された写真とも瓜二つだった。

「生きてたってことだよ、滝川里香子は」

富坂は吐き捨てるように言う。桑崎は問いかけた。

「じゃあ、私が見つけた死体は誰かということになりますね」

「それが伊藤優子なのかもしれないが、まったく別人ということもあり得る。なんにせよ、それを知っているのは、伊藤優子の名前でいまも生きている滝川里香子だよ。なんとか見つけ出せないか」

富坂はすがるような視線を向けてくる。山岳遭難救助隊の出動を期待しているのは明らかだった。

第十一章

1

伊藤優子に成りすました滝川里香子が登ったのが五竜岳周辺だというのはまず間違いない。

目指したのが五竜岳のみなら遠見尾根を往復するのが最短で、健脚でかつ条件がよければ日帰りも可能だ。しかし普通は五竜山荘のある白岳、あるいはその手前の西遠見山で一泊、そこから五竜岳を往復して翌日往路を下る場合が多い。

一昨日の午前十時ごろにアルプス平駅から登りだしたとすれば、きのうのうちに下山している可能性はあるが、テレキャビンの監視カメラの映像を二日分遡って確認しても、滝川里香子と思しい人物は映っていなかった。

コンディションが悪く往復に二泊を要したとしても、きょうの早い時間には下山できたはずだ。しかしその映像もないから、五竜岳からさらに先へ足を延ばしたと考えるのが妥当だろう。

その場合、南へ向かったとしたら、鹿島槍ヶ岳を越えて冷池で一泊。そこから赤岩尾根を大谷原に下ったと思われる。大谷原からはタクシーで信濃大町駅に出られる。さらに南に進み種池から扇沢に下るルートもあるが、そちらは扇沢大町線が四月中旬まで一部通行止めで、バスもタクシーも使えない。

大谷原に下ったのなら、地元のタクシー会社に確認すれば該当する女性を乗せたかどうか答えが出るはずだ。登山口と下山口が異なる縦走では、マイカー登山はまずありえない。

もしさらに南の針ノ木岳まで足を延ばしたとしても、扇沢もしくは黒部側へ下降するしかないが、後者は黒部川上流の秘境で、いまの季節にそこへ下っても逃げ場がない。

さらに縦走を続けるルートもあるにはあるが、この季節だと一般路というのとはほど遠い、桑崎でも二の足を踏むロングコースで、登山というより冒険の部類だ。

五竜岳から北へ向かった場合は、唐松岳から八方尾根を下り、途中から遠見尾根と同様にリフトとゴンドラを乗り継いで麓まで行けて、そちらもきょうのうちに下山している可能性はある。それについては急いでゴンドラやリフトの監視カメラの映像をチェックすればいい。

唐松岳からは黒部側の祖母谷(ばばだに)温泉へ下るルートもあるが、そちらは距離が長く、積雪期は人跡未踏と言っていい。そのうえ下った先の祖母谷温泉はまだ営業していないし、富山方面へ向かう黒部峡谷鉄道も運行していない。

さらに白馬岳方面へ向かった場合、想定できる下山路はいくつかあるが、いずれも最低限、プラス一泊が必要だから、きょうのうちに下山している可能性はまずない。

そんな話をすると、富坂はさっそく捜査本部の山谷に電話を入れて、地元のタクシー会社と八方尾根のゴンドラの駅に捜査員を派遣してもらった。

富坂たちとともに大町署の捜査本部に到着すると、タクシー会社のほうはすでに確認済みで、山谷は張り切って報告した。

「大谷原から女性登山客を乗せたタクシーはいなかった。八方のゴンドラ駅にはいま捜査員が到着したところで、映像をＤＶＤに書き込んで持ち帰るそうだから、こっちでゆっくりチェックすればいい」

「そこに映っていれば、あとはＪＲの駅や高速バスの運行会社を当たって足どりを摑めるかもしれませんね」

打てば響くように富坂が応じる。山谷も積極的だ。

「ああ。麓のホテルやペンションで一泊する登山客もいるから、そっちもきょうのうちに確認する必要がありそうだな」

二人とも、里香子がすでに山を下りていることへの期待がありありだ。その点は桑崎も同様で、いまも山中にいるとしたらことは厄介だ。

もちろんここは乗りかかった船で、捜索に乗り出したいのは山々だが、しかし広い山域をただ闇雲に歩いて発見できるとは思えない。山小屋が営業していれば関係者が目撃している可能性もあるが、いまの時期、一帯の小屋はほぼ休業中だ。

ヘリで上空から探す手もあるが、登山者というのはおおむね足下を見ながら歩いているし、顔が見えても遠目からどの程度まで特定できるかといえば心許ない。もしそれらしい人物を見つけたとしても、そこにヘリを着陸させて職務質問することは、技術的にも社会常識的にも困難だ。

かといって、これが事件解決の大きなチャンスなのは間違いない。現在の捜査本部の状況では、大規模な人の投入は困難だし、そもそもこの時期の北アルプスでの山狩りを実行できる人員は、山岳遭難救助隊以外に考えられない。しかし全員をそちらに動員してしまえば、本業の遭難救助に対応できなくなる。

「まだ山中にいるとしても、いずれは下山せざるを得ません。大谷原やスキー場のゴンドラ乗り場、大糸線沿線のＪＲ駅、高速バスの乗り場に捜査員を張り付ければ、見逃すことはまずないと思いますが――」

「なにか心配なことがあるのか」

富坂が訊いてくる。桑崎は抱いていた不安を口にした。

「あさってあたりに天候が悪化して、山は荒れそうなんです。西から低気圧が近づいてきています。あすの夜半には崩れ出すかもしれません」

「荒れるって、どのくらいなんだ」

「低気圧が進んでいるのは太平洋岸ですから、このあたりが直撃されることはないと思いますが、発達すればこの季節でも山はかなり吹雪くでしょう。ルートを誤って疲労凍死したり滑落するケースも多くなります。季節的に底雪崩も起きやすい」

「あんたたちも忙しくなるわけだ」

「同時多発的に遭難が発生する可能性があります。そうなるとこちらも総動員態勢になる。その場合は、どうしても本業が優先になりますから」

「滝川里香子を探し回るどころじゃないということか。死なれちまったら終わりなんだがな」

富坂は渋い口調だ。滝川が失踪し、ようやく生存が確認できた里香子まで失えば、事件は確実に迷宮入りだ。いや、もし滝川が自ら姿を現したとしても、すべてを知っているはずの里香子がそのときこの世にいなければ、あの死体そのものが存在しなかったのとなんら変わりない。

行政用語で行旅死亡人と呼ばれる行き倒れの死体は日本全国で年間七、八百体はあると聞く。そこには山での遭難者も含まれる。それらは官報に一定期間公表されたのち、無縁仏として埋葬される。

明らかに何者かに殺害されたあの死体も、そんな死者の一人としてこの世から抹消され、殺害した人間はなにごともなかったかのようにのうのうと生き延びる。だからといって、桑崎にできることは限られている。

ほどなく白馬八方尾根スキー場のゴンドラ駅に出向いた捜査員が戻ってきた。さっそくＤＶＤに落としてもらった監視カメラの映像を早回しで再生してみた。二度確認したが、里香子と思しい女性の姿はそこにはなかった。

そのあいだも手の空いている捜査員が、写真を持って白馬村一帯のホテル、ペンション、民宿を総当たりしたが、該当するような女性は宿泊していなかった。となると、いまも里香子は山にいると考えざるを得ない。

「天候が崩れるまえに、なんとか下山してくれないものかな」

希望を繋ぐように富坂が訊いてくる。桑崎は言った。

「多少荒れたとしても、風が避けられる場所にテントを張るなり雪洞を掘るなりして待避していれば大丈夫でしょう。そういうときは下手に動かないのがいちばんの安全策です」

山谷がおもむろに口を開く。

「天候が悪化することは、きのうあたりからわかってたんじゃないのかね。そういう情報はラジオでもやるし、電波の通じる場所ならスマホでも確認できると思うんだが」

「我々としても登山者がそうしてくれれば助かるんです。もしいま鹿島槍ヶ岳や唐松岳付近にいるとすれば、あすのうちになら安全に下山できるはずです。さっきチェックした映像にも、きょう下りてきた人たちがずいぶんいたようですから」

「荒れるのを知っていて、それでも山に居残っているということは考えられないかね」

山谷が意外なことを言い出した。桑崎は当惑して問い返した。

「どうして、そうお考えで？」

「いやいや、単なる勘で言ってるだけなんだが、滝川の失踪とタイミングが一致しているのが引っかかる。娘にしたら、滝川との関係にはただならぬものがあるはずだ。

その滝川の地元の大町周辺の山にこの時期にわざわざ登りに来た。それがまったく無関係だとは考えにくいものでね」

「滝川も、いま山のなかにいると思うんですか」

富坂があっけにとられたように声を上げる。しかし桑崎は、山谷の考えに共鳴するものを感じた。

かつて滝川は登山に熱中したことがあると聞いていた。カクネ里の上部にそそり立つ鹿島槍ヶ岳北壁に通い詰め、ハードなクライミングに挑んだ時期もあるようなことを本人も言っていた。

そのあと長い期間山を離れていたのなら、いまもかつてのような体力や技術があるかどうかはわからない。しかし実際に対面した滝川は、年齢の割に筋肉質の力強い体格だった。山には登らないまでも、健康維持などを理由に家で筋力トレーニングのようなことをやっていれば、四月の後立山連峰の一般ルートを登るくらいは容易(たやす)いだろう。桑崎は言った。

「彼女の実力がどのくらいなのかは知りませんが、大学時代からだとしたら、登山歴はかなり長いはずです。それと今回は単独で登っているようです。ある程度キャリアを積んだ人の場合、単独行では過剰なくらい慎重になるものなんです」

「一人で登ること自体が、ずいぶん無謀なことのような気がするが」

首を捻る富坂に、桑崎は続けた。

「世間はそう見る傾向がある。だからこそうしろ指をさされないようにという意識が強いんです。登山中になにが起きようとすべて自己責任で、助けてくれる仲間はいない。それを覚悟で登る以上、臆病なくらい慎重になる。だから山岳遭難救助隊のポリシーとして、一概に単独行は危険だからやめろとは言わないんです」

「それだったら、どこか安全な場所に待避して、嵐が止むのを待つんじゃないのか」

「そうしてくれればいいんですが。それよりも、あすのうちに下山してくれるのがやはりベストだと思うんです」

いわく言いがたい不安を覚えながら応じると、富坂はなにかを感じとったように頷いた。

「本来慎重なはずの単独行で、嵐が来るのを知っていてあえて山に居残っているとしたら、なにか心に期するものでもあるんじゃないかと言いたいわけだ」

山谷がおもむろに口を開く。

「里香子が生きていた——。それは彼女も滝川も犯罪とは無関係だということを意味しない。むしろカクネ里の死体を介して二人はいまもしっかり結びついている。あの死体が果たして誰なのか。里香子が成りすましている伊藤優子なのかもしれないが、いずれにしてもその真相を解明できなきゃ、刑事としては敗北だね」

滝川と里香子――消息不明の二人の行動を山谷はどうしても結びつけたいようだ。だからといってそれはいかにもありそうな想像といったたぐいの話で、富坂が口にした山狩りなどという大がかりな態勢を本部が認めるはずがないし、よしんば認めたとしても、これからやってくる嵐を考えれば、実施すること自体に無理がある。

「その嵐はいつまで続くんだ」

富坂が訊いてくる。桑崎は慎重に応じた。

「たぶん、あさっていっぱいは続くでしょう。完全に回復するのは三日後の昼ごろになるかもしれません」

「そのあいだは、あんたたちも身動きはできないわけだな」

切ない調子で富坂は言う。桑崎も頷かざるを得ない。もちろん遭難という事態が起きれば、人命救助の観点から、多少の荒れでも動くことはある。ただしその場合は誰に対しても平等に対応すべきで、それが里香子の身に起きたからといって優先的には扱えない。そんな考えを聞かせると、富坂は無念そうに応じる。

「せっかく見つけた糸口を、断ち切れるに任せることにもなりかねないわけだな」

「そう心配することはないんじゃないですか。里香子が山が荒れるのを承知で入山したんだとしたら、それなりの覚悟はあってのことでしょうから」

楽観的な調子で浜村が口を挟む。桑崎としてもなるべくそう信じたい。山谷が身を乗り出す。

「だったらあすの朝いちばんから、駅やバス乗り場を張り込ませないとな。嵐がくるまえに下山してくる可能性もある。おれが事情を説明して地域課に動いてもらうよ。もちろん捜査本部で手の空いているのも動員する。滝川の捜索は行き詰まっているようだから、そっちからも人を動かせるはずだ」

2

翌日は朝からおおむね晴れてはいたが、刷毛で刷いたような巻雲が西から流れていて、天候が下り坂に向かっていることを予想させた。

地元の気象台の予報でも、低気圧はきのうからさらに発達し、あすには小型の台風並みの勢力になるという。救いはコースが太平洋岸沿いで、長野方面への影響はそう大きくないだろうという点だった。

桑崎たちは八木の許可を得て、ゆうべから大町署に滞在している。これから低気圧が接近すると、遭難が起きてもヘリでの救出は難しい。その場合は徒歩で現場に向かうことになる。となると航空隊基地で待機することに意味はなく、迅速な初動のためにはなるべく現場に近いところに人を配置するほうがいい。

大町署のみならず、分駐所のある茅野署と駒ヶ根署にも人員を派遣するというが、その頭のなかに里香子のことがあるのは間違いない。桑崎と浜村をなんとか大町署に置いておきたい。かといって本業以外の捜査にあまり肩入れするのも具合が悪いからと、低気圧を都合のいい口実にしている感がなくもない。

いずれにせよ桑崎が願うのは、天候が保っているきょうのうちに里香子が下山してくれることだ。いくら八木の思惑がそうだとしても、ほかの遭難者をないがしろにして、里香子のことにかまけるわけにはやはりいかない。

富坂は問題のヘリを所有する幸栄エンタープライズが、どこかに冷凍倉庫を所有しているのではないかという読みに従って、業界団体に加入しているすべての倉庫会社を当たってみたが、幸栄もしくは滝川個人が経営に関与しているとみられる会社は存在しなかった。

団体の事務局の話では、やはりすべての業者が加入しているわけではなく、鮮魚の卸や食肉加工など、別に本業のある業者が付随業務の関係で倉庫を所有しているケースもあれば、団体のルールに縛られるのを嫌う一匹狼的な業者もいて、国内の冷凍倉庫すべてを把握するのは困難だという。

「きのう山谷さんが言っていたこと、なんだか気になりますね」

救助隊の詰め所で朝食のサンドイッチをぱくつきながら浜村が言う。桑崎も同感だった。里香子と滝川の謎めいた行動をまったく別の事情によるものと考えるほうが、いまの状況からすれば難しい。

里香子はすでに失踪宣告を受け、伊藤優子の名を騙(かた)ってきょうまで生きてきた。そこにはなにかの理由で滝川の手から逃れたいという願望があったと、どうしても考えたくなる。

いくら登山が趣味だといっても、日本全国に登れる山はほかにいくらでもある。その里香子が、滝川が暮らす大町に近い五竜岳方面に向かったことに理由がないとは思えない。それも入山したのが滝川の失踪のすぐあととなると、偶然の一致とはなお考えにくい。

「そうだとしたら、おれたちも忙しくなるかもな」

不穏なものを覚えながら桑崎は言った。なにか理由があって二人が会うのなら、積雪期の北アルプスという厄介な場所を選ぶ必要はない。里香子が滝川の家を訪れるなり、ホテルやレストランなど別の場所で落ち合うなり、手段はいくらでもあるだろう。里香子は大町で暮らしたことはなく、人に見られて怪しまれる心配はない。

しかし山谷が言うように、その二人を結びつけているのがあのカクネ里の死体だとしたら、いま起きようとしているのは、予測もつかない危険なことのような気もしてくる。

もちろんあくまで想像で、滝川が山に向かったという証拠はなにもない。しかしそう考えれば、いまの奇妙な状況を説明できるのも確かなのだ。

そんなことを考えながらサンドイッチをほおばろうとしたところへ、慌てた様子で富坂がやってきた。表情が硬い。桑崎は不安な思いで問いかけた。

「なにか起きたんですか」

「山谷さんの勘が、どうも当たりらしいんだよ――」

つい先ほど、思いがけない情報が入ったという。滝川の失踪事件の捜査に当たっていたチームからの話で、信濃木崎駅から大谷原方面に向かう県道白馬岳大町線に設置されたオービス（自動速度違反取締装置）に、滝川の運転手の自家用車のナンバーが記録されていたらしい。

チームには富坂や山谷と同様、その運転手が滝川の失踪に関与したかもしれないと疑っていた捜査員がいて、まずNシステム（自動車ナンバー自動読取装置）の記録を検索してみたが、該当する車はなかった。Nシステムは主に高速や国道に配置されていて、県道や市道など地方道に関しては役に立たない。

そんなことを親しい交通課の人間に何気なく話すと、相手はその運転手の名前に反応したらしい。きのうスピード違反で呼び出しの通知を出したばかりだという。

白馬岳大町線は山間部を走る道路で、降雪や路面凍結が起きやすいため、いまの季節でも速度規制が行われている。それを知らずに引っかかる車が少なくないらしい。オービスで撮影された写真を見せてもらうと、運転席にいた人物は、河村（かわむら）という滝川のお抱え運転手で間違いなかった。ナンバーも一致した。その車に滝川が同乗していた可能性はすこぶる高い。

撮影された場所は鹿島槍スポーツヴィレッジへ分岐する少し手前で、そこから先は大谷原以外に立ち寄る場所がない。日時は失踪した翌日の午前三時過ぎだという。

さっそく運転手から事情聴取すると、その晩、滝川を自分の車に同乗させて、大谷原まで運んだ事実を認めた。

そのとき滝川は、物置に保管してあった古い登山用具一式を持ち出した。本人は山から長いあいだ離れていたが、山への愛着は強かったようで、ときおり取り出しては手入れをしているのを運転手は見ていたという。

屋敷を出たのは家政婦が寝入った午前二時少しまえで、滝川からは前日に指示を受けていた。途中、市内の二十四時間営業のスーパーで、滝川から渡されたメモに従って大量の食料を買い込んだ。その前日にも滝川の指示で市内のスポーツ用品店に出かけ、登山用のガスストーブとボンベを購入していた。

山に登る気らしいとは想像がついたが、その理由について滝川は一切語らず、またそのことを口外するなと強く言われた。下山したら携帯に連絡を入れるから、指示された場所に迎えに来るようにという話だった――。

「大谷原から登ったとすれば、天狗尾根ないし冷池経由で鹿島槍へ向かった可能性が高い。いずれにしても、すでに五日は山中にいることになる。まさか死んでいるということはないだろうな」

富坂は不安げだが、桑崎はそこは心配していない。

「長年山から離れている現在、かつての体力がどれほど維持されているかですが、過去のキャリアが本当なら、その程度の山中泊には十分堪えられると思います」

「そうじゃなくて、たとえば自殺ということもあるだろう」

「それなら、そんなに大量の食料を持ち込む必要はないでしょう。なにか理由があって山に籠もるという感じがします」

「その理由となると、やはり里香子の出現と無関係とは言えないな」

「だとしたら、滝川氏の捜索はこれからどうなるんですか」

「もちろん打ち切りだよ。自分の意思による行動ということになれば、警察の仕事じゃなくなるから」

「ただし逆に、失踪自体があの死体の一件と深い関わりがあることにはなりませんか」

「ああ。こうなると里香子の行動とのタイミングの一致が、偶然だとはいよいよ思えなくなってくる。かといって現状では、里香子についても滝川についても捜索に乗り出す名分がない」

「ここは焦らずに、いずれは下りてくるものと信じて、麓で網を張るしかないでしょう」

宥めるように桑崎は言ったが、富坂はなおも未練を覗かせる。

「でも死なれちまったらお終いだよ。二人ともってことだってあり得るし」

そのとき富坂のポケットで携帯が鳴り出した。取り出してディスプレイを一瞥し、急いでそれを耳に当てる。相づちを打ちながら相手の話に耳を傾けるうちに、その顔が次第に強ばった。通話を終えて富坂は振り向いた。

「山谷さんからだ。とんでもない情報が入ったよ。滝川は短銃を持って山に入ったらしい」

「短銃を？　まさか？」

桑崎は問い返した。戸惑いを隠さず富坂は応じる。

「滝川は胡散臭い男だが、これまで暴力団と付き合いがあるような話は聞いていない。どうやって手に入れたのかはわからないそうだ――」

登山用具を持ち出したという物置を検分するために、山谷は所轄の捜査員とともに滝川の屋敷に出向いたらしい。

自分の意思で失踪した以上、すでに事件は警察の領分ではないから、捜査は打ち切りにすると大町署の課長は結論づけたが、山谷はそれでは納得しなかった。

すでに相当数の人員が捜査に動いたわけで、運転手が真実を語らなかった点については犯人蔵匿罪に当たる可能性がある。そのためにも事実関係を明らかにする必要があると主張した。山谷にすれば、そういう手続き上の話とは別に、ここまで捜査対象にしてきた滝川の失踪に事件性がまったくないとは考えられず、自分の目で現場を確認したいという思いがあったらしい。けっきょく課長もそれに同意した。

山谷たちはついいましがた検分を終えたところで、その際に立ち会った家政婦の口から驚くべき話が出たという。

それは五年ほどまえのことだった。普段は錠のかかっている物置の戸が開いているので、家政婦が覗いてみると、滝川がなかでなにやら作業をしていた。

その手元を見て家政婦は驚いた。手にしていたのは黒光りする短銃で、滝川はそれを分解し、オイルを塗って手入れしているところだった。

家政婦は最初はモデルガンだと思ったという。まさか本物じゃないでしょうね、と訊いてみると、滝川はまずいところを見られたというように困惑顔をしたが、意外にあっさり本物だと答えたらしい。

誰にも口外するなと釘を刺した上で、彼が口にしたのは次のような言葉だった。

人間いずれは死ぬ。病気で死ぬかもしれないし事故で死ぬかもしれない。しかし場合によっては、人として不本意な人生を送ることを余儀なくされたとき、自ら命を絶つという選択もあり得る。

そういうとき、首を吊るのは見苦しいし、ビルから飛び降りるのは人に迷惑をかける。銃で頭を撃ち抜くのが自分にとってはいちばん理想的な死に方で、そのためにこれを手元に置いているのだと――。

いますぐ自殺することを考えているなら思いとどまるように家政婦は説得したが、滝川はあくまで仮定の話だと言い、自分にはこれからの人生でやることがいくらでもあり、当分は自殺しているような暇はないと一笑に付したという。

滝川は誰にも言わないようにとさらに念を押し、丈夫な金属の工具箱にその銃を仕舞い込み、がっちりとした南京錠をかけた。以後、何度も家政婦は物置に入ることがあったが、その工具箱が開いていたことは一度もなかった。

ところが立ち会いのために物置に入ってみると、箱の南京錠が外れている。蓋を開けてみると、入っていたはずの銃がない。家政婦は不安になった。自分の意思で失踪したらしいと聞いて、五年前の滝川の言葉が頭をよぎった。

家政婦と滝川との付き合いは十数年に及び、いまでは親族以上に心の通い合う間柄だった。大実業家としての彼を尊敬もしていた。その滝川がもし自殺を企てているとしたら、それを止めさせるのが自分の責務だと彼女は考えて、そのことを捜査員に告げることにしたという。

「えらい話が飛び出したもんだよ。山谷さんは急いで署に帰ってくるそうだ。こっちものんびりはしていられない。滝川が短銃を持って山に籠もっているという話なら、山狩りの理由も立派につく。すぐに捜査会議を開いて態勢を固めないと。あんたたちも参加してくれるんだろう」

富坂は勢い込む。もちろん嫌とは言えないが、山狩りと言っても、いまの時期、山に入れるのは山岳遭難救助隊くらいのものだろう。それも近づいてくる低気圧に備えて一定の人員は待機させないとまずい。となると、いますぐ動けるのは桑崎と浜村しかいない。

「入山したのが大谷原からだったら、登ったのは鹿島槍と見て間違いありません。里香子が向かったのもたぶんそっち方面でしょう。居場所が絞り込めれば探せないこともないと思います。ただ滝川が自殺するつもりだとしたら、もう手遅れかもしれない」

焦燥を覚えながら桑崎は言った。緊張した面持ちで富坂は首を振る。

「銃の使い道は自殺だけじゃない。ひょっとすると滝川は、娘をもう一度殺すつもりかもしれない」

3

滝川修三が短銃を所持して山に入ったとの情報を得て、大町署の捜査本部は急遽看板を付け替えた。

新しい看板は「滝川修三失踪事件捜査本部」で、その横に少し小さく「カクネ里・大遠見山死体遺棄および損壊事件捜査本部」の名称も残してある。

捜査本部が二つの事案の捜査を兼務するというのは前代未聞だ。ただでさえ人員が不足している地方の警察本部ならではの苦肉の策ともいえそうだが、そこには富坂や山谷の意向も働いているだろう。

いまも山中にいるはずの滝川里香子を介して、死体遺棄事件と滝川の失踪は結びつく。富坂たちにすれば、風前の灯火だった死体遺棄事件の捜査本部も同時に息を吹き返すことになり、捜査効率の面以上の意味がある。

とはいえこれまでの本部は山中の捜索に適した陣容とはいえず、かといって山岳遭難救助隊を畑違いの仕事に総動員するわけにもいかない。そのうえ滝川は銃を所持している。山そのものに命に関わる危険が潜んでいる上に、一つ間違えば銃弾を受けて殉職ということもあり得る。

行きがかり上、桑崎と浜村の二名と大町署に常駐する稲本（いなもと）たち三名が捜索チームに加わり、手薄になったぶんを埋めるために、県警本部の待機班から二名を大町署に差し向けるというのがとりあえずの八木の判断だった。

副本部長を務める捜査一課長はもう少し人員を割けないかと泣きついてきたらしいが、八木としても、これから山が荒れることがわかっている以上、それが限度だと断るしかなかった。

あとは機動隊から頑健な隊員を募る。刑事部にも山に明るい人間はいるはずだから、彼らも動員すれば当面の捜索態勢は確立する。こちらはあくまで本業の遭難救助が優先だが、必要かつ可能な場合には全力で協力する――。

そう答えると一課長はなんとか納得はしてくれたらしいが、これから一荒れ来る山で短銃を持った男を捜索するという、二重の意味で生命の危険が伴う仕事に乗り気になれないのは人情として理解できる。八木にしても部下の命を銃弾で失わせるのは不本意だろう。

それでも午後にはなんとか捜査本部の態勢が整った。大谷原やアルプス平を始め、下山口になりそうな場所すべてにチェックポストを設け、完全装備の人員を配置した。

現状で遭難事案は発生していないので、松本航空基地のヘリ二機がフル稼働して空からの捜索を行っているが、滝川もしくは里香子とみられる登山者はまだ発見されていない。

アルプス平駅で撮影された映像のカラーコピーはヘリに同乗している捜査員に渡してある。見当たり捜査が得意な刑事を選り抜いたとのことだが、空からとなると、街中で指名手配犯を見つけ出すのとは勝手が違うはずだ。

きょうは平日で、低気圧接近の予報も出ているためか、五竜岳や鹿島槍ヶ岳周辺の尾根筋に登山者の姿は少なく、鹿島槍北壁の氷や雪が緩むのを嫌ってか、氷壁登攀をするクライマーの姿も見かけないとの報告が入っている。

桑崎たちは初動チームとして、滝川の所在が判明したらすぐに動けるように待機している。里香子のほうも重要だが、当面追うべき対象が、短銃を所持している滝川に変わったのは言うまでもない。

それをどう使おうとしているのかはいまも見当がつかないが、富坂が口にした「娘をもう一度殺すつもりかもしれない」という言葉は意味深い。あるいは滝川邸の家政婦が心配していたように、自殺に使う可能性も否定できない。

いずれにせよ、滝川がことを起こすまえに身柄を押さえることが肝心で、そうすれば里香子についての謎もその口から聞き出せるだろう。

初動チームに参加する山岳遭難救助隊員は桑崎、浜村、稲本の三名で、残りの隊員は事態の急変に即応できるように大町署内で待機する。桑崎たちは慣れない防弾チョッキの上にアノラックというい で立ちで、すこぶる動きにくいが、富坂以下捜査本部からの六名は、さらにそこに短銃を携行している。

桑崎たちも持っていくかと訊かれたが、射撃の練習は警察学校でやったくらいで、山岳遭難救助隊に入ってからは銃に触ったこともない。身内に怪我人をつくりかねないからやめておくことにした。

富坂を除く五名は機動隊や地域部、刑事部から志願を募り、全員が初歩的な冬山の経験がある。いちばん頼りないのが富坂だが、当人は先日の北八ヶ岳で積雪期の山を踏破した気になっていて、とくに心配しているふうでもない。

しかし山が荒れ出したらヘリは使えない。なんとかそのまえに滝川もしくは里香子の所在が判明しないと、下から歩いて登る以外に手がなくなる。そのときは桑崎たち山岳遭難救助隊員が前面に出ることになる。その際の最大の問題は、銃を所持した滝川をどう扱うかだ。

由香里のように地域部に所属する一部の隊員を除けば、山岳遭難救助隊の本籍は機動隊で、入隊直後に暴徒鎮圧の訓練は受けているが、銃を持った逃走犯の拘束となると機動隊の本務ですらない。警視庁など大規模警察本部と違い、長野県警にはＳＡＴ（特殊急襲部隊）のような特殊チームもない。

「じたばたしないで投降してくれればいいんだが、なにやら思い詰めての行動のようだから、手間を取らされそうな気がするな。こっちに死人が出るようじゃ、警察の面子が丸潰れだよ」

そう言いながら富坂は頭上を見上げる。空は薄い紗のような高層雲に覆われているが、まだ陽は射していて、屏風を立てたような後立山連峰の稜線が大町署の窓からもすっきり望める。

鹿島槍ヶ岳の双耳峰の上に黒い点のようなヘリの機影が見える。さらに唐松岳の上空にも一機飛んでいる。いまは森林限界以下の樹林帯が雪に覆われているから、無雪期よりも探すのに苦労はしないはずだが、滝川にも里香子にも身を隠そうという意志があるとしたら、やはり発見は困難だろう。雪洞にもぐり込んでいるかもしれないし、あるいは休業中の山小屋でも、緊急時の避難用に一部を開放しているところがある。

そのとき富坂の携帯が鳴った。応答する顔に緊張が走る。通話を終えて富坂は桑崎を振り向いた。

「山谷さんからだ。きょう遠見尾根を下ってきた登山者から聞いた話で――」

山谷は現在、配下の捜査員とともにアルプス平駅で張り込んでいる。下山してくる登山者からも、しっかり聞き込みをするとのことだった。

「昨晩、五竜山荘の近くで幕営したらしいんだが、夜の十時過ぎに銃声のような音を聞いたというんだよ」

「銃声ですか。間違いないんですね」

桑崎は緊張を覚えて問い返した。惧れていた事態はすでに起きてしまったのかもしれない。富坂は頷いて続ける。

「その登山者は父親が狩猟を趣味にしていて、ライフルや散弾銃の銃声はよく知っている。だから間違いないと言っているらしい」

「どの方角から？」

「小屋のなかからだったような気がすると言うんだよ」

「小屋のなか？　しかしいまの時期、五竜山荘は雪に埋もれてなかには入れませんよ」

「だから、そのときは気のせいだと思ったんだが、下に降りたら警官がいて、銃を持った登山者が山中にいるという話を聞いたもんだから、やはり本物だったと思い直したんだそうだ」

「だったら家政婦の不安は当たった可能性が高いですね」

切ない気分で桑崎は言った。富坂はいかにも無念そうに唇を嚙んだ。

「なにもそういう厄介な場所で死ぬことはないだろうに。これから見たくもないものを見に行くことになりそうだな」

4

本部の動きは迅速で、ほどなくヘリで現場に向かうように指示が来た。滝川が自殺している可能性が高いとみて、鑑識チームも同行することになり、もし死亡が確認されたら、死体はヘリで大町署に運び、そこで検視を行う手はずになっているという。

捜索中の一機が桑崎たちを拾うというので、急いで署の屋上に向かうと、五分もしないうちにヘリは飛来した。パイロットは山上警部補だった。

屋上でホバリングするヘリに乗り込み、ヘッドセットを装着すると、山上の声が流れてくる。

「手遅れだったようだね。きのうあたりから動いていれば、生きているあいだに見つけられたかもしれないんだが」

山上は皮肉を言ったつもりはないのだろうが、苦虫を嚙み潰したように富坂は応じる。

「上がへたればっかりで、滝川を厳しく追い込まなかったのが問題なんですよ」

「カクネ里の死体の件は、これで迷宮入りかもしれないね」

山上は同情を禁じ得ない口ぶりだ。彼を含むパイロットと副操縦士たちは、きょうの午前中、富坂から電話でブリーフィングを受けている。そのとき滝川と里香子の件について、富坂はかなり踏み込んだ話をしたようだ。

滝川と里香子と見られる女性の双方を捜索する理由について、ある程度知っていないと彼らも身が入らないだろうという考えもあっただろうが、それ以上に、ここまでの事態にしてしまった本部の動きへの鬱積した思いが奔出したのかもしれない。

「なに、滝川が自殺したこと自体が、真相解明の重大なヒントですよ」

死体の女性を殺害したのが滝川だと決めつけているような言い草だが、その点は桑崎も似た感触だ。

ヘリは一気に高度を上げて五竜岳を目指す。山上たちから報告を受けていたとおり、遠見尾根にも五竜から鹿島槍に至る主稜線上にも、登山者の姿はほとんど見当たらない。

これだけ人が少ないところをヘリ二機で捜索して、里香子が見つからないのも不思議な気がしてきた。あるいは彼女の身にも、すでになにか起きているのではないかという不穏な思いが湧いてくる。

左下方にカクネ里の大雪渓が広がり、五竜岳のどっしりしたピラミッドが正面に迫る。ヘリはその右手の白岳との鞍部に機首を向ける。五竜山荘はわずかに屋根を覗かせているだけで、建物は完全に雪に埋まっているようだ。

ほぼ雪原と化した鞍部でホバリングしながら桑崎たちを降ろすと、給油と点検をするためにヘリはすぐに飛び去った。

「この状態で小屋に人が入れたとは考えられないな。やはり、なにかの音を聞き違えたんじゃないのか」

富坂は安心したような落胆したような複雑な表情だ。しかし夜の高山で銃声と似たような音がするということがまずあり得ない。標高の低い樹林帯なら雪の重みで枝が折れる音がすることもあるが、ここは森林限界を超えていて、樹木といえばハイマツしかなく、それもいまは雪の下に埋もれている。

その雪原の一角に銃声を聞いたという登山者のものらしい幕営の跡がある。不審物がないか、全員が散開して屋根だけ出ている小屋の周囲を歩き回る。雪原の信州寄りの端のあたりから浜村が声をかけてきた。

「桑崎さん、あそこ――」

そこまで歩いて浜村が指さす方向を見ると、五竜岳に続く尾根の左斜面に黒っぽいなにかが見える。目を凝らすと雪洞の入り口だとわかった。幕営の跡があった位置からは尾根の陰に隠れて見えない。普通に縦走している登山者ならまず気づかない場所だろう。

いまの時期、このあたりに雪洞があるのは珍しくないが、その登山者が聞いた音が銃声で間違いなければ、滝川はそこにいた可能性が高い。

考えは同じようで、富坂を先頭にチームの全員がそちらに向かう。周囲からぴりぴりした気配が伝わってくる。滝川が自殺したというのはあくまで想像にすぎない。しかし彼が銃を持って入山したのは紛れもない事実だ。

なかに人がいる様子はない。入り口を覆うツエルトやシートもなく、ただぽっかりと暗い穴が口を開けているだけだ。富坂は恐る恐る覗き込み、緊張が解けたように振り向いて苦笑いした。桑崎も覗くと、なかには誰もいないし、むろん滝川の死体もない。

ハンドライトで照らしてみると、内部は畳二枚分ほどあり、長期の滞在にも堪えられそうなしっかりしたつくりだ。壁や天井は何度か融けて凍ってを繰り返したためか、磁器のような艶を帯びている。

ライトの光がいちばん奥の隅に射し込んだとき、異様なものが目についた。雪面にくっきり浮かび上がった鮮紅色の染み――。富坂は鋭く声を上げた。

「おい、鑑識。頼む」

鑑識の主任の見立てでは、血液の量はさほど多くなく、生命に関わるような傷は負っていないだろうという。

5

雪洞の壁面に小さな穴があるのを鑑識課員が目ざとく見つけ、そこから銃弾が一発出てきた。

内部をくまなく捜索すると、ダウンウェアから抜け落ちたと思われる羽毛が数枚、毛髪が数本、さらに煙草(たばこ)の吸い殻がいくつか見つかった。雪洞の入り口付近に足跡があり、靴のサイズから二人分のものとわかった。足跡は雪洞から小屋の方向に続いていて、そこで縦走路のトレール（踏み跡）に合流していた。

富坂が小躍りしたのは、小さいほうが女性のものらしいという鑑識の指摘だった。男女二人がそこにいたとすれば、一人は滝川で、もう一人は里香子と考えてよさそうだ。

トレールに合流した足跡は、そのあと何人もの登山者に踏み重ねられて、二人がどちらへ向かったかはわからない。傷は手当をしっかりしたのか、トレールには血痕は見当たらなかった。

鑑識課員は二時間ほどかけて雪洞の周囲一帯を捜索したが、ほかにめぼしい遺留物はなかった。雪上の足跡の採取は無理かと思っていたら、特殊なスプレーでなんでも固めてしまう技術が開発されていて、雪でも海岸の砂でも正確な型どりができるという。

しかし重要なのは毛髪と煙草の吸い殻、それに雪に染みていた血液だ。鑑識の主任によれば、毛髪には毛根が残っているものが含まれ、それはDNA型鑑定の精度の高い試料になる。煙草の吸い殻も同様で、唇の粘膜が付着しやすいため、こちらも試料としての価値が高いらしい。

髪の毛は女性のものらしい長いのと、男性のものらしい短いのがあり、短いほうには白髪も混じっているから、そちらは滝川のものだと考えられる。

滝川は桑崎たちと会ったとき煙草は吸わなかったから、吸い殻が滝川のものだとは断定できないが、人前では吸わなくても一人のときにたしなむ者もいるし、その点は家政婦か運転手に確認すればいい。あるいは里香子が煙草を吸わないと決めつける理由もとくにない。

まもなく飛来したヘリで鑑識チームは本部に帰っていった。桑崎たちはここに居残ることにした。低気圧が接近することを思えばいったん撤退するほうが無難だが、山が荒れ出せばヘリは飛べない。この周辺に二人がいる可能性は一気に高まった。麓に下りてしまえば万一の事態が起きても指を咥えているしかない。

八木に相談すると、すぐに動いてくれた。松本基地の常駐隊員に頼んで、必要なだけのテントや食料をヘリで運ばせるという。

一時間もしないうちに山上の操縦するヘリが飛来して、大量の荷物を下ろしていった。人数分のテントや寝袋、危険な箇所での行動のためのロープやピトンやスノーアンカー、幕営地構築に必要なスコップ——。すべて松本基地に常備してあるもので、さらに食料と燃料も優に三日分はある。

さっそく雪を均してテントを張り、強風を遮るために周囲に雪のブロックを積み上げる。

「なんだかヒマラヤ登山隊のベースキャンプみたいだな。これならちょっとくらい荒れても問題はない。もっともおれたちが嵐のなかでどれだけ行動できるかだが——」

完成したテントに陣どって、富坂は目いっぱいこちらを当てにする口ぶりだ。桑崎たちはもとよりその覚悟だが、滝川がいまも生きているとしたら、ことはそう簡単ではない。

「相手は銃を持っています。我々だけでは対応できない局面もあると思います」

「おれ以外のメンバーはまったくの素人じゃないから、しっかりリードしてくれれば、ある程度の仕事は出来ると思うよ。おれはおれで本部との連絡とかやることがいろいろあるから」

富坂は自分一人だけ温々(ぬくぬく)テントに籠もっていようという腹らしいが、こちらとしてはむしろそのほうが手がかからない。

雪洞とその周辺で採取された遺留物は、ヘリで直接県警本部の科学捜査研究所に運ばれた。銃弾は二十二口径で、威力は弱いが至近距離なら殺傷能力はあり、現に二十二口径で暗殺された世界の要人は少なくないらしい。薬莢(やっきょう)が落ちていなかったのは回転式の拳銃だったためで、そのことは現物を見た家政婦からも確認している。

現場にあった血液からは血液型が特定された。Ｏ型のＲｈプラスで、家政婦に問い合わせたところ、滝川もＯ型だと聞いていたらしい。しかしとくに珍しい型ではなく、それだけで滝川のものとは断定できない。

ＤＮＡ型鑑定は超特急でやってもらうというが、結果が出るのは最短でもあすの夕刻になり、試料の状態によってはさらに時間がかかるとのことだった。

靴跡は、どちらも登山靴では定番となっているビブラムソールだが、年代によってパターンが違い、大きいほうは二十年ほど前のものらしい。かつての革製の登山靴は手入れさえよければそのくらいは保つ。山から離れて年月の経(た)つ滝川の場合は、当時のまま現在に至っているのだろう。小さいほうは新しいパターンで、せいぜい三年くらい前のものらしい。

いずれにせよ、いまどき旧タイプの靴を使っている者といえば滝川の可能性が極めて高い。そうなると一緒にいたのはやはり里香子で、雪洞にどちらの死体もなかった以上、いまも二人は生きているものと考えられる。

夕刻が近づくにつれ風が強まってきた。頭上はすでに分厚い雲に覆われ、ちらちら粉雪も舞いだした。一時間ほど前に山上から、これ以上は危険だから空からの捜索は中止するという連絡が入った。その時点で、捜索範囲の鹿島槍ヶ岳、五竜岳、唐松岳一帯の稜線上に登山者の姿はなく、下山可能な者はすでに山を下りているとみてよさそうだった。

各下山口に設けたチェックポストからの報告でも、ここ二時間ほどは山から下りてくる者はおらず、最後にやってきた登山者たちによれば、稜線上では人の姿は見かけず、自分たちが最後の下山者ではないかという話だった。

それが本当であれば、後立山連峰一帯で遭難事件が発生する可能性は少なく、そちらへの対応で山岳遭難救助隊が忙殺される惧れはあまりない。それなら桑崎たちは捜索に集中できるが、たとえそうでも、二人の消息がいまも不明では動きようがない。

午後五時を過ぎたころ、県警本部の由香里から連絡が入った。伝えてきたのは不吉な情報だった。太平洋岸を北上中の低気圧に加え、日本海にも低気圧が発生し、二つが並行して移動する、いわゆる二つ玉低気圧の様相を呈しているとのことで、きょう夜半からあすいっぱいは大荒れの見込みだという。

二つ玉低気圧は春先によく発生し、台風並みに発達することが多く、山では大量遭難が起きやすい。後立山一帯はともかく、県内には八ヶ岳もあれば中央アルプスや南アルプスもある。遭難事案がゼロで済むとは考えにくい。そちらは八木が万全の対応をするだろうが、やはり気がかりなのは滝川と里香子だ。

平地でも台風並みだというから、北アルプスの高山の荒れ方は想像を絶するものになるだろう。桑崎はこれまでそれほどの悪天候のなかで行動したことがない。いかに山岳遭難救助隊といえども、捜索や救出に乗り出すのは最悪の時期が過ぎてからだ。

しかし今回のケースでそれは言っていられない。滝川は自殺するつもりなのか、里香子を殺すつもりなのか――。いずれにしてもそんな事態が十分推測できて、なす術（すべ）がない状況は堪えがたい。相手が遭難者なら当人の生きようとする意志に期待できるが、この場合はそれとは別次元の話かもしれない。

「そこまで荒れるんじゃ、おれたちだって生きて還れるかどうか保証はないな」

不安を露わにする富坂に桑崎は言った。

「我々に関してはなにも心配ありません。ただしここにいる限りはですが――」

「わかるよ。嵐のなかでは動かずにいることが、遭難を避ける絶対条件だということくらい。しかしそれじゃ、おれたちはなんのためにここに居残ったのかということになる」

悲壮な顔で富坂は応じる。浜村は別の悲観を口にする。

「里香子なり滝川なりが救難要請でもしてくれない限り、我々は動きようがないですよ。でもどちらもなにか覚悟を決めて山に入ったはずですから、それはまずあり得ないんじゃないですか」

「そのわずかな可能性に期待して、おれたちはここに居残ることにしたんじゃないのか」

桑崎は言った。その可能性は決してゼロではない。しかし自分たちが麓にいたら、たとえ救難要請があったとしても、二人を救出できる可能性は限りなく低くなる。

カクネ里で遭遇したあの死体が、桑崎の心をいまも掴んで放さない。彼女はどんな理由で、どんな思いで死んだのか。その秘密を解き明かすことなく捜査の幕が引かれることに、言い難い切なさを感じるのだ。桑崎の心の中で、山岳遭難救助隊と捜査一課を隔てる敷居は取り払われていた。一人の警察官として、一人の人間として、ここで退く気は毛頭ない。

「その通りだよ。たとえ一パーセントの可能性でも、それをないがしろにして犯人をとり逃がせば、悔いは死ぬまで残るからね。あんたたちは生きた人間を救うために全力を尽くすが、おれたちは死んだ人間の魂を救うためにそうする。死んだ人間が生き返るわけじゃない。空しいと思うこともあるけど、おれたちがそれをやらなきゃ、人を殺した奴(やつ)がのうのうと生き延びられる世の中になっちまう」

思いのこもった調子で富坂が言う。最初に会ったときはやる気のなさを剝(む)き出しにしていたが、それは彼特有のポーズで、その後の捜査への入れ込みようをみれば、刑事としての執念は、滝川の逆鱗(げきりん)に触れるのを惧れた彼の上司たちに爪の垢(あか)を煎じて飲ませたいほどだ。納得したように浜村が言う。

「そうですね。遭難救助でも、もう駄目だって僕らが勝手に決めつけたら、助かる人も助からないわけですからね」

午後七時を過ぎると風音がだいぶ高まってきた。スノーブロックのおかげでテントはさほどばたつかないが、外に出てみると、周囲では派手に雪煙が舞い始めている。しかしまだ本格的な荒れにはほど遠い。

夜半を過ぎるころには、尾根筋はブリザードか吹雪になるだろう。谷筋では雪崩の危険も高まる。低気圧であれ台風であれ、山の上の嵐は麓の数倍の猛威を振るう。

そのなかで行動するとなると、富坂はもちろん、多少は山に明るい本部側メンバーも大きなリスクを背負わざるを得ない。けっきょく動けるのは場慣れしている自分と浜村と稲本の三人だけだろう。むろんそれでさえ、無事には済まない可能性は否定できない。

八木からは先ほど電話が入った。犯罪捜査絡みとはいえ、滝川たちが生命の危険にさらされるような状況になれば、通常の遭難救助活動と事情は変わらない。くれぐれも気をつけるようにという話にはなったが、我が身の安全を考えて行動を控えろとは言わなかった。刑事部と張り合う気持ちもあるかも知れないが、八木もここまで関わってきた以上、事件に対する思いは桑崎と似たところがあるらしい。

そのとき桑崎の携帯が鳴り出した。表示されているのは記憶にない携帯の番号だ。あるいはと思いながら応答すると、唸(うな)るような風音に混じって、聞き覚えのあるしわがれた声が流れてきた。

「桑崎君だね。滝川だ。助けてくれないか」

これまで傲慢と言っていいほど自信に満ちていたその声が、いまはいかにも弱々しい。遭難救助活動では、家族や関係者と携帯で連絡をとることが頻繁にある。その必要から、滝川に渡した名刺にも自分の携帯番号が書いてあった。

「いまどこに?」

「八峰(はちみね)キレットだよ」

八峰キレットは五竜岳と鹿島槍ヶ岳のあいだの深く切れ落ちた鞍部で、後立山連峰の縦走路では不帰嶮と並ぶ難所だ。

「キレットのどのあたりですか」

「三段登りの途中だよ。娘がひどく弱っていてね」

「娘さん?」

滝川の口から出た思いがけない言葉に、桑崎は当惑した。

「ああ。里香子だよ」

力ない声で滝川は言った。

第十二章

1

現在地から五竜岳を越えて八峰キレットまで四キロ弱はあり、ルートは峻険だ。

いまは積雪期で、岩場のほとんどが氷雪に埋まっている。すでに夜に入り、夜半には山は本格的に荒れ始めるだろう。状況は切迫しているが、いくら山岳遭難救助隊でも、これから救出に向かうのはまさに決死の行動だ。

滝川と里香子がビバークしている地点にたどり着いても、そこから果たして救出できるかどうか、必ずしも確信はもてない。しかし滝川からの救難要請に応じないなら、わざわざここに居残った意味がない。

滝川と里香子は午前三時に雪洞を出て、五竜岳を越え、鹿島槍ヶ岳方面へ向かう途中だったらしい。午前三時と言えばまだ暗い。山では早発(はやだ)ちが鉄則とはいえ、普通ならそんな時刻に好んで向かうルートではない。

昨夜は満月を少し過ぎた月齢で、月明かりとヘッドランプの光で十分だと踏んだのかもしれないが、その日のうちに鹿島槍ヶ岳を越えて冷池まで行くつもりなら、明るくなってから出発しても午後の早い時間に着けるはずだった。そんな行動をとったことには、なにか理由があったようにも思えてくる。

身動きできなくなったのは里香子が途中で体調を崩したためで、やむなくビバークして回復を待つことにしたらしい。

いまいる場所は八峰キレットでも難所中の難所で、テントを張れるスペースはなく、むろん雪洞も掘れず、やむなく信州側のオーバーハングの下で、ツエルトを被ってビバークを始めたという。

それが午前八時頃で、まだ捜索のヘリは飛んでいなかった。その後は頭上の岩で二人の姿は隠れ、上空からは見つけられなかったものと考えられる。

桑崎たちが五竜岳周辺に入っていることは、滝川の安否を気遣う家政婦に本部から連絡を入れたが、捜査の都合上、滝川には伝えないで欲しいと釘を刺してある。

それが耳に入れば滝川が場所を移動する惧れがあり、それは犯人蔵匿罪にあたると説明すると家政婦は納得したが、その情報が運転手の河村に伝わったとしたら、彼が滝川に知らせた可能性がある。

そのせいで連絡を寄越したのなら結果はいい方向に転んだわけだが、その点についても滝川はなにも語ろうとしない。

いちばん気になるのが雪洞内の血痕と銃弾の件だったが、これについても滝川は言葉を濁し、辛うじて語ったのが、怪我をしたのは自分で、銃が暴発して太腿をかすった。軽微な傷で歩くのに支障はないという話だけで、なぜ銃を持っていたかを含め、詳細な事情についてはなに一つ詳らかにしなかった。

せっかく接触できた滝川を、ここでしつこく訊問して気が変わられても困るから、話はそこまでで留めておいた。それより問題なのは里香子の状態で、二時間ほど前から意識が朦朧として、声をかけても反応がないという。

強風が吹きつけるなか、ツエルト一枚に二人ではそうは寒気がしのげない。さらに悪いことには、ガスストーブのカートリッジを交換しようとしたとき、ツエルトがばたついてヘッドを落としてしまったという。

それでは暖のとりようがない。里香子は低体温症に陥っている可能性が高い。だとしたら救出を急がなければならない。滝川もむろんそれはわかっていて、ほかに手段を思いつかず、やむなく桑崎に救難を要請してきたらしい。

いま二人がいるのは三段登りと呼ばれる鎖場のあたりで、そこからキレット小屋まで桑崎たちなら一時間弱だが、この時期のこの天候では鎖は氷雪に埋もれて使えない。

キレット小屋は左右が切れ落ちた狭い稜線いっぱいに建つ立地上の特性から、五竜山荘のように雪に埋もれることはない。営業期間外でも緊急時に使えるように小屋の一部を開放しているはずで、そこに待避できれば希望は繋がるが、かつて豊富な登山経験があったという滝川でも、意識のない里香子を背負って小屋へ向かうのは至難だろう。

テントの外はさらに風が強まり、雪のブロックの防風壁があっても、張り布は激しくばたついている。これから天候は悪化の一途をたどる。足の揃った桑崎たちでも、現場まで早くて四時間程度。それも楽観的な見通しで、天候や予期せぬ事態の発生で、さらに遅れる可能性もある。そもそもそこまで無事に到達できる保証もない。

そういう状況だから、桑崎としても即答はできない。これから相談して折り返し電話を入れると、とりあえずは応じるしかなかった。懇願するような調子で滝川は言った。

「私のことはどうでもいいんだよ。生きながらえたって、いずれは地獄へ落ちると決まってる。しかし娘だけは救って欲しいんだ。きょうまでさんざん苦しませたうえに、こんな事態に陥らせてしまった。これじゃ死んでも死に切れん」

「気持ちを強く持ってください。娘さんにはありったけの衣類を着せて、これ以上体温が低下しないようにしてください。必ず救出に向かいます」

そう答えて通話を終え、その内容を話して聞かせると、どこか不満げに富坂は言う。

「拳銃のことも、娘が生きていたことも、自分が失踪した理由もなにも喋らずに、とにかく助けろというわけか」

「といってもこの状況で、じっくり電話で問い質しているわけにはいかないでしょう。生きて救出さえできれば、自ずと答えは出るはずです」

浜村と稲本の顔に緊張が走る。そのために自分たちがいまここにいるのだとは十分承知していても、実際に動くとなると躊躇したくなるのはよくわかる。向かう場所は後立山連峰でも一、二を争う難所のうえに、これからやってくるのは超弩級の二つ玉低気圧。二重遭難のリスクは決して低くない。富坂も不安げに問いかける。

「なんとかやれそうか」

「二人が居る場所に到達したら、そこから里香子をキレット小屋まで運びます。小屋に入れれば寒さはしのげます。燃料を多めに持っていって、十分暖をとって低体温症からの回復を試みながら、ヘリが飛べるまでそこに留まります」

「滝川は銃を持っているぞ」

「自分から救助を要請しておいて、我々に銃を向けることはないでしょう」

「いや、わからんぞ。娘の状態が快方に向かったら、滝川は考えを変えかねない。頭の上をヘリが飛んでいるのを知っていて、娘が意識をなくすまで救難を要請しなかった。いまもなにか目論(もくろ)んでいるかもしれない。荷物にはなるが、あんたたちも銃を携行したほうがいい。おれたちのを貸すから」

富坂は恐ろしげなことを言い出した。まさか大荒れの北アルプス山中で銃撃戦などという想定はし難いし、逆に滝川を刺激することにもなりかねない。桑崎は確信をもって請け合った。

「大丈夫ですよ。滝川の口ぶりに危ない気配はありませんでした。むしろすべてを明らかにする覚悟を決めたようにさえ感じられました」

「だったら謎は一挙に解決するが、果たしてそううまくいくもんだか」

富坂は半信半疑だ。たしかにここまでの韜晦(とうかい)ぶりからすれば信じがたい気持ちもわからなくはないが、少なくともいまは、それを期待して救出活動に全力を注ぐしか選択肢はない。そんな思いを察したのか、意を決したように浜村が言う。

「行きましょう。僕らにとっては歩き慣れたルートですから、多少荒れてもなんとかなりますよ」

「そうです。ぐずぐずしているともっとひどくなりますよ。ここはスピード勝負だと思います」

稲本も負けじと意欲をみせる。背中にのしかかる重圧を感じながら桑崎は応じた。

「ああ、滝川と里香子のあいだにどういう秘密があろうと、いまは命の危機に晒された遭難者で、それを救うのがおれたちの本業だからな」

2

八木に現状を報告すると、くれぐれも気をつけるようにとの忠告はあったが、止めておけとは言わなかった。現場を預かる副隊長としては、さぞかし胃が痛むことだろう。麓にいるキレット小屋のオーナーには、小屋を拝借すると八木のほうから連絡してもらうことにした。

これから出発すると電話を入れて、キレット小屋で嵐が収まるのを待つ作戦だと伝えると、感極まった声で滝川は応じた。

「恩に着るよ。私も歳で焼きが回った。このくらいの局面、昔なら人の手を煩わせず乗り切れたんだが、いまはとてもそんな馬力はない。とにかく娘を助けて欲しい。私はほったらかしてもらっていい。自分一人くらいはなんとかするから」

桑崎は一つだけ確認した。それは直接こちらの命にも関わる問題だ。

「銃は、いまも持っているんですか」

「持っているが使えない」

「と言うと？」

「撃針が折れてしまったようだ。手入れは怠らなかったんだが、なにしろ入手してから三十年は経つ代物でね」

桑崎はその言葉を信じることにした。いまはそれ以上詮索をしている暇がない。時間が経つほど里香子の救出は困難になる。

木下佳枝もいったんは救出したものの、けっきょく病院で死亡した。低体温症による遭難のケースはそう多くはないが、その特徴は死亡率が高いことで、統計によればほぼ半数が死亡している。低体温症は状況が改善されない限り不可逆的に進行する。つまりそちらも時間との勝負ということだ。

滝川との通話を終えて外に出ると、風はすでに暴風のレベルに達していた。稜線はブリザードに覆われて視界は悪いが、雪はまだ本格的に降り出していないから、ラッセルの必要はなさそうだ。

互いにロープを結び合い、コンティニュアス（同時歩行）で進むことにする。桑崎が先頭に立ち、浜村と稲本がそれに続く。ルートは主に黒部側を巻いていく。いまは東の低気圧が優勢なのか、風は西から吹きつける。

この状況でのいちばんのリスクは、ルートファインディングを誤ることだ。GPSで頻繁に位置を確認するが、ルートの細部までは把握できない。

新雪は風に煽(あお)られてほとんど積もっておらず、先行者のトレールは確認できるが、いまのように視界のない状況では、それを信じてあらぬ方向に導かれることもある。

ヘッドランプの光に辛うじてとらえられる、二万五千分の一地図には表記されない小岩峰や小尾根を、記憶の地図と照合しながら進んでいく。

西からの強風下でのトラバースなら、寒さは別として風に飛ばされる不安はないし、東側に発達しやすい雪庇(せっぴ)を踏み抜く心配もない。

いまはまだ核心部のはるか手前で、五竜岳を越えてからは難所の連続だ。ここではできるだけスピードを稼ぐ必要がある。

ルートファインディングに集中しながら、桑崎はペースを上げていく。浜村も稲本も遅滞なくついてくる。五竜岳山頂までは一般登山者なら無雪期で一時間程度だが、それを四十分以内に短縮したい。

風が弱まる気配はなく、雪の密度も濃くなった。傾斜が比較的緩いため、ピッチを上げても体が温まらない。むしろ吹きつける風で体温が奪われる。

二十分ほどの登りで、山頂の手前の小岩峰の下に着いた。ほぼ三分の二は登ったことになる。その裏手に回ると、風をしのげる岩陰があった。

十分な食事もとらずに行動を開始したので、ここで小休止することにした。この先、こういう場所がそれほどあるとは思えない。

テルモスに詰めてきた紅茶はまだ熱い。それで体を温め、カロリーの高いチョコレートやクッキーを腹に詰め込むと、失った体温もある程度取り戻せた。

状況を問い合わせようと滝川に電話を入れたが、場所が悪いのか天候の関係か、いくら呼び出しても通じない。バッテリーの残量を気にして電源をオフにしている可能性もあるだろう。

「心配している暇はないですよ。体も温まったし、とにかく先を急ぎましょう」

浜村が積極的なところを見せる。稲本も頷く。いったん動き出せば心のギヤは切り替わる。頼もしい思いで桑崎は言った。

「ああ。捜査本部の連中に山岳遭難救助隊の根性を見せつけてやらないとな。いまさら言っても始まらないが、ここまでことが厄介になったのは、本部のお偉方が滝川の取り調べに躊躇したからだ」

「これで事件は一挙に解決ですよ。そのうえ本業の遭難救助でも存在感を示せます」

言いながら浜村はザックのパッキングを済ませて立ち上がる。わずか五分ほどの食事と休憩だったが、三人の気持ちが一致していることを確認して、桑崎も気力が充実した。

現状を報告しようと富坂に電話を入れると、こちらはあっさり繋がった。富坂は心配そうに訊いてくる。

「なんだかまた風が強くなったような気がするが、いまのところは順調なのか」

「まずまずのペースですが、まだほんの序の口です。問題はここから先ですよ」

「なんとか無事にな。滝川と里香子に死なれて困るのはもちろんだが、あんたたちに万一のことがあったら、おれは一生負債を背負うことになる」

「救出に向かう相手が誰だろうと、いまは山岳遭難救助隊としての使命で動いていますから、富坂さんが気に病む問題じゃありません」

「そう言われても、あんたたちを引きずり込んだのはおれだから、責任を感じるなと言われても無理な話だよ」

「任せておいてください。後立山連峰は我々の庭です。ここで遭難なんかしたら、末代までの恥ですから」

自信を込めて桑崎は言った。通話を済ませて出発し、稜線をさらに五分ほど登って、五竜岳頂上に向かう分岐をパスし、八峰キレットへの下りに入る。

目指すポイントまでは二キロほどだが、アップダウンの多いコースだから、実際に踏破する距離はさらに長い。桑崎たちの足なら夏場は二時間もかからないが、いまの条件なら三時間で行ければ御の字だ。

まずは幅の広い急斜面の下りだ。ここは信州側に雪庇が張り出している。視界はせいぜい数メートルで、どこが雪庇の末端かわからない。かといって黒部側を巻きすぎると、続く岩稜帯に入るルートを見誤る。

精度が高いといっても、GPSには数メートルの誤差がある。いまの視界では誤って雪庇を踏み抜くのに十分すぎる誤差だ。

コンティニュアスだと一人が落ちたとき残りの二人を道連れにしかねないので、ここは慎重にスタカット（隔時歩行）に切り替える。一人が進むあいだ、後続が確保の姿勢で待機する方法で、時間はかかるが、安全性を考えればやむを得ない。

GPSで概ね（おおむ）の位置を確認し、コンパスで進行方向を見定めて、浜村の確保を信じて足を踏み出す。真横からの強風を受けて、方向は絶えず信州側にぶれる。それを修正しようにも視界にあるのは白い雪面とガスだけで、この方向でいいのかとつい迷いだす。

なんとか四〇メートルほど進んだところで、雪面にピッケルを刺して自己確保して、ヘッドランプの光しか見えない浜村に、ロープを引いて合図を送る。そのヘッドランプの光が動き出す。

視界さえあれば走って下れる場所に、これだけ時間をかけざるを得ない。苛立ちは募るばかりだが、滝川たちの命のみならず、浜村や稲本の命に関しても桑崎には責任がある。

浜村がやってくる。続いて稲本もやってくる。すでに桑崎が身をもって安全を確認した踏み跡を、彼らは駆けるように下ってきた。今度は浜村にトップを譲り、桑崎が確保に回る。

風に巻き上げられた雪片が顔を打つ。動いているあいだはよかったが、体を動かさないでいるとまたたくまに体温が奪われる。

「二人が心配ですね。ツエルト一枚じゃ、ダウンを着てても凍えますよ」

傍らで身震いしながら稲本が言う。

「ああ。せめてストーブで暖がとれればいくらかましだが、それも出来ないんじゃな」

絶望はしたくないと自らに言い聞かせながらも、実際にこの強風のなかに身を置けば、状況が厳しいのは認めざるを得ない。しかし、もしストーブのヘッドをなくさず、里香子が低体温症に陥ることもなかったら、滝川はたぶん救難要請をしなかった。

そう考えれば千載一遇のチャンスとも言える。富坂たちがあれだけ追って追い切れなかった滝川と里香子を、ここまで追い込めたのはこの悪天候のおかげだと言うしかなさそうだ。

斜面を下り終えて岩稜帯に達し、そこからはまた黒部側を巻いてゆく。風の強さは変わらないが、雪庇を踏み抜く恐怖がなくなったことで気分はいくらか楽になる。夏なら鎖場が出てくるあたりだが、いまは凍てついた雪の下に埋もれて使えない。それなら効率の悪い夏道をたどる必要はないのだが、視界の閉ざされた状態では、わずかに覗いた鎖が貴重な目印で、それを頼りに進むしかない。

岩と氷雪の入り混じった岩稜帯では、アイゼンの利きが不安定だ。危険な箇所では支点をとって確保し合うから、思ったほどにスピードが稼げない。

滝川たちがここを通過したときは天候はまだ落ち着いていたが、それでも一定の登攀技術は要求される。里香子にそれだけの技量が果たしてあったのか。ないとしたら、彼女をリードして八峰キレットを下降した滝川には、かつて鹿島槍北壁で鳴らしたクライマーの片鱗がいまも残っているということだろう。

小岩峰を黒部側から巻いて、次の登りに入ったところでいったん信州側に出る。西風が遮られて一息つけた。先ほどの休憩からすでに一時間動き詰めで、筋肉はこわばり神経はすり減った。三人が辛うじて座れるテラスを見つけ、小休止することにした。

テルモスの紅茶は先ほどよりは冷めているが、それでも少しは体が温まる。ここでも食べ物は少量でもカロリーの高いチョコレートやクッキーで、登山中の行動食には虫歯になりそうなものほど合っている。

滝川の携帯はここでも応答しない。富坂は行動中の電話を遠慮しているはずなので、こちらから呼び出すと、待ちかねていたように訊いてくる。

「無事だったか。いまどのあたりだ」

努めて冷静に桑崎は応じた。

「全体の三分の一ほどのところです。順調と言いたいところですが、滝川と連絡がとれないのが心配で」

「おれのほうからもかけてるんだが、やはり通じないんだよ。二人がいるあたりは電波事情が悪いのか」

「キレット小屋の周辺なら通じるはずですが、黒部側の岩陰となると、立山連峰に遮られて電波の届く基地局がありません。さっき通じたのはよほど電波の状態がよかったのかもしれません」

「滝川にしても歳だから、連絡できないほど弱っているのかもしれないぞ」

富坂は不安なことを口にする。たしかにその点は心配だ。気温はいまマイナス二〇度前後。寒冷前線が通過すればさらに低下する。ツエルト一枚でしのげる寒気はたかがしれている。ツエルトもテントも風を遮ることができるだけで、内部に熱源がなければ外の寒さは容赦なく浸透する。

「できるだけ急ぎます。こんな寒さのなかにいたら、我々だって命がいくつあっても足りませんから」

覚えず強い口調で言うと、慌てたように富坂が応じる。

「発破をかけてるわけじゃないんだよ。命が大事なのはあんたたちも同じだ。おれが言いたいのは、むしろ無理をしないで欲しいということだよ」

「我々の仕事は、多少の無理は覚悟の上じゃないとやれないんです」

強気で答えはしたものの、今回の行動が、これまでの救難活動で一、二を争う困難なものなのは間違いない。

「ああ、そうだ。朗報が一つある――」

富坂が思い出したように切り出した。

「木下佳枝のパソコンのパスワードが解除できたらしい。パスワードというより、指紋認証が、ということらしいんだがね」

「指紋認証ですか」

ぴんとくるものを感じて、桑崎は問い返した。富坂は言った。

「どうも使っていたのが特殊な認証システムのようでね。パスワードでも開けるんだが、そっちは解読がえらく困難らしい。里香子も木下佳枝も大学ではコンピュータセキュリティを専攻したそうだから、そのあたりに関してはかなり凝っていたようだ。それでコンピュータに詳しい科捜研の人間が、試しに手持ちの指紋センサーを接続してみたんだよ。するとドライバーとかいうのがあらかじめ組み込んであって、指紋の入力を促す画面が出てきたらしい」

「専用のセンサーじゃなくても大丈夫だったんですか」

「ドライバーは汎用品にも対応するようにつくられているが、一般に流通しているものじゃなくて、その道の専門家が研究用に開発したものじゃないかと科捜研はみている。ガードが堅くて、パスワードが破れなければ本人の指でしか開けられないそうだ。そのあたりの理屈がおれにはよくわからないんだが」

「それで、どうやって解除したんですか」

「このあいだ出た、指紋をプリンターで型どりしてアイフォンの指紋認証を破ったハッカーの話——。あれをやってみたそうなんだよ。山に落ちていたアイフォンでは成功しなかったが、こっちは採取してあった佳枝の指紋で難なくロックが解除できた。アイフォンのほうはその後ソフトを改良していて、こっちはまだそこまで対応していなかったんだろうと言っている」

「やったじゃないですか。するとハードディスクの中身はすべて読めるんですね」

桑崎は声を弾ませたが、富坂は渋い調子だ。

「プライバシーの問題があるから、あすいちばんで名古屋にいる伯母さんの承諾を得てからだな。なかには何万というファイルがあるし、重要なデータは暗号化されている可能性があるから、全体を解読するには数日はかかりそうだと科捜研は言っている」

「しかし、大きな成果ですよ。秘密を解き明かす鍵が必ず見つかります」

意を強くして桑崎は言った。こうなると原口たちが死体の指を切り取った理由も想像がつく。

それが、死体となって発見された伊藤優子とみられる女性の持ち物であろうアイフォン、あるいは当人が所有していたかもしれないパソコンのロックを解除するためだったとしたら、彼女も滝川里香子や木下佳枝と繋がりがあった可能性が高い。少なくとも彼女が殺害された経緯が、里香子の失踪や今回の滝川の行動と無関係ということはあり得ない。

滝川と里香子の救出に成功すれば、彼らの口から真相を聞ける。それを見越してか富坂の喜びもいま一つのようだが、万一のことも考えなければならない。絶対に救えると言い切る自信はないし、救えたとしても、滝川が洗いざらい喋るかどうかは保証の限りではない。彼らの証言の裏をとるうえでも、貴重な材料があるものと信じたい。

富坂は言う。

「そっちももちろん大事だが、まずは生き証人を二人、無事に山から降ろすことだな。しかし、くれぐれも無理はするなよ。電話越しの風の音を聞いてると、テントのなかで温々しているおれまで命が縮みそうだよ」

「ここまで来たら、行くも帰るも地獄です。やり切るしかありません。山岳遭難救助隊の意地を見せますよ」

いまはそう応じるしかない。ここで桑崎自身の腰が砕けたら、浜村と稲本を本当に地獄への道連れにしかねない。

富坂との通話を終え、コンピュータのロック解除のことを伝えると、浜村も稲本もむしろ気合いが入ったようだった。

「急ぎましょう。ここまで苦労したのに、科捜研に手柄を攫われちゃ堪りませんから」

浜村が気負い込んで言う。稲本も強気の口を利く。

「まだ本格的な荒れ方じゃありません。厳冬期だったらこのくらいの風は普通ですから。二人を救出してキレット小屋へ逃げ込めば、もうこっちのもんです」

そのとき桑崎の携帯が鳴り出した。滝川からだった。

「もしもし。大丈夫ですか。状況はいかがですか？」

慌てて応答すると、風音にかき消されるような滝川の声が流れてきた。

「大丈夫と言えるほどじゃないが、生きてはいるよ。里香子は脈が遅くなっている。私もときどき意識が朦朧とする」

「何度か電話を入れたんですが、通じませんでした」

「バッテリーの残量が少なくなったんで、電源を切っていたんだよ。スマホというのは、バッテリーの保ちが悪くて困る。ガラケーにしときゃよかったよ」

余計な話を付け加える程度の体力はあるようだ。桑崎は言った。

「賢明な判断です。我々はいま全体の三分の一を過ぎたところです」

「Ｇ４の手前あたりだね。そこからだと、この天候では四、五時間はかかるだろう」

「三時間以内で踏破するつもりです。それ以上遅くなると、我々自身も危険ですので」

「無理はしなくていいよ。私はきょうまでろくでもない人生を送ってきた。そのために、若い君たちの命を犠牲にするのは忍びない。里香子を死なせるのは不憫だが、それも私が蒔いた種だから」

滝川は気弱なことを言う。あの傲岸不遜さは微塵もない。桑崎は言った。

「生きて還ってください。あなたが蒔いた種なら、刈り取るのもあなたの仕事です。それを手助けするために、我々はリスクを冒して行動してるんです」

3

桑崎たちは先を急いだ。風も寒気もいよいよ強まり、ヘッドランプの光のなかを舞う雪の密度も濃くなって、いよいよ吹雪の様相を呈してきた。

いまいる地点はルートの難所の一つで、夏山シーズンには鎖場が渋滞する。この季節だと雪に埋もれて鎖や梯子(はしご)は使えない。そんな状況を想定して、今回はアイスバイルを携行した。それならダブルアックスの技術が使え、むしろ無雪期よりもスピードが稼げる。

問題はルートファインディングで、ヘッドランプがあっても視界は限られる。闇雲に飛ばせばルートを読み違えて行き詰まる。経験がいちばん豊富な桑崎がリードするしかないが、こんな状況では行動しないのがそもそも登山の鉄則で、桑崎にしても特別なノウハウがあるわけではない。八峰キレットは積雪期も含め過去に何度も通過しているから、記憶に残る特徴的な岩角を手掛かりに慎重にルートを選ぶ。

桑崎がロープを延ばすあいだ、浜村と稲本が交互に確保してくれる。落ちたとき確実に止めてもらえるとは限らない。しかしいまは信じて進むしかない。

ガリー（岩溝）に入ると、上から派手なチリ雪崩が落ちてくる。大きな雪崩が起きる場所ではないが、ラッセルが必要なほど新雪が積もれば、それも体力を消耗する。

黒部側にいるあいだは、背後からの風圧で壁に体が押しつけられて、むしろ体勢は安定する。しかし稜線上では横殴りの風が吹きつけて、体が根こそぎもぎとられそうだ。

四月といっても、荒れれば真冬と変わりない。後続する二人を確保していると、体の芯から悪寒が湧いてくる。桑崎を確保しているときは彼らも同じで文句は言えないが、これではこちらが低体温症で倒れそうだ。

むしろノーロープのほうが安全かもしれないと思い立つ。こんな行動をしている以上、リスクをゼロにする選択は有り得ない。ロープをつけてのコンティニュアスという手もあるが、その場合、誰かが落ちたら全員が巻き添えになる。

浜村は鹿島槍の北壁を経験しているし、稲本も雪壁登攀の基本技術は習得している。ルートファインディングが困難な点を除けば、必ずしも難しいルートではない。二人が登ってきたところで提案すると、どちらも即座に賛成した。

「僕もそう思ってたんです。これじゃ体の動きが悪くって、かえって転落しかねないですよ」

そう言う浜村も傍らで頷く稲本も、顔色は青ざめ唇は紫色だ。桑崎だって同じだろう。

「桑崎さんがルートを見極めてくれれば、技術的には僕でも十分こなせます。動いてさえいれば、体は温まります」

寒さに震える声で稲本が言う。

「それで行こう。おれの姿を見失わないように、ぴったり後続してきてくれ」

そう声をかけ、桑崎はふたたびトップで登り始めた。ノーロープなら中間支点をとる手間も省け、体を動かし続けられるのがありがたい。

出来るだけ容易なルートを選び、少しずつスピードを上げていく。浜村も稲本も馬力では桑崎に負けない。数メートルの間隔を置いて安定したピッチでついてくる。G4と呼ばれる顕著な岩峰の頂上に達するころには体温も上昇し、背中や腋（わき）の下が汗ばんできた。

G4とG5のあいだは左右が切り立った痩せ尾根で、いまはナイフエッジ状の雪稜だ。吹きつける風が体を薙（な）ぎ倒そうとする。信州側に飛ばされたらお終いで、黒部側の雪壁をトラバースするしかないが、さすがに微妙なバランスを要求される。落ちれば数百メートル転落するから、ここはロープを出すことにした。

トラバースを終え、最後の雪壁を登ったところがG5の頂上だ。そこからは急峻な下りで、慎重にクライムダウン（手足を使って下降すること）する。下方向の見通しが悪い上に、ルートを誤れば致命的だ。登りならただ上に向かえばいちばん高いところに着くが、下りではちょっとした読みの狂いが、取り返しのつかない方角違いに結びつく。

渦巻くガスと吹雪の向こうにどんな深淵が待ち受けているのか、目で確認できないだけに恐怖が募る。雪や氷のあいだからときおり顔を出す鎖やペンキのマークを頼りに、ヘッドランプが照らし出す周囲数メートルの視界のなかを、祈るような気分で下りていく。

G5を下り終えてからは、しばらくなだらかな尾根が続く。夏なら息の抜ける数少ない箇所だが、いまは信州側に発達した雪庇が怖い。後立山連峰は、黒部側が緩く信州側が切り立っている非対称山稜で、信州側に落ちたら助かりようがない。

ここはふたたびロープを結び、互いに確保しながらのスタカットで進む。せっかく岩場で稼いだスピードが、これで帳消しになりそうだ。

ロープが延びるにつれて、浜村たちのヘッドランプの光が弱くなる。ガスと吹雪のカーテンで遮断された互いの小さな空間を繋ぐのは、彼らの確保に命を委ねるただ一本のロープだけだ。

稜線は猛烈な吹きさらしで、身を隠せる場所がどこにもない。ブリザードとガスと吹雪のミックスで、視界はせいぜい三メートル。風が吹いてくる方向が黒部側だとわかるだけで、いまいる場所が雪庇の上かどうか判断する術がない。コンパスを頼りにひたすら南に向かうだけだ。踏み抜いたら後続が止めてくれると信じるしかない。

幸い新雪は風で飛ばされて、ラッセルが必要な吹きだまりはない。見えるのは周囲数メートルの雪面だけで、ガスや吹雪の壁と区別がつかず、上下左右の空間認識さえ怪しくなってくる。滝川たちがいる場所まで生きて到達できるかどうか、いまはそれすら自信がもてない。

警察官に殉職は付きもので、それは山岳遭難救助隊であろうと交番のお巡りさんだろうと変わりない。しかし一般の警官にとって、死は非日常の世界に属するものと言っていいが、山岳遭難救助隊の職域には、死が日常的に存在する。桑崎たちも例外ではない。その現実をここまで直視させられたのは初めてだ。

G6、G7と続く小岩峰を乗り越すときのほうが息がつけるくらいで、そのあいだを繋ぐ稜線では、常に雪庇の恐怖が待ち受ける。

探るように足を踏み出した雪面がぐらりと揺れた。もう一方の足に反射的に体重を移し、黒部側の斜面に身を投げ出す。限られた視界のなかの雪面に、それまでなかった亀裂が見える。それがみるみる広がって、その向こうの雪のブロックが視界から消えた。

スローモーションの動画のように見えたが、それは一瞬の出来事で、とっさに反応していなかったら、自分は断崖に宙吊りになっていただろう。

ロープの動きで異変を察知したのか、浜村が力強くロープを引いた。反応はいい。大丈夫だというように二、三度ロープを引いて合図を送り、五メートルほど黒部側に下ってまた南へ向かう。

肝は冷やしたがかえって度胸がついた。落ちたら浜村たちが止めてくれる。落ちるのを惧れて慎重に進んだところで、危険度はさして変わらない。それなら転落は織り込み済みでスピードを稼ぐのが得策だ。

ようやく雪稜が終わったところで、今度は急峻な岩場を一登りする。そこは北尾根ノ頭と呼ばれる小ピークの頂で、普段なら格好の休憩ポイントだが、この状況では五分と留まっていられない。

幕営地を出たのが午後七時三十分で、いまは午後十一時。疲労もだいぶ蓄積している。筋肉が張り、ときおり軽い痙攣(けいれん)を起こす。頂上から少し下った斜面にわずかな窪地(くぼち)を見つけ、ツエルトを被って小休止する。浜村も稲本も先ほどより顔色が悪く、心なしか動作も鈍い。

テルモスの紅茶は冷めていた。それを温めようとガスストーブを点火すると、ツエルト内の気温は一気に上昇する。やっと人心地がついた。ツエルトが風でばたついて、互いの会話も不自由なくらいだが、とりあえず滝川に電話を入れた。

呼び出し音が鳴らずに接続できない旨のメッセージが流れる。たぶん電源を落としているのだろう。続けて富坂を呼び出すと、こちらはすぐに繋がった。

「おう、無事だったか。いまどのあたりだ」

安堵を滲ませて訊いてくる。強がっても始まらないから状況を正確に伝えると、いかにも不安げに富坂は応じた。

「危ないようなら引き返していいんだぞ。なにより大事なのは自分の命だからな」

「リスクの点では引き返すのも進むのも変わりないですよ。ここまで来た以上、やり遂げるしかありません」

腹を括って桑崎は言った。こんな状況からはできるものなら逃げ出したいが、その選択肢は存在しない。浜村と稲本のことを思えば苦渋の決断だが、それなら救出に向かった判断自体が誤りだったことになる。

「こっちの事件がなければ、そこまで無理することもなかったんだがな」

富坂は悔やむが、それは桑崎たちの思いとは異なる。理由がなんであれ、たまたま自分たちがあの場所にいて、誰かから救難要請を受けたとしたら、やはり見過ごすことは出来なかっただろう。

「さっきも言ったように、それが我々の仕事です。滝川と里香子じゃなくても、人の命を救うのが我々の責務ですから」

「山岳遭難救助隊なんて山好きの警官の同好会みたいなもんだと馬鹿にしていたが、

その認識は改めるよ。いまおれにできるのは、あんたたちの無事を祈ることくらいだ」

「もちろん頑張りますよ。我々だって死ぬのは嫌ですから」

不退転の決意で桑崎は言った。

4

キレット最低鞍部の口ノ沢のコルまでは片傾斜の尾根が続き、雪庇の心配はあるが富山側が緩斜面のため、大きく巻けば危ないところはさほどない。ここはノーロープでいくことにした。

しかしルートは長く、下りで体力も使わないから、すぐに体が冷えてくる。稲本が遅れがちなのが気になった。大丈夫かと声をかけると、心配ないと答えるが、その表情に生気がない。浜村も不安げにその顔を覗き込む。口ノ沢のコルのすぐ上の岩場が三段登りで、滝川と里香子はその途中でビバークしている。普通に歩けばあと三十分ほどだが、稲本の体調がやはり心配だ。

滝川と里香子を救出するには、そこからいくつもの岩場を越えてキレット小屋を目指すことになる。動けない里香子を運ぶには三人の力が必要だろう。滝川にしても本来の体調を維持しているかどうか覚束ない。稲本が動けなくなれば万事休すだ。時刻は零時を過ぎたところだが、なんとか四時間半でここまで来ている。

「少し休むか」

桑崎が訊くと、稲本は慌てて首を振る。

「休んでも体が冷えるだけです。もう少しですから先を急ぎましょう」

その言葉がどんな苦しい思いから絞り出されたのか、桑崎にはよくわかる。彼にとっては、行くも帰るもはもちろんのこと、休むことすら地獄なのだ。

「じゃあ行こう。おれたちが合わせるから、おまえは自分のペースでついてきてくれ」

そう言って、桑崎はふたたびロープを結び合うよう促した。安全確保というより、稲本が落伍したときへの用心だ。いまの視界では、彼が動けなくなったとき、気づかずに進んでしまうとその姿を見失う。

桑崎がトップに立ち、稲本を挟んで、浜村があとに続く。これだけですでに遭難救助の現場のようだが、こんな場所でまともに行動できるほうが不思議なくらいで、桑崎にしても浜村にしても、我が身がこの先どうなるかわからない。

それ以上に心配なのが里香子の容態だ。滝川が救難を要請してきたとき、すでに低体温症に陥っていた。それから四時間半も経っている。滝川に出来るのは、ありったけの衣類を着せて体温を保持するくらいだろう。

その滝川自身も若くはない。そもそもどんな強靱なクライマーでも、耐寒能力が一般人より秀でているわけではない。山で凍死した著名なクライマーはいくらでもいる。

携帯電話が通じないのも不安を掻き立てる。滝川までも低体温症に陥っていたら、果たして二人を小屋まで運べるか。

三段登りの途中でビバークするより、いったん下って平坦地のある口ノ沢のコルでビバークしたほうがよさそうなものだが、それだけの力もなかったのか、あるいはこの嵐を予期してより安全な岩の窪みを選んだのか。いずれにしても結果的にはよかったのかもしれない。おそらくコルにはジェット気流のような風が吹き抜けて、テントもツエルトも吹き飛ばされかねないほどだろう。

夜半を過ぎて気温はさらに下がった。筋肉は強ばって、冷え切っていた体の動きがいっそう悪くなる。ルートはほとんど緩い下りで、体温の上昇は期待できない。

桑崎の頭にも「死」という文字がちらつきだす。しかしいま後悔しても始まらない。自分たちが生き延びるためにも、まず口ノ沢のコルまで到達することだ。その先の岩場には、滝川たちが見つけたような岩陰があるはずだ。そこで温かいものを腹に入れれば、体温も上がり体力も回復する。

滝川たちの救出はそのあとの話だ。自分たちが力尽きたらけっきょく彼らも救えない。桑崎たち三人が生き延びることこそが、いまや喫緊の問題なのだ。

低気圧が通り過ぎても、そのあと東方海上でさらに発達し、強い冬型の気圧配置がしばらく続く。麓は晴れても山は荒れ続け、ヘリはすぐには飛べないだろう。キレット小屋まで里香子を運べたとしても、果たしてそれまで命がもつか——。希望の光は限りなく弱い。

浜村の足どりも重くなっている。視界は相変わらず開けない。見えるのは足下の雪面だけで、前進している実感が得られず、ただ足踏みをしているだけのような気さえする。

風は列車のような轟音(ごうおん)を立てて耳元を吹きすぎる。クライミング中に死ぬかもしれないと感じた瞬間は何度もあった。しかしこんなふうに、逃れようもない死の恐怖にさらされるのは初めてだ。

「大丈夫か、稲本?」

声をかけても風音にかき消されて聞こえているかどうかわからない。それでも桑崎の表情から意味を読みとったのだろう。歯を食いしばったような顔で稲本は頷く。浜村も大丈夫だというように何度も頷いている。

それを信じて自らの気持ちに活を入れ、体をねじ伏せようとする風圧に抗(あらが)いながら、わずかに歩行のピッチを上げた。疲労が限界に近いのは自分も同じだ。しかし浜村と稲本を生きて還すことこそ、なににも増して優先する使命だと自らに言い聞かせる。

　そのとき背後で浜村が声を上げた。風音で言葉は聞きとれないが、嬉々とした表情で空の一角を指さしている。そこに目を向けて桑崎は息を呑んだ。星が瞬いている——。

　風が急速に弱まった。周囲のガスが薄れて、視界が大きく広がった。それは魔法のようだった。浜村も稲本も茫然と空を見上げる。星の数は瞬く間に増え、雲間から月も顔を出した。

　北にはＧ５、Ｇ４の岩峰が二本の牙のように天を突き、その奥には五竜岳のピラミッドが、月光に青ざめた雪肌を浮かび上がらせる。

「疑似好天だ」

　希望と焦燥が入り混じった複雑な感情が湧き起こる。寒冷前線が通過する前によく出現する現象で、低気圧に流入する暖気と寒気が均衡して無風になり、そのとき空は晴れ渡る。

　普通は三十分程度。ときに数時間にわたる場合もあるが、本格的な回復と勘違いして行動を起こし、遭難に至るケースがあまたある。カクネ里で死体を発見したとき、ヘリが飛んでくれたのは、やはり疑似好天が訪れたときだった。

　いまの桑崎たちにとってはチャンスそのものだ。どのくらい続くかは予測がつかないが、たとえ三十分でも好天のなかで行動できれば、二人を救出できる可能性は大きく高まる。キレット小屋までは無理だとしても、いまより安全な場所に移動させ、冷え切った体を温められる。

「願ってもない幸運ですよ」

浜村が勢い込む。稲本の表情にも生気が戻った。

月明かりに照らされて、雪庇の縁もよく見える。これならロープを外してスピードを上げられる。急がなければならない。これは天の気まぐれとも言うべき僥倖で、このあとさらに激しい嵐が襲来するのは確実だ。

いまは風に抗う必要がないから、ピッチを上げても体力の消耗は少ない。気温がとくに上がったわけではないが、風がなければ体感温度は高まる。三人は走るようなスピードで尾根を下った。

5

口ノ沢のコルには二十分で達した。三段登りの岩場を見上げたが、二人がビバークしているはずのツエルトも明かりも見えない。

電話では三段目の鎖場から左にトラバースした、オーバーハング状の岩の下だと言っていたが、いくら目を凝らしてもそれらしいものは見つからない。

携帯で滝川を呼び出したが応答がない。桑崎たちが着くころだと見込んで電源を入れているものと期待していたが、ついにバッテリーが切れてしまったか、あるいは滝川の身にも異変が起きたか。複雑に入り組んだこの岩場で二人を探すとなると一仕事だ。桑崎は大声で呼びかけた。

「滝川さん。無事ですか？　いまどこにいるんですか？」

続いて浜村たちも呼びかけたが、何度やっても応答がない。返事をする元気もないのかと、桑崎はまた声をかけた。

「滝川さん。動ける状態ならライトを点けてください。それが目印になりますから」

しばらく待ったが、光は見えない。多少は風が避けられる場所を選んだはずだから、下からは周囲の岩に隠れて見えないのかもしれないが、応答がないのがやはり不安だ。天候が再び悪化するのは確実だ。自分たちだって生きて還れるかどうかわからない。

里香子のみならず滝川までも死亡したら、なんのための決死の行動だったのか。桑崎は二人に訊いた。

「行けるか？」

浜村も稲本も厳しい表情で頷いた。桑崎はトップに立って登りだした。鎖場といっても難しいルートではない。ここはスピード勝負だからロープは結ばない。

先ほどまでの荒れ方と比べれば、山は不気味なほどの静けさだ。頭上は満天の星で、中天に浮かぶ月が、谷を隔てて聳立(しょうりつ)する劔岳(つるぎ)と立山を異界の魔神のように浮かび上がらせる。三人が打ち込み蹴り込むアックスとアイゼンの金属音が、足下の尾根や谷に谺(こだま)する。

三段目の鎖場に達したところで左寄りにルートを変えて、周囲に目配りしながら直上する。二人がビバークしていたはずの場所に達したとき、桑崎は当惑した。そこには強風で一部が破れたらしいツエルトと、大型と中型のザックが一つずつあるだけだった。どちらも天蓋が開いたままで、中身はだいぶ減っている。

場所は二人がどうにか腰を下ろせる程度のテラスだが、自己確保した形跡はない。滝川がうとうとしているうちに、二人とも転落したとも考えられる。

慌てて信州側の岩場や斜面に目を走らせたが、二人とおぼしい人の姿は見つからない。

「ひょっとして、小屋に向かったんじゃ？」

浜村が言う。この疑似好天をチャンスと見て、より安全なキレット小屋に向かった――。

理屈としてはあり得ても、低体温症で動けない里香子を担いで、小屋まで果たして移動できるか。

滝川自身もいまは消耗しているだろう。山の経験が豊富な滝川なら、この疑似好天を本格的な回復と見誤ることはないはずだ。

しかし桑崎たちがそれをチャンスと考えたように、滝川も行動を決断した可能性は否定できない。もし桑崎たちが無事にここまで来られなければ、二人は座して死を待つしかない。自分が滝川の立場だったとしても、それが唯一の活路と考えた可能性は高い。

ここから小屋までのあいだにも、厳しい岩場がいくつも連なる。ここまでのルートでも鎖や梯子の大半は雪を被ったり凍てついたりしていて使えなかった。滝川一人で里香子を背負って、そこを通過するのは至難の業だ。

疑似好天がいつまで続くかは誰にもわからない。桑崎たちが普通に歩いても、小屋まで一時間弱はかかるだろう。疑似好天が訪れたときに滝川が里香子を背負って出発したとしても、むろんまだ途中のはずなのだ。

せめてあと二時間、この好天が続いてくれれば、自分たちが追いついて二人を小屋まで連れていけそうだが、そこは神のみぞ知るところだ。焦燥を覚えながら桑崎は二人を促した。

「行こう。やはり、ほかに考えられない」

三段登りを一気に詰め、急峻な岩場をクライムダウンする。里香子を背負ってここを通過したとしたら、滝川は体力においても登攀能力においても並外れていると言うしかない。

6

「まずいですよ。また崩れ始めたようです」

谷の向こうを指さして浜村が声を上げる。剱岳と立山の稜線を滝のような雲が乗り越えて、黒部の谷を埋め始めている。頭上の星もまばらになって、立山の向こう側には巨大な雪雲の壁が立ち上がり、みるみるこちらに迫ってくる。

風が急速に強まった。疑似好天は突然訪れて突然立ち去る。そのあとは法外な利息をつけて借金を取り立てるように、はるかに激しい風雪と寒気が襲ってくる。

小岩峰をもう一つ越えると、ふたたび周囲でガスが渦巻きだした。すでにこのあたりも雪雲に呑み込まれているのだろう。そのとき稲本が声を上げた。

「あそこ、見てください。キレット小屋に明かりが」

稲本は山岳遭難救助隊のなかでもいちばん視力がいい。指さす方向に目を凝らすと、流れるガスの切れ目に、かすかだが小さな光が見える。たしかにキレット小屋の方向だ。誰かがそこにいるらしい。

滝川と里香子だとしたら、到着した時間が早すぎる。疑似好天がやってきてまだ三十分と少し。そこにたどり着くのは到底不可能だ。だとしたらあの嵐のなかを、滝川は里香子を背負って小屋に向かっていたことになる。

この一帯に入山したほぼすべての登山者がきのうのうちに下山していることは、登山口やテレキャビン駅でチェックに当たった捜査本部の人員が確認している。もちろん一〇〇パーセント把握しているとは言えない。しかし桑崎は、それが滝川と里香子だとほとんど確信していた。

「急ごう。信じがたいことが起きているのかもしれない」

桑崎は二人を促した。ガスの流れはまた濃くなって、小さな光はその向こうに掻き消えた。風も急速に強まって、すでに先ほどまでの風圧と変わりない。雪もちらちら舞い始めた。いまはなによりもまず、自分たちがキレット小屋に待避しなければならない。

次の小岩峰を黒部側から巻いたところで、本格的な吹雪が襲ってきた。再び視界は数メートルになる。疲労が蓄積した身には、背中のザックだけでも負担に感じる。里香子を背負ってここを通過したとしたら、その苦しさは言語を絶するものだっただろう。

二人のあいだにどんな確執があったのかは知らないが、滝川にとっての里香子という存在は、こちらが想定していたのとはだいぶ違うようだった。

いや、そんなことはいまはどうでもいい。疲労困憊（こんぱい）した六十代も後半の滝川がやってのけた奇跡に、桑崎はただただ驚嘆し、感動に心を揺さぶられていた。

7

浜村も稲本も死力を尽くして小屋を目指した。桑崎も疲労は限界を超えていたが、自らが生きるためにも、いまは小屋にたどり着くしか術がない。

最後の鎖場を一登りして、ようやく到着したキレット小屋の窓に明かりはなかった。さっきの光は錯覚だったのかと落胆し、避難者用の入り口を探した。信州側にある玄関のすぐ横に、潜（くぐ）り戸のような戸口があるはずだ。もちろんいまは雪に埋もれているから、それを掘り起こさなければ入れない。

風下に当たる玄関側に回ると、避難者用の入り口はすぐに見つかった。驚いたことに、すでに誰かが雪を掘り起こしていた。

あるいはと思って、慌てて戸口を開けた。入ったところはホールや食堂に続く土間で、さらに廊下に沿って寝室が並んでいることは、何度も訪れて知っている。

しかし人のいないこの時期は、壁から床から家具類まですべて霜や氷に覆われて、風がないだけましというくらいで、寒さの点では冷凍庫にいるのと変わりない。

ホールや食堂に人の姿はない。廊下を少し進んだところで、浜村が声を上げた。

「あそこに人がいます」

指さしたのは寝室の一つで、そこに寄り添って横たわる二人の姿が見える。といっても一方は寝袋に包まれて繭のように膨らんで、中身は人だろうと想像できるだけだ。もう一人はダウンジャケットも羽織らずに、アノラックの上下だけの軽装だ。歩み寄って確認すると、そちらは滝川修三だった。

助かったらしい――。胸をなで下ろして「滝川さん」と呼びかけた。しかし滝川は、返事はおろか身動き一つしない。慌てて口元に手を当てた。呼気は感じられない。頸動脈に指を当てても拍動は伝わらない。

ダウンジャケットやフリースを何枚も重ね着して寝袋にくるまっていたのは、すでに写真で知っている滝川里香子その人だった。

その顔に血の気はなく、こちらもだめかと半ば絶望しながら口元に掌を当てると、かすかに呼気が感じられた。生きている――。

頸動脈に指を当てると、弱いがたしかに拍動が伝わってくる。体温もわずかに感じられた。

滝川は里香子を抱きかかえるように背中に腕を回し、自らのなけなしの体温を、いや命そのものを里香子に分け与えようとするかのようだった。

滝川自身は氷のように冷たい。自分の衣服のほとんどを里香子に着せていたらしい。しかしかすかな笑みさえ浮かべたその表情は、慈愛に満ちた父親のそれのようだった。

第十三章

1

小屋の内部は冷え切っていた。土間にテントを張り、ストーブを弱く点して、テント内の温度を零度前後に保った。

中程度以上の低体温症の場合、一気に体温を上げると、ウォームショックと呼ばれる末梢血管の拡張による急激な血圧低下や、手足に滞留していた冷たい血液が心臓に流れこむことによる心室細動の危険がある。そこで使い捨てカイロで腋の下や鼠蹊部を温める。安全に体幹温度を上げるための、それが唯一の方法だった。

それ以上に重要なのが迅速な病院への搬送だが、二つ玉低気圧の通過に伴う台風並みの荒天のなか、名パイロットの山上といえどもヘリを飛ばすのはまず不可能だ。担いで下山するという選択肢も有り得ない。それでは里香子はおろか、桑崎たちまで命を失いかねない。ヘリが飛べる程度まで天候が回復するのが、いつになるかはわからない。

里香子は弱々しいが呼吸も心拍もあり、それが続いてさえくれれば、命を取り留める希望はある。しかし滝川のほうは心拍も呼吸も完全に停止し、心臓マッサージをしても人工呼吸をしても反応がない。

里香子同様、使い捨てカイロで体幹温度を高める処置はしているが、低体温症の場合、生死の判定が極めて難しい。体温が低く、心拍も呼吸も止まり、さらに手足も硬直しているような仮死状態に陥ると救急救命士でも死体と判断してしまうケースがある。だから低体温症の生死の判断は、病院への搬送ののち医師が行うのが鉄則だ。

だから一縷の望みがないわけではないが、桑崎は、低体温症による死者を実際に何度も見ている。その経験からすれば、滝川が生きているかもしれないというのはあくまで理論上の話で、ないも同然の可能性だというのが偽らざる思いだった。

だからこそ里香子の命は救いたかった。二人のあいだにどんな確執があったのかはわからない。しかし滝川が自らの命を捨ててでも救おうとした里香子を、なんとしてでも死なせてはならないという強い思いが桑崎の心を占めていた。だからと言って、いまは天候の回復を願う以外にできることはなにもない。

一時間ずつ交代で、一人が起きて里香子の容態を見守り、残りの二人がそのあいだ仮眠をとった。午前七時を過ぎたころ、熟睡もできずうつらうつらしているところを浜村に揺り起こされた。

「桑崎さん。風が――」

跳ね起きて耳を澄ますと、寝る前には小屋の外で猛(たけ)り狂っていた風音が穏やかになっている。急いで外に出てみると、北西の空に晴れ間が覗いていた。雪はほとんど止んでおり、いまも空の大半を占めている雪雲の雲底も高くなっている。西から晴れてくるのはいい兆候だ。

八峰キレットの深いギャップからは鹿島槍の頂は見えないが、眼下のカクネ里は真綿を敷き詰めたような雲海に覆われ、左手に遠見尾根、正面に天狗尾根が大量の新雪をまとって横たわる。その稜線からは雪煙が上がっているが、昨夜の暴風雪と比べればそよ風と言っていいほどのものだろう。

「なんとかなるぞ。これなら山上さんが飛んでくれる」

桑崎は心を躍らせた。浜村も会心の笑みを浮かべる。

「ゆうべの苦労は無駄じゃなかったですね。里香子は必ず生き延びますよ。滝川だってもしかしたら──」

「ああ、そう願いたいよ。救える命はすべて救いたい。それがおれたちの仕事で、その先は富坂さんたちの領分だ。たとえどういう事情があろうと、これ以上は死体を増やしたくない」

「僕らもこれで生きて還れますね」

感無量という面持ちで稲本が言う。その言葉の意味を桑崎は噛み締めた。稲本も浜村も桑崎自身にしても、昨夜は何度も死を意識した。それが仕事だと割り切ることなど到底できない。だからこそ命は尊いと思いたい。自らの命と引き替えにしてでも滝川が守ろうとしたもう一つの命を、なんとしてもこの世に繋ぎ止めたい。

そのとき桑崎の携帯が鳴った。取り出してディスプレイを覗くと、八木からの着信だった。昨夜は県警本部に泊まり込むと言っていた。

「山上君がこれから飛んでくれるそうだ。あと十五分ほどでそちらに到着する。急いで準備をしてくれ。とりあえず急を要するのは滝川と里香子の二人だ。そちらを病院に搬送したあと、おまえたちを拾いにもう一度飛んでくれる」

「わかりました。里香子のほうは脈がだいぶ強くなりました。病院に搬送さえすれば、回復の可能性は高いと思います」

「滝川はやはり難しいのか」

八木は切ない調子で訊いてくる。昨夜二人を発見したときの様子はすでに報告してあった。政界進出への野心を隠さない冷徹な遣り手実業家――。そんなイメージを裏切る滝川の行動には、大いに感じるものがあったようだった。

「死亡しているか仮死状態かのいずれかで、医師の判断を待つしかないと思います」

「生きている可能性は、限りなくゼロに近いな」

「いわゆる心肺停止状態です。体を温め、心臓マッサージと人工呼吸はやったんですが」

「そうか。ベストは尽くしたんだ。結果がどうあれ、気に病むことはないぞ。おれにとっては、おまえたちが生きて還ってくれることがこのうえもなく嬉しいよ」

思いのこもった口ぶりで八木は言った。

2

里香子と滝川は、強風を突いてやってきた山上のヘリで信濃大学附属病院に搬送された。

医師は滝川に懸命な蘇生術を施したが、その甲斐もなく一時間後には死亡が確認された。滝川が電話で言った話は嘘ではなかったようで、大腿部には銃弾がかすったものと見られる裂傷があったが、医師の見立てでは、痛みはあっても歩行に困難を来すほどではなかっただろうという。

里香子は一命を取り留めたが、重度の低体温症に陥っていたため、自力での体温維持能力が回復するまであと数日は絶対安静だという。ＭＲＩ検査の結果では、脳組織に大きなダメージはなさそうだが、いまは脳自体が休眠状態にあり、なんらかの障害が残るかどうかは、意識が戻ってから判断するしかないとのことだった。

桑崎たちは再び飛来した山上のヘリで大町署に戻ってきた。富坂たちも別のヘリで無事に戻っていて、午後いちばんで捜査会議を開くという。

木下佳枝のハードディスクの中身については、名古屋の伯母の了解が得られたため、これから分析を始めると富坂は張り切っていた。伯母はプライバシーに関わることで当初は迷っていたようだが、姪があんな死に方をしなければならなかった理由を明らかにすることが、むしろ供養にもなると決心したらしい。署にほど近いコーヒーショップに桑崎たちを誘い、神妙な調子で富坂は言った。

「できれば滝川の口から真相を聞きたかったが、こうなっちまっちゃしようがない。それでも里香子を生きて救出できたのはよかったよ。あんたたちの命懸けの活躍がなかったら、この事件は迷宮入りする公算が高かった。こちらとしては感謝の言葉もないよ」

「それが仕事ですから、と言いたいところですが、今回ばかりは生きた心地がしませんでしたよ」

忌憚(きたん)なく応じると、冗談でもなさそうな調子で富坂は言う。

「長野は山国だから、今後こういう事件が増えるかもしれないな。早晩、捜査一課にも山岳機動捜査というのをつくらないといけない。いつもいつも、あんたたちに手伝ってもらうわけにはいかないからな」

「本当ですか。だったら僕、いますぐ志願しますよ」

もともと持論だった浜村は即座に応じる。富坂は渋い顔で言う。

「そうは言っても、適性ってのがあるからな。刑事捜査となると、山登りの技術だけじゃ済まないし」

「もちろん勉強しますよ。今回の事件でもいろいろ教えられることがあったし」

浜村は食い下がる。熱意にほだされたように富坂は応じた。

「わかったよ。そんな話になったら、真っ先に声をかけるから」

3

「なんだか雲行きが怪しくなってきてな」

消沈した様子で富坂が電話を寄越したのは翌日の昼過ぎだった。落ち着きの悪いものを感じて桑崎は問い返した。

「捜査会議で、なにかあったんですか」

「滝川が死んだことで、上の連中はもう手打ちにしようと画策している」

「手打ちというと？」

「容疑は銃刀法違反。被疑者死亡で送検して、捜査本部はお開きだ」

「じゃあ、カクネ里の死体は？」

「このままだと、そっちも被疑者死亡で送検だな」

吐き捨てるように富坂は言った。強い憤りが湧き起こる。

「だったら、ここまでの苦労はなんだったんですか」

「山岳遭難救助隊には合わせる顔もないよ。おれは辞表を書きたくなった」

「もう一歩で真相が明らかになるところだったのに、いったいどういう理由で上はそういう判断を？」

「いろいろ具合が悪いことでもあるんじゃないのか」

「滝川はもうこの世にいない。遠慮することはなにもないでしょう」

「だからこそ不安がってるんだろうよ。知事や警察本部長まで、けっこうな額の金を摑まされていたという話だからな。滝川が生きていればがっちりガードが利いてても、本人がいなくなれば丸裸だ。そこをおれたちが嗅ぎ回ると、胡散臭い紐で繫がっていたのが露見する。参院選出馬のための地盤固めに地元政官界にはずいぶん金をばらまいたそうだから。本部長を始め県警の幹部も例外じゃないだろう」

「それでどうするんですか」

「おれと山谷さんで上を説得したんだが、捜査本部をたたむという話までは覆せなかった。ただし被疑者死亡での送検だけはなんとか止めさせた。それをやられると事件に完全にピリオドが打たれちまう」

「しかし捜査本部がたたまれて、どうやって捜査を?」

「おれと山谷さんと部下二、三名で継続捜査するかたちだな」

「随分こぢんまりしたチームになりますね」

「ま、捜査なんて、本来そういうもんだよ。何十人いようが何百人いようが、烏合の衆じゃいないも同然で、それに輪をかけて役立たずの腰抜けが何人も船頭をやってるもんだから、生きてるあいだに滝川に口を割らせることができなかった」

「しかし里香子は生きて還ったし、木下佳枝のハードディスクのロックも解除できた。答えはもう出かかっているようなもんじゃないですか」

「ああ。これ以上、上の馬鹿どもが邪魔をしなきゃな」

いかにも不安げに富坂は言った。

4

里香子の回復は早かった。病院に運び込まれたときは重度の低体温症で、医師によれば、まさに生死の境をさまよう状態だった。

しかし集中治療室に入って三日目で、ある程度の会話ができ、流動食が摂れるところまで回復した。富坂はすぐにでもその証言をとりたいようだが、絶対安静の状態はいまも変わらず、医師の許可は得られない。

一方で木下佳枝のハードディスクの内容分析も進めているが、なにしろデータの量が膨大だ。科捜研のIT関係の専門家に手伝ってもらいながらの作業だが、向こうは刑事捜査の勘が鈍く、富坂のほうはコンピュータの知識がさっぱりで、なかなか肝心なところに行きつかない。

探しているのは電子メールのデータだが、これが特殊なメールソフトを使っていたらしく、膨大なファイル群のジャングルに潜り込んで、なかなか見つからないと富坂は嘆いていた。これでは出てきたとしてもさらに暗号化されているかもしれないと、科捜研の担当者は不安を覗かせているらしい。

大学でコンピュータセキュリティを専攻したといっても、卒業後はそこまでの機密情報を扱っていたとは思えない。伯母の話ではごく普通の機械メーカーの事務担当で、コンピュータを専門に扱う職種ではない。知識はあったとしても、私用のパソコンにそこまでのセキュリティを施す理由となるとよくわからない。だとしたら極めて私的な事情で、人には覗かれたくない重要な情報を隠し持っていた可能性がある。

糸口が見えたのは、分析を始めてから四日後だった。それも思いもよらず太い糸口で、山岳遭難救助隊の待機所にやってきた富坂は、気合いの入った声で報告した。

「伊藤優子とやりとりしたメールが見つかったよ。これについてはとくに暗号化もされていない」

「ということは、あまり重要度は高くないものなわけですね」

「そうなんだが、肝心なのは、伊藤優子、木下佳枝、滝川里香子の三人がこれで繋がったという点だ」

「伊藤優子という人は、いったい何者だったんですか」

「佳枝と里香子の大学の一年先輩のようだ。同じゼミに所属していて、大学卒業後も親しい付き合いがあった。そのメールをやりとりした当時、彼女は渡米していたようだ——」

富坂はその大量のメールを読んで、断片的な話題をジグソーパズルのように組み合わせ、なかなか信憑性のある構図を描いてみせた。

大学を卒業した年に、伊藤優子は教授の伝手でシリコンバレーにあるＩＴ系のベンチャー企業に就職した。優子がアメリカで暮らしていた四年間に、佳枝とのあいだでやりとりしたメールは百通を超えていたという。

内容は他愛のない近況報告が大半だが、二年目あたりから、そのなかに里香子の話題が出るようになった。里香子も大学を卒業した年に、優子を頼ってシリコンバレーに渡っていたようだった。

富坂が戸籍から確認したところでは、優子は小学生のときに母親を亡くしている。伯母の話によれば、佳枝も中学生のときに父を失い、母一人子一人の家庭で育った。里香子も大学二年のときに母を失っていた。

その三人が親密な付き合いを続けたのは、そうした共通の境遇によるものだったのか、あるいはただ相性がよかっただけなのかは定かではない。その時期の優子と佳枝の家庭環境まではわからないが、普通以上に裕福というわけではなかっただろう。一方の里香子の父親は富豪の滝川修三で、暮らし向きにはなんの不自由もなかったはずだった。

優子はハングリーでアグレッシブな性格だったようで、何年かしたら日本へ帰り、シリコンバレーで習得した技術や知識、経営ノウハウを生かして情報セキュリティの会社を設立したいとメールのなかで語っていた。それにはＩＴ関連企業を退職した父親が、資金面も含めて協力してくれるとのことだった。その父親は戸籍の記載によれば、優子が渡米した四年後に他界している。

しかし里香子の場合、そんな大望を抱いてというより、とにかく日本を離れたいという気持ちが強かったようだった。

捜査に当たる富坂たちにとって、そんな二人のメールのやりとりは貴重な材料だった。そのなかに気になる記述があったのだ。里香子が渡米したあと、佳枝はある人物と盛んに山に行くようになったらしい。その人物の名前が「原口」だった。

佳枝は、メールではそのことを里香子には知られたくないように匂わせている。里香子が原口のことを毛嫌いしていたようだった。

滝川も桑崎たちには、原口が素行の悪い人間で、甥ではあっても付き合いを断っているようなことを強調していた。

剱岳での遭難にまつわる富山県警相手の訴訟事件にしても、パートナーだった木島(きじま)

から聞いた話からすると、原口はあまりまともな人物ではなかったはずで、いとこの里香子が嫌っていたとしても不思議はない。

どういう経緯で佳枝が原口と付き合うようになったのかはわからないが、それがなければ、この謎めいた事件に巻き込まれ、命まで失う羽目にはならなかっただろうとも想像できる。

「里香子が滝川の娘だということには、優子も佳枝も一切触れていない。知らなかったはずはないから、おそらく里香子がその話題を嫌っていたんだろう。アメリカへ渡った理由も、滝川となんらかの軋轢（あつれき）があってのことだとしか考えられないな」

浮かない調子で富坂は言う。その意外な繋がりから想起されるのは、三人の若い女性が陥った運命の罠（わな）だった。そんな思いを禁じ得ず、複雑な気分で桑崎も応じた。

「里香子が生き延びたことが唯一の救いですね。事件のすべてに原口が関わっていて、その背後に滝川がいたという構図を書き換える必要はやはりないのかもしれません。彼女が回復したとき、その口からどこまで真実が語られるかでしょうね」

「ああ。ひどく厄介な背景がありそうだ。しかしそこを解明できなきゃ、警察なんて存在しなくてもいいことになる。殺人事件が起きたのは間違いないんだからな」

富坂は自らを奮い立たせるように言う。しかし桑崎はもう一つ気持ちが乗らない。原口豊も湯沢浩一（ゆざわこういち）も木下佳枝も、あのカクネ里の死体遺棄現場にいた三人は全員死んだ。その背後で暗躍したとみられた滝川も死に、カクネ里のあの死体が伊藤優子なのも恐らく間違いはない。

そして生き残った唯一の事件関係者が里香子だった。その真相を語れるのはいまや彼女一人。伊藤優子の名を騙ったのは事実だとしても、その殺害に関与したとは思えない。断定はできないが、なぜか直感的にそう信じられるのだ。

それなら、ここでこのまま終止符を打つのがいちばんいい落としどころではないかとも思えてくる。里香子がなにも語らないならそれでいい。死んだ人々はもう還らない。

県警上層部が帳場をたたみたがっている真意は、富坂が睨(にら)んでいるとおり、そんな考えとは別のところにあるだろう。しかし桑崎自身があの死体の発見者であり、それが殺人の可能性があると認知された以上、その真相を究明することが警察官としての倫理的責務だと、ここまでは疑いもしなかった。

というより、単なる情の問題だとしても、明らかに絞殺された死体に直面して、その死者の無念を受け止めるのが、人として当然のことだと感じていた。しかし滝川のあの嵐の山中での行動を目の当たりにし、桑崎の心にも変化が生じていた。

犯罪捜査という観点からすれば、明らかに間違った考えだろう。しかしあそこで滝川は、自らの罪を自らの命で贖(あがな)った――。桑崎にはどうしてもそう思えるのだ。

だとしたら、事件そのものにはある意味ですでに決着がついている。というより滝川が自らの意思で決着をつけたとも言える。罰すべき人間がこの世にいないというのに、これ以上の事実をあえて洗い出す必要が果たしてあるのか。

木下佳枝にしても、なんらかの意味で加害者の側に荷担したのはたしかだろう。しかし、いまここでその事実を明らかにしても、姪思いの名古屋の伯母さんをただ悲しませるだけだ。

真相を語るかどうかは里香子が決めるべきことではないか。語ることで彼女が救われるならそれもいい。しかしそれがまた新たな不幸を生むようなら、そのまま心に秘めておくほうがいいという考え方もある。

とはいえ事件解明に意欲を燃やす富坂に、いまそれを言うのも憚(はばか)られる。それでは事件の端緒を摑んだ時点から捜査を潰そうと画策してきた県警上層部と、自分もなんら変わらず、富坂や山谷をいっそう孤立に追い込むことになる。

そもそも県警のお偉方が捜査にブレーキをかけなかったら、里香子も滝川も死ぬことはなかった。彼らが滝川への捜査を妨害し、いまも捜査の手仕舞いを主張している――。その事実がすべてを物語っているとも言えるだろう。

桑崎は新人時代の交番勤務を除けば、山岳遭難救助隊というある意味で浮き世離れした部署しか経験していないから、捜査の現場でのそうした軋轢を自ら体験するようなことはなかった。その意味で富坂や山谷の、最後まで筋を通そうとする姿勢を見習うべきだとも感じる。そんな複雑な思いを胸に秘めて桑崎は言った。

「けっきょく里香子次第じゃないですか。いまや事件の核心を知っているのは彼女一人ですから」

「ところがそうでもないんだよ。おれたちだって、あれから遊んでいたわけではないんでね」

「なにか新しい糸口が出てきたんですか」

「大遠見山付近でビバークしていた登山者が夜中にカクネ里に飛来したヘリを目撃した話が出てきたとき怪しいと目星をつけた、滝川が大株主の例の会社だよ。あれから何度も電話を入れてね。もしデザインコンペ用の写真撮影というのが嘘で、こちらの見立てどおり死体を運んだとしたら、死体遺棄と、場合によっては殺人幇助の罪に問われる。正直に言ったほうがいいと脅してやったんだよ」

「白状したんですか」

「ああ。大きな発泡スチロールの箱に入った品物をカクネ里に運んだことまでは認めたよ。もちろんそれが死体だとは知らなかったと言い張ったがね」

「大きなというと、どのくらい？」

「人間が一人収まりそうな、つまり棺桶くらいのサイズだったそうだ」

「だったら間違いないですね。しかし我々が死体を発見したとき、そんな箱はありませんでしたが」

「中身を見ていないというのは嘘で、箱だけはヘリで回収したのかもしれないし、原口たちが燃やしてしまったのかもしれない。市の廃棄物処理の専門家に訊いてみたんだが、ああいう開けた場所でなら、煤（すす）が出ることもなくきれいに燃えるんじゃないかと言ってたよ」

「依頼したのは？」

「創経（そうけい）プランニングという東京の広告企画会社だそうだ。ヘリでの撮影の仕事はしょっちゅう受けていて、大得意の一つらしい。ただそういう妙な荷物を運ぶ仕事は初めてで、行き先も変わっているからおかしいとは思ったが、破格の料金を提示されたんで、黙って受けたと言うんだよ」

「要するに、口止め料だったわけですね」

「そんなところだろうね。それで、創経プランニングという会社の登記簿謄本を取り寄せてみたら――」

　富坂は気を持たせるように一呼吸置いた。話の先行きはそれだけで読めた。

「そっちも滝川と繋がったんですね」

「ああ。五一パーセントの株式をもっていた。ほとんど個人所有の会社だな」

「本業はヘッジファンドでしょう。どうしてそんな会社の株を？」

「そこはまだわからない。近々事情聴取に出向くつもりだよ」

「これで半分くらいまでは筋書きが読めてきましたね。わからないのは、どこで死体を凍らせたかということと、あんな場所に死体を運んで、いったいなにをするつもりだったかということですよ」

「クレバスにでも放り込んで、遭難死を装うつもりだったんじゃないのか」

「無理ですよ。あの時期のカクネ里は、雪渓の上にさらに二、三〇メートルの積雪があって、クレバスのあるところまで掘り下げるには土木用の重機が必要ですから」

「ああ、八木さんが作成してくれた捜索プランにそう書いてあった。まだまだ解けない謎がいくらでもあるな」

富坂はため息を吐く。その方面については、里香子はたぶんなにも知らないだろう。限られた人員でどこまで真相に迫れるか。富坂にとってはここからが正念場だろうが、桑崎のほうは、もうとくに手伝えることはない。そろそろゴールデンウィークが近づいて、特別警備で山岳遭難救助隊も人手が足りなくなる時期だ。

そのとき富坂の携帯が鳴り出した。ディスプレイを覗いて富坂は声を弾ませた。

「病院の先生からだよ。里香子が話ができるようになったら、事情聴取をさせてくれと言ってあったんだ」

さっそく携帯を耳に当てたが、応答する表情がどことなく困惑気味だ。折り返しこちらから電話をすると言って通話を終え、富坂は桑崎を振り向いた。

「里香子が、ぜひあんたに会いたいと言っているそうなんだ。救出されたときの状況を先生が話したら、ひどく取り乱したらしくてね。そりゃそうだろう。どんな確執があったのか知らないが、自分を救うために父親が命を捨てたと聞けばな」

「事情聴取はいいんですか」

「そういう心理状態のときに、容疑者扱いの事情聴取はいくらなんでも無理だ。とりあえずあんたがいろいろ話してくれれば、いくらか気持ちも落ち着くんじゃないかと先生も言っている。下手に扱って自殺でもされたんじゃ目も当てられないからな」

「だったら責任重大じゃないですか」

自殺うんぬんにただならぬものを感じて桑崎が言うと、神妙な口ぶりで富坂は応じた。

「乗りかかった船だ。とことん手を貸してくれよ。こうなるとあんただって、里香子が赤の他人だとは思えないだろう」

5

滝川里香子は信濃大学附属病院の個室のベッドで桑崎と浜村を迎えた。

戸口の名札は「伊藤優子」になっている。病院としては、いまは所持していた健康保険証の名義で受け入れるしかないのだろう。

病室の窓辺には花が飾られ、電気ポットや来客用とみられる湯飲みや急須も置いてある。

「このたびは本当にありがとうございました。お話は刑事さんから伺いました」

ベッド脇の椅子から立ち上がり、そう挨拶したのは、以前、滝川邸を訪れたときに顔を合わせている三浦（みうら）という家政婦だった。

「仕事ですから。それに命を擲（なげう）って里香子さんを救ったのは滝川さんです。私たちはただそのあとを引き受けたに過ぎません」

「でも桑崎さんたちだって、命がけのお仕事だったと聞きました。私も長年お世話になった滝川さんの娘さんだと知って、矢も盾もたまらずに押しかけてしまったんです」

そう言って家政婦は涙ぐんだ。十数年ものあいだ滝川に仕えてきた彼女にとって、滝川も里香子もいまや親類のようなものなのだろう。

大町署の捜査員が訊いたところでは、彼女は里香子とは面識がなかった。しかし八年前に行方不明になり、去年失踪宣告を受けたという雇い主の娘が生きていた――。彼女はそのことを奇跡のように喜んだとのことだった。

家政婦は手際よく湯飲みに茶を注ぎ、茶菓子とともにベッド脇の小テーブルに置いた。

「ゆっくりお話をなさってください。お父さんの最期の様子を、里香子さんもしっかり心に刻みたいとお思いでしょうから。私は席を外しますので」

そう言って家政婦が立ち去ると、ベッドに半身を起こしてやりとりを聞いていた里香子が口を開いた。

「三浦さんの仰るとおりです。本当にありがとうございました。父にも生きていてほしかった。でもその父がくれた命です。これからもっともっと大切にして生きていきたいと思います」

ベッドの近くに椅子を寄せ、桑崎は穏やかに応じた。

「そう言ってもらえると我々も嬉しい限りです。体調はどうですか。芳しくないようなら短く切り上げますが」

「ご心配なさらないでください。きょうのことは私からお願いしたんですから」

そう言う里香子の顔色は、山中で日焼けしていたせいもあってか、まずまず健康そうに見える。

桑崎は語り出した。二人がビバークしたとおぼしい雪洞を発見するまでの経緯から、滝川からの救援依頼、嵐をついての捜索、そして発見したときの二人の状態――。

「父は凍死してもいいと思って、私に自分の衣服を着せてくれてたんですね」

桑崎の話を聞き終えると、嗚咽を交えて里香子は応じた。桑崎は頷いた。

「そのとき、すでに滝川さんは心肺停止状態でした。しかしビバークしていた場所から動けないあなたを小屋まで運んだ力業に、私は感銘を受けました。遭難救助を仕事にしている我々から見ても、それは奇跡ともいうべき出来事でした」

「八峰キレットへの下り始めのあたりから、私はほとんど記憶がないんです」

「頭でも打ったとか？」

「そういうことはなかったんですが、長期間雪山に居続けた疲労もあって、その時点ですでに低体温症に陥っていたのではないかと先生は仰っています。要するに基礎体力がなかったんでしょう。それでも、父が私を背負って岩場を登り降りしている記憶が斑模様のように残っています。そんな私が父を殺そうなんて思っても、絶対に無理でしたよね。でも結果的にはそうなってしまった」

自らを苛むように言って、里香子は瞳を潤ませる。思いがけないその言葉に桑崎は当惑した。

「お父さんを殺そうと?」

「ええ。父が母を、そして尊敬する先輩で無二の親友も殺害した——。そう信じ込んでいたんです」

里香子が問わず語りに切り出したのは、夫と妻、父と娘、そして心を分かち合った友同士の、それぞれの思いの行き違いが生んだ数奇な悲劇だった。

6

スタックフルの創業当時、滝川は妻と二人三脚で会社を切り盛りした。

妻はいわゆる夫唱婦随のタイプではなかった。電子部品の販売会社を細々やっていた滝川に、当時、勃興期に入っていたITビジネスへの転進を促したのは妻だった。それで設立したスタックフルが軌道に乗り、滝川がベンチャーの雄とも言われるようになったのは、妻の大胆な決断の賜(たまもの)だった。

しかし歯に衣(きぬ)着せぬ意見を言い、ときに容赦ない批判をする妻を、滝川はしだいに疎んじるようになる。子飼いの取締役を味方につけ、取締役会の議決を盾に妻を閑職に追いやった。里香子の養育に手のかかる時期だけのことだと当初は納得していたが、やがてあらゆる役職から外され、妻は会社の経営に一切口を出せない立場になっていた。妻は泣く泣く家庭に籠もるようになり、二人のあいだには深い亀裂が生まれた。

妻は離婚を決意した。しかし滝川は応じない。問題は離婚の際の財産分与だった。妻は最高割合である二分の一を要求した。結婚後間もないころから経営に貢献した妻としては当然の主張だったし、それを資金に新たに通販ビジネスを立ち上げようという野心もあった。しかし自社株を中心とする資産の半分を失うことは、滝川にとって会社自体を失うに等しい。

自社の株価にも影響するため、滝川は離婚調停のことを極力秘匿した。その点は妻も同様で、分与を受ける予定の株が下落しては元も子もない。調停は泥沼化し、その心労の果てに妻は自殺した。

そのことを滝川は世間にひた隠しにした。母は自殺したのではなく、滝川に殺された——。むろん比喩的な意味ではあったが、里香子にとって、そこには真実以上の重みがあった。

妻が持っていたそこそこの財産は里香子が相続し、滝川は放棄したが、その額は妻が分与を求めていた額と比べれば微々たるもので、滝川にすれば、なに一つ失うことなく妻と永遠の離別ができたに等しい。

里香子はそれが許せなかった。学生時代、自分が滝川修三の娘だということを周囲に黙っていたのも、そんな両親の確執を見て育ったせいでもあった。大学を卒業してすぐ、伊藤優子の伝手を頼ってアメリカに渡ったのは、一日でも早く、滝川がいない国の空気を吸いたかったからだ。

優子の紹介で就職したのは、コンピュータセキュリティを扱うシリコンバレーの新興ベンチャー企業で、そこには全米から集まった腕の立つハッカーがいた。里香子は彼らから当時最高レベルの技術を学んだ。

彼らはコンピュータに侵入するあらゆる技術に精通していたが、それは悪事を働くためではなく、クライアントのコンピュータの脆弱な部分を発見し、改善を提案するためだった。

里香子もむろん悪事のためにそうした技術を習得したわけではなかったが、一つだけ、それを利用したい私的な目的があった。それは父の会社のサーバーから、ある情報を盗み出すことだった。

生前、母からときおり聞かされていた。父がスタックフルを売却し、ヘッジファンドに身を転じて以降も、破竹の成功を遂げたのには理由がある。それは世界のテロ組織やならず者国家の資金の運用、いわゆるマネーロンダリングに手を染めていたからだという。

証拠はない。しかしその話を母にもたらしたのは、かつてスタックフルの経営者の一員で、その後も滝川が設立したヘッジファンド、ＴＡＫパートナーズの経営にも関与したある人物だった。彼も母と同様、滝川とのあいだに経営方針上の齟齬が生じ、追放されたに等しいかたちで袂を分かっていた。

その真偽を確認すべく、里香子はシリコンバレーから東京のＴＡＫパートナーズのサーバーに侵入した。アメリカと比べて日本の企業のセキュリティは極端に甘く、すでに手練れとなっていた里香子にとってはほとんどフリーパスだった。

そこで見つけたデータは驚くべきものだった。当時アメリカが国際指名手配していたテロリストの名がずらりと並んでいた。さらにアフリカの独裁国家の大統領や中国共産党の幹部の名もあれば、ロシアや欧米の著名政治家の名もあった。さらに驚くべきことに、そこには日本の閣僚級の政治家が何名も含まれていた。

これを公表すれば、父は間違いなく破滅する。しかしそれ以上に危険な状況に陥るのは自分だろう。父にではなく、そのクライアントである危険な連中によって自分が抹殺されかねない。

かといってその情報を破棄する気にはなれない。自分が父の命脈を握っている。ただそれだけでも、里香子は勝負に勝ったような気分だった。

それから何週間か経ったある日、何者かに自宅を荒らされた。しかし盗まれたものがなかったため警察は身を入れて捜査をせず、けっきょく犯人は見つからなかった。

コンピュータには侵入を図った形跡があったが、里香子の施したセキュリティガードは固く、犯人はその突破に失敗したようだった。

コンピュータ自体を盗み出す手もあったはずだが、それでは窃盗になり警察も本気で動く。そうなるのを避けたのかもしれないが、恐ろしいのは、自分の手元にあのデータがあることを誰かが知っているらしいことだった。

それから一週間ほどして、ある人物からメールが届いた。TAKパートナーズのサンフランシスコ事務所のマネージャーで、ぜひ一度会って折り入って話をしたい。承諾が得られればシリコンバレーに出向くという。

欧米系の名前で現地採用のマネージャーのようだが、自分がシリコンバレーにいることはもちろん、メールアドレスも父には教えていない。里香子は無視して返事もしなかった。

しかし恐怖を禁じ得なかった。自分は父に監視されている。その男が接近しようとしたのは、あのデータが自分の手元にあることを父が知ったからだろう。そのことを里香子は誰にも言っていない。しかし侵入の際に必要なツールを利用するため社内のシステムを使っており、そのログ（履歴）は残っている。社内の誰かが分析すれば、里香子がアクセスした先は把握できる。

つまり社内に自分を監視するスパイがいるらしい。むろん里香子がやったことは会社の内規に抵触するが、それを上司には通報せず、外部の人間であるＴＡＫパートナーズ関係者に知らせた誰かがいる——。

上に通報すれば里香子が盗み出した情報の中身も明らかになる。父にとってそれでは藪蛇だ。里香子の行動をチェックし、それを社内には秘匿したままＴＡＫパートナーズに連絡する。そういうことを、金を握らされて頼まれた人間がいたとしか考えられない。

シリコンバレーとサンフランシスコは近い。そしてサンフランシスコはニューヨークと並ぶＴＡＫパートナーズの米国内の拠点だ。

アメリカの私立探偵は、日本のそれとはレベルが違う。州政府からの免許を受け、法律事務所や保険会社、一般企業と契約し、スパイもどきの調査能力で、ときに犯罪捜査まで手がけるという。そんな業者に委託すれば、父がそこまで自分を監視することも決して無理ではない。

止むに止まれず優子に相談した。やったことは企業モラルに反することだと叱られたが、コピーしたデータは、物ではないから返すという概念が存在しない。そのうえその情報自体は社会的にも大きな意味がある。どういうかたちで公表するかはあとの問題として、まずは安全に保管することを考えるべきだと言う。

いちばんいいのは優子が預かることだった。彼女が働いている会社は、最先端の暗号技術を開発したばかりで、社内モニターとしてそれを適用した自分のパソコンのハードディスクにバックアップしておけば、里香子のデータがハッキングされても、破るにはスーパーコンピュータを数百台使っても百年はかかると言う。里香子は一も二もなく同意した。

それから一年ほど、TAKパートナーズからも父からも接触はなかった。しかし誰かに尾行されている、あるいは監視されている気配はいつも付きまとった。

翌年、優子の父が他界した。優子は会社を辞めて日本へ帰るという。シリコンバレーに一人残るのは里香子にすれば不安だった。かといって日本に帰れば、直接父に監視される。あるいはそれだけでは済まず、口を封じようという動きにさえ出てきかねない。それよりなにより、父の子であるということ自体が嫌だった。アメリカにいればそのことを意識せずにいられた。

一方の優子も困難に直面していた。日本での起業には、父親の伝手が頼りだった。父親の死でその夢はいったん遠のいた。しかし父を失った悲しみにもめげず、優子はその夢を捨てなかった。それを叶（かな）えるために、日本に帰った優子は再び海外に出ようと考えた。セキュリティ技術で世界最先端と言われるイスラエルの企業が世界の優秀な人材を募集しているという情報があった。

優子はさっそく応募したが、書類審査で拒否された。問題となったのはアメリカ滞在中に勤めていた会社で、そこはサウジアラビアからの巨額な投資を受け入れていた。アラブ諸国と敵対関係にあるイスラエルの会社としては、そこと縁のある人材を雇用することは困難だという説明だった。優子は里香子に思いがけない提案をした。五年という期限付きで、互いの名前を交換しようというものだ。

里香子がいた会社はアラブ諸国とは関係がなかった。それなら里香子の名前で応募すれば問題はない。書類審査さえ通過すればその先は自信があった。パスポートは紛失したことにして、里香子の戸籍で再発給してもらう。もちろん写真は優子のものだ。

五年と期限を決めたのは、そのあいだに吸収できるものはすべて吸収し、帰国して会社を設立するためだった。そのときは里香子も共同経営者にする。もちろん帰国した時点で、交換した戸籍は元に戻す。

その五年間は里香子も伊藤優子として生きられる。父との縁を断ちたい里香子にはなんの不都合もないし、父を失った優子も天涯孤独の身で、そこになんの差し障りもない。

優子の提案を受け入れて里香子は日本に戻り、それからの五年間、伊藤優子として自由を謳歌(おうか)した。母が残してくれた資産があったから、贅沢をしなければ、とくに職に就かなくてもやっていけた。

中野区若宮に賃貸マンションを借りて、地域のサークルが運営するコンピュータ教室で講師のボランティアもした。そんな事情を唯一知っていた親友の木下佳枝とも、かつてのように一緒に山に登った。五年という期限付きではあっても、父やその縁者からの接触をシャットアウトできた安心感を里香子は享受した。

しかし五年の歳月はあっという間に過ぎた。その年の十月に、約束どおり優子は帰国した。連絡を受けて里香子は投宿しているはずのホテルへ向かった。しかし優子はそこにいなかった。前日チェックインしたが、その日の早朝にチェックアウトしたという。携帯に電話を入れても応答しない。メールを送っても返事が来ない。帰国前に在籍していたイスラエルの会社にも、在米時代の共通の知人にも問い合わせてみたが、彼女からのコンタクトはないという。不思議なのは木下佳枝で、優子の失踪が心配なのは彼女も同様のはずなのに、なぜか反応が鈍かった。

優子と会えなければ元の自分に戻れない。自分が滝川里香子だと証明できるものがなに一つ手元にないから、戸籍謄本さえ発行してもらえない。優子に託したデータのことも気になったが、里香子としては優子が現れてくれるのを待つしかない。そして考えてみれば、自分がこのあと一生、伊藤優子として暮らしていくことになんの違和感もなかった。

父への憎しみも薄らいでいた。というより伊藤優子のアイデンティティに心が一体化して、滝川修三という人物が、まるで赤の他人のように感じられた。

そもそも優子との戸籍の交換に同意したときから、五年という期限が理不尽なものにさえ思えていた。優子のことはたしかに心配だが、彼女は彼女で別の人生を見つけたのかもしれない。そう考えて自分を納得させた。

しかし、そんな幸福も束の間だった。去年の暮れに木下佳枝から連絡があった。以前、優子が在籍していたアメリカの会社が開発したコンピュータの暗号化システムのことで、突破する方法を知らないかという。

里香子が知る限り、それは開発時点で世界最強で、テロリストに使われたら手がつけられなくなるとアメリカ政府が難色を示しているため、当面商業化はできず、外部にはいまも公表されていないと優子からは聞いていた。

不審なものを覚えてさらに問い詰めると、原口から訊かれたのだと渋々答えた。佳枝は母の葬儀のときに偶然原口と知り合ったようで、その後も付き合っていたことを里香子も薄々は知っていた。しかし里香子が原口を嫌っていることを佳枝はわかっていたので、二人の間でそのことはほとんど話題にしなかった。原口が既婚者だという点も、彼女は負い目に感じていたのだろう。

原口がなぜそんな暗号化システムに興味を持ったのか。答えはおそらく一つしかない。優子のパソコンを原口が持っているのだ。あのデータの入ったパソコンを――。しかしなぜ彼はその中身を覗こうとしているのか。

優子からそれを奪ったのが原口なのは間違いない。おそらく父から依頼されてのことだろう。父は原口を好んではいなかったが、便利に使える男だとはわかっていて、金をせびられれば用立ててやる代わりに、自らは手を汚したくない仕事を請け負わせていると母からよく聞いていた。

しかし父はそこになにがあるかは知っているはずなので、パソコンを廃棄してしまえば用が足りる。その中身をあえて覗きたい理由が不明だった。しかしそれよりなにより、優子の失踪に原口が関わっていることは、里香子のなかではもはや明白だった。失踪して二年、優子は姿を現さず、連絡も寄越さない。すでに生きていないのではないかという危惧が湧き起こり、それはいまや確信に変わった。原口は高校時代に暴行傷害事件を起こし、父が金の力で示談にした話は里香子も聞いていた。原口ならやりかねない。

どうして原口は彼女が帰国したのを察知したのか、いくら問い詰めても、なにも知らないと佳枝は首を横に振る。

しかし佳枝は知っていたはずだ。もちろん二人が入れ替わっていることも聞いていた。もし佳枝から聞いたのなら、それが里香子ではないことを原口はわかっていただろう。それでも殺害したとしたら、理由は彼女に預けたあのデータだとしか考えられない。

身に迫る危険を感じて、里香子はその数日後に中野区若宮の賃貸マンションを引き払い、都内の別の区のマンションに引っ越した。その際、中野区からの転出手続きはとらなかった。一定期間、居住実態が確認できなければ、いずれ市が職権消除の手続きをとり、住所不定となることは知っていた。それは原口の追跡の手を逃れるうえで好都合だった。

優子はやはり殺された——。その思いが決定的になったのは、今年三月半ばに報道された二つのニュースだった。一つはカクネ里で女性の凍結死体が見つかったというもので、絞殺された可能性が高いという。

そのすぐあとに大遠見山で男女三人のパーティーが遭難したというニュースが入った。男性二人は死亡して、女性一人は命を取り留めたものの意識不明だというが、驚いたのはそのメンバーで、原口豊と木下佳枝がそこに含まれていた。

カクネ里の死体と原口たちの遭難のニュースをマスコミは関連づけはしなかった。しかし里香子の頭のなかでは否応(いやおう)なく結びついた。女性の死体は身元が判明しないというが、それが優子なのは間違いない。死体が凍結していた点については、三年前にすでに殺害されていたと考えれば説明がつく。

かつてにも増して父への怒りが湧き起こった。同時にそれは自らへの堪えがたい呵責(かしゃく)でもあった。自分があのデータを入手することさえなかったら、優子を巻き添えにせずに済んだのだ。

しかしそれは里香子の心のなかだけの真実で、警察に訴えようにも証拠はなにもない。そのうえそもそも自分が滝川里香子だということさえ証明するすべがない。

父を殺して自分も死のう――。それが父への憎悪と自責の炎に焼き尽くされそうな自分に残された唯一の道だった。

しかし六十代半ばを過ぎたとはいえ父は屈強だ。かつては過激な登山にも熱中したと聞いている。そう考えたとき、あるいは山でならという考えが浮かんだ。

以前、里香子は五竜岳から鹿島槍ヶ岳まで縦走したことがある。雪のない季節だったが、一つ間違えば絶壁を転落しかねない危険な箇所がいくつもあった。いまは雪の季節だ。父が油断しているときなら、いくらでも突き落とせる。そのあと自分も死ねばいい。そうすることで、いま自分を巡って起きているあらゆることをこの世界から消してしまいたい――。

そう決断し、迷うことなく父に電話を入れた。里香子だと名乗ると、父は本当に驚いたようだった。しばらく絶句して、まるで幽霊にでも出会ったように震える声で訊いてきた。

「生きていたのか。だったら死んだのは誰なんだ。きょうまでどこにいたんだ」

その反応に里香子も驚いた。その言葉は二つのことを示唆していた。父が、殺害されたのは里香子だと思っていたこと、そしてその殺害に父が関与したこと――。

「そのことも含めて、お話ししたいことがあるの。でも私と会っているところを人に見られるのはまずいでしょ」

「ああ。私も会いたい。積もる話がある。どこか適当な場所を考えよう」

「それは私のほうで考えてあるの――」

そう応じて里香子はあの雪洞のあった場所を指定した。ここ数年、里香子は冬山にも興味を持ち、プロの山岳ガイドが主宰する冬山講習に参加していた。一昨年は唐松岳周辺でのビバーク体験ツアーで雪洞の設営技術も習得していた。警戒されるかと思ったが、父はその提案を歓迎した。

「山登りが好きだとは母さんから聞いていた。こんな父親の血でも、少しくらいは受け継いでくれたのかと思うと嬉しいよ。五竜のあたりは、私にとって庭みたいなものだ」

7

父の気が変わっては困るので、込み入った話はそこではせず、日時だけを決めて通話を終えた。滝川は約束どおりやってきた。

里香子が生きていたことを、滝川は本当に喜んでいるようだった。そのことに当惑しながらも、騙されるわけにはいかないと里香子は気持ちを引き締めた。

里香子はそこで、自分が昨年失踪宣告を受け、戸籍上は死亡していることを父の口から聞いた。戸籍交換してすぐ、伊藤優子は里香子の名義で借りていたマンションを引き払いイスラエルに向かった。そのとき国外転出の手続きはしていなかったため、まもなく里香子の住民登録は居住実態がないとみなされ職権消除された。そのため戸籍の附票にもその時点で住所不定と記載されていた。

滝川は事業上の必要があって戸籍謄本と附票を取得したときにそのことを知り、その時点から起算して七年目に失踪宣告を請求した。警察には捜索願を出してはいなかったが、不在者の生死が七年間明らかでないと認められれば裁判所は宣告を行うので、とくに問題はなかったという。

里香子が死んだと信じていた滝川にとって、彼女が戸籍上生きていることは喉に刺さった骨のようなものだったらしい。自分なりに心のけじめをつけたかったからだと滝川は言ったが、里香子にすれば保身のためだとしか見做せない。政界進出を目指しているという話も風の噂に聞いていた。行方不明のままでは世間体が悪いというわけだろう。しかしいまの里香子にとって、そんなことはどうでもいい。生きて山を下りる気はすでにないのだから。

伊藤優子と自分が戸籍を交換していたこと、自分と間違って殺害されたのは伊藤優子の可能性が高いことを指摘すると、滝川は原口に騙されたと憤った。里香子――じつは優子の帰国を知ったのは原口で、付き合いのあった木下佳枝に届いた電子メールを盗み見たらしい。そこに帰国する日取りと投宿するホテルが書いてあった。

佳枝には何度も確認したが、二人が戸籍を交換していることは、原口はもちろん、誰にも言っていないと断言した。その言葉を信じるなら、原口は当然それを里香子本人からのメールだと思ったはずだった。

原口はさっそくご注進に及んだらしい。それを聞いて滝川が指示したのは、里香子の所持品、とくにパソコンやスマホを奪って完全に廃棄することで、殺害しろとは言っていないという。

しかし原口の顔を里香子は知っているので具合が悪い。そこで知り合いの不良中国人グループに仕事を依頼した。むろん原口も殺せとは言っていない。強盗を装って所持品を奪いとる作戦だったが、頼んだ相手は加減を知らない連中だった。仕事をした証拠だと言って原口の家に死体と所持品を運び込み、あとの始末はそちらでやれという。

怒らせればなにをされるかわからないから、やむなく死体を受けとって、滝川に相談した。その死体が里香子ではないことに原口が気づかないはずはなかったが、しかしそのことを、彼は滝川には黙っていた。

死んでいたのは里香子とは別人だった。その女性から奪ったコンピュータに、滝川が望んでいたものが入っているとは思えない。つまり原口は誰かわからない一人の女性を殺害して、本来の目的は果たせずに終わったことになる。それを知られたら約束の金がもらえない。原口はそう考えたわけだろう。

滝川は殺せとは言わなかったが、結果において実の娘を殺害したと思い込んでいる。その自責の念に原口はつけ込んだのだろうと、里香子の話を聞いて滝川は解釈したという。

幼い頃から里香子を知っている原口が、優子と里香子を間違えるはずがない。だからこそ報告を受けたとき滝川は、死んだのが里香子だと信じて疑いもしなかった。けっきょく里香子の亡骸(なきがら)を自ら確認しようともせずに、株式の過半を所有する食肉販売会社の冷凍倉庫に一時保管するよう原口に指示をした。

そういうことがあると予期したわけではないが、死体の運搬に関与した広告企画会社同様、スタックフル時代から付き合いのある経営者に頼まれて、個人的に株を所有することになった会社が滝川にはいくつもあるらしい。

ところがその倉庫は老朽化が激しく、今年の四月に建て直しをするという。それは滝川も知っていたから、その前に死体をなんとかしなければならない。しかし犯罪性のある死体では火葬もできず、もちろん墓地にも埋葬できない。そこで思いついたのが、カクネ里のクレバスに葬ることだった。

普通なら積雪期はクレバスも深い雪に覆われていて、そこに死体を落とすことなどとてもできない。しかしかつて鹿島槍北壁登攀を目的にカクネ里に頻繁に入った滝川は、それが可能なある場所を知っていた。

かつて情熱を傾けた鹿島槍北壁は、滝川にとって青春のモニュメントだった。里香子の死を疑っていなかった滝川は、いずれ自分が死んだら、遺骨はカクネ里に撒いて欲しいとの遺書を残していたという。最後は娘とともに鹿島槍北壁の麓で眠りたい——。それが唯一の希望だったと、苦渋を滲ませて滝川は語った。

「世間では鬼のような男だと思われているかもしれないが、私だって人間だ。妻を自殺に追いやり、さらに自分の娘を手にかけて、いい気分でなんかいられるもんじゃない。そのとき以来、私は心の地獄を生きてきた。その業火から逃れるために、ビジネスに没頭し、さらには政界への進出を目指した。しかしそういつまでも自分を偽れるもんじゃない。おまえから電話をもらって目が覚めた。これからはヘッジファンドも政界進出もやめて、私財を擲って世のなかの役に立つことをする。おまえが手に入れた危険な顧客のデータだが、彼らとの取引は三年前にすでに終了している——」

そんな滝川の言葉を、むろん里香子は信じなかった。むしろこの期に及んで社会貢献を口にして、大手を振って世間を渡ろうとする、その魂胆に新たな怒りが湧いてきた。

里香子は仮借なく責め立てた。滝川の理不尽な仕打ちで愛する母を失った思い、尊敬する先輩で心の友だった伊藤優子を殺害された思い。それを引き起こしたのが自分の軽はずみな行動だったことも、怒りの炎に油を注いだ。

そんなときだった。滝川が唐突にザックから拳銃を取り出した。銃口をこめかみに当てて、引き金に指をかける。

里香子はその手に慌てて飛びついた。殺そうと思っていた父親が自殺しようとしている。止める理由はないはずなのに、体は勝手に動いていた。

雪洞のなかで銃声が響いた。その太腿に血が滲んでいる。銃弾が掠ったのだろう。滝川はもう一度こめかみに銃口を当てた。しかし二発目は発射されない。さらに何度か引き金を引いても銃声はしなかった。

翌日の未明に二人は雪洞を出て、五竜岳を越え、八峰キレット方面に向かった。滝川はお抱え運転手の河村から、周辺の主要な登山口はすべて警察が張り込んでいるという情報を得ていた。

下山したら自ら警察に出頭する。しかし登山口で逮捕されるところを世間の目にさらすのは嫌だと滝川は言った。鹿島槍を越え、冷池を通って種池に出れば、そこから扇沢に下れる。扇沢大町線はいまの季節は一部通行止めだが、その区間を徒歩で歩けば、河村が車で迎えに来てくれる――。

そんな父の言葉を丸々信じたわけではないが、里香子にしても、自分の本当の身元がいま暴かれるのは嫌だった。それにここから鹿島槍までのあいだには八峰キレットがある。そこでなら思いが遂げられそうだ。父も自分もそこで命を終えるのが、この呪われた人生にいちばんふさわしい幕切れのように思えた――。

そこから先は、すでに桑崎が滝川から聞いていた通りだった。五竜岳を越え、G4の岩場を通過したあたりで全身に悪寒が走り、やがて猛烈な睡魔に襲われた。その場に倒れ、父に助け起こされて、さらにしばらく歩いたところまでは覚えているが、そこから記憶がぱったり途切れる。

ただおぼろげに残っているのは、父が自分を背負って岩場を登り降りしている場面だった。幼いころ遊園地に出かけ、疲れて父におんぶされたときの背中の感触を思い出し、言いしれぬ幸福を感じたのをかすかに覚えているという。

「私はだれかに助けられたような気がするんです。私を殺人者にしないようにと、なにかの力が働いたんだと思います。母かもしれません。優子さんかもしれません。あるいは父かも――。だからすべてを背負って生きていくことにしたんです。滝川修三の娘の滝川里香子として」

そんな力に背中を押されでもしたように、きっぱりした口調で里香子は言った。

8

ゴールデンウィークを数日後に控え、いったん長野市の本部に帰っていた桑崎たちは、ふたたび大町署に戻り、連休中のパトロールの準備に入っていた。

地元気象台の中期予報では、連休中はおおむね好天に恵まれるとのことだった。そうなると気象の悪化による大量遭難の懸念はなくても、多くの登山者が訪れるため、転落や道迷いのような初歩的な事故が多発する。山岳遭難救助隊の出番が増えるのはむしろそういうときなのだ。

大町署の帳場はすでに解散し、富坂と山谷を中心とする少人数のチームが送検に向けた最後の仕上げに入っている。

といっても被疑者はすべて死亡して、生存している唯一の関係者の滝川里香子は、殺人事件そのものに関与していない。富坂もあれから里香子に対する正式な事情聴取を行ったが、桑崎に語った以上の事実は出てこなかった。

伊藤優子の遺体については、連休明けに特別チームを組んで捜索に向かうという。

前回計画したような大規模な態勢は組めないが、あのときと比べて雪融けが進んでいるため、それで十分だろうと八木も見ているようだ。

埋まっているのが優子だということはわかっているので、そう急ぐことはないが、できれば雪に埋もれて腐敗が進まないあいだに発見したい。そんな思いは富坂たちにもあるようで、雪が融けて死体が出るのを待つという上の判断を、なんとか説得して前倒しさせたようだった。

それまで頑なに拒否していたDNA型鑑定に、一転して滝川が応じた理由はわかった。里香子からの電話で、カクネ里の死体が里香子以外の誰かだと知ったためだろう。その点を考えれば、それまでずっと滝川が、殺害されたのは里香子だと信じていたという話は信用できる。

残された謎は原口たちが死体の指を切り取った理由と、カクネ里に運び込んだ死体をどう処理しようと考えたのかだった。

第一の謎については、原口は優子から奪ったコンピュータに、指紋認証を破ってログインしようとしたのではないかというのが里香子の推測だった。

おそらく原口は、いつの時点かに、佳枝の口から里香子と優子の戸籍交換の事実を知った。金に困っていた原口は、そのコンピュータに滝川が表に出したくないデータがあるとみて、それを材料に強請（ゆす）ろうと考えた——。いまとなっては立証のしようがないが、もし突破できたとしても、内部のデータは強力に暗号化されており、それを破ることはほぼ不可能なはずだという。

その内容については今回の捜査の対象ではない。里香子の手元にもそのデータのバックアップはあるかもしれないが、滝川は三年前にそこに記録されているような取引はやめたと言い、さらにその滝川本人が死んでいる。それをどう扱うかは里香子が決めることだ。

最後に残った謎が解けたのはその日の午後だった。山岳遭難救助隊の詰め所へ富坂がやってきて報告した。

「信濃大学の串田(くしだ)先生が面白い話を聞かせてくれたよ――」

滝川が氷河研究への資金援助をやめたので、今年の現地調査は実現が困難になった。やむなく串田は、地元の古老からの聞き取り調査を進めていたらしい。そんな事情を説明して富坂は続けた。

「なんと死体のあった場所から二〇〇メートルくらいのところに、深い洞窟があるそうなんだよ。天狗尾根の側壁に入り口があって、夏場は藪に覆われているが、周りが急な崖で、冬でも雪がほとんど積もらない。その洞窟を下に向かって五〇メートルほど進むと広い空間に出て、その先で氷の壁に突き当たるそうでね」

鹿島槍北壁には洞窟尾根と呼ばれるルートがある。基部に洞窟があるためにそう名付けられたものだが、カクネ里周辺にならほかにもそういう地形があって不思議ではない。

「氷の壁というと、氷河の氷体ですか」

「先生はそう言っている。そこにいくつも幅の広い廊下状の亀裂があるらしい。クレバスの底なんだろうな。先生、それもカクネ里雪渓が氷河だという重要な証拠だと張り切っているんだが、それが例の死体の話と繋がるんじゃないかとピンときてね。滝川は若いころカクネ里に入り浸っていたから、その洞窟のことを知っていたんじゃないかと思うんだよ」

「その亀裂に死体を運び込めば、まず発見されることはないですね」

「氷河の調査なんて物好きなことをする学者がいなければね。もっともそのときはクレバスに落ちた遭難者と見なされて、事件としては扱われなかっただろう。クレバスの底でも夏には温度が上がる。腐敗して吉川線なんて見分けがつかなくなっているだろうから」

「しかし原口たちは死体を運び込めなかった」

「深雪のなか、死体を担いでそこまで行くだけの根性も馬力もなかったんだろうな。滝川は人選を間違えたよ」

「だからといって、そんな仕事を引き受けるのは、原口くらいしかいなかったでしょう」

「ああ。そんな男と付き合っていたせいで、木下佳枝も湯沢浩一も命を失う羽目になった。こうなると、佳枝が言った『リカコ、ごめんなさい』といううわ言も意味深だよ」

「すべての種を蒔いたのは滝川です。しかし彼は自分なりにそれを刈り取って死んでいった。そこが救いといえば救いです」

「たしかに、自業自得と切り捨てる気にはなれない結末だな」

富坂は複雑な表情で頷いた。窓の向こうには雲一つない青空を背景に、残雪の後立山連峰が目映く連なる。爺ヶ岳の種蒔き爺さん、鹿島槍ヶ岳の鶴と獅子、五竜岳の武田菱――。残雪と岩肌が織りなす雪形が、山麓の安曇野に春の到来を告げている。

「しかし、山はいいよな。おれも今度は自分の足で五竜岳くらいは登ってみたい。コーチしてくれる話はどうなんだ」

柔和な表情で富坂が問いかける。張り切って応じたのは浜村だった。

「もちろんOKですよ。それより、山岳機動捜査隊のほうはどうなんですか」

「まあ、追々な。そのまえにまずおれが山と仲良くならないと。こういう事件でびびってるようじゃ、信州刑事の名が泣くよ」

信州刑事という言葉は初めて聞いたが、その心意気は本物のようだ。東京生まれの桑崎にとっても、信州はすでに第二の故郷だ。大きく頷いて桑崎は言った。

「そう言ってもらえると心強いですよ。山は信州の宝です。今回の事件の思いがけない決着も、そこが山だったからこそ起きた奇跡のような気がします」

解説

香山二三郎

今が第何次のブームに当たるのか、浅学にして知らないが、登山人気は相変わらず続いているようだ。

一九八〇年代以降、登山者の中高年者層の割合が増えたといわれるが、昨今では高性能の手ぶれ補正が可能なカメラが開発されたことから、動画共有サービスを生かした〝登山YouTuber〟が登場、映像を通じて若者層の人気も高まりつつあるという。

なるほど、360度撮影やドローンなどを駆使した動画は素人の手になるものとはいえ迫力満点、登山の魅力を伝える手段としてはまたとない道具というべきかもしれない。

だが、映像の迫力だけでは今一つ物足りなくはないだろうか。山の美しさ、険しさが人の心をどう動かすのか、そうした内面的な描写もほしくなる。それに打ってつけなのが小説、山岳小説といわれるジャンルではあるまいか。

本書はその名の通り、山岳小説に警察捜査ミステリーの魅力をミックスしたエンタテインメントに仕上がっている。笹本稜平という匠(たくみ)の物語を通してYouTube動画とはまた異なる山岳活劇の面白さを堪能していただきたい。

物語は三月半ば、長野県警山岳遭難救助隊の桑崎祐二巡査部長が後輩の浜村隆とともに北アルプス・後立山連峰の天狗ノ鼻に到着するところから始まる。といっても仕事ではなく、休暇を利用してトレーニングにやってきたのだ。そこで二人は眼下の谷・カクネ里であるグループが幕営しているのを目撃する。雪崩(なだれ)に遭う危険のある場所で何故なのか不審を覚えるが、翌日鹿島槍に登った後、二人は下山途中、例のカクネ里の幕営場所に人が倒れているのを発見、救助に向かうと、倒れていたのは女性の絞殺死体だった。彼女が幕営していた三人組とどう関わりがあるのかわからぬまま、二人は現場保存に努めるが、天候は悪化。翌日ようやく救助ヘリが現場に着いた直後、雪崩に襲われ、二人は助かるものの死体は雪に呑まれてしまう。

かくして事件は捜査一課の出番となるが、同課の刑事・富坂は死体がないと着手できないと桑崎たちの体験を妄想呼ばわりする始末。だが翌日、新たな救難要請が。悪天候下、大遠見山付近で男性二名、女性一名のパーティが遭難しているという。桑崎たちは大町署員や遭対協（山岳遭難防止対策協会）の面々と協力して現場に向かう。パーティは問題の三人組なのか、リーダーの原口豊は四年前剱岳で遭難した際、富山県警と一悶着あった人物だったが、助けないわけにはいかない。しかし幕営地に着いたとき、男性二名は死亡、女性だけ意識不明ながら助かった。さらに原口の同行者の男性のザックから女性のものらしき指が発見される。捜査一課も重い腰を上げて捜査本部を立ち上げるが……。

こののち原口の伯父で大町市在住の資産家・滝川修三の長女・里香子が八年前に行方不明になり、去年失踪宣告を受けていることが判明。富坂はカクネ里の雪渓が氷河であることがわかったが、クレバスの底に落ちた死体が凍結状態で八年間原形をとどめている可能性についても考える。消えた死体、そしてその同定（死体は誰だ⁉）とは、まさに本格謎解きもの顔負けのミステリー趣向ではないか。出だしからオーソドックスな遭難救助ものと思われたミステリー読者ならがぜんページを繰るスピードが速くなるところだが、本来の遭難救助シーンとて手抜かりはない。

嵐の中、深雪に腰まで沈めながら原口たちを助けにいくシーンは前半のハイライトだが、筆者のような登山未経験者には、そもそも桑崎と浜村が挑む出だしのアイスクライミングのシーンから手に汗握らされた。むろん後半にはさらにスリリングな登山シーンも用意されており、山岳小説ファンをも飽きさせないだろう。

著者の出世作はサントリーミステリー大賞を受賞した長篇『時の渚』で、これは私立探偵を主人公にしたハードボイルドタッチの人情ミステリーだったが、長篇第二作『天空への回廊』ではエベレストを舞台にした国際的スケールの山岳冒険活劇に一転。以後、警察小説など多彩な作風を展開させていくが、中でも山岳小説は笹本作品の基幹をなすジャンルに成長していった。その細密な登山描写は、著者自身、ディープな経験者で、もともとこのジャンルを中心に活躍したい気持ちがあったのではと勘繰りたくなるほど。著者の登山経験については、自ら次のように述べている。

「高校生のころから八ヶ岳や北アルプスに登っていました。（中略）百名山制覇、というタイプの登り方ではなく、気に入った山に何度も登るのが好きで。大学時代から30代半ばまでは、夏冬関係なく、週末は特急に乗って山に向かうことが多かったです。山近くの駅前にあるスーパーで食料を買い込み、土曜の夜は山の幕営地まで登ってテントに宿泊、翌朝から頂上を目指して登り、その日のうちに下って帰宅、といったスタイルで、基本的には単独行が多かったですね。」（「山は、人の生きる意味と向き合う場所」Web「本の話」2014.1.21）

なるほど、と思わず手を打ちたくなるところである。エベレストを始め、K2やアラスカのマッキンリーなど海外の高峰を舞台にすることが多かったのは憧れゆえか。

著者自身の言葉といえば、本書についても意外なエッセイを記している。何と——

槍ヶ岳を単独登山中に滑落、骨折したことがあるというのだ。山小屋はまだ開いておらず、周囲に救助者もないまま雪渓の端まで五時間、横たわったまま滑り降りたところで、しかし、救う神現る。下からたまたま柔道整復師の資格を持つ人がやってきてテーピングしてくれた。次に現れたのは本業が整形外科医。その人の連絡で小屋まで運んでもらい、翌日、ヘリで上高地まで運んでもらった。さらに当初搬送される予定だったクリニックから通常は急患を受け入れない信州大学付属病院に運び込まれたが、あと数時間遅れれば足を切断しなければならない状態だったという。小説だったらまさにご都合主義の連発、とのこと。「今回の舞台は同じ槍ヶ岳でも鹿島槍ヶ岳。北アルプスを代表する名峰の一つだ。これまではヒマラヤ、アラスカなど海外の山を舞台にした作品が多かった。主人公は山岳救助隊員で、どちらかといえば警察小説の要素が強いが、厳しさも含め、日本の山の素晴らしさを存分に書き込んだつもりである。見ず知らずの登山者や山小屋の人々の好意によって、足を失わずに済んだことへの感謝を込めて」(「捨てる神あれば拾う神あり」Web「小説丸」2020.1.17)。

山岳遭難救助隊員を主役に選んだのには、こんな裏話もあったということで。

一方、警察捜査小説としての読みどころはというと、街の刑事である富坂が事件のバックステージである滝川修三の軌跡を丹念に暴き出していくところ。滝川は政界進出を図る大物で、警察上層部ともつながっている。警察上層部は雪崩に消えた女の正体がわからないのをいいことに事件を穏便に片付けようとするが、富坂は必死に抵抗する。当初は桑崎たちをあざけるような態度だった富坂が「犯罪とは無縁の聖域だからこそ。そこを訪れる人の心が癒やされる。そんな場所を守り育て、次の世代へ残していくことが、自分たちのいちばん大事な使命かもしれない」と考える桑崎に次第に感化され、しきりに捜査一課にこないかと誘うようになるところや、ついには登山の魅力に目覚めるあたりも面白い。

その意味では、本書は桑崎＝山岳遭難救助隊と富坂＝県警捜査一課の、異色の相棒小説といえるかもしれない。

さて、本書前半に長野県警捜査一課の腰の重さに、救助隊員のひとりが「北アルプスや南アルプスが犯罪天国になったら、山岳遭難救助隊は拳銃を携行して歩かなきゃいけなくなりますね」と軽口を飛ばすシーンが出てくる。「そのときは名前も変えなくちゃいけませんね。山岳機動捜査隊とか」とも。この冗句、後半にも出てくることからすると、もしかして著者はその構想に沿ったシリーズ化を考えていたのかもしれないと思うのは、筆者だけであろうか。

しかし、たいへん残念なことに著者の笹本稜平は二〇二一年一一月二二日、急性心筋梗塞のため急逝した。享年七〇。昨今八〇代の現役作家も少なくない中、早すぎる他界であったが、作家は死しても作品は残る。『天空への回廊』を始めとする笹本の一連の山岳小説はまぎれもなくこのジャンルのトップをいくものだ。日本の登山の聖地、北アルプスを舞台にした本書も後世まで読み継がれる作品であるのは間違いない。登山YouTubeに目覚めた方も、ぜひ手に取ってお確かめいただきたい。

（かやま・ふみろう／コラムニスト）

※この作品はフィクションであり、登場する人物・団体・事件等は、すべて架空のものです。

※地図製作　デマンド

教場

長岡弘樹

君には、警察学校を辞めてもらう――。必要な人材を育てる前に、不要な人材をはじき出すための篩。それが、警察学校だ。週刊文春「2013年ミステリーベスト10」国内部門第1位を獲得、各界の話題をさらった既視感ゼロの警察小説！

震える牛

相場英雄

企業の嘘を喰わされるな。消費者を欺く企業。安全より経済効率を優先する社会。命を軽視する風土が、悲劇を生んだ。メモ魔の窓際刑事が現代日本の矛盾に切り込む危険極まりないミステリー！　これは、本当にフィクションなのか？

―本書のプロフィール―

本書は、二〇二〇年一月に小学館より単行本として刊行された作品を加筆改稿し文庫化したものです。

小学館文庫

山岳捜査（さんがくそうさ）

著者　笹本稜平（ささもとりょうへい）

二〇二三年一月十一日　初版第一刷発行
二〇二三年三月六日　第二刷発行

発行人　石川和男
発行所　株式会社 小学館
〒一〇一-八〇〇一
東京都千代田区一ツ橋二-三-一
電話　編集〇三-三二三〇-五九五九
販売〇三-五二八一-三五五五
印刷所 ── 図書印刷株式会社

この文庫の詳しい内容はインターネットで24時間ご覧になれます。
小学館公式ホームページ　https://www.shogakukan.co.jp

ISBN978-4-09-407221-1